rororo

ro
ro
ro

»Mit lässiger Ironie seziert der Autor den American Way of Life, ohne jemals düster oder destruktiv zu werden. Coupland lehnt die moderne Plastikwelt nicht ab, er macht sich bloß ein bisschen lustig darüber. *Miss Wyoming* bekennt sich zur schicken Oberflächlichkeit und ist gleichzeitig rätselhaft und tiefsinnig.« (WDR)

Douglas Coupland wurde 1961 auf einem kanadischen Nato-Stützpunkt in Deutschland geboren. Er studierte Kunst und Design in Kanada, Japan und Italien. Bekannt wurde er zunächst als Schriftsteller durch seinen Roman »Generation X« (1994), der in Amerika und Europa zum Kultbuch wurde. Douglas Coupland lebt in Vancouver, Kanada.

Douglas Coupland

Miss Wyoming

Roman

Deutsch von Tina Hohl

Rowohlt Taschenbuch Verlag

Veröffentlicht im Rowohlt Taschenbuch Verlag GmbH,
Reinbek bei Hamburg, März 2003

Die Originalausgabe erschien 2000 unter dem Titel
»Miss Wyoming« bei Pantheon Books, New York

Umschlaggestaltung any.way, Andreas Pufal
(Foto: Photonica)
Druck und Bindung: Clausen & Bosse, Leck
Printed in Germany
ISBN 3 499 23264 2

Die Schreibweise entspricht den Regeln
der neuen Rechtschreibung.

Kapitel Eins

Susan Colgate saß mit ihrem Agenten Adam Norwitz auf der Natursteinveranda des Restaurants »Ivy« am Rande von Beverly Hills. Susan fröstelte ein wenig. Sie hatte sich einen hellbraunen Cashmere-Pulli um die Schultern geschlungen und warf den Vögeln, die über dem Boden hin und her huschten, Brotkrumen zu. Sie war perfekt geschminkt und im Stil der Zeit frisiert – eine Frau, die den Kunden an der Supermarktkasse von den Zeitschriftencovern entgegenschaute, lächelnd zwar, aber eingefroren in Raum und Zeit, fernab der realen Welt voll schreiender Babys, Scheckkarten und gelegentlicher Ladendiebstähle.

Susan und Adam beobachteten zwei Männer am anderen Ende des belebten Lokals. Adam sagte zu ihr: »Siehst du den Typen da links? Das ist ›Jerr-Bear‹ Rogers, Drogenlieferant der Stars und das menschliche Pendant einer ungespülten Toilette.«

»Adam!«

»Glaub's mir.« Adam brach eine Scheibe Focaccia entzwei. »O *Gott*, Sooz, sie schauen zu uns herüber.«

»Gedanken haben Flügel, Adam.«

»Kann schon sein. Die beiden starren uns immer noch an.«

Ein Kellner kam und füllte ihre Wassergläser. Adam sagte: »Der andere ist John Johnson. Ziemlich schmieriger Filmproduzent. Anfang des Jahres war er eine Zeit lang verschwunden. Hast du davon gehört?«

»Kann mich vage dran erinnern. Aber ich habe schon vor geraumer Zeit aufgehört, Zeitung zu lesen. Das *weißt* du doch, Adam.«

»Er war wie vom Erdboden verschluckt. Es stellte sich heraus, dass er nach einer Überdosis so eine Art Vision hatte, und danach verschenkte er alles, was er besaß – sein Haus, seine Autos, seine Urheberrechte und so weiter –, und wurde zum Penner. Er wanderte durch den Südwesten der USA und ernährte sich von Hamburgern aus McDonald's-Müllcontainern.«

»Wirklich?«

»O ja. He ...« Adam senkte die Stimme und sprach unauffällig aus dem Mundwinkel. »Du lieber Himmel, sieht aus, als hätte John Johnson ein Auge auf *dich* geworfen, Sooz. Er gafft dich an, als wärst du Fergie oder so. Lächel schön zurück, ja? Mag sein, dass er gaga ist, aber er ist immer noch eine große Nummer.«

»Adam, sag mir nicht, was ich tun und was ich lassen soll.«

»O Gott. Jetzt steht er auf. Er kommt *her*«, sagte Adam. »Lana Turner, sei ein braves Mädchen und steck deine Bluse fest. Wow. John *Johnson.* Was für ein Kotzbrocken.«

Susan drehte sich zu Adam um. »Tu doch nicht so, Adam. Als ob du so viel besser wärst. Weißt du, was? Ich glaube, in *jedem* von uns steckt ein kleiner Kotzbrocken.«

Inzwischen stand John dicht, aber dennoch in respektvollem Abstand vor ihr. Er schaute sie mit dem unsicheren Lächeln eines Oberschülers an, der all seinen Mut aufbringt, um ein Mädchen, das in der sozialen Rangordnung eine Stufe über ihm steht, beim Schulfest zum Tanzen aufzufordern, die Hände hinter dem Rücken wie ein schuldbewusstes Kind.

»Hallo«, sagte er. »Ich bin John Johnson.« Er streckte seinen rechten Arm viel zu rasch aus, so dass sie sich etwas überrumpelt fühlte, aber sie nahm seine Hand in die ihre und schob ihren Stuhl bis auf die Steinplatten zurück, um ihn besser betrachten zu können – ein Mann von geradezu tragi-

scher Schönheit, dessen Kleidung aussah, als stamme sie aus einer Lumpensammlung: Jeans und ein zerschlissenes blaues Gingham-Hemd, an den Füßen ein Paar verrottete Desert-Boots mit verschiedenfarbigen Schnürsenkeln.
»Ich bin Susan Colgate.«
»Hi.«
»*Ebenfalls* hi.«
»Ich bin Adam Norwitz«, mischte Adam sich ein und reichte John die Hand. John schüttelte sie, ohne jedoch seinen Blick auch nur für einen Moment von Susan abzuwenden.
»Ja«, sagte John. »Adam Norwitz. Den Namen hab ich schon mal gehört.«
Dieses zweifelhafte Kompliment brachte Adam zum Erröten.
»Gratuliere zu *Mega Force«,* sagte Adam. Infolge der radikalen Entscheidung, die John im vergangenen Winter getroffen hatte, verdiente er keinen Pfennig an seinem aktuellen Kinohit. Er hatte neunzig 20-Dollar-Scheine in der Tasche – das war alles, was er besaß.
»Danke«, sagte John.
»Adam meinte, Sie seien ein Kotzbrocken«, sagte Susan. John, den diese Bemerkung völlig unvorbereitet traf, lachte. Adam war vor Entsetzen wie gelähmt, und Susan erinnerte ihn lächelnd: »Das hast du doch *gesagt*, Adam.«
»Susan! Wie kannst du …«
»Er hat *Recht«,* sagte John. »Wenn Sie mich etwas genauer kennen lernen, werden Sie feststellen, dass er den Nagel auf den Kopf getroffen hat. Ich habe gesehen, dass Sie unter dem Tisch Vögel gefüttert haben. Das ist nett.«
»Das haben Sie doch auch getan.«
»Ich mag Vögel.« Johns Zähne waren groß und weiß wie Babymais-Perlen. Seine Augen hatten die blassblaue Farbe sonnengebleichter Parkscheine, seine Haut sah aus wie braunes Leder.
»Weshalb?«, fragte Susan.
»Sie kümmern sich um ihren eigenen Kram. Kein Vogel hat je

versucht, mir ein Drehbuch zu klauen oder mich hinter meinem Rücken schlecht zu machen. Und sie lassen dich auch dann nicht im Stich, wenn deine Filme floppen.«
»Oh, *das* Gefühl kenne ich.«
»Susan!«, warf Adam ein. »Deine Projekte laufen doch gut.«
»Meine Filme sind Dreck, Adam.«
Am anderen Ende des Terrazzobodens machte Jerr-Bear *ah-uuuu-gah, ah-uuuu-gah* wie ein absaufendes U-Boot, um Johns Aufmerksamkeit auf sich zu lenken, aber John und Susan, allein unter all den Menschen, die hier genervt auf ihr Mittagessen warteten, bemerkten ihn nicht.
Unterdessen suchte Adam nach einem Ausweg aus dieser Situation, die für ihn ein peinliches Aufeinanderprallen von diversen Fauxpas, zweideutigen Signalen und schlecht gezielten Bananencremetorten darstellte, und fragte: »Möchten Sie und Ihr ... ähm ... Kollege mit uns essen, Mr. Johnson?«
Plötzlich dämmerte John, dass er sich unter Menschen befand, in einem Restaurant, in dem jeder nichts anderes im Sinn hatte als zu essen und zu tratschen – dabei wünschte er sich in Wirklichkeit ganz woanders hin. Er stammelte: »Ich ...«
»Ja?«, Susan schaute ihn freundlich an.
»Ich muss dringend hier raus. Sie haben nicht zufälligerweise Lust, einen ... ich weiß nicht ... *Spaziergang* mit mir zu machen, oder?«
Susan stand auf und fing dabei Adams fassungslosen Blick auf.
»Ich ruf dich nachher an, Adam.«
Die Kellner hasteten hin und her, und einen kurzen Moment später, der ihnen vorkam wie ein schlecht geschnittener Filmschnipsel, waren John und Susan draußen auf dem North Robertson Boulevard, zwischen schlafenden Saabs und Audis, in grellem Sonnenlicht, das etwas in ihren Augäpfeln zum Sprudeln brachte, als wären sie mit Ginger Ale gefüllt.
»Können Sie in den Schuhen laufen?«, fragte John.
»In diesen Latschen hier? Darin könnte ich auf Berge klettern.« Sie lächelte. »Das hat mich noch kein Mann gefragt.«

»Sie sehen irgendwie italienisch aus.«
»Ich hab sie 1988 in Rom gekauft, und seither haben sie mich nicht einmal im Stich gelassen.«
»In Rom? Was haben Sie denn da gemacht?«
»Ich hab da eine Reihe von Fernsehwerbespots für Spaghetti-Soße im Glas gedreht. Vielleicht haben Sie sie mal irgendwo gesehen. Sie sind jahrelang gelaufen. Die haben ein Heidengeld ausgegeben, um uns alle dort rüberzuschaffen, und dann haben sie doch bloß in einem mit billigem italienischen Firlefanz ausgestatteten Studio gedreht. Am Ende sahen die Spots so aus, als seien sie in New Jersey entstanden.«
»Tja, typisches Beispiel dafür, wie man beim Film mit Geld umgeht.«
»Das war nicht meine erste Lektion, aber es war eine der merkwürdigsten. Sie haben nie Werbung gemacht, oder?«
»Ich bin gleich zum Film gegangen.«
»Werbespots sind etwas Perverses. Man kann jahrelang in einer halbwegs erfolgreichen Fernsehserie mitspielen, ohne dass einen jemand darauf anspricht, aber sobald man nachts um drei in irgendeiner beschissenen Soßenwerbung auftaucht, klingeln einen die Leute aus dem Schlaf, um ›Ich hab dich grad im Fernsehen gesehen!‹ ins Telefon zu brüllen.«
Ein Briefträger kam ihnen entgegen, und kaum dass er an John und Susan vorbei war, ahmten sie gemeinsam seinen übertrieben schwungvollen Gang nach. Dann schnitten sie sich gegenseitig Fratzen.
»Das muss man ihm lassen«, sagte Susan, als der Briefträger außer Hörweite war, »für sein Alter hat er noch ganz schön was drauf.«
»Für wie alt halten Sie mich?«, fragte John.
Susan musterte ihn. »Vierzig, schätze ich. Warum fragen Sie?«
»Ich seh aus wie *vierzig?*«
»Aber das ist doch *gut*. Wenn Sie jünger sind, bedeutet das, dass Sie bereits weiser sind, als es Ihren, sagen wir, fünfunddreißig Jahren angemessen ist. Männern steht das.«

»Ich bin siebenunddreißig.«
»Sie haben mir noch nicht gesagt, warum Sie gefragt haben.«
»Weil ich mir Gedanken darüber mache, wie alt ich eigentlich bin«, erwiderte John, »und ich sage mir: *He, John Johnson, du hast so ziemlich jedes Gefühl empfunden, das du vermutlich je empfinden wirst, und von jetzt an wird alles nur noch Wiederholung sein.* Und das macht mir *total* Angst. Haben Sie auch manchmal solche Gedanken?«
»Wissen Sie, John, das Leben hat mir das ein oder andere Schnippchen geschlagen, daher grübele ich über den Wiederholungsfaktor nicht allzu viel nach. Aber: Ja, ich habe auch solche Gedanken. Jeden Tag sogar.« Sie warf ihm einen Blick zu. »Jedenfalls werde ich heute achtundzwanzig.«
John strahlte. »Herzlichen Glückwunsch, Susan!« Dann schüttelte er ihr mit übertriebener Herzlichkeit die Hand, doch insgeheim kostete er die Kühle ihrer Handfläche aus, die sich anfühlte wie eine Salbe auf einer Brandwunde, von der er bis dahin nichts gewusst hatte.
Es war für beide so ungewohnt, zu Fuß durch ihre Stadt zu schlendern, anstatt in klimatisierten Metallnestern hindurchzubrausen, dass sie jeden Schritt wie etwas Irreales empfanden. Sie hörten, wie die Autos, die zum Beverly Center fuhren, den Gang wechselten. Sie lauschten Vogelrufen und dem Rascheln der Zweige. John fühlte sich so jung, als ging er wieder zur Schule.
»Wissen Sie, was das für ein Gefühl ist – einfach so aus dem Restaurant zu verschwinden?«, fragte Susan.
»Na?«, antwortete John.
»Als würden wir zusammen von zu Hause ausreißen.«
Sie überquerten in gleißender Sonne eine Kreuzung. Ein Latino mit einem goldenen Schneidezahn verkaufte Stadtpläne, auf denen die Häuser der Stars verzeichnet waren. John fragte Susan: »Waren Sie jemals auf so einem Ding?«
»Auf einem Promi-Stadtplan? Einmal, ungefähr zwei Jahre lang. In der Neuauflage bin ich dann wieder gelöscht worden.

Ständig schlichen Autos im Schneckentempo an meiner Wohnung vorbei und gaben dann unvermittelt wieder Gas – Tag und Nacht. Es war das Gespenstischste, was ich je erlebt habe. Das Haus war gut gesichert, aber trotzdem habe ich mich ein paar Mal so gegruselt, dass ich bei einer Freundin übernachtet habe. Und Sie?«

»Ich bin kein Star.« In dem Moment fuhr das Oscar-Mayer-Würstchenmobil vorbei, und um sie herum hupten überall Autos, als wäre es eine Hochzeitskutsche. John nahm seinen ganzen Mumm zusammen und fragte: »Susan – *Sue* – wo wir gerade von Launen des Schicksals sprechen, möchte ich Sie etwas fragen: Glauben Sie, dass Sie mir schon mal begegnet sind?«

Susan machte ein so nachdenkliches Gesicht, als wolle sie ihre Antwort bei einem Rechtschreibwettbewerb buchstabieren. »Ich habe Zeitschriftenartikel über Sie gelesen. Und ich habe mal etwas über Sie im Fernsehen gesehen. Es tut mir Leid, dass Sie so ein Pech hatten – als Sie damals abgehauen sind und versucht haben, sich zu ändern oder was auch immer Sie vorhatten. Tut mir wirklich Leid.« Der Tumult um das Würstchenmobil hatte sich wieder gelegt, und Susan baute sich vor John auf und musterte ihn prüfend. In seinem Blick lag etwas Sonderbares, als habe er gerade eine Riesensumme verloren und sei kurz davor, das Casino zu verlassen. »Ich meine, ich bin es auch ziemlich leid, ›ich‹ zu sein. Ich kann Ihnen das nachfühlen.«

John machte eine Bewegung, als wolle er sie küssen, aber da quietschten hinter ihnen wütend die Reifen zweier Autos. Sie drehten sich um und setzten ihren Spaziergang fort.

»Sie waren mal Schönheitskönigin, nicht wahr?«, fragte John, »Miss Wyoming.«

»O *Gott*, ja. Ich habe an diesem Misswahlen-Zirkus teilgenommen, seit ich ein halbes Jahr älter als JonBenet Ramsey war, also vier. Außerdem war ich TV-Kinderstar, abgehalfterte Schauspielerin, Rock 'n' Roll-Braut, Überlebende eines Flugzeugabsturzes und geheimnisumwobenes Faszinosum.«

»Gefällt es Ihnen, so viele verschiedene Dinge gewesen zu sein?«

Es dauerte eine Sekunde, bis Susan antwortete. »So habe ich das noch nie gesehen. Ja. Nein. Wollen Sie damit sagen, dass man auch anders leben kann?«

»Keine Ahnung«, sagte John.

Sie überquerten den San Vicente Boulevard und kamen an Gebäuden und Straßen vorbei, die für sie früher einmal mit allen möglichen Geschichten verbunden gewesen waren. Jetzt schien ihnen das alles so wenig zu ihrem Leben zu gehören wie die Schaufensterdekorationen. Jeder von ihnen hatte Erinnerungen an ein unangenehmes Meeting hier, einen eingelösten Scheck dort, ein Essen …

John fragte: »Woher *kommen* Sie eigentlich?«

»Ich stamme aus einer Familie von Hillbillys. Im wahrsten Sinne des Wortes. Sie lebten in den Bergen von Oregon. Die reinsten Neandertaler. Wenn meine Mutter nicht die Flucht ergriffen hätte, wäre ich jetzt vermutlich zum siebten Mal von meinem eigenen Bruder schwanger – und wahrscheinlich würde irgend jemand aus der Familie das Balg klauen und es gegen einen Packen unbenutzter Rubbellose eintauschen. Und Sie?«

Mit sonorer Fernsehansagerstimme deklamierte er: »Familie *Lodge* aus Delaware. ›Der Pestizid-Clan.‹« Er wechselte wieder in seine normale Tonlage. »Mein Urgroßvater mütterlicherseits hat eine Chemikalie entdeckt, die den Fortpflanzungszyklus einer Milbenart unterbricht, die ganze Maisfelder verseucht.«

Eine Ampel sprang auf Grün, Verkehr flutete auf den Boulevard, und die beiden gingen weiter. Susan war in einen hellen, leichten Stoff gehüllt, kühl und bequem wie die Siegerschärpe bei einem Schönheitswettbewerb. John schwitzte wie ein Limonadenkrug, seine Jeans, sein Gingham-Hemd und seine schwarzen Haare absorbierten die Hitze wie Steine in der Wüste. Aber anstatt nach einer Klimaanlage und einem Spiegel Ausschau zu halten, zog John nur sein Hemd aus der Hose und bemühte sich, mit Susan Schritt zu halten.

»So großkotzig, wie die sich an der Ostküste aufgespielt haben, hätte man meinen können, unsere Familie habe die Atombombe erfunden. Aber dann haben sie etwas wirklich Abartiges getan.«

»Und zwar?«, fragte Susan.

»Sie haben sich mit der Kettensäge über ihren eigenen Stammbaum hergemacht. Gnadenlos. Alle, die gesellschaftlich nicht ihren Ansprüchen genügten, wurden gestrichen. Es war, als hätten sie nie gelebt. Ich habe Dutzende von Großonkeln und Tanten, Cousins und Cousinen, die ich nie kennen gelernt habe. Ihr einziges Vergehen war, dass sie in bescheidenen Verhältnissen lebten. Ein Großonkel von mir war Gefängniswärter. *Ausgemustert.* Ein anderer hat eine Frau geheiratet, die einen nicht allzu vornehmen Akzent sprach. *Kaltgestellt.* Und der Himmel sei jedem gnädig, der einmal ein anderes Familienmitglied beleidigt hat. In unserer Familie wurde niemand zur Rede gestellt oder bestraft. Er wurde bloß *ausradiert.*«

Sie schwiegen. Inzwischen waren sie vielleicht eine Meile gelaufen. John fühlte sich Susan so nah wie die Farbe einer Wand. Er bat: »Erzählen Sie mir mehr, Susan. Egal, was. Ihre Stimme gefällt mir.«

»Meine Stimme? Die kann man zu fast jeder Tageszeit überall auf der Welt hören. Man braucht nur eine Satellitenschüssel, die Sender empfängt, auf denen in einer Tour beknackte Fernsehserien der frühen Achtziger laufen.« Sie waren an einem Plattenladen angelangt. Zwei original '77er Punkfossile mit Irokesenschnitt gingen vorbei.

John schaute Susan an und sagte: »Susan, haben Sie schon mal ein Gesicht gesehen – zum Beispiel in einer Zeitschrift oder im Fernsehen –, das Sie nicht mehr losgelassen hat? Vielleicht haben Sie sogar insgeheim gehofft, dass Sie eines Tages, wenigstens einmal, dem Menschen begegnen, der hinter dem Gesicht steckt?«

Susan lachte.

»Heißt das ja?«

»Wieso fragen Sie?«
John erzählte Susan von einer Vision, die er im vergangenen Jahr im Cedars-Sinai Medical Center gehabt hatte. *Sie* hatte ihn veranlasst, sein Leben so drastisch zu ändern. Er gestand Susan, dass diese Erscheinung *ihr* Gesicht, *ihre* Stimme gewesen war. »Aber dann, Monate später, als ich mein altes Leben bereits komplett über Bord geworfen hatte, stellte ich fest, dass ich in Wirklichkeit gar keine große, mystische Vision in Dolby-THX gehabt hatte. Mir wurde klar, dass bloß irgendeine alte Folge dieser Serie, in der Sie mitgespielt haben, im Fernseher an meinem Krankenhausbett gelaufen war. Und die muss mit meinen Träumen verschmolzen sein.«
Es erschien Susan irgendwie folgerichtig, dass dieser Mann mit den traurigen, blassen Augen, die aussahen wie verschneite Fernsehbilder, in ihr seine Rettung gesehen und sie dann tatsächlich gefunden hatte. Sie hatte schon vor Jahren aufgehört, ans Schicksal zu glauben. Die Vorstellung, es gäbe eine Vorsehung, kam ihr albern vor. Aber bei John verspürte sie wieder dieses längst verloren geglaubte schicksalhafte Prickeln.
Ein Laubsauger schreckte die beiden auf, und gerade als John seine Stimme erheben wollte, kam in der Ferne zwischen einer Zypressenallee und einer Werbetafel für Schwulen-Kreuzfahrten die Cedars-Sinai-Klinik in Sicht. Da Johns Hemd inzwischen völlig durchgeschwitzt war, machten sie bei einem Drugstore Halt und kauften ein weißes Baumwoll-T-Shirt in XXL mit der Aufschrift I LOVE L.A. sowie zwei Flaschen Wasser. Er zog sich auf dem Parkplatz unter den amüsierten Blicken zweier halbwüchsiger Jungs um. »Glamourboy lässt Laufsteg rocken!«, johlten sie.
John sagte: »Wichser«, und sie überquerten den Sunset Boulevard. Der Nachmittag neigte sich dem Abend zu, und der Verkehr quälte sich missvergnügt durch verstopfte Straßen. Sie erreichten ein Wohnviertel. Susan fühlte sich müde, und ihr war schwindelig. Sie sagte: »Ich muss mich hinsetzen«, und sie ließen sich auf dem Kantstein vor einem Wedgwood-blauen

Haus im französischen Landhausstil nieder. Eine Asiatin beobachtete sie misstrauisch aus dem ersten Stock.

»Das ist die Sonne«, sagte Susan. »Sie ist nicht mehr so wie früher. Oder ich vertrage sie nicht mehr so gut.« Sie legte sich auf das Bermudagras.

John, der plötzlich fürchtete, der Einzige zu sein, der aus dem Nähkästchen plauderte, sagte: »Erzählen Sie mir von dem Absturz. Dem Absturz in Seneca. Ich wette, Sie sprechen nie darüber, oder?«

»Zumindest nicht in allen Einzelheiten.«

»Erzählen Sie's mir.« Susan setzte sich auf, und John legte den Arm um sie. Den Blick starr aufs Pflaster gerichtet wie Prinz William hinter dem Sarg seiner Mutter, erzählte sie ihre Geschichte. Sie hätte noch die ganze Nacht mit ihm reden können, doch zwei Dinge kamen dazwischen: Die Rasensprenger erwachten plötzlich hektisch spritzend zum Leben, und ein Streifenwagen der Polizei von Beverly Hills tauchte geräuschlos aus dem Nichts auf. Zwei grimmig dreinschauende Beamte stiegen aus, die Hände an den Waffen, die an ihren Hüften hingen. Susan, inzwischen völlig durchgeweicht, begann aufzustehen, aber ihre müden Knie gaben nach. John zog sie hoch und sagte: »Du meine Güte, wir legen hier bloß mal eine kleine Pause ein, und schon kreuzt ein ganzes Einsatzkommando auf. Wer zahlt euch Gorillas denn euer Gehalt? Ich!«

»Wir sind kein Einsatzkommando, Mr. Johnson. Ganz ruhig«, sagte einer der Beamten. »Ma'am« – er musterte sie eingehender – »Mrs. Thraice? Können wir Ihnen helfen? Sie mitnehmen? Sie waren toll in *Dynamite Bay.*« *Dynamite Bay* war ein Low-Budget-Actionfilm, der jetzt in großer Auflage auf Video herausgekommen war und gar nicht schlecht lief. Adam hatte ihn zu Susans Schauspiel-Comeback deklariert.

Sie schlug einen geschäftsmäßigen Ton an. »Hallo, Jungs. Ja, ihr könnt mich *gerne* mitnehmen.« Sie wandte sich zu John um und lächelte bedauernd. »Ich liebe lange Spaziergänge, aber ansonsten bin ich eigentlich nicht für das Leben unter freiem Himmel geschaffen. Ein andermal vielleicht.« Sie stieg hinten in den Wagen ein, und einer der Polizisten schlug die Tür zu. Sie ließ das Fenster herunter. »Zum Beechwood Canyon, Jungs.« Sie schaute John an. »Also – ich weiß nicht mal meine eigene Telefonnummer. Rufen Sie Adam Norwitz an.« Als der Wagen sich in Bewegung setzte, rollte sie einen vom Rasensprenger durchnässten Seidenschal zusammen und reichte ihn John. »Was *nach* dem Absturz passierte, ist eine viel bessere Geschichte. Ich hätte Ihnen lieber *die* erzählen sollen. Rufen Sie mich an.« Und dann war sie fort, und John stand da und presste die Seide an sein Herz, während der Sprenger seine Füße berieselte, als seien es Samenkörner.

Kapitel Zwei

Zwei Tage vor ihrem fünfundzwanzigsten Geburtstag stieg Susan in New York in ein Flugzeug. Sie hatte für die Rolle einer schrulligen Nachbarin in einem Sitcom-Pilotfilm vorgesprochen. Nicht die Hauptrolle – die schrullige Nachbarin. Nächste Station wären Mutterrollen. Das Casting war nicht gerade gut gelaufen. Der Prince-Charles-Spaniel des Produzenten hatte Durchfall, weshalb die Hotelleitung ständig anrief und an die Tür klopfte, während Susan tapfer versuchte, das Beste aus biederen Frivolitäten aus der Feder von USC-Absolventen zu machen, die mit TV-Serien wie *Charles in Charge* groß geworden waren und die nächsten vier Jahre von Gauloises und Fellini-Devotionalien gelebt hatten.

Ernüchtert trat sie den Rückzug an und nahm den Flug 802 von New York nach Los Angeles. Auf ihrem Platz in der Touristenklasse erreichten sie Wellen sensationslüsternen Mitleids, verströmt von anderen Passagieren, die ihre Sensoren auf den Geruch gescheiterter Promis ausgerichtet hatten. Susan war dankbar für die Ablenkung durch die üblichen Startbahnrituale – die Sicherheitshinweise, das leichte, erwartungsvolle Kribbeln, kurz bevor die Maschine beschleunigt und abhebt. Reihen von Bildschirmen, auf denen lautstark für Disney World, den Chevy Lumina und zuckrige Parfums geworben wurde, klappten aus der Decke. Eine alte *Cheers*-Folge begann.

Die »Anschnallen«-Zeichen erloschen, und die Flugbegleiter

warfen den Passagieren lustlos Päckchen mit Rauchmandeln zu. Wie gleichgültig den Fluggesellschaften heutzutage das leibliche Wohl ihrer Gäste ist, dachte Susan, die auf den Coast-to-Coast-Flügen der ehemaligen MGM Grand einst von allen hofiert worden war. Sie hatte mit Nick Nolte Poker gespielt, sich gemeinsam mit Eartha Kitt die Fußnägel poliert und mit Roddy McDowell Klatschgeschichten ausgetauscht. Jetzt, auf dem Flug 802, stürzten sich alle Passagiere gleichzeitig auf die Nüsse, das ganze Flugzeug war von einem hektischen Kauen erfüllt, einem Geräusch wie von Heuschrecken, woraufhin sich der salzige Lösungsmittelgeruch von zermalmten Nüssen entfaltete. *Ah, der Sündenfall.*

Susan blickte von ihrem Fensterplatz, 58-A, teilnahmslos auf die Landschaft hinunter. Links von ihr saß ein älteres Pärchen – er war irgendeine Art Ingenieur und sie eine verhuschte 50er-Jahre-Ehefrau. Mr. Ingenieur war überzeugt, dass sie gerade über Jamestown, New York, hinwegflogen, »den Geburtsort von Lucille Ball«. Er machte einen langen Hals und zeigte auf etwas, das aussah wie jede andere amerikanische Stadt, in der man Tide-Waschmittel kaufte und Campbell's-Suppe aß und die mindestens einmal pro Jahrzehnt durch einen bizarren, sinnlosen Mord in die Schlagzeilen kam. Später sollte Susan sich eine Karte der amerikanischen Oststaaten ansehen und feststellen, wie absolut falsch der Ingenieur gelegen hatte, aber damals spähte sie in der völlig abwegigen, einfältigen Hoffnung nach unten, einen klitzekleinen Fleck flammend roter Haare zu entdecken.

In diesem Moment explodierte das Triebwerk – das linke, genau vor Susans Augen. Wie bei einer Popcorn-Maschine wurde die Detonation – *wump!* – durch den Flugzeugrumpf gedämpft. Der Rückstoß ließ die Flugbegleiter und ihre Getränkewagen auf die Sitze zu beiden Seiten des Ganges purzeln, während Sauerstoffmasken wie Eidechsenzungen von der Decke fielen. Die Maschine geriet ins Trudeln, und die Passagiere, die wie Susan nicht angeschnallt waren, schwebten für einen Augenblick wie Kolibris in der Luft. Sie dachte: *Ich kann fliegen.* Und dann: *Ich bin eine Astronautin.* Alles ging viel zu schnell, als dass Panik ausbrechen konnte. Manche stöhnten beim unvermittelten Absacken der Maschine auf, andere fluchten, aber niemand wurde hysterisch, und auch sonst war kaum etwas zu hören.

Dann brachte der Pilot das Flugzeug wieder unter Kontrolle, und als er die Zügel straffte, war es, als machte es eine Bauchlandung auf einer Betonpiste. Die Sauerstoffschläuche wogten hin und her wie Wasserlilien in einem Zeichentrickfilm, und auf den Bildschirmen lief wieder *Cheers*.

Die nächsten zwei Minuten vergingen, als wäre nichts passiert. Susan fand es irgendwie beruhigend, dass Mr. Ingenieur seiner Frau detailliert erläuterte, weshalb die Maschine flugfähig bleiben würde.

Dann begannen sie von neuem zu sinken, ein Sinkflug, so lang wie ein Song im Radio, ein unkontrolliertes Schweben der Erde entgegen – lautlos und erschütterungsfrei. Susan bildete sich ein, die anderen Passagiere müssten ihr die Schuld an dem Absturz geben, als hätte sie ihren Flug verhext – sie, ein drittklassiger Star, hatte ein Klatschpresseunglück über eine Reise gebracht, die sonst reine Routine gewesen wäre. Sie vermied es, sie anzusehen, und legte ihren Sicherheitsgurt an. Sie fühlte sich verkrampft und mürbe. Sie dachte: *Das ist also das Ende: Ein Absturz über Lucys Heimatstadt, inmitten von alten Fernsehserien, verschütteten Getränken und ächzenden Triebwerken. Sobald die Maschine auf dem Boden aufschlägt, werde ich nicht mehr ich sein. Ich werde zu dem werden, was als nächstes kommt.*

Sie staunte, wie erleichtert sie war, dass die Schnur, auf die sie im Laufe ihres Lebens all ihre gescheiterten Identitäten wie Plastikperlen aufgefädelt hatte, endlich gekappt wurde. *Vielleicht werde ich die Augen aufschlagen und feststellen, dass ich gerade aus einem Vogelei schlüpfe, wiedergeboren als Kardinal. Vielleicht werde ich Jesus treffen. Aber was auch immer*

passiert, ich bin aus der Sache raus. Was auch immer passiert, ich muss nie wieder eine Versagerin, eine Marionette oder eine ehemalige Berühmtheit sein, die die Menschen hassen, lieben oder für alles Mögliche verantwortlich machen können.
Dann gab es einen plötzlichen Ruck wie in der Achterbahn, und die Maschine pflügte durch die Luft, prallte auf dem Boden auf und bohrte sich in die Erde. Das Getöse war so laut, dass es alle anderen Empfindungen übertönte. Die Bilder kamen ihr in schneller Folge entgegen wie Schnappschüsse: Leiber, Erdbrocken und Gepäckstücke, die ihr um die Ohren flogen, als würden sie von einem Häcksler in die Luft geschleudert – das Kreischen von geschundenem Metall und Pressluft. Und dann Stille.
Ihr Sitz war zusammen mit einem Teil des Flugzeugrumpfs zum Stehen gekommen. Der Ingenieur, seine Frau und ihre beiden Sessel waren – *weg*. Susans Sitz war als Einziger übrig geblieben und stand mit dem dazugehörigen Wrackteil verschraubt kerzengerade da. Etwa eine Minute lang war sie wie erstarrt. Rechts von ihr schwebte in einiger Entfernung ein kleines Rauchwölkchen empor. Treibstoffgeruch stieg ihr in die Nase. Behutsam löste sie den Sicherheitsgurt von Sitz 58-A, stand auf und sah ein gelblich braunes Hirsefeld vor sich. Eine kurze Inspektion ihres Körpers ergab, dass sie keinen Kratzer abbekommen hatte, doch schien es, dass alle anderen Passagiere zerschmettert, verkohlt und zerfetzt entlang einer Trümmerspur lagen, die sich eine halbe Meile über das von Siedlungshäusern gesäumte Hirsefeld erstreckte. Nachdem die Maschine auf dem Boden aufgeschlagen war, geschah einen Moment lang nichts, bevor die Menschen aus dem Vorort zur Unglücksstelle strömten. In diesem Moment hatte Susan das gesamte Flugzeug und die zerquetschten Passagiere ganz für sich allein, wie ein Museum an einem verregneten Dienstagnachmittag. Die Leichen um sie herum sahen aus, als wären sie aus einer Sprühdose auf den Flugzeugrumpf und das von tiefen Furchen durchzogene Hirsefeld geschäumt worden.

Ein Haufen nicht erhitzter Fertiggerichte in Alufolie bedeckte die Beine einer Stewardess. Gepäckstücke waren wie Knallfrösche aufgeplatzt und mit Erde, Wurzeln und Löwenzahn vermischt, und überall lagen Popcorn-Becher und Courvoisier-Flaschen herum wie heruntergefallene Murmeln. Susan machte sich auf die Suche nach anderen Überlebenden. Sie stieß auf verstümmelte Gliedmaßen und Köpfe. Der rußbedeckte Flugzeugrumpf enthielt einen Klafter tote Passagiere.
Sie kam sich vor wie ein Geist. Sie suchte in den Trümmern nach ihren sterblichen Überresten, doch sie fand nichts. Sie bekam Angst, dass die Beziehung zwischen ihrem Verstand und ihrem Körper Schaden genommen hatte.
Ein paar halbwüchsige Jungen auf Fahrrädern waren die Ersten, die die Unglücksstelle erreichten. Sie warfen ihre Räder hin und begannen, wie Schlafwandler um das Wrack herumzugehen. Sie sahen so jung und lebendig aus. Susan ging auf sie zu, und einer von ihnen rief: »He, haben Sie *das* gesehen?! Haben Sie gesehen, wie's runtergekommen ist?«, worauf Susan nickte, weil ihr klar wurde, dass die Jungs in ihr weder ein Absturzopfer noch den Fernsehstar erkannten.
Dann war sie plötzlich von einer Meute Schaulustiger aus dem Ort, von Lastwagen, schrillen Sirenen und Krankenwagen umgeben. Sie bahnte sich ihren Weg aus dem Gedränge und erreichte eine frisch geteerte Vorortstraße, auf der sie sich von dem Wrack entfernte, bis sie zu der Wohnsiedlung gelangte. Sie hatte überlebt, und jetzt brauchte sie ein Dach über dem Kopf und Ruhe.
Sie warf einen Blick auf die Straßennamen: Bryn Mawr Way, Appaloosa Street, Cornflower Road. Nachdem sie Letztere ein kurzes Stück entlanggegangen war, vorbei an frisch umgegrabenen Beeten und jungen Bäumen, sah sie ein neu erbautes Einfamilienhaus, auf dessen Eingangstreppe sich ein kleiner Stapel Zeitungen angesammelt hatte. Sie ging zur Tür, klingelte und spürte, wie sich ihre Schultern entspannten, als niemand aufmachte. Sie lugte durchs Fenster und sah ein kühles, stilles,

bürgerliches Schlafzimmer, so friedlich und einladend, wie die Schatzkammer von König Tut ihren Entdeckern erschienen sein musste. Eine Ruhe überkam sie, die sie daran erinnerte, wie sie als Kind auf dem Rücksitz des Corvairs ihrer Eltern gesessen und durch das Glasdach zu den Sternen emporgesehen hatte – etwas Glamouröseres konnte sie sich nicht vorstellen.
Sie versuchte die Haustür zu öffnen, aber die war abgeschlossen. Die Garagentür an der Seite des Hauses war ebenfalls verriegelt, und so versuchte sie es an der Schiebetür zur Küche, jedoch ohne Erfolg. Mit einem pfirsichgroßen Stein schlug sie ein Loch in die Scheibe, schob den Riegel zurück und trat in die Küche. Rasch sah sie sich nach einer Alarmanlage um – durch das Leben in Hollywood kannte sie sich mit so etwas aus –, aber es gab keine. Welche Erleichterung! Und wie still es war. Sie sog prüfend die Luft ein, holte sich ein Glas Leitungswasser und sah sich die verschiedenen Gegenstände an, die mit Magneten an die Kühlschranktür geheftet waren: Familienfotos – zwei hübsche Kinder, ein Junge und ein Mädchen, und ein Bild der Mutter, die auf Susan den Eindruck einer jener perfekten Mütter machte, über die man immer wieder in Frauenzeitschriften liest, der Schlag Frau, die Kinder mit einem tapferen Lächeln zur Welt bringt und nicht in der Lage ist, ein ernährungswissenschaftlich unausgewogenes Picknick zusammenzustellen. Ein Foto des Vaters war auch dabei – ein sportlicher Typ in einem blauen Nylon-Marathondress, die Tochter in einem Tuch auf den Rücken gebunden. Außerdem hing ein Kalender am Kühlschrank, dessen Eintragungen Susan entnehmen konnte, dass »die Galvins« noch weitere sieben Tage in Orlando weilen würden. Sie schaute in den Kühlschrank und fand ein paar vergessene Karottenstäbchen, die sie knabberte, während sie ins Wohnzimmer ging und sich auf die Couch legte. Das Bellen und Heulen der Sirenen drang schwach an ihre Ohren, und sie stellte den Fernseher an. Ein Hubschrauber eines lokalen Nachrichtensenders berichtete von dem Absturz. Die Ereignisse erschienen ihr im Fernsehen

realer als in Wirklichkeit. Die Rettungsmannschaften, so hieß es, hatten noch keine Überlebenden gefunden. Die Zahl der Todesopfer belief sich auf 194. Susan registrierte jedes Wort. Ihre Unfähigkeit, auf den Absturz zu reagieren, machte ihr Angst. Sie war alt genug, um zu wissen, was ein Schock war, und ihr war klar, dass er sich, wenn es so weit war, auf brutale und bizarre Weise äußern würde.

Die Spätnachmittagssonne schien durch die Wohnzimmerläden. Susan schaltete die Klimaanlage ein und spazierte durch das stille Haus. Im ersten Stock blieb sie stehen und presste ihre Wange an den kühlen Putz im Flur. Vor ihr lagen drei Schlafzimmer und zwei Bäder von bedrückender Enge, deren Normalität so extrem war, dass es ihr vorkam, als wäre sie auf wundersame Weise fünfhundert Jahre in die Zukunft versetzt worden und befände sich in einem Diorama, in dem das bürgerliche Leben Nordamerikas im ausgehenden zwanzigsten Jahrhundert nachgestellt war.

Das Badezimmer war groß und sauber. Susan ließ Badewasser ein, zog sich aus und stieg in die Wanne. Sie glitt mit dem Kopf unter die Oberfläche des gechlorten, edelsteinblauen Wassers, und als sie zum Luftholen wieder auftauchte, begann sie zu weinen. Sie war ungeschoren davongekommen – ohne Beulen und Kratzer, wie ein Apfel frisch vom Obststand im Supermarkt. Die Haut klamm, die Knie bis ans Kinn hochgezogen, dachte Susan an ihre Mutter, Marilyn, und an deren Leidenschaft für Lottoscheine. Seit ihrer frühesten Jugend hegte Susan ein tiefes Misstrauen gegenüber Lotto-Spielen. Sie eröffneten einem zwar die Möglichkeit, 3,7 Millionen Dollar zu gewinnen, aber indem sie das taten, öffneten sie auch *andere* Türen – Türen, die man vielleicht lieber verschlossen gelassen hätte, Türen, die sich, wenn sie einmal offen waren, nicht wieder schließen ließen. Man riskierte, dass einem katastrophal Gutes wie auch katastrophal Schlechtes widerfuhr. War die Tatsache, dass Susan verschont geblieben war, die Belohnung dafür, dass sie sich all die Jahre geweigert hatte, Marilyns Lose zu rubbeln?

Sie spritzte sich das Gesicht nass und spülte sich die Tränen ab. Ihre Zähne fühlten sich klebrig an. Sie ließ sich Wasser in den Mund laufen und versuchte sie mit der Zunge zu säubern. Jetzt hatte sie nicht mehr das Gefühl, tot oder ein Geist zu sein. Ihr Atem ging ruhiger. Der Himmel begann sich zu verdunkeln, und sie trocknete sich ab, zog Karen Galvins Frottee-Bademantel an und kehrte in die Küche zurück, wo sie sich eine Dose Champignoncremesuppe warm machte. Als diese fertig war, ging sie mit der Suppe und einer Packung Goldfish Crackers ins Wohnzimmer und setzte sich vor den Fernseher. Würden die Nachbarn das Licht bemerken und Verdacht schöpfen? Sie schob den Gedanken beiseite. Die Siedlung wirkte, als sei sie vom Fox-Studio eingeflogen worden, speziell für Menschen entworfen, die mit ihren Nachbarn nichts zu tun haben wollten, und Susan vermutete, dass sie vermutlich eine Heavy-Metal-Platte bei voller Lautstärke abspielen konnte, ohne dass jemand auch nur mit der Wimper zuckte.

Das Nachrichtenteam des Lokalsenders arbeitete auf Hochtouren, und Susan war nicht überrascht, als ein altes Agenturfoto von ihr hinter dem Kopf des Moderators auf dem Bildschirm erschien. Sie erinnerte sich an den Tag, an dem sie für dieses Foto Modell gesessen hatte. Ihr Mann Chris, der Rockstar, hatte hinter dem Fotografen gestanden und komische Geräusche gemacht. Sie war froh, Chris, den Castings und den bösartigen Artikeln in der Boulevardpresse entronnen zu sein. Moment mal – wo *war* sie überhaupt? In Ohio? In Kentucky? Sie stand auf, um auf der kleinen Anrichte neben der Haustür nach Post zu sehen. Seneca, Ohio. Gut.

Sie kehrte zur Couch zurück, weil sie mehr über ihren angeblichen Tod hören wollte, und überlegte, wie lange die Polizei wohl brauchen würde, um die Leichenteile und Zahnfragmente einander zuzuordnen und festzustellen, dass sie nicht unter den Toten war. Sie fragte sich, ob ihr gelöster Sicherheitsgurt auf Platz 58-A sie verraten würde.

Sie schlief auf der Couch ein und wachte am nächsten Morgen

hungrig und erwartungsvoll auf. Der Fernseher lief noch, und als sie durch die Programme surfte, begriff sie den Sinn der Behauptung, dass das Letzte, was wir im Leben herausfinden, ist, welche Wirkung wir auf andere haben. Außerdem konnte sie mit ernüchternder Präzision berechnen, welchen Rang sie in der Entertainment-Hölle eingenommen hatte:

- »Gab mittelmäßige Schauspielkarriere für die Trashwelt des Rock 'n' Roll auf.«
- »Provinzblume will hoch hinaus und fällt tief.«
- »Intelligent, aber so manche Fehlentscheidung getroffen.«
- »Als Frau eines Rock 'n' Roll-Playboys schwer gestraft.«
- »Spielte kürzlich eine kleine, schwachsinnige Rolle in einem kleinen, schwachsinnigen Film.«

Auf CNN sah sie, wie ihre Mutter und ihr Stiefvater auf dem Rasen vor ihrem Haus in Cheyenne interviewt wurden. Marilyn hielt sich ein gerahmtes Foto von Susan vor den Bauch, als verberge sie eine Schwangerschaft. Es war ein frühes Teenagerfoto, aufgenommen etwa drei Minuten bevor sie berühmt wurde, kurz bevor ihre Welt aus den Fugen geriet wie ein explodierendes Raumschiff in einem Film. Ihr Stiefvater, Don, stand mit ernster Miene und verschränkten Armen da. Beide sprachen über Susans Tod, beide murmelten »Kein Kommentar« auf die Frage, ob sie die Fluggesellschaft verklagen würden. Es folgte ein zehnsekündiger Ausschnitt aus der Fernsehserie *Meet the Blooms,* in der Susan jahrelang die »liebe« Tochter Katie gespielt hatte, ihre bekannteste Rolle. Danach deklamierte der Nachrichtensprecher salbungsvoll: »Susan Colgate – Schönheitskönigin, Kinderstar, Frau eines Rockstars und liebende Tochter. Jetzt scheint ihr Stern am Himmel«, worauf Susan tief Luft holte und »Huah« sagte.
Sie machte sich einen Orangensaft aus gefrorenem Konzentrat und richtete sich dann auf einem Teller gekochte Tiefkühlerbsen in einer Pfütze aus geschmolzener Margarine an, dazu

zwei gut durchgebratene Frikadellen mit Thousand-Island-Dressing und zwei mit einer umgeklappten Scheibe Schmelzkäse belegte Brötchen. Diese Mahlzeit erinnerte sie daran, wie sie als Kind wegen einer Blinddarmoperation im Krankenhaus gelegen hatte, und diese Regression war ihr bewusst.
Auf CNN wurden keine wirklich neuen Bilder gesendet. Sie nahm an, dass man sie schon morgen nicht mehr erwähnen würde, und bis zum darauf folgendem Tag würde die Wunde in der kollektiven Erinnerung der Nation völlig verheilt sein. Die Welt würde sie vergessen, und sie würde die Welt vergessen. Was für eine Spur sie auch immer hinterlassen haben mochte, sie würde so schnell verschwinden wie ein Schnitt von einem Blatt Papier. All die Arbeit, Zeit und Energie, die sie darauf verwendet hatte, eine glaubwürdige Susan Colgate zu sein – alles umsonst.
Sie stellte den Fernseher ab und probierte im ersten Stock ein paar von Karen Galvins Sachen an, die zwar ihre Größe hatten, ihr aber ein bisschen zu sportlich waren. Sie entdeckte ein paar einigermaßen hübsche Schmuckstücke – der Geschmack ihres Mannes vielleicht?
Ein paar Tage später sah Susan bei *Entertainment Tonight* einen Teil des Gedenkgottesdiensts, der ihr zu Ehren abgehalten wurde. Chris Thraice war aus Deutschland eingeflogen worden, um mit den Trauergästen in der Westwood Memorial Chapel eine peinliche Rock-Version von »Amazing Grace« zu singen, die klang wie eine Live-Aid-Kuschel-Hymne. Susan schämte sich für die geistlose, abgeschmackte Trauerfeier, die von Gott weiß wem arrangiert worden war – vermutlich von Chris' Leuten –, aber dann dämmerte ihr, dass es die PR-Leute für ihren Actionfilm gewesen sein mussten, die sich diese kranke Variante eines Mitleidficks ausgedacht hatten, um die Leute in die Kinos zu locken und die Einspielergebnisse des dritten Wochenendes in die Höhe zu treiben.
Ihre Mutter und ihr Stiefvater, die nach dem Gottesdienst erneut interviewt wurden, waren mittlerweile zu Schlüsselfigu-

ren im Verfahren gegen die Fluggesellschaft geworden. »Wir würden jeden Pfennig, den dieser Prozess uns einbringen mag, dafür geben, unsere liebe Suzie wieder bei uns zu haben.« Suzie? Marilyn hatte Susan alle möglichen Namen gegeben, aber Suzie hatte bisher nicht dazugehört.

Des weiteren wurde in den Fernsehnachrichten berichtet, die Fluggesellschaft habe dem betroffenen Landwirt eine Entschädigung für die Hirseernte der nächsten drei Jahre gezahlt und die Unglücksstelle mittels mehrerer bei einem nahe gelegenen Bergwerk ausgeliehener Siebvorrichtungen von allen Trümmern befreit. Der Gerichtsmediziner des Bezirks räumte ein, dass viele Passagiere zu stark verkohlt waren, um noch identifiziert werden zu können, und Susans Befürchtungen, man könnte entdecken, dass sie nicht unter den Opfern war, wurden durch ein Interview mit einer Angehörigen des Bodenpersonals zerstreut, die mit Tränen in den Augen schilderte, wie überwältigend es für sie gewesen sei, Susan den Weg zur Einstiegsrampe zu weisen (»So was Natürliches! Sie ist sogar Touristenklasse geflogen«). Die Worte dieses Mädchens waren in der ganze Farce um ihren Tod der einzige Moment echter Herzenswärme.

Susan vertraute jedenfalls trotz eines gewissen Risikos darauf, dass die Galvins, offenbar eine sparsame Familie, die sich gern mit preisgünstigen Großpackungen eindeckte, ihren bereits bezahlten Urlaub in Orlando nicht vorzeitig beenden würden – auch wenn eine der größten zivilen Flugzeugkatastrophen Nordamerikas nur einen kurzen Spaziergang von ihrer Hintertür entfernt passiert war. Aus dem Kalender am Kühlschrank ging hervor, dass sie am nächsten Tag um 18:10 Uhr in Columbus und um 20:00 Uhr in Seneca ankommen würden.

Am Morgen der voraussichtlichen Heimkehr der Galvins ging Susan mit einem Lappen und Fensterputzmittel durchs Haus, um jede Oberfläche, auf der sie Fingerabdrücke hinterlassen haben konnte, zu polieren. Sie wusch die Bettwäsche und die Handtücher und räumte alles wieder so weg, wie sie es vorge-

funden hatte. Die verbliebenen Lebensmittel in den Schränken und der Tiefkühltruhe arrangierte sie so, dass es aussah, als würde nichts fehlen.
Dann suchte sie sich aus den Sachen, die ganz hinten in Karen Galvins Kleiderschrank hingen, und aus Kartons, die anscheinend selten oder nie getragene Kleidungsstücke enthielten, etwas aus. Ebenfalls in der hintersten Ecke fand sie, vergraben hinter Schuhen und einem Vorrat von Energieriegeln, einige aschblonde Perücken, frisiert in einem Stil, den sie mit in der Unterhaltungsindustrie erworbenem Reichtum der zweiten oder dritten Generation assoziierte. Sie steckte einen Teil der Perücken und ein paar Klamotten sowie einen Karton Energieriegel, eine Handvoll überalterter Kosmetika und ein Paar von Karens geradezu rührend praktischen Schuhen in eine ausgediente Sporttasche, die sie auf einem Regal neben der Waschmaschine und dem Wäschetrockner gefunden hatte. Sie improvisierte einen Look für den bevorstehenden Tag und nickte sich dann im Spiegel zu.
Geschafft.
Jetzt gab es nur noch eins für sie zu tun. Sie ging zu Mr. Galvins Hausbar, wählte ein Getränk, auf das ihrer Einschätzung nach Teenager am ehesten standen – Jack Daniel's –, und schüttete drei Viertel der Flasche in den Ausguss. Zusammen mit der viertelvollen Flasche stellte sie ein paar leere Bierdosen in einem Halbkreis um den Fernseher auf. Dann kritzelte sie mit einem dicken Filzstift in einer Handschrift, die, wie sie hoffte, aussah wie die eines halbwüchsigen Jungen, »Metallica rocks« auf den Bildschirm. Ausserdem verteilte sie sechs Trinkgläser mit Jack-Daniel's-Resten im Zimmer, zwei davon mit Lippenstiftspuren. Sie zerwühlte die Couch und brachte ein paar Nippessachen durcheinander. Die heimkehrende Familie würde bloß Spuren einer harmlosen kleinen Hausbesetzung durch Jugendliche finden.
Susan fühlte sich gut, als sie mit Perücke und in Karens Sachen durch die unverschlossene Terrassentür auf den Weg hinter

den Häusern hinaustrat. Sie hievte eine Plastiktüte mit dem Müll, der sich in der einen Woche angesammelt hatte, in die Mülltonne eines Fremden und überlegte, wo sie als Nächstes hin konnte. Ihre Wahl fiel auf Indiana.

Kapitel Drei

Im Krankenhaus erwachte John gerade lange genug, um den Arzt zu einer Schwester sagen zu hören, seine Lungen seien voll mit »ungefähr fünf Dosen Champignoncremesuppe«, und dann: »Himmel, der sieht ja furchtbar aus. Ich hab schon Steaks gegessen, die einen gesünderen Eindruck machten als der hier. Er ist runter auf – was? *Sechzehn* T-Zellen? Der Typ kommt mir irgendwie bekannt vor. Einer vom Film?«

»Johnson. Er hat *Bel Air PI* gemacht.

»Im Ernst? Was noch?«

»*Bel Air PI 2.*«

»Ach ja – das war einer der seltenen Fälle, wo der zweite Teil besser war als das Original.«

»Ja, schon, aber haben Sie mal *The Wild Land* gesehen?«

»Nee. Nie davon gehört.«

»Da sind Sie nicht der Einzige. Der Film ist nicht mal auf Video rausgekommen. Ich glaube, er ging so ungefähr direkt nach Malaysia.«

»Moment mal – hat der Typ hier nicht *The Other Side of Hate* gemacht?«

»Bingo. Der wurde von Anfang an nur auf Langstreckenflügen gezeigt. Die Muster hätten sie ebenso gut direkt an Boeing schicken können.«

»Für den Film verdient er es, in der Hölle zu schmoren. Ich bin in einem Jahr achtmal von einer Küste zur anderen geflogen, und dieser Film lag wie ein Fluch auf meinem Leben. Er hat mich überallhin verfolgt, egal, wo ich hingereist bin.«

»Wenigstens konnte unser Freund sich davon ein paar Spielsachen leisten. Sehen Sie sich mal die Fesselspuren an Hand- und Fußgelenken an.«

Der Arzt und die Schwester inspizierten seinen Körper wie einen zu mickrig geratenen Weihnachtsbaum. »Na, ich sag ja immer, wer's mag. Zeit, ihm mal wieder den Schmodder aus den Lungen zu saugen. Und behalten Sie sein EEG im Auge, für den Fall, dass er schlappmacht. Die Pillensuppe von dem Typen! Mann, was für 'n Zeug. Fast so 'n Schneekönig wie Walt Disney.«

Die Schwester schaltete einen Absaugschlauch ein, stellte ihn jedoch wieder aus, als John ein Geräusch von sich gab. »Gahsichu wijo.«

»Er sagt irgendwas. Aber was?«

»Gahsnichu wijo.«

»Ich versteh nur Bahnhof. Noch mal ...«

»Ich glaube, er will sagen: ›Den gab's nicht nur auf Video.‹«

»Was?«

»Weil Länn.«

»The Wild Land.«

»Ahschoch.«

»Tja, Herr Doktor, ich glaube, er hat Ihnen gerade ein Kompliment gemacht.«

Ungeachtet dessen, was seine medizinischen Betreuer glaubten, war er sich sicher, dass es eine Infektion war, die ihn fast umgebracht hätte, und nicht etwa eine Überdosis von fünf verschiedenen Medikamenten, gemischt mit Cognac und zwei Slimfast-Erdbeershakes.

Die Nacht, in der er starb, hätte eigentlich eine typische Donnerstagnacht werden sollen: Gegen 23 Uhr das Haus verlassen, mit einem Freund von Ivan ausgehen, der aus New York zu Besuch war, um ein erfolgreiches Theaterstück zu verkaufen – vielleicht sollte er auf ein paar Streicheleinheiten mit ihm zu Melody gehen. Doch als John nachmittags aufwachte, war ihm übel, alles tat ihm weh, und er konnte nicht klar denken. Er hielt diese Symptome für eine heftige Reaktion auf den vergangenen Abend, an dem er Methamphetamine und Tranquilizer eingeworfen und sich in ein Bondage-Outfit gequetscht hatte. An der Lederkapuze hatte er sich den Adamsapfel wund gescheuert. Er glaubte sich zu erinnern, einen Strick zu fest angezogen zu haben. Eine Stelle an seiner Peniswurzel tat weh – *autsch* –, war etwa die Hautoberfläche verletzt? Und der Vasarely-Aschenbecher, der so teuer gewesen war wie ein fabrikneuer Kleinwagen, war in drei wertlose Stücke zersprungen.

Bei Sonnenuntergang hatte Kay seine Küche fertig geputzt und sein Mittagessen in Frischhaltefolie gewickelt. Er hörte, wie ihr Wagen aus der Einfahrt rollte. Eine Welle der Übelkeit brandete über ihn hinweg, und sein Atem ging flacher. Er schleppte seinen zerschlagenen Körper zur Duschkabine, um sich zu übergeben. Danach fingerte er unter dem Abfluss des Waschbeckens eine heruntergefallene Oxazepam-Tablette hervor und kaute sie. Wie ein Häufchen Elend an die Schieferplatten gelehnt, zog er sich aus, drehte dann den Heißwasserhahn auf und merkte, wie wenig er den Tag über zu sich genommen hatte – Seetang, Basmati-Reis, eine Grapefruit, einen Algendrink und sechs Kit-Kats. Während ihm das Wasser über die Haut lief, wurde er ohnmächtig.

Als er wieder zu sich kam, war das Wasser, das auf ihn herabregnete, fast kalt, und der Himmel draußen völlig dunkel. Er drehte den Hahn ab. Er zitterte, und ihm wurde klar, dass er einfach bloß krank war – krank! Er war seit Jahrzehnten nicht mehr krank gewesen, aber das Wissen, dass es nicht die Drogen oder seine Ausschweifungen waren, die seine Zähne zum Schnattern brachten wie einen Baum voller Vögel, ließ sein Herz höher schlagen. Er langte nach dem Wandtelefon neben der Toilette und hieb mit der Handfläche auf den Freisprechknopf. Ein Freizeichen durchschnitt die Stille wie ein Rasiermesser.

Wen sollte er anrufen? Er musste sich schnell entscheiden, denn er spürte, dass sein Zahlengedächtnis schwand. Kay würde inzwischen wieder zu Hause in Inglewood sein und schon längst ihre zweite Flasche Chablis geöffnet haben. Melody war drüben in Rancho Mirage und organisierte ein Fantasy-Wochenende für Banker. Ivan war in der Schweiz, in Davos, um Geldgebern in den Arsch zu kriechen. Seine Mutter? *Die* durfte ihn auf keinen Fall so sehen. Jennifer, seine Assistentin, hatte am Vortag fristlos gekündigt, nachdem sie die Überwachungskamera entdeckt hatte, die Lopez, sein Wachmann, in den elektrischen Lufterfrischer im Badezimmer eingebaut hatte. (»Kaum zu glauben, dass du so tief gesunken bist, mich zu beschuldigen, ich hätte dein Koks geklaut, John.« »Aber Jennifer, du *hast* mein Koks geklaut.« »Selbst wenn, wie konntest du so was Schlimmes von mir denken?«) Damit war ihre Beziehung beendet.
Und dann konnte John sich tatsächlich an keine Nummer mehr erinnern, beim besten Willen nicht, daher drückte er die »Omataste«, die mit dem kleinen roten Kreuz drauf, und krächzte dem Teenager, der in der Zentrale Dienst schob, ins Ohr, er solle ihm »einen verdammten Krankenwagen schicken«, der, wie ihm schien, zwei REM-Zyklen später endlich eintraf, nachdem John sich in eine Jogginghose gequält und einen ganzen Sack voll Pillen in ihre großen Taschen geschaufelt hatte, die nach und nach auf den Boden prasselten, während er sich mühsam die Treppe zur Eingangstür hinunterkämpfte, gerade als die Sanitäter kamen, woraufhin er wieder das Bewusstsein verlor.
Stunden später, nachdem der Arzt und die Schwester seinen Karriereverlauf analysiert und die Suppe aus seinen Lungen gepumpt hatten, lag er in einem kühlen, stillen Zimmer der Cedars-Sinai-Klinik im Bett. Neben ihm stand ein Fernseher von der Größe einer Schachtel Marlboro. Er hörte vom Band eingespieltes Gelächter, ein paar Werbespots, und dann nahm er all seine Kraft zusammen, um seinen Kopf zum Bildschirm zu drehen. Es lief gerade irgendeine schwachsinnige Serie aus

den frühen Achtzigern. Ein Haufen Typen mit abgelaufenem Verfallsdatum.
Ihm war übel und schwindelig, und er hatte Fieber. Er erinnerte sich, wie in seiner Kindheit, als er noch mit seiner Mutter in Kentucky wohnte, ein Tornado die Stadt dem Erdboden gleich gemacht hatte. Hinterher war er durch die Straßen gelaufen. Eine vom Sturm gehäutete Kuh lag neben einem Pickup. Ein Pferd steckte oben in dem einzigen stehen gebliebenen Baum fest, der mitten im Sommer alle Blätter abgeworfen hatte. Tausende von Flussbarschen zappelten in einem Streifen Kalisalzkraut wie offene, nässende Schwären, die sich in der Erde aufgetan hatten.
Plötzlich hatte er das Gefühl, wieder sechzehn zu sein; sein Körper war clean. Er fühlte sich elastisch und wollte am liebsten auf dem Mini-Trampolin der High-School Saltos schlagen. Er wollte auf Skiern einen Gletscher hinuntersausen. Er wollte mit Saugnäpfen an den Fenstern des Hochhauses der First Interstate Bank hochklettern. Er wollte fliegen. Und so flog er, hinauf über das Cedars-Sinai Medical Center und über Los Angeles, zur Sonne, bis an den Rand der Atmosphäre, wo er bei der Raumstation Mir anklopfte, und dann hörte er die Stimme einer Frau und sah ihr Gesicht. Sie sagte zu ihm: »Nein, John. Zeit, zurückzukehren.«
»Das muss ein Scherz sein.« John steuerte weiter auf die Sonne zu.
»Ich mache keine Scherze, John. Das ist nicht mein Job.«
John drehte sich um und sah in Susans Gesicht, das dem Fernsehen so kürzlich erst verloren gegangen war. Es war ein hübsches, typisch amerikanisches Gesicht mit fernsehgerechten Proportionen – das Gesicht eines Kindes, das mit Tetracyclin, Cheerleader-Nummern und Kung-Fu-Kursen aufgewachsen war. »Hast *du* hier etwa das Sagen?«
»John, wir sind nicht hier, um irgendwelche Vertriebsrechte für Kanada oder Mexiko auszuhandeln. Wir sind hier, um dich wieder gesund zu machen.«

»Gesund? Ich hab mich noch nie so gut gefühlt – Mann, ich habe grade bei der Raumstation Mir geklingelt.« Er spürte, wie er zurück zur Erde fiel, durch die Ionosphäre, die Troposphäre und die cremig blaue Atmosphäre. »Lass das!«, brüllte er. »Wer bist du überhaupt – kennen wir uns? Schick mich wieder rauf!«
»Sieh mich an, John.«
»Ich guck dich doch an. Ich *guck* dich an.«
»Nein, das tust du nicht. Du überlegst, wie du mich loswerden und zurück ins All fliegen kannst.«
»Okay, okay, du hast *Recht.* Aber hab ich nicht allen Grund dazu? Ich will nicht wieder zurück in mein beschissenes kleines Leben.«
»Dein Leben ist beschissen?«
Sein Körper machte auf der Stelle Halt, die Füße in der Atmosphäre, der Kopf draußen im All, als wate er in der Lufthülle der Erde. »Es ist nicht so, wie ich es mir gewünscht hätte, nein.«
»Was *hättest* du dir denn gewünscht?«
»Meinst du, ich trag so 'ne Liste mit mir rum, wo das gleich obenauf steht?«
»Was wäre denn daran so verkehrt?«
Darauf wusste John einen Moment lang nichts zu erwidern. »Nichts, schätze ich.« Er schaute in Richtung Osten, zur Küste. »He, guck dir New York an! Man kann die Lichter sehen! Dort ist jetzt Nacht.« Der Blick war in der Tat fantastisch.
»Sicher, John, die Welt ist schön. Aber du wolltest mir gerade erzählen, was du in deinem Leben gern anders gemacht hättest.«
»Keine Ahnung. Ich wäre gern so ein Typ, der im Sportgeschäft kurzärmlige Golfhemden mit olivgrünen Karos kauft – einer, der seine Kinder zum Judounterricht fährt und danach mit ihnen ins Pfannkuchenhaus geht.«
»Du?«
»Na ja, das wär ein Anfang. Solche Typen sehe ich samstag-

nachmittags auf dem San Diego Freeway. Sie sind mit perfekten Müttern verheiratet und gehen niemals fremd.«

»John, jetzt mal im Ernst – ich hab nicht so viel Zeit.«

»Okay, okay. Reg dich ab, und lass mich verdammt noch mal nachdenken.«

»O *Johnnnn*«, flötete die Vision, »ist das denn so kompliziert?«

»Weißt du was?«, sagte John. »Ich würde am liebsten einfach nicht mehr *ich* sein. Ich wäre gern jemand Unbekanntes, ohne jeden Ballast. Ich wäre gern ein unbeschriebenes Blatt.«

»Dann geh und lösch deine Vergangenheit. Leg dir eine neue Identität zu.«

»Das ist zu kompliziert. So was geht heute nicht mehr. Dafür gibt's zu viele Computer und so.«

»Das ist nicht kompliziert. Im Gegenteil. Nichts leichter als das.«

»Wer *bist* du?«

»Um *mich* geht es hier nicht.«

»Ich *kenne* dich irgendwoher. Sundance? Tristar?«

»Du vergeudest deine Zeit.«

»Und was passiert jetzt?«

»Zurück ins Krankenhaus.«

»Oh.«

»Klingt, als wärst du enttäuscht.«

John wurde so still wie ein leeres Zimmer. Und dann sagte er: »Ich möchte dich wiedersehen.«

»Ich weiß nicht, John.«

»Bitte!« John begann mit rasender Geschwindigkeit in Richtung Kalifornien zu stürzen.

»Ich hab einen Anrufer auf der anderen Leitung, John.«

Rumms!

Es war ein Gefühl, als sei er auf Beton gelandet.

Zwei Tage später lag er hellwach in seinem Krankenhausbett, und Melody, seine Busenfreundin und Wirtin des Bordells seines Vertrauens, saß in einer Ecke seines dunklen Einzelzimmers und guckte *Dr. Quinn – Ärztin aus Leidenschaft.*

»Du bist ja wach! Hal*lo!*« rief Melody. Sie stellte den Ton aus, stöckelte an sein Bett und küßte ihn auf die Stirn.

»Melody – verdammt – welcher Tag ist heute?«

»Es ist Samstag, du Scheusal. Du hattest eine *Grippe.* Und eine Lungenentzündung. Die Ärzte meinten, sie dachten, du hättest AIDS, weil von deinem Immunsystem fast nichts mehr übrig ist.« Draußen war die Sonne fast untergegangen. Ein Trolley rollte an der Tür vorbei.

»Warst du die ganze Zeit hier?«

Melodys Miene verriet ihr schlechtes Gewissen. »Na ja, eigentlich nur ungefähr zehn Minuten.«

John ließ den Kopf zur Seite sinken und erhaschte einen Blick auf sein Spiegelbild. Er schloss die Augen. »Himmel.«

Melody raschelte in ihrer Handtasche und förderte ein paar Pfefferminzbonbons zutage. »Willst du 'n Pfefferminz?«

John drehte sich der Magen um. »Nein.«

»Spielverderber.«

Melody steckte sich einen in den Mund und starrte dann John an, der die Augen schloss und versuchte, das Gesicht und die Stimme, die ihm erschienen waren, wieder heraufzubeschwören. Aber er hörte nur Melody, die ihm erzählte, was passiert war und wie krank er gewesen war, um dann zu Klatsch und Tratsch überzugehen. Das Gefühl, ihr auf dem Krankenbett ausgeliefert zu sein, rief ihm die Krankheiten seiner Kindheit ins Gedächtnis. Eine unschöne Erinnerung, wie er Melody in schroffem Ton wissen ließ.

»*Excusez-moi.* Ich wollte nur nett sein. Schließlich *musste* ich nicht herkommen. Ivan hat mich aus der Schweiz angerufen und mich zum Wacheschieben verdonnert. Außer mir war keiner von deinen Freunden hier.«

»Mel …«

»Oh, Mist.« Melody spürte, dass sie zu weit gegangen war. »Tut mir Leid, John. Um ehrlich zu sein – deine Mutter hat achtundvierzig Stunden lang hier kampiert. Ich habe sie zum Schlafen nach Hause geschickt.«

»Vergiss es.«

»Nein. Es tut mir schrecklich Leid, dass ich so gemein war. Wo du doch so krank bist.« Ihre Augen suchten Halt. »Ich weiß – wenn du rauskommst, hab ich 'n ganz wunderbares Willkommensgeschenk für dich: Zwillinge!«

»Ich will keine Zwillinge, Mel. Scheiße, ich will niemanden. Nichts und niemanden.«

»Wie wär's mit 'ner Prise Koks, John?« Melody holte eine rosafarbene, herzförmige Hello-Kitty-Dose aus ihrer Handtasche aus Kalbsfötenleder. »Frisch aus den falschen Titten von Miss Bolivien. Mmhh.« Sie hielt John die Dose hin, und er schubste sie mit einer abwehrenden Handbewegung weg, gerade so heftig, dass man ihm Absicht unterstellen konnte. Die Dose fiel zu Boden, und ihr Inhalt zerstob in alle Richtungen.

»John! Das war wirklich blöd.«

»Bitte, Mel. Ich fühl mich nicht besonders. Ich möchte allein sein.«

»Ach, wie süß – du redest wie ein Simon-and-Garfunkel-Song. Du weißt ja, wer deine Freunde sind. Und denk dran – Zwillinge! Dazu noch aus Florida.«

John starrte sie an.

»Ich geh jetzt, John, bevor du noch so was Dummes sagst. Ich werde diese Quasselstrippe von Schwester draußen informieren, dass du wach bist. *Au revoir,* Johnny-Baby.«

Kapitel Vier

Susans früheste Erinnerung war ihr unauslöschlich im Gedächtnis geblieben. Sie war viereinhalb und stand in einem perlenbesetzten, trägerlosen Abendkleid – finanziert durch den Verkauf von Kaninchen, die ihre Mutter Marilyn in Käfigen neben dem überbreiten Wohnwagen zu Hause in McMinnville züchtete – im Aufzug des Benson Hotels in Portland, Oregon.

Marilyn hatte unzählige Stunden an den Perlenstickereien gearbeitet und sich durch flüchtige Blicke an die Wände inspirieren lassen, die mit Fotos von Abendkleidern aus Modemagazinen und Fachzeitschriften zum Thema Schönheitswettbewerbe tapeziert waren. Außerdem hatte sie vor kurzem eine Heißkleberpistole gekauft und sich fest vorgenommen, Gürtel und andere Accessoires mit Glitzerzeug zu verzieren.

Susans Gesicht war dick mit Schminke zugekleistert, damit sie fünfzehn Jahre älter aussah, als sie war. Sie trug eine Rayon-Schärpe schräg über der Brust, auf der PETITE MISS MULTNOMAH COUNTY – ZWEITER PLATZ stand, und ihr Gesicht war vom Weinen so nass, dass es sich anfühlte wie ein nicht ausgewrungener Spülschwamm. Sie erinnerte sich, dass sie die Knöpfe für alle Stockwerke gedrückt hatte. Sechzehn Mal öffneten sich die Türen vom Dachgeschoss bis in den Keller, aber Marilyn war nirgends zu sehen.

Vorher, kurz bevor Susan auf die Bühne gegangen war, hatte Marilyn sie bei den Schultern gepackt, ihr fest in die Augen geschaut und gesagt: »Nur das hübscheste und wohlerzogenste Mädchen gewinnt, und wenn du den Titel nicht holst, werde ich hinterher nicht auf dich warten. Hast du das verstanden? Ist das klar?« Susan hatte genickt und war mit der geschmeidigen militärischen Präzision auf die Bühne gegangen, die Marilyn ihr auf einem provisorischen Laufsteg eingehämmert hatte, den sie am Ende der Sackgasse zu Hause in McMinnville mit Kreide auf den Beton gemalt hatte. Trotzdem hatte sie nicht gesiegt, und sie hatte keine Ahnung, was sie falsch gemacht hatte.

Sobald der Aufzug das unterste Stockwerk erreicht hatte, drückte Susan erneut alle Knöpfe und fuhr wieder nach oben. Als sich die Türen im Erdgeschoss öffneten, sah sie Dutzende der für Schönheitswettbewerbe typischen Mutter-Tochter-Moleküle zur Eingangstür hinausströmen. Marilyn sprach gerade mit dem Portier. Sie schaute zu Susan hinüber, die aus dem Aufzug stieg, und sagte so kühl es ging: »Ach je, die *Zweite.*« Als Susan näher kam, fügte sie hinzu: »Ich habe zwar eine Tochter, aber das kannst unmöglich du sein, denn sie ist ein Siegertyp, und auf deiner Schärpe steht ZWEITER PLATZ, was bedeutet, dass du verloren hast.«

Susan brach in Tränen aus.

»Ach, sei still«, sagte Marilyn und gab ihrer Tochter ein Taschentuch. »Du machst das Kleid noch schmutzig. Komm schon. Gehen wir zum Wagen.«

Susan folgte ihr, erfüllt von der zerknirschten Dankbarkeit eines jungen Hundes, dem Manieren beigebracht werden. Die Nacht war geradezu ungemütlich kühl.

»Oh, *Susan*«, begann Marilyn. »Du *weißt* doch, wie lange wir auf diesen Tag hingearbeitet haben. Ich habe schon seit Wochen nicht mehr mit Elaine Bingo gespielt oder auch nur ferngesehen. Wenn ich daran denke, wie viel Zeit ich investiert habe, um dich zum entzückendsten kleinen Mädchen von Oregon zu machen, komme ich mir langsam vor wie einer von diesen Freigängern im orangefarbenen Overall, die am Rand der Autobahn Müll aufsammeln.«

Auf ihrem Weg durch die Innenstadt wurden sie von Pennern angequatscht. Marilyn warf ihnen abschätzige Blicke zu und sagte: »Hoffentlich wird diese Stadt bald platt gemacht. Man sollte eine zehnspurige Schnellstraße mitten durch diesen Schrotthaufen legen, ein Shopping-Center obendrauf setzen und diese elenden Säufer ausräuchern.«

Susan schniefte, und ihre Absätze klackten auf dem Bürgersteig wie das Tranchiermesser eines Souschefs auf einem Brett.

»Hast du denn *gar* nichts zu sagen?«, fragte Marilyn. »Du bist so still wie eine Barbie-Puppe, nur dass *Barbie* ihren Einsatz bei der Tanzperformance zum Thema ›Der Geist des Recyclings‹ nicht verpasst hätte.« Marilyn stieß einen Seufzer aus, der klang, als ließe jemand die Luft aus einem Ballon. Sie zündete sich eine Zigarette an. »Wenigstens mir gegenüber könntest du ein bisschen mehr Schneid an den Tag legen – dich wehren – mir auch mal die Meinung sagen.«

Aber Susan blieb stumm. Sie würde zu Barbie werden. Sie würde eine bessere Barbie sein als Barbie selbst, und indem sie diese Entscheidung traf, tat sie, ohne es zu wissen, genau das, was Marilyn bezweckt hatte.

Endlich erreichten sie das Auto, den Corvair mit Sonnendach, der in Susans Augen der einzig wirklich glamouröse Aspekt ihres Zuhauses war. Marilyn machte keine Anstalten, ihr beim Einsteigen zu helfen, daher raffte sie ihr Kleid und legte es sorgfältig zusammen, damit es beim Schließen der Tür nicht beschädigt wurde.

Marilyn ließ den Motor an, und sie verließen die Innenstadt.

»Also gut, Susan. Auf dem Laufsteg hast du dich ganz anständig geschlagen. Du hast einen schönen Gang. Und auch das Make-up wirkte gut in dem Licht. Ein bisschen zu nuttig vielleicht, aber gut.«

»Mom?«

»Ja?«

»Was ist ›nuttig‹?«

Marilyn hielt es nicht für angebracht, mit ihrer viereinhalbjäh-

rigen Tochter über Nuttigkeit zu diskutieren. Sie tat so, als hätte sie die Frage nicht gehört. »Nächstes Mal musst du dich, bevor der Laufsteg drankommt, natürlicher geben, und ich glaube wirklich, du solltest deinen Pony etwas rauswachsen lassen.« Sie sah ihre Tochter von der Seite an. »Susan, deine Augen sehen aus wie zwei ausgespuckte Kirschkerne«, aber Susan war dabei, langsam einzudösen. Ein sanfter Regen fiel, und die Scheibenwischer schmatzten. »Ich selbst konnte nie an einer Misswahl teilnehmen, Susan. Ich konnte nur davon träumen. Von der Spannung. Den Kleidern. Dem Siegen. Ich saß bei meinen ekelhaften Eltern irgendwo in der Walachei fest.« Sie fuhr auf den Highway zurück nach McMinnville. »Das, was *du* jetzt hast, hatte ich nie – eine Mutter, die dich lieb hat und will, dass du *gewinnst.* Ganz zu schweigen von dem, was du mal haben wirst – großen Erfolg im Leben –, und glaub mir, du *wirst* ihn haben. Ich, ich werde nie die Hübscheste, die Unschuldigste, die Beste sein, aber du – du schon.«
Susan, die schläfrig neben ihr saß, hoffte, dass Marilyns gute Laune bis zu Hause anhalten würde.
»Ich sollte mich nicht beklagen. Schließlich habe ich deinen Vater – deinen Stiefvater ... aber er ist so gut wie ein richtiger Vater.« Ihre Stimme klang jetzt gelöster. »Mein Herzblatt.« Sie warf Susan einen freundlichen Blick zu. »Baby, nächstes Mal gewinnst du, nicht wahr, Süße?«
Susan sah auf zu ihrer Mutter, der Regen klatschte gegen die Windschutzscheibe, und aus ihrem kleinen Mund kam ein ruhiges, klares und, wie sie hoffte, barbiemäßiges »Ja«.

Kapitel Fünf

»Suzie, *sei* ein Schatz und hau dieses blöde kleine Kinderüberraschungsei für mich in den Grand Canyon.« Chris reichte Susan ein Fünfer-Eisen. Es war kurz vor Sonnenaufgang, und sie, Chris, zwei Mitglieder der Band und ein Fotograf namens Rudy, der Schwarzweißbilder mit künstlerischem Anspruch machte, saßen in Liegestühlen auf dem Dach des Tourbusses, schlürften Benedictine und versuchten abwechselnd, ein Paar silbrig-orangefarbene Nippelquasten anzulegen, die Chris einer Stripperin in Las Vegas im Suff für 500 Dollar abgekauft hatte.

»Okay, Chef«, sagte Susan, »aber dann werden wir nie erfahren, was in dem Ei drin war.«

»Das ist doch der *Sinn* der Sache, du böses, *böses* Mädchen«, erwiderte Chris. »Liegt das kleine Eichen auch richtig auf dem Tee?«

»Chris, deine tuntige Redeweise geht mir total auf den Geist.«

»Wie dem auch sei, ich sag's noch mal: Liegt das kleine Eichen auch richtig auf dem Tee?«

Susan überprüfte das in Folie eingewickelte Schokoladenei, das auf einer Marlboro-Schachtel thronte. »Alles klar.«

»Also gut, Sooz, ab geht's!«

Rudy, der ahnte, dass er gleich ein lohnendes Motiv vor die Linse bekommen würde, baute sich unauffällig mit seiner Kamera hinter Susan auf. Diese trug gerade den Nippelschmuck, und Chris rief: »Moment! Deine Quasten haben sich verhed-

dert.« Mit den Fingerspitzen der einen Hand hielt er ihre Nippel fest, während er mit der anderen die Fäden kämmte. »*So.*«
»Danke, mein *Göttergatte.*«
»Wir Briten sind doch starke Typen.«
»Die Sonne geht jeden Moment auf«, rief Nash, der Schlagzeuger.
Susan stellte sich in Position. Weit weg, jenseits der riesigen in der Erde klaffenden Wunde, brachen die ersten Sonnenstrahlen durch den felsigen Horizont. Sie brüllte: »Vorspiel!«, und drosch das Kinderüberraschungsei mit solcher Vehemenz in die Luft, dass es in unzählige Teile zerbarst und wie ein Sprühregen in den Canyon rieselte. Der Blitz von Rudys Kamera traf genau mit dem Sonnenaufgang zusammen, der sie plötzlich blendete, so dass sie beides nicht auseinanderhalten konnte. Das Foto war ein Knüller: Ehemaliger Kinderstar als Rock 'n' Roll-Mama neu erblüht.
»*Hin*reißend«, sagte Chris.
»Du Lügner. Du magst mich nur, weil ich dir zu einer Greencard verholfen habe.«
»Und du magst *mich* nur, weil ich dich auf Tour als Background-Sängerin auftreten lasse.«
»Das ist nicht wahr. Für die zehntausend Dollar, die du jeden Monat auf mein Sparkonto überweist, *liebe* ich dich sogar.«
»Du liebst mich nur, weil ich so ein männliches Glied habe.« Chris ließ die Hosen runter, wiegte sich in den Hüften und präsentierte seinen Lustschwengel, während die anderen auf dem Dach unisono loskreischten.
So lebte es sich auf Tournee. Susan gab den Ton an auf der Nordamerika-Tour von Chris' Band Steel Mountain, dieser mit einer klar definierten Hackordnung ausgestatteten Familie auf Zeit, die sich in Bussen, die nach den Geistern von hundert vorangegangenen Bands stanken, mit Trinken, Rauchen, diversen Drogen und Videospielen bei Laune hielt.
Sie hatte Chris zwei Jahre nachdem der Sender *Meet the Blooms* abgesetzt und ihre Fernsehkarriere sich in eine Staub-

wolke aufgelöst hatte, geheiratet. Als Larry Mortimer, damals ihr Agent, Manager und Liebhaber in Personalunion, sie telefonisch über die Absetzung informierte, befand sie sich gerade in Guam, um einen japanischen Werbespot für ein zitroniges Sportgetränk namens Pocari Sweat zu drehen (»Hey Leute – *Let's Pocari!*«). Larry war dabei, das Interesse am Fernsehen zu verlieren. Er nistete sich gerade in der Welt des Rock-Managements ein und hatte Susan mit Chris zusammengebracht. Die Verbindung hatte Vor- und Nachteile. Chris hatte Geld, Susan nicht. Ihre Mutter und ihr Stiefvater hatten Susans Einnahmen aus ihren Jahren beim Fernsehen verprasst, ein Umstand, den sie unter großen Anstrengungen vor den Medien geheim gehalten hatte. Außerdem war Chris schwul, was, hätte sie es erfahren, sicherlich eine Überraschung für seine Headbanger-Fangemeinde gewesen wäre. Aber vor allem war Susan immer noch in den katholischen, scheidungsunwilligen Larry Mortimer verliebt. Während es ihr früher leicht gefallen war, Gründe zu finden, sich in Larrys Nähe aufzuhalten, brauchte Susan nun einen besseren Vorwand – durch die Heirat mit Chris, die ihm zu einer Greencard verhelfen sollte, wurde sie wieder in Larrys engsten Kreis aufgenommen. Der Deal mit Chris schien seinen Zweck zu erfüllen, und eine Zeit lang lief alles gut. Aber wenn Chris nicht auf Tournee war, wohnte er in London. Susan blieb in Kalifornien, und die partnerlosen Wochen und Monate nahmen im Laufe der Jahre überhand. Die meiste Zeit lebte sie allein in Chris' Haus, einer Space-Needle-ähnlichen, auf einer Säule thronenden Kugel, die die unverkennbare Aura eines Gebäudes verströmte, das durch die Hände einer langen Reihe psychisch unreifer, neureicher Leute aus der Entertainment-Branche gegangen war. Es war mit verdreckten Flokatis in Farben ausgestattet, die längst nicht mehr hergestellt wurden, mit Küchengeräten, die vermutlich seit dem Aufkommen der Fertiggerichte nicht mehr funktionierten, und man konnte sich des Gefühls nicht erwehren, dass die Monkees jeden Moment zum Fenster hereinplatzen und ein Lied anstimmen würden. In der Space Needle stellte Susan fest, dass das Telefon nicht gerade oft klingelte, und wenn doch, dann war der Anruf für Chris. Larry schickte ihr ausschließlich Drehbücher für Sexfilme. Sie telefonierten häufig: »Ach, *komm* schon, Larry. Das haben wir nicht nötig. So schwer kann es doch nicht sein, eine Rolle in einem TV-Movie zu ergattern?«

»Du bist jetzt Rock 'n' Roll, Sue. Für TV-Movies werden junge Mütter gebraucht. Du weißt schon – zwei Kinder – diese neuen Minivans, die die Leute jetzt fahren. Kühlschrankmagneten. Die Leute lesen, dass du mit Chris und diesen anderen Gorillas auf einer Tour ein Ramada verwüstet hast, und das schreckt sie ab.«

»Du kriegst mich nirgendwo mehr unter, Larry. Sprich's doch aus.«

»Du spinnst. Ich schicke dir ein Dutzend Drehbücher pro Woche.«

»Splatter- und Tittenfilme.«

»Das ist nicht wahr. Die sollen dir nur den Einstieg erleichtern.«

»Den Einstieg ins Nirgendwo. Ich bin nun mal auf die beknackte kleine Bloom-Tochter oder die Rock-Schlampe festgelegt.«

»Auf so ein Gespräch lass ich mich gar nicht erst ein, Susan, das führt doch zu nichts.«

»Leg nicht auf, Larry.«

»Nimm Schauspielunterricht. Lern Karate. Zieh diesen blauen Spitzenfummel an, den du unten in Laguna Niguel für mich getragen hast, und führ ihn Chris vor. Das Teil ist so scharf, dass er bestimmt die Seiten wechselt.«

»Dir hat dieses Negligé ge*fallen*?«

»Gefallen? Uuh – *Susan*.«

»Du fandest mich scharf darin? Das hast du dir aber nicht anmerken lassen.«

»Ich hab andere Sorgen.«

Larry wurde still. Nach einer Weile fragte Susan: »Kannst du heute Abend herkommen?«

Keine Antwort.

»*Wieder*sehen, Larry.« Sie knallte den Hörer auf, und im selben Moment klingelte das Telefon erneut. Sie hob ab und schnauzte: *»Hallo.«*

»*Suzie*, wenn du schon bei einem klitzekleinen Anruf so unausstehlich bist, brauch ich ja meine Zeit nicht zu vergeuden.«

»Hey, Chris. Larry hat mich bloß grade genervt. Wo bist du?«

»Auf einer schicken kleinen Soirée in Kensington. Es ist so abgehoben, dass mir schon ganz schwindelig ist. Ich verstecke mich gerade in der Bibliothek.«

»Wer ist denn der Gastgeber, Chris?«

»Rate mal.«

»Ich bin nicht in der Stimmung …«

»Ich geb dir 'n Tipp: Palast.«

»Nein.«

»Doch.«

»O Gott. O Gott. Was hat sie an? Kaum zu fassen, dass ich dich so etwas frage.« Susans Kummer darüber, dass Larry sich immer mehr aus ihrem Leben zurückzog, war vorerst wie weggeblasen. »Klau mir ein Paar von ihren Schuhen, und ich bringe nie wieder deine Videos durcheinander.«

Kapitel Sechs

Zwei Wochen nachdem John aus dem Cedars-Sinai entlassen worden war, fühlte er sich zwar körperlich wiederhergestellt, doch sein früheres Leben mit all seiner Staffage schien ihm nun rückständig, ein bisschen lächerlich und den Veränderungen, die er in sich verspürte, schmerzlich unangemessen – als erwarte man von ihm, CDs auf einem eiernden alten Plattenspieler mit stumpfer Nadel abzuspielen. Wieder und wieder versuchte er, sich sein Leben aus Susans Perspektive vorzustellen, oder vielmehr aus Sicht der Frau aus seiner Vision, deren Identität ihm ein Rätsel blieb. Seine Füße hämmerten tonlose Rhythmen auf den Boden, während er zwischen den Schiefer- und Aluminiumwänden seiner Fickhütte auf und ab ging. Er verspürte sogar eine gewisse Freiheit, die damit zu tun hatte, dass er keinen Wert mehr darauf legte, den Schein des Reichtums zu wahren, doch ging mit dieser Freiheit ein Gefühl der Orientierungslosigkeit einher, das ihn schwindlig machte, ein Gefühl, wie er es als Kind gehabt hatte, als er Woche um Woche voller Ungeduld darauf wartete, dass der Postbote ihm ein Papp-U-Boot brachte, das er bestellt hatte. In der Werbung hieß es, es würde ihn weit weg in eine unbekannte, faszinierende Welt bringen, doch als es endlich eintraf, entpuppte es sich als ebenso solide und gut konstruiert wie eine Kuchenschachtel aus Pappe. Aber – *ahhh* – das Warten war einfach wunderschön gewesen.

Die Sonne war untergegangen. Wieder war ein Tag vorbei. Er

hatte den Morgen damit verbracht, mit einem Rechtsanwalt über sein Testament zu sprechen. Nachmittags hatte er im Rathaus Papierkram erledigt. Er war immer noch dabei, durch die Wohnung zu tigern, als es an der Tür klingelte (zwei Takte Phillip Glass). Es waren die Zwillinge, die Melody ihm versprochen hatte. Er seufzte, betätigte den Summer und ließ sie in sein Edelstahl-Atrium. »Ich bin Cindy«, sagte die Schwester mit dem bauchfreien pinkfarbenen Angorapullover. »Und ich Krista«, sagte die andere in Grün. Sie schauten einander an, lächelten und erklärten überflüssigerweise: »Wir sind Zwillinge!«

»Ja, ja.«

Er zeigte ihnen das Wohnzimmer mit seinen wildlederbespannten Wänden und den Panoramafenstern, die den Blick auf die sternbildartigen Lichter der Stadt unter ihnen freigaben. »Kann ich euch was zu trinken holen?«, fragte er und überlegte insgeheim, wie oft er diese immer gleiche uralte Frage schon gestellt haben mochte.

Die Mädchen wechselten einen Blick. »Aber nur ein Glas«, sagte Krista.

»Mehr dürfen wir nicht«, fügte Cindy hinzu. »Jack Daniel's, wenn du hast. Mit Maraschino-Kirschen. Die *liebe* ich.«

»Warum nur ein Glas?«, fragte John.

Wieder wurden Blicke gewechselt. »Wir haben gehört, dass du ganz schön anspruchsvoll sein kannst«, sagte Cindy, und Krista fügte hinzu: »Wir brauchen einen klaren Kopf.«

»Klaren Kopf?«, fragte John. »Mein Gott, keine *Panik*. Setzt euch. Genießt die Aussicht. Ich verlange gar nichts von euch. Moment mal. Doch, ich weiß was. Ich will mich einfach unterhalten.«

»Kein Problem. Das passiert uns immer wieder«, sagte Krista.

»Was – dass Männer sich nur unterhalten wollen?«

»Nein. Eher, dass Männer nicht das Gefühl haben wollen, sie würden mit nichtswürdigen Flittchen verkehren, und glauben, durch eine gemütliche Plauderei vorher würden sie sich purgieren.«

John schaute Krista an: *»Sich purgieren?«*

»Ich bin eine gebildete Frau«, sagte Krista.

Cindy sagte: »Krista, hör *auf.*«

»Womit?«, fragte John.

Sie zögerte einen Moment. »Lass hier nicht die Intelligenzbestie raushängen.«

»Warum nicht?«, fragte John.

»Das turnt die Freier ab.«

John jaulte auf. »Das ist doch nicht dein Ernst!«

Krista sagte: »Sobald man etwas zum Thema Politik sagt oder ein Fremdwort in den Mund nimmt, schlaffen die Typen ab wie ein Ballon, aus dem die Luft rausgelassen wird.«

»Jetzt hast du's geschafft«, sagte Cindy.

»*Gar* nichts hast du geschafft«, sagte John.

»Ich habe organische Chemie studiert«, sagte Krista. »Das ist die Lehre von den kohlenstoffhaltigen Molekülen.«

»Danke, Madame Curie«, sagte John. »Und du, Cindy, was hast du studiert?«

»Nahrhafte warme Mahlzeiten«, schaltete Krista sich rasch ein.

»Ich habe Ernährungswissenschaft studiert. Meinen Abschluss hab ich '87 an der Florida State University gemacht.«

»Ruf das Nobelpreiskomitee an«, sagte Krista.

»Krista, halt einfach die Klappe, ja?«

»Und was macht ihr beiden Akademikerinnen in einem Puff wie Melody's? Es muss doch in ganz Amerika Testküchen geben, die sich nach zwei Mädels wie euch die Finger lecken.«

»Sehr witzig, Mr. Johnson«, sagte Krista. »Wir wollen beide Schauspielerinnen werden. Ich hab an der High-School in *Joseph and the Amazing Technicolor Dreamcoat* mitgespielt – sogar als Mann verkleidet.« Ernüchterung überkam John. »Ich hab was drauf. Cindy auch. Und von irgendwas müssen wir ja leben.«

»Also«, sagte John, »eins solltet ihr wissen: Wenn ihr einen von uns Produzenten vögelt, habt ihr alle gevögelt – das heißt, dass ihr vermutlich schon allen möglichen anderen Mist gebaut habt, auf den sich der *Enquirer* stürzen wird wie ein Marschflugkörper, sobald ihr auch nur eine Statistenrolle in irgendeinem billigen TV-Horrorfilm kriegt. Ihr kriegt noch nicht mal einen Job als Körperdouble in einem Hundefutterspot.«

»Das Risiko gehen wir ein.«

»Na gut«, sagte John. »Habt ihr Lust, ein bisschen Theater zu spielen?«

Cindy zwinkerte Krista zu. »Gern. Übrigens, *Bel Air PI* war toll. Ich hab ihn im Frühjahr in Pensacola dreimal hintereinander gesehen, nachdem mir ein Weisheitszahn gezogen worden war.«

»Wie sollen wir uns denn verhalten, Mr. Johnson?«

»Du liebe Güte. Wie wär's denn mit *normal*?«

Das verschlug ihnen die Sprache.

»Normal?«, fragt Cindy. »Wie Hausfrauen? Wie jemand aus Ohio oder so?«

»Nein. Seid ihr selbst. Redet mit mir wie mit einem Menschen, nicht wie mit einem Freier.«

»Machen wir«, sagte Krista, während sie offenbar in einem geheimen Blinzel-Morsealphabet mit Cindy kommunzierte. »Also los.«

Und so nippten die drei eine Weile an ihren Drinks und betrachteten die Lichter der Stadt.

»Mein Slip ist mir zu eng«, sagte Cindy.

»Und mein Pulli ist zu warm«, fügte Krista hinzu. »Mir ist irre heiß. Ich muss ihn ausziehen.«

»Schnitt!« John war genervt. »Mit normal meine ich nicht den üblichen Sextalk. Können wir uns nicht einfach *normal* unterhalten, als säßen wir in einem Restaurant und Sex stünde überhaupt nicht zur Debatte?«

Die Zwillinge hatten bei Melody Gerüchte über Johns perverse Neigungen gehört. Vielleicht war dies nur eine Art Vorspiel.

»Ich werde jetzt eure Gläser nachfüllen«, sagte John, »und

dann erzählt ihr mir was über euch. Wie ihr so weit gekommen seid. Euer Leben, wenn es ein Film wäre.«

»Eher eine Misswahl«, rief Cindy, während John mit Flaschen und Kristallgläsern klirrte.

»Ich war Miss Dade County«, sagte Krista.

»Und ich Miss United Fruit Growers«, fügte Cindy hinzu.

»Und wir waren *beide* Junior Miss Florida Panhandle«, fuhr Krista fort. »In zwei aufeinander folgenden Jahren, erst die eine, dann die andere, aber weil wir Zwillinge sind, hatten die Leute den Verdacht, dass wir in Wirklichkeit ein und dieselbe Person waren. USA Today hat etwas über uns gebracht. Es ist wirklich erschreckend, wie fies es in dem Geschäft zugeht.«

»Erzählt mir davon«, sagte John, als er mit den Drinks zurückkam.

»O je! Wo fangen wir an?«, sagte Cindy. »Mit der Geburt am besten. Das Wichtigste ist eine ehrgeizige, unausgefüllte Mutter, die ihr eigen Fleisch und Blut oben auf dem Siegerpodest sehen will, wo es von Süßholzrasplern mit Komplimenten überschüttet wird. Ein Kind, das aus eigenem Antrieb zum Star wird, gibt es nicht. Kinderstars existieren nur in Verbindung mit einer bühnengeilen Mutter. Wie Erde und Sonne.«

»Was das angeht, haben wir einen Volltreffer gelandet«, sagte Krista. »Als Mom an der University of Florida studierte, ist sie mal bei *Godspell* rausgeflogen, und da hat sie sich geschworen, sich am Staate Florida zu rächen. Wir sind ihre Waffen.«

Darauf Cindy: »Ohne eine Mutter, die einen zirka vom zweiten Lebensjahr an pausenlos antreibt, geht es nicht. Die meisten von uns Zirkusäffchen merken doch erst, wie total verkorkst wir sind, wenn es bereits zu spät ist. Sie müssen dich zwischen die Finger kriegen, wenn du noch jung bist.«

»Und deine Mom muss dir ungefähr tausend Kleider pro Jahr kaufen oder nähen«, sagte Krista, »und sie muss dich zwingen, dich mit fünf Jahren schon wie eine Stripperin anzuziehen.«

»Manche Eltern sind zu allem bereit. Diese Schauspielerin –

Susan … ähm … wie heißt sie noch mal, Kris? Früher war sie mal ein Star … die, die ein Jahr lang verschwunden war.«
»Colgate. Susan Colgate«, antwortet Krista.
»Ja. Als sie auf die Junior-High-School ging, sind ihre Eltern nach Cheyenne, Wyoming, gezogen, nur um ihre Chancen zu erhöhen, bei den landesweiten Misswahlen einen ganzen Staat zu repräsentieren. Genau – Miss Wyoming. Ha!«
»Hab noch nie von ihr gehört«, sagte John. »Fernsehen interessiert mich nicht. Seit den Achtzigern läuft da nur noch Müll. Ich hab einfach aufgehört zu gucken, fertig, aus.«
Dann wehte Musik durchs Zimmer – Jazz mit Bläsern, und die Lampen wurden auf Kerzenstärke heruntergedimmt. »Die Beleuchtung wird von einer Zeitschaltuhr gesteuert«, sagte John, aber das interessierte niemanden, denn der Raum wurde kleiner, die Luft war geladen wie an einem Sommerabend, und die drei klirrten mit den restlichen Eiswürfeln in ihren Gläsern. Die Schwestern begannen ihre Angorapullis auszuziehen. »Nein, lasst das«, sagte John. »Bitte. Macht nicht die Stimmung kaputt.« Und die Mädchen antworteten: »Okay.«
»Kommt und arbeitet für mich«, sagte er.
»Was?«, erwiderten sie wie aus einem Mund.
»Werdet meine Assistentinnen. Ich brauche Hilfe.«
Einen Moment lang schwiegen sie. Dann sagte Krista: »Ich *weiß* nicht, Mr. Johnson.«
»Nein. Nein. Es hat nichts mit Sex zu tun. Ich schwöre, kein Sex. Ihr seid beide intelligent und ehrgeizig«, sagte John.
»Und das ist es, was du von deinen Assistentinnen erwartest?«, fragte Krista.
»Aber klar. Intelligenz, Hipness, Aufgewecktheit, Geldgier und Flinkheit.«
Krista fuhr fort: »Engagierst du deine Assistentinnen immer auf diese Weise?«
»Nein. Normalerweise inseriere ich Eames-Möbel zu unglaublich niedrigen Preisen in der Zeitung.«
»Das sind diese Sachen aus den 50ern, stimmt's?«, fragte Cindy.

»Genau. Es sind Möbel, die für arme Leute entworfen wurden. Denen haben sie aber nicht gefallen, und die Einzigen, die sich damit auskennen oder sich dafür interessieren, sind reich oder clever. Also ist jeder, der sich beeilt, auf so eine Anzeige zu antworten, schlau, aufgeweckt, geldgeil und hip.«
»Was wird Melody dazu sagen?«, fragt Cindy.
»Mel hat zwei häßliche kleine Bälger, die von meinem Geld in Dartmouth und Neufchâtel zur Schule gegangen sind. Sie schuldet mir was.«
»Und wie viel ... ähm ... würden wir verdienen?«
»Seht ihr – ich hatte Recht. Ihr seid doch ein kleines bisschen geldgeil«, worauf die Mädchen sofort beleidigt zur Salzsäule erstarrten. »Entspannt euch. Im Filmgeschäft ist das ein Kompliment.«
»Was *willst* du eigentlich?«, fragte Cindy.
»Wenn ich ehrlich bin«, erwiderte John, »wünsche ich mir mehr als alles andere auf der Welt, eine große Brechstange, mit der ich mich selbst aufstemmen kann, um dieses unbekannte Wesen, das in mir sitzt, herauszuholen, es wie einen Bettvorleger auszuschütteln und in einem kalten, klaren See, wie es sie oben in Oregon gibt, auszuspülen, und dann will ich es in die Sonne legen, damit seine Wunden heilen, es trocknet, wächst, sich ausruht, wieder zur Besinnung kommt und endlich einen klaren, kühlen Kopf hat.«
Der CD-Player klickte und surrte, als er die Scheibe wechselte, und Cindy und Krista rührten sich nicht. Cindy sagte: »Okay. Ich nehm den Job.«
Krista sagte: »Ich auch. Ich bin dabei.«
John sagte: »Gut«, und dann setzte die Musik wieder ein, Edvard Grieg, ein Flötensolo. »Und was hast du als nächstes vor – *John*?«, fragte Krista.
»Ich werde mich selbst liquidieren.«
»Heißt das, du wirst das Land verlassen oder so? Aus Steuergründen?«, fragte Cindy.
»Nein. Ich werde mich auslöschen. Ich werde aufhören, ich zu

sein.« John bemerkte den Gesichtsausdruck der Zwillinge – er verhieß keine Angst, aber auch kein Begreifen. »Nein. Nicht Selbstmord. Aber der kleine Bruder des Selbstmords. Ich will verschwinden.«

»Da komm ich nicht mehr mit«, sagte Cindy.

»Ich werde mir eine neue Identität zulegen.«

»Wie meinst du das?«

»Es ist ganz einfach. Ich will nicht mehr *ich* sein. Ich glaube, ich bin in diesem Körper so weit gegangen, wie ich kann.«

»In diesem Körper?«

»Ja.«

»Und wer kriegt dann dein Geld?«, fragte Cindy.

»Vielleicht das Finanzamt.«

»Wer kriegt deine Wiederholungshonorare und deine Urheberrechte?«

»Keine Ahnung. Crack-Babys. Jerry Lewis' Wohltätigkeitsorganisation. So was in der Art. Das ist nur ein Detail. Ihr müsst das große Ganze sehen.«

Er wäre *fort*. Vom Erdboden verschwunden. Er wäre nicht länger John Lodge Johnson. Er wäre ... *niemand* ... Er besäße nichts: kein Geld, keinen Namen, keine Vergangenheit, keine Zukunft, keine Gelüste – er wäre bloß eine für alle Sinneseindrücke empfängliche Kreatur, die auf den glühenden Autobahnen des Landes entlangliefe, durch seine gähnenden Einkaufszentren, die klaffenden Wunden der Wildnis, durch Blitz und Donner, Gewerbegebiete und Einöden. »Tja, meine Damen, meine Elektronen haben aufgehört, meinen Atomkern zu umkreisen. Das Stück Vieh ist zuckend zusammengebrochen und rührt sich nicht mehr. Die Maschine ist *stehen geblieben.*«

Cindy und Krista machten *uuh* ...

Zwei Drinks später gingen John, Cindy und Krista durch Johns Haus. Cindy schob einen SmarteCarte-Gepäckwagen, und Krista hielt ein Klemmbrett in der Hand, auf dem sie jeden Gegenstand notierte, den John in einen Karton auf dem Wagen warf. Der Inhalt war für die Altkleidersammlung bestimmt.

»Ein DKNY-Blazer. Ungetragen. Anthrazit.«
»Hab ich.«
»Eine Prada-Hose, kakaofarben. Ungetragen.«
»Hab ich.«
»Wo hast du den SmarteCarte her?«, fragte Cindy.
»Den hab ich auf dem SeaTac-Flughafen in Seattle geklaut. Ich hab im Lauf der Jahre so viel Geld für diese verdammten Dinger ausgegeben, dass ich den SmarteCarte-Kindern praktisch die Ausbildung an der Kosmetikfachschule finanziert habe. Nach all der Zeit *schuldeten* sie mir was.«
Cindy sagte: »Du scheinst einer Menge Leute eine Menge Dinge zu finanzieren, John.«
Es klingelte. Es war sein Geschäftspartner, Ivan McClintock, mit seiner Frau Nylla. John betätigte den Türöffner im ersten Stock und rief sie nach oben. Ivan und Nylla stiegen eine Reihe von kalten Aluminiumplatten hoch, die zum Schlafzimmer führten. »John-O?«
»Wir sind hier, Ive.«
Das Paar bog um die Ecke. »Das hier sind Krista und Cindy. Mädels, das sind Ivan und Nylla. Ivan und ich machen Filme zusammen, seit wir beide Akne hatten.«
Man begrüßte sich, und dann fuhren sie fort, lauter sichtlich teure Klamotten aus Johns Kleiderschrank zu räumen.
»Siehst du irgendwas, das du haben möchtest, Ivan?«, fragte John und hielt ihm ein Bündel Krawatten hin.
Ivan gab sich alle Mühe, Ruhe zu bewahren.
»Wir haben einen völlig unterschiedlichen Stil, John-O. Deshalb sind wir ein so gutes Team.«
Nylla, schwanger und wie üblich in eine Seidenstola gehüllt, fragte: »John, Melody hat bei Ivan im Büro und dann bei mir zu Hause angerufen. Sie sagte, du hättest vor …« Sie stockte. »Dich *auszulöschen* oder so was. Irgendwas Drastisches.«
John blieb stumm.
Nylla bohrte weiter. »Also, was ist los?«
Eine Tiffany-Box von der Größe eines Fernsehers, die eine

Klistierausrüstung enthielt, polterte vom obersten Brett eines Regals, prallte auf dem Sisalteppichboden auf und landete klirrend auf dem mit weißem Kalkstein gefliesten Flur.
»Kommt, wir gehen nach unten«, sagte John zu Ivan und Nylla.
Vom Treppenabsatz rief er den Mädchen zu: »Denkt dran, Mädels – *alles* muss raus.«
Sie gingen ins Wohnzimmer. Draußen war Nacht. Ivan und Nylla stellten sich ans Fenster und genossen die Aussicht. »Von diesem Blick auf die Stadt kann ich einfach nicht genug kriegen, John-O. Es ist, als würden wir über sie hinwegfliegen und gleich auf dem Flughafen von L.A. landen.«
»Es ist wie ein Sternenhimmel, der auf dem Kopf steht«, sagte Nylla.
John reichte Ivan einen Scotch mit Leitungswasser. Nylla nahm Cranberry-Saft.
Ivan sagte: »Melody hat angerufen. Sie hat mir erzählt, du hättest eine Namensänderung beantragt.«
»Sie hat es ausgeplaudert?«
Nylla sagte: »Sei nicht albern. Na*tür*lich hat sie. Sie ist krank vor Sorge um dich. Wie wir alle.«
Ivan platzte dazwischen. »Zum Glück haben Mel und ich genug Beziehungen zur Stadtverwaltung, um deinen Antrag noch rechtzeitig zurückzuziehen.«
»John«, sagte Nylla. »Du wolltest deinen Namen in ›dot‹ ändern lassen?«
»Nicht ›dot‹ – bloß einen einfachen Punkt. Als ich im Rathaus meinen Antrag ausfüllte, wurde mir gesagt, mein Name müsse aus mindestens einem Anschlag bestehen. Ein Punkt benötigt die geringstmögliche Menge an Druckerschwärze und Platz.«
Ivan stellte seinen Drink auf einem aus einem Glasblock gefertigten Tisch ab und signalisierte Nylla mit einem Blick: »Ich hab's dir ja gesagt.«
»Da ist noch was, Ivan. Ich werde meine Staatsbürgerschaft ablegen.«

»Ach, John-O, das ist keine gute Idee. Es ist ... es ist ... *un-amerikanisch.*«

»Welche Staatsbürgerschaft *möchtest* du denn haben?«, fragte Nylla. Die drei setzten sich auf die Skai-Sofas in Johns High-Tech-Sitzecke. John klatschte in die Hände, und das Kaminfeuer loderte auf.

»Ich will über*haupt* keine Staatsbürgerschaft, Ny.«

»*Geht* das denn?«, fragt sie. »Ich meine, dass man keinem Staat angehört?«

»Das weiß ich nicht. Morgen habe ich einen Termin bei einem Anwalt, der auf Einwanderungsrecht spezialisiert ist. Ich wüsste gern, ob ich die antarktische Staatsbürgerschaft bekommen kann.«

»Die antarktische?«, fragt Ivan.

»Ja. Dort gibt es schließlich keinen König, keine Königin und keinen Präsidenten oder so was. Ich würde es gern versuchen.«

»Ich glaube, die Antarktis ist vom Südpol an auswärts in Stücke geteilt«, sagte Nylla, »und jedes Stück wird von einem anderen Land verwaltet. Vielleicht besser woanders. Vielleicht kannst du ja Bürger in einem Land werden, das so überflüssig ist, dass du dich gleich staatenlos melden könntest. Zum Beispiel irgendein Land, das nur bei Ebbe existiert.«

»Nylla«, unterbrach Ivan, »du bestärkst ihn nur noch in diesem Schwachsinn.«

»Das ist kein Schwachsinn, Ivan«, sagte John.

»Wie wär's denn mit Pitcairn Island?«, schlug Nylla vor. »Eine Quadratmeile mitten im Südpazifik, der abgelegenste bewohnte Ort der Welt.«

»Meine Frau, der *Jeopardy*-Champion.«

»Das gehört zu England«, sagte John. »Ich hab mich schon erkundigt.«

Ivan fragte matt: »Wie wär's denn mit einer von diesen afrikanischen Nationen, die von Klebeband und Speiseeis-Stielen zusammengehalten werden?«

»Auch darüber hab ich schon nachgedacht.«

»John-O – ohne deine Staatsbürgerschaft hast du keinerlei Schutz mehr. Wenn du amerikanischer Staatsbürger bist, kann die US-Regierung gegebenenfalls eingreifen und dir helfen, wo auch immer du bist. Und außerdem – egal, was passiert, du hast immer noch deine Sozialversicherungsnummer.«
»Nicht, wenn ich meine Staatsbürgerschaft aufgebe. Das ist mir klar.«
Ivan wurde grantig: »Versuch mal, ohne Kreditkarte und mit einem Pass von Obervolta ein Auto zu mieten.«
»Das heißt jetzt Benin«, sagte Nylla.
Ivan warf ihr einen wütenden Blick zu: »Bitte formuliere deine Antwort in Form einer Frage.«
»Ivan, du schweifst ab. Du verstehst gar nicht, worum es mir geht. Ich werde gar keine Autos mehr mieten *wollen*. Ich werde gar nicht mehr *da* sein.«
»Du gehst mir wirklich auf die Nerven mit diesem Landstreicher-Tick, John-O. In der Kanalisation zu schlafen und saubere Wäsche von Wäscheleinen zu klauen wird dir ziemlich schnell zum Hals raushängen.«
»Ich erklär's dir, Ivan: Wir reden hier vom Leben auf der *Straße* – der Romantik der *Straße*. Seltsame neue Freunde. Alle zehn Minuten ein Abenteuer. Jeden Morgen aufwachen und sich wie ein wildes Tier fühlen. Keine beknackten Vorschriften, keine erdrückenden Verpflichtungen.«
Ivan war entsetzt. »Die Straße ist *Vergangenheit*, John-O. Sie war eigentlich nie *aktuell*. Du denkst wie ein Teenager, der bei Starbucks hinterm Tresen steht, heimlich in einem Kerouac-Taschenbuch schmökert und hier und da *›Stimmt genau!‹* an den Rand schreibt. Und wenn sonst nichts für dich zählt – Doris ist völlig außer sich.«
»Du hast es meiner *Mutter* gesagt?«
»Natürlich.«
John schwieg einen Moment. »Noch was zu trinken, Ivan?«
Während er in den beiden Tiefkühlschränken in der Küche nach Eiswürfeln suchte, dachte John über Ivan und Nylla

nach. Er hörte sie im Wohnzimmer reden. Sie unterhielten sich gerade äußerst sachkundig über Auslegeware und Quadratmeterpreise. »Ich will gute Qualität«, sagte Ivan, »einen Teppich, der aussieht wie eine Lage Perlgraupen. Weich und glänzend muss er sein.«

»Aber wenn Wolle zu sehr glänzt, sieht sie aus wie Orlon. Sie muss Charakter haben. Vielleicht durch den Zusatz von ein bisschen Schafdung.«

»Wir sollen uns den ersten Hanta-Virus-Teppich von Beverly Hills anschaffen?«

»Schafe bekommen den Hanta-Virus nicht. Nur Nagetiere, glaube ich. Und Waschbären.«

John lauschte und sehnte sich danach, jemanden zu haben, mit dem er über Teppichböden und Waschbären reden konnte. Es kam ihm vor, als sei er zwar heil und unversehrt, aber wertlos wie ein Schokoladenhase, der im Monat nach Ostern für ein Viertel des ursprünglichen Preises verkauft wird. Doch es war mehr als das. Er fühlte sich verseucht, als zirkulierten in seinem Blut mikroskopisch kleine Einsamkeitsviren, die wie winzige Angelhaken nur darauf warteten, sich in jemanden zu bohren, der dumm genug war, sich mit ihm einzulassen.

Er ließ seine Gedanken schweifen. Es musste eine Hoffnung geben – und es gab sie. Er erinnerte sich, dass die Frau aus seiner Vision im Krankenhaus ihm das Gefühl gegeben hatte, es gäbe irgendwo auf dem fremden Todesstern, der sein Herz war, eine verwundbare Stelle, in die er eine Bombe hineinschmuggeln, sich damit in die Luft sprengen und aus den Überresten wieder neu zusammensetzen konnte.

Im zweiten Tiefkühlschrank fand John die in einem himmelblauen Plastikbeutel zu einem Klumpen zusammengefrorenen Eiswürfel. Er öffnete den Beutel und versuchte, ein paar Würfel von dem Klumpen abzubrechen. Gedankenverloren fragte er sich, ob er je entspannt mit jemandem plaudern können würde, ohne daran zu denken, wie er auf sein Gegenüber wirken mochte. Der Gleichung Ivan = Nylla entsprach John =

Leerstelle. Vielleicht hatten es die jahrelangen Gebete seiner Mutter Doris endlich auf den Merkzettel des lieben Gotts geschafft. *Lieber Gott, bitte pass gut auf Piers Wyatt Johnson, auf. Er war ein großartiger Mensch. Und segne die Pestizid-Industrie, unsere Jungs in Vietnam* (obwohl das Jahrhundert schon fast zu Ende war), *und bitte finde eine nette junge Frau für John, am liebsten eine, die nichts gegen Zigarettenrauch hat, denn solche Frauen sind in Kalifornien äußerst rar gesät …*

Er hörte, wie Krista und Cindy die Treppe herunterkamen und begannen, mit Ivan zu plaudern, dann wandte er seine Aufmerksamkeit wieder dem Eis zu. Er hob den Beutel mit den zusammengeschmolzenen Eisstücken hoch, ließ ihn fallen, und der Inhalt zersprang in einzelne Würfel. Das Geräusch, das dabei ertönte, war furchterregend, und Ivan fragte aus dem Wohnzimmer, ob John etwas passiert sei. John rief zurück: »Nein – alles bestens«, und jetzt war es ganz leicht, sich so viele Würfel zu nehmen, wie er wollte.

Kapitel Sieben

John stand einsam und allein auf dem Gehsteig und sah zu, wie der Polizeiwagen mit Susan davonfuhr. Er rührte sich nicht vom Fleck, während die Sonne hinter dem Berg unterging. Hatte er sein Auto beim Restaurant stehen? Nein, Nylla hatte ihn dort abgesetzt. So beschloss er, den Rest des Heimwegs zu Fuss zu gehen. Er war fürs erste in Ivans Gästehaus untergeschlüpft, das Haus, in dem er aufgewachsen war und in dem seine Mutter immer noch lebte. Dort wohnte John, seit er vor zwei Monaten von seinem katastrophal gescheiterten Experiment in Sachen Landstreicherleben zurückgekehrt war. Er lief den Sunset Boulevard entlang, ohne die Blicke der vorbeifahrenden Autofahrer zu registrieren, von denen viele ihre Handygespräche mit Äußerungen spickten wie:

- »Großer Gott … das ist John Johnson … Er läuft tatsächlich zu *Fuß* den Sunset Boulevard runter!«
- »*Au weia*, sieht der furchtbar aus … Wie viel hat *Mega Force* insgesamt eingespielt? … *hui* … So viel?«
- »Vielleicht ist er wieder auf dem Landstreichertrip – ich meine, er sieht aus wie ein Mexikaner, der einem an der Ampel für ’n Dollar einen Beutel Orangen verkauft.«
- »Ja, ich bin absolut sicher, dass er es ist … Er ist ganz schön dünn, oder vielleicht sollte ich lieber sagen: nicht mehr so aufgedunsen wie vor seiner 239. Entgiftung.«
- »Lag er nicht neulich noch im Krankenhaus? … Mit Lun-

genentzündung? AIDS? – Nein, wenn es das wäre, wüßten wir davon.«
- »Vielleicht hat er mal wieder Gott gefunden. So ein Spinner.«

Ivan entdeckte John von seinem Audi aus und hielt direkt hinter der Ecke Gretna Green am Straßenrand. »John-O, was zum Teufel *tust* du hier? Komm, steig ein.«
»Ivan, was weißt du über Susan Colgate?«
»Susan Colgate? Fernsehen ... Rock 'n' Roll. Steig ein, dann erzähl ich's dir. Meine Güte, du riechst wie der Teppichboden im Umkleideraum vom Fitnesscenter.«
»Ich bin vom Ivy bis hier gelaufen.«
»Vom Ivy? Das ist doch *irre* weit weg.«
»Ivan, was weißt du über Susan Colgate?«
Ivan fädelte sich wieder in den Verkehr ein. »Später, später. Hast du die Wochenend-Einspielergebnisse aus Frankreich und Deutschland gesehen? Der reinste Wahnsinn!«
»Ivan ...« John ließ nicht locker: »Susan Colgate.«
»Jeder in der Stadt wird denken, dass du wieder durchgedreht bist. Zu Fuß. Auf dem Sunset Boulevard. Das gibt's doch nicht.«
»Das ist mir egal, Ivan. *Susan.*«
»Was ... hast du vor, ihr, äh, eine *Rolle* zu geben?«
»Vielleicht.«
»Willst du einen *Star* aus ihr machen?« Sie mussten beide lachen. Ivan hielt in der Auffahrt zu seinem Haus und tippte auf seinem Armaturenbrett einen Code ein, durch den sich das Tor öffnete. Sie fuhren hindurch und stellten den Wagen nicht wie sonst in der Garage, sondern an der Eingangstreppe ab. Dann stiegen sie aus. Ivan blieb stehen und hielt John am Arm fest, bevor dieser den Abhang hinunter zum Gästehaus ging. »Mein Gott, was für ein wunderschöner Tag, John-O. Sieh mal, wie das Licht durch den Mimosenbaum scheint. Sieht aus, als würde er von innen her leuchten, wie auf Demerol.«

Die beiden Männer setzten sich auf die Kalksteinplatten der Einfahrt und betrachteten die von Aureolen der Spätnachmittagssonne umgebenen Pflanzen, Vögel und Insekten in Ivans Garten.

»Wo warst du eigentlich grade?«, fragte John.

»In meinem Fitnesstempel.«

»Immer noch dreimal die Woche?«

»*Sí.*« Die Rasensprenger neben einem Dahlienbett begannen zu sprühen. Ivan sagte: »Dann bist du also verliebt, John-O? In Susan Colgate – ha!«

»Ich … *brauche* sie. Unbedingt.«

»Wo habt ihr euch kennen gelernt?«

»Im Ivy. Heute.«

»Beim Mittagessen? Heute?« Er stieß einen Pfiff aus. »Das ging ja schnell.«

»Als ich vor einem halben Jahr im Cedars – du weißt schon –, *sie* war es, die ich gesehen habe, als ich im Sterben lag.«

Ivan erstarrte, als er das hörte. »Mensch, *John-O* – ich dachte, das hättest du hinter dir.«

»*Was*, Ivan? Ich bereue nichts, doch was ich getan habe, hat mich nicht besonders weit gebracht. Aber Susan – die ist es. Sie muss es sein.«

Einerseits fürchtete Ivan, John sei wieder dabei, in die Depression der vergangenen Monate zurückzufallen, andererseits war er begeistert von der Vorstellung, sein Freund könnte Gefühle für jemanden entwickeln, etwas, das er noch nie zuvor getan hatte. »Was weißt du von ihr, John-O?«

»Das frage ich *dich* die ganze Zeit.«

»Ich glaube, ihr Agent ist Adam Norwitz. Bis vor ein paar Jahren war sie mit Larry Mortimer zusammen. Eine unschöne Trennung. Sie hat ihn richtiggehend terrorisiert. Und ich glaube, sie hat seit der Zeit des Grunge nicht mehr gearbeitet. Ihr letzter Film muss ungefähr von 1994 sein. Ein Splattermovie? Nein, warte, es gibt irgendwas Neues von ihr – *Dynamite Bay*? Ich freu mich ja für dich, aber ich sag's dir ganz offen, John-O

– sie ist absolute C-Klasse. Als Schauspielerin ist sie völlig unfähig.«

»Ivan, du solltest wissen, dass man eine Frau vor dem Mann, der sie liebt, nicht schlecht macht.«

»Dem Mann, der sie *liebt*?«

»Leg doch nicht jedes Wort auf die Goldwaage.«

Sie hörten Schritte hinter sich – Nylla mit einem mucksmäuschenstillen Baby im Arm. »Na, amüsiert ihr euch gut hier draußen auf der Treppe, Jungs?«

»Hi, Nylla.«

»Hallo, John. Isst du heute bei uns im großen Haus?«

»Nein, danke. Bei Ma und mir gibt's heute Diätdrinks und Sellerie.«

»Herzlichen Glückwunsch zu den Wochenendergebnissen in Frankreich. O-là-là.«

»Dann ist er da gut gelaufen?«

»John-O, das hab ich dir schon zu erzählen versucht, als ich dich in Gretna Green aufgelesen habe. He, Nylla, stell dir vor – John-O ist verliebt! Unser Turteltäubchen! In Susan Colgate.«

»Susan Colgate!«, sagte Nylla. »Mensch, John, das ist ja irre. Wie aufregend. Ich fand sie immer toll in dieser Serie – *Meet the Blooms*.«

Johns Gesichtsausdruck ließ keinen Zweifel an seinen Gefühlen.

»Tja, ich muss schon sagen«, lächelte Nylla, »die Natur hat verschlungene Wege, uns zur Arterhaltung zu bewegen.«

»Sie haben sich heute beim Mittagessen im Ivy kennen gelernt«, platzte Ivan dazwischen.

»Sie ist die Frau, die ich gesehen habe, als ich im Cedars meinen Körper verließ.«

Nyllas Lächeln ebbte ab, bis es gekünstelt wirkte. »Na, so was. Wer hätte das gedacht«, murmelte sie. Ivan, der hinter John saß, warf ihr einen besorgten Blick zu. »Hör auf dein Herz. Wollt ihr beide auf einen Drink hereinkommen?«

»Ich schon. Und du, John-O?«
»Nein. Ich werde Adam Norwitz anrufen.«
»Adam …«, sagte Nylla. »Grüß ihn von mir. Er war vor ein paar Jahren für etwa sechs Minuten mein Agent.«
»Mensch, ich hab doch heute mit seiner Agentur gesprochen«, sagte Ivan. »Seine Nummer ist noch in meinem Telefonspeicher.« Er holte sein Handy heraus und drückte ein paar Tasten. Zwei Sekunden später sagte er: »Adam Norwitz, bitte. Hier ist John Johnson.« Er reichte John das Telefon. »Da.«
John runzelte verärgert die Stirn und ergriff das Handy. »Hallo, Adam?«
Adam war dran: »John *Johnson.* Wie schön, dass wir uns mal kennen gelernt haben. Was kann ich für Sie tun? Und Glückwunsch noch mal zu *Mega Force.*«
»Ja, ja, danke. Adam, ich hätte gerne Susans Privatnummer.«
Adam druckste herum, als stürze dieses Ansinnen ihn in einen ernsthaften Gewissenskonflikt.
»Adam, jetzt kommen Sie mir bloß nicht mit der Diskretionsmasche. Ich brauche Susans Telefonnummer.«
»Ich weiß nicht, ob ich …«
»Es ist privat, nicht geschäftlich. Wenn Sie wollen, rufen Sie sie an und fragen Sie sie, ob sie etwas dagegen hat. Wenn Sie mir helfen, schulde ich Ihnen einen großen Gefallen.«
»Natürlich gebe ich Ihnen ihre Nummer. Aber ich habe sie«, er raschelte mit irgendwelchen Zetteln vor dem Telefonhörer herum, »gerade nicht hier. Geben Sie mir fünf Minuten, okay?«
»Fünf Minuten, oder der Deal ist geplatzt.«
Sie legten auf. Adam rief postwendend bei Susan an und geriet an ihren Anrufbeantworter, auf dem er eine Nachricht hinterließ: »Susan! Du tummelst dich jetzt also bei den großen Fischen, was? Gerade eben hat niemand anders als dein Wanderkumpan John Johnson angerufen und nach deiner Nummer gefragt. Er sagt, es sei privat. *Hmmmmm.* Also, nur damit du Bescheid weißt, ich rufe ihn jetzt zurück und gebe sie ihm. Das

ist zwar gegen das Protokoll, aber dafür bin ich ja da. Und ruf *mich* an und erzähl mir, was es Neues gibt. Ich hab das Handy die ganze Nacht an. Bis dann.«

Adam rief John zurück und gab ihm Susans Nummer, die John auf die Rückseite von einer von Ivans Visitenkarten schrieb. Er legte auf. Ivan und Nylla starrten ihn an.

»Ja?«, fragte John.

»Ruf sie an«, sagte Nylla.

»Was, in euerm Beisein?«

»*Ja,* in unserm Beisein.«

John wählte, und Susans Anrufbeantworter sprang an. Er flüsterte Ivan und Nylla das Wort »Anrufbeantworter« zu. Und dann sprach er eine Nachricht aufs Band: »Susan, hier ist John ... Johnson. Ich hoffe, du bist gut nach Hause gekommen. Mann, war das heute heiß und ... o je, was stammel ich mir hier bloß zurecht.« Er hielt inne, um seine Gedanken zu sortieren. »Also, weißt du, wie ich mich heute fühle? Ich möchte es so beschreiben: In letzter Zeit war mir, als ... als wäre ich von einer langen Reise zurückgekehrt – und danach habe ich mein Leben wieder weitergelebt, aber erst heute ist mir klar geworden, dass ich etwas verloren habe, während ich fort war. Und ich glaube, dieses Etwas bist du, und ich wünsche mir so sehr, dich wiederzusehen, dass ich fürchte, blind zu werden. Also ruf mich an.« Er hinterließ seine Nummer.

Nylla stiegen Tränen in die Augen. »Komm rein und iss mit uns«, bat sie. »Bitte«, fügte sie hinzu. Das Baby wachte auf und fing an zu brüllen. »Ich werd auch Doris Bescheid sagen.«

Und so ging John hinein, um mit Ivan und Nylla zu essen.

Ein halbes Jahr zuvor, gerade als John die Stadt verließ und zum Dharma-Penner wurde, hatte das Paar eine Tochter bekommen, MacKenzie. Sie schrie wie ein Crackbaby und hatte so massive gesundheitliche Probleme, dass Ivan und Nylla – vor allem jedoch Nylla – inzwischen am Ende ihrer Kräfte waren. Die schlaflosen Nächte und die Angst um ihr Kind

beherrschten ihr Leben. In ihrer Küche herrschte ein heilloses Durcheinander, aber dadurch wirkte sie nur noch gemütlicher.
»Pass auf, wo du dich hinsetzt«, sagte Nylla. »Ich glaube, auf diesem Stuhl hat Mac eine Szene aus dem Exorzisten nachgespielt.«
»Du kannst uns helfen, einen Namen für das nächste auszusuchen«, sagte Ivan.
»Nein!«, sagte John. »Herzlichen Glückwunsch.«
Nylla verdrehte die Augen. »Ich komme mir vor wie ein Biologieversuch.«
»Ich wäre für Chloris – was hältst du von Chloris? Falls es ein Mädchen wird«, sagte Ivan.
Bevor John antworten konnte, fragte Nylla: »Kann man Borgnine als Vornamen nehmen?«
»Wie wär's mit Tesh?«, schlug John vor. »Das geht für Mädchen wie für Jungs.«
»*Merveilleux!*«, französelte Nylla.
Daraufhin verfielen die beiden Eltern erneut in ein vertrauliches Wortgeplänkel, und John schaltete ab. *Das ist es, was Ivan sich immer gewünscht hat,* dachte er. Das ist wie Balsam für ihn – seine Fähigkeit, in einer Familie aufzugehen. Und für Nylla ebenso. Im Jahr zuvor waren Ivan und Nylla noch wie gute Freunde gewesen, aber jetzt waren sie ganz und gar Mann und Frau. Sie waren zufrieden mit sich und dem Leben, das sie führten. Ihr Zug hatte gehalten, und hier waren sie ausgestiegen.
John hätte nie gewagt, ihnen zu erzählen, wie niedergeschlagen er gewesen war, als Ivan ihm sagte, dass er heiraten würde. Das war vor ein paar Jahren gewesen, in einer trübsinnigen Phase nach zwei Filmflops, durch die ihr Marktwert stark gesunken war. Für John bedeuteten zwei Flops, dass es an der Zeit war, sich zu verändern, sich weiterzuentwickeln und neue Wege zu beschreiten – aber Ivan hatte kalte Füße bekommen. Seine Ideen waren aufgebraucht. Jetzt würde er sich gemütlich zurücklehnen und sich darauf beschränken, billige Teenie-Fil-

me zu machen, die am ersten Wochenende Rekordsummen einspielten und dann an schlechter Mundpropaganda scheiterten. Das war wie eine Ohrfeige für John, der stets nach vorne schauen, sich immer wieder neu erfinden wollte und das auch immer wieder versucht hatte.
John hatte den dumpfen Verdacht, sein letzter Zusammenbruch könnte dadurch forciert worden sein, dass er von Ivan, wenn auch nicht im Stich gelassen, so doch auf den zweiten Platz verwiesen worden war. Doch allein der Gedanke kam ihm egoistisch vor, und er versuchte ihn sich aus dem Kopf zu schlagen.
Aber er *wollte* sich nun mal neu erfinden, immer noch. Selbst mit siebenunddreißig noch, nach seinem katastrophalen Absturz.
Er liebte Ivan und Nylla, und er wusste die Welt, die sie sich aufgebaut hatten, zu schätzen. Dennoch war ihm klar, dass Nylla ihm schon bald, nämlich nachdem Mac dem Kindermädchen übergeben und die Treppe hochgetragen worden war, behutsam ins Gewissen reden würde. Sie würde darauf Acht geben, nicht den Finger in die Wunde – seine jüngste Vergangenheit – zu legen, und dann würden sie und Ivan versuchen, John wieder auf den rechten Weg zu dirigieren.
John hatte selbst seine Bedenken. Er war schon früher ohne Rücksicht auf Verluste seinem Instinkt gefolgt, aber nach seinen beiden Kinoflops und seinem Kerouac-Tick hatte es den Anschein, als könnte er sich überhaupt nicht mehr auf ihn verlassen, auch wenn *Mega Force* derzeit ein Renner war. Bei Susan hingegen verspürte er nichts als pure Emotion. Diese Zuneigung hatte nichts Strategisches. Es war eine Gefühlsaufwallung, die nur Erfüllung finden konnte, wenn sie wieder beieinander wären. Er würde mit seinen Gefühlen kein Geld verdienen. Er würde keine kosmische Seligkeit erlangen – er wäre Susan nur … *näher.*
MacKenzie begann wie ein Tier bei Marine World zu brüllen, und Nylla und Ivan brachten sie hinauf in ihr Kinderzimmer.

John schnappte sich die Fernsehzeitschrift und überflog die Seiten auf der Suche nach Wiederholungen von *Meet the Blooms*, enttäuscht, dass er keine finden konnte.

Kapitel Acht

Johns Mutter, Doris Lodge, hatte seinen Vater, Piers Wyatt Johnson, einen breitschultrigen Pferdezüchter aus Arizona, der weder eine Familie noch eine Vergangenheit besaß, auf einem Gestüt in Virginia kennen gelernt. Vor dem Hotel Pierre in Manhattan lief sie ihm wieder über den Weg. Er hatte dort gerade seinen ersten fünfstelligen Sperma-Deal gemakelt. Sie verliebte sich in ihn, weil ihr diese zufällige Begegnung wie eine schicksalhafte Fügung erschien, aber vor allem wegen eines Märchens, das er ihr gern erzählte, nachdem sie sich in Doris' Einzimmerwohnung im vierten Stock unter dem Dach eines Hauses ohne Fahrstuhl in Chelsea geliebt hatten. Es war eines dieser Apartments, die seit Anbruch der Wolkenkratzer-Ära scharenweise junge Mary Tyler Moores mit Schottenmützen auf dem Kopf anzogen. Das Zimmer, das anzumieten einen Haufen Schwindeleien erfordert hatte, war ihre erste eigene Bude (»Mummy, *bloß* nicht das Barbizon – wir haben 1960, es gibt Atombomben, Himmel noch mal!«). Doris liebte die Wohnung so, wie alle frisch gebackenen jungen Großstädter die Schlichtheit von Beistelltischen aus Apfelsinenkisten und improvisierten Spaghettigerichten lieben, die man im Licht von Opferkerzen verspeist (»Achtundvierzig Stück für nur einen Dollar neunundneunzig! *Himmel*, diese Katholiken haben das Sonderangebot ja *erfunden*!«) – es war eine Zeit, in der Spaghetti in einem nichtitalienischen Haushalt den gleichen subversiven Reiz hatten wie eine beiseite geschaffte

Sammlung militärischer Unterlagen oder ins Land geschmuggelte Sittiche.

»Also, es war so«, pflegte Pierce das Märchen einzuleiten, während er seine milchweißen Gesäßmuskeln auf der verklumpten Matratze in Doris' Messing-Himmelbett dehnte, ihrem einzigen Zugeständnis an ihr kitschverliebtes Elternhaus. »Es war einmal eine einsame junge Erbtochter, die von ihrem reichen Vater auf seinem Gut auf dem Lande gefangen gehalten wurde. Das Grundstück war von einer großen, efeubewachsenen Backsteinmauer umschlossen.«

»Wie hieß sie?«, pflegte Doris an diesem Punkt zu fragen. Das gehörte zum Ritual.

»Marie-Hélène.«

»Wie hübsch«, sagte Doris dann.

»Sie war auch hübsch. Sie war eine *gute Partie*.«

»Es ist schwer, eine gute Partie zu sein«, seufzte Doris. Sonnenlicht strömte durchs Fenster, aus dem man einen Blick auf eine klassische Hinterhofszenerie hatte: jede Menge Wasserspeicher, oben das Empire State Building, das wie eine Injektionsnadel in den Himmel stach, unten eine Ansammlung von Mülltonnen, die offenbar lauter großäugige gefleckte Kätzchen dazu einluden, sich auf sie zu setzen und traurig zu maunzen. Das Sonnenlicht glitzerte auf Piers' Körperbehaarung, als würde es durch Eiszapfen gebrochen.

»Zweifellos«, fügte Piers dann hinzu. »Zweifellos.« Sein Bauch war so straff wie eine Snaredrum, und er ermunterte Doris, mit ihren Fingern darauf herumzutrommeln, während er sprach. »Na ja, auf jeden Fall verbrachte Marie-Hélène ihre Zeit damit, Fluchtpläne zu schmieden, aber ihre Familie kam ihr auf die Schliche. Sie stellten zusätzliches Wachpersonal ein und mörtelten Glasscherben oben auf die Backsteinmauer. Aber dann, als sie eines Tages voller Verzweiflung durch die nicht enden wollenden Korridore ihres Elternhauses streifte, kam sie an einem alten Ölgemälde vorbei, das eine Waldszene mit einem Jäger zeigte, und etwas daran erregte ihre Aufmerksamkeit.«

»Was hat sie gesehen? Erzähl's mir noch mal.«

»Als Marie-Hélène den jungen Jäger, einen strammen Burschen, betrachtete, sah sie, dass er ihr zuzwinkerte. Und dann sprach er sie an. Er sagte: ›Marie-Hélène, komm herein – komm her zu mir in dieses Bild. Dieses Gemälde ist dein Fluchtweg.‹ Marie-Hélène hatte Angst. Sie fragte den Jäger: ›Wie soll ich denn in einem Gemälde leben? Was werden wir essen?‹ Da musste der Jäger lachen, und er sagte: ›Wir haben hier drinnen alles, was wir brauchen. Es ist nicht wie in deiner Welt. Wenn man in einem Bild lebt, kann man andere Bilder besuchen. Wir werden die Bilder von Gelagen besuchen, die die Holländer im 18. Jahrhundert gemalt haben. Wir werden in einem Edward-Hopper-Diner Kaffee trinken. Bitte – komm doch rein. Ich bin so einsam.‹

Marie-Hélène sagte, sie müsse darüber nachdenken, aber am nächsten Tag stand sie in Wanderausrüstung vor dem Bild, bereit für den Wald. Der Jäger fragte sie: ›Marie-Hélène, willst du zu mir ins Bild kommen?‹, und sie sagte: ›Ja, ich will.‹«

Piers trug Eau de Cédrat, einen französischen Zitrusduft, der ihn, wie Doris meinte, wie Charles de Gaulle riechen ließ. Sein ohnehin erotischer Zigarettenqualm mischte sich mit seinem Eau de Cologne wie ein Frühlingsnebel, der die Blumenzwiebeln unter der Erde zum Austreiben anregt. Piers sagte dann:

»Da streckte der Jäger seinen Arm aus dem Bild und zog Marie-Hélène langsam zu sich in den Wald hinein, bis sie schließlich beieinander waren. Marie-Hélène drückte einen Kuss auf seine Lippen. Sie holte etwas aus ihren Taschen, und der Jäger fragte sie, was das sei, doch sie antwortete nicht. Es waren ein Streichholzbriefchen und eine Flasche Feuerzeugbenzin von ihrem Vater. Sie spritzte das Benzin auf den Fußboden des Hauses, zündete ein Streichholz an und warf es in die Flüssigkeit. Das Haus ging in Flammen auf, und Marie-Hélène sagte zu dem Jäger: ›Komm, lass uns gehen. Schau dich nicht um.‹ Und sie gingen fort, fort von dem Feuer und fort von der Welt, in die Marie-Hélène niemals zurückkehren konnte.«

»Die gute Partie schlägt zurück!«, pflegte Doris dann zu sagen. Doris und Piers ließen sich in Manhattan gegen den Willen ihrer Eltern standesamtlich trauen. (»Dor-Dor, er hat keine Familie – *niemanden.* Das kann doch nicht gut gehen. Johnson – was ist das überhaupt für ein Name?«) Die beiden reisten durch die ganze Welt und zogen dann nach Panama, wo Piers Beziehungen zu einem Gestüt hatte, und Doris wurde schwanger. Eines Nachmittags als sie im achten Monat war und gerade an einem Ikebana-Kurs im Wohnzimmer der Frau eines Nestlé-Managers in Miraflores Locks teilnahm, wurde sie ohne jede Vorwarnung von heftigen Wehen übermannt. Sie brach wie am Spieß brüllend zusammen und riss dabei einen Zinkeimer voller noch unbeschnittener Ingwerstengel mit zu Boden. John wurde mit solcher Wucht, so plötzlich und in so großer Hitze geboren – die Klimaanlage funktionierte nicht, und es was entsetzlich schwül im Zimmer –, dass Doris noch Jahrzehnte danach weder hohe Temperaturen noch sonst irgendetwas Tropenähnliches ertragen konnte, sondern sich ständig von einer Klimaanlage zur nächsten rettete. John kam auf einem Mahagonifußboden zur Welt, umgeben von tropischen Blumen und entgeisterten Managergattinnen. Zur gleichen Zeit begutachtete Piers Pferde auf den Kanarischen Inseln. Seine Zweipropellermaschine kam in einem Sturm vom Kurs ab, und er blieb verschollen.

Ihre Eltern machten »Tss-tss« und »Hab ich's dir nicht gesagt.« Ihr Vater steckte sie in ein kleines Apartment an der Upper East Side, das der Familie gehörte, finanzierte ihr den Unterhalt für den kleinen John und richtete ihr beschränkte Guthaben bei ein paar Lebensmittel- und Bekleidungsgeschäften ein. Die Zeit der wachsbetropften Chianti-Flaschen, der japanischen Papierlaternen und der Kolanis war vorüber, noch ehe sie richtig angefangen hatte. Sie sollte die Rolle der reichen New Yorker Witwe spielen – sie war dazu erzogen worden, reich zu *sein* ... aber sie war es nicht, und dieser Zustand der Machtlosigkeit bestimmte ihr Leben. Dennoch lebten ihre schönen Erinnerungen an Piers in diesem roten Roastbeef von Baby weiter, das jaulte wie die misshandelte Kupplung eines Chevrolet.

Als John siebenunddreißig Jahre später den ehemaligen Kinderstar Susan Colgate kennenlernte, überschlug er viele Seiten seiner Familiengeschichte. Er gehörte dem Lodge-Clan aus Delaware an. Ursprünglich hatte der Familienbetrieb Pestizide hergestellt, später alle Arten von landwirtschaftlichen Chemikalien, Kunststoffen und Pharmazeutika, und schließlich entwickelte er sich zu einem Monster, das von Mausefallen über Orangensaft bis zu Atomwaffenteilen einfach alles und jedes ausspie. Die Firma war größtenteils in Privatbesitz und wurde von Doris' Onkel Raitt geleitet, der von dem Familienlandsitz in Delaware aus regierte.

Die Familie war zu dem Schluss gekommen, wenn auch nicht in exakt diesem Wortlaut, dass Doris ein unzuverlässiger finanzieller Klotz am Bein war, der mutwillig die ungeschriebenen Gesetze des Clans gebrochen hatte. Bei den alljährlichen Familienfesten wurde sie zähneknirschend toleriert, und sie kam oft allein, denn der kleine John war ständig krank. Er war mehr zu Hause als in der Schule und lag häufig mit Mittelohr- oder Nebenhöhlenentzündung und anderen bakteriellen Störfällen im Krankenhaus. Doris bewältigte das alles mit bewundernswerter Ruhe.

»Komm schon, John, ich muss dich zum Onkel Doktor bringen.«

»Kann ich nicht erst zu Ende frühstücken?«

»Was ist das für ein orangefarbenes Zeug, das du da trinkst?« Sie nahm die Flasche Getränkepulver in die Hand, die sie in der vorangegangenen Woche auf Johns Bitten gekauft hatte, und las die Aufschrift. »›Tang‹ – *ist* ja toll. Das probier ich heute Abend mal mit Bombay-Gin.«

»Es ist für Astronauten.«

»Wirklich? Dann muss ich *sofort* was haben, denn heute nachmittag treffe ich Raitt im St. Moritz, und ich werde geradezu überirdische Kräfte brauchen, um ihn so lange von den Verlockungen der Sixth Avenue abzulenken, dass ich mit ihm besprechen kann, ob er meinen Unterhalt nicht wenigstens ein kleines bisschen erhöhen will.« Sie nahm einen Schluck. »Klasse! Jetzt aber los.«

Der kleine John hatte eine lebhafte Fantasie, seinen Wissensdurst jedoch konnte er aufgrund seiner Krankheiten meist nur innerhalb der Wohnungsgrenzen befriedigen. Sobald Doris aus dem Haus war, pflegte John sich in ihr Zimmer zu schleichen und in ihrem Schatzkästlein zu stöbern. Es enthielt den Panzer einer Babyschildkröte, die sie 1961 in Kyoto mit Piers zum Frühstück gegessen hatte (»Ich konnte spüren, wie er sich an meinem Kehlkopf vorbeiwand, der kleine Teufel«), Vorher- und Nachher-Fotos von einem schönheitschirurgischen Eingriff, bei dem ihre Reiterhosen entfernt worden waren (»Reiterhosen sind der Fluch der Familie Lodge, Johnny. Sei froh, dass du ein *Junge* bist!«), die handgeschriebene Menüfolge ihres Hochzeitsessens, zubereitet von einem andalusischen Koch, den ihr Gala Dalí empfohlen hatte – ungeborenes Lamm mit Minzsoße (»Lammbryos, Schatz – kein böses Wort darüber, solange du es nicht probiert hast, und guck mich nicht so entsetzt an«). In dem Kasten fanden sich einer von Johns Babyschuhen (mit Gold, nicht etwa Bronze überzogen), ein paar Muscheln und ein Haufen Auszeichnungen, die seine Mutter als Kind beim Springreiten gewonnen hatte, außerdem ein Foto von Doris beim Wasserskilaufen mit Christina Ford, eins von Piers auf seiner geliebten Chesapeake-Stute Honeymoon sowie ein verblichenes, ehrfurchtsvoll gerahmtes Schwarzweißfoto, das irgendwie nicht zu den anderen Fotos passte. Es war anscheinend auf einem Gestüt aufgenommen – Piers unterhielt sich im Hintergrund mit jemandem – und zeigte Doris zusammen mit Marie-Hélène de Rothschild. Marie-Hélène gab Doris gerade Feuer, und auf Doris' Gesicht lag ein hämisches Grinsen.

John erschien es nicht unnormal, dass seine Mutter ihre Zeit weder dazu nutzte, sich irgendwelche Fähigkeiten anzueignen, die sie fürs Berufsleben qualifizieren würden, noch dazu, sich intellektuell weiterzubilden. Doris jagte lieber reiche Männer, denn dazu war sie erzogen worden. Sie tat es, ohne wählerisch zu sein, mit dem arglosen Instinkt von Seeschwalben, die jedes Jahr von Kontinent zu Kontinent ziehen. John fand das faszinierend.

»Mom, warum fliegst du überall mit dem Flugzeug hin?«

»Was meinst du, Schatz?«

»Heute zum Beispiel. Du hättest problemlos mit dem Auto am Hudson hochfahren können, aber du bist geflogen.«

Doris flog, wann immer es ging – sogar zu so nahe gelegenen Zielen wie dem Hudson Valley oder den Hamptons. »Schatz, wenn es etwas gibt, was ein Mann einer Frau *nie* eingestehen würde, dann ist es, dass er nicht in der Lage ist, ihr ein Flugticket zu bezahlen oder für einen Tag eine Maschine zu chartern. Eher würde er einen Monat lang Ketchup-Suppe essen, als auf einen Helikopter verzichten, um mit einer *Lady* auf einen Sprung nach Connecticut zu fliegen. Am einfachsten reserviert man das Flugzeug selbst und lässt ihn bei der Ankunft bezahlen.« Das war kein Zynismus – solche Dinge hatte sie auf den Knien ihrer Mutter gelernt.

Die Verwandten behandelten John mit etwas mehr Wohlwollen, als sie Doris entgegenbrachten, schließlich neigen Familien häufig dazu, hinsichtlich ihrer Zuneigungsbekundungen eine Generation auszulassen, und John war ein hübscher, umgänglicher, wenn auch stiller Junge. Da er so viel Zeit im Bett verbrachte, nahm er tagsüber ungewöhnliche Mengen Fernsehsendungen in sich auf – weit mehr als der typische amerikanische Teenager, der sich nur sporadisch Serien wie *Love of Life* oder *The Young and the Restless* anschaute. John verschlang einfach alles. Das Fernsehen verlieh ihm einen Wortschatz und einen Anstrich von Kultiviertheit, der anderen seines Alters fehlte. Verwandte brachten ihm Geschenke und steckten ihm Umschläge mit Geld zu. Solange sie anwesend waren, zeigte John sich dankbar, doch sobald sie gegangen waren, übergab er das Geld Doris. Sie hortete es in dem wahnwitzig teuren Vuitton-Koffer über ihrer Kollektion von Op- und Pop-Outfits, die im Laufe der Jahrzehnte ihr Empfinden zu beeinflussen begannen.

Doris gefielen Künstlertypen. Sie mochte Männer, die in Bildern lebten. Und diese neigten anfangs dazu, sie zu mögen, solange sie glaubten, Doris' Geld könnte sie aus der Welt der Bilder *erlösen*, doch es dauerte meistens nicht länger als ein Vierteljahr, bis sie herausfanden, dass Doris nicht in der Maria-Agnelli-Liga spielte, und ihr elegant den Laufpass gaben. Doris war sich dieses Teufelskreises durchaus bewusst, aber dieses Wissen verhärtete sie ebenso wenig, wie die Figuren in Seifenopern durch die Schicksalsschläge Schaden nehmen, die sie Folge für Folge erleiden.

Doris erzählte John viel von der Familie, dem Ursprung ihres Reichtums und ihrer Rolle im Weltgeschehen. John kniff dann die Augen zusammen und versuchte sich die Lodge Corporation vorzustellen, und für einen kurzen Moment hatte er die Vision eines riesigen kranken Tieres – eines Pottwals, dessen sämtliche Zellen von einem Virus befallen und dem Tode geweiht waren.

»Schatz, alles, was mit der Lodge Corporation zu tun hat, ist ein Angriff auf die Gesundheit! Lodge-Lebensmittel haben keinen Nährwert und verderben rasch. Kinder, die mit Lodge-Babynahrung aufgezogen wurden, werden bald krank und sterben. Lodge-Elektrogeräte verursachen Kurzschlüsse und geben so schnell den Geist auf wie Drosseln, die gegen ein Panoramafenster fliegen. Abertausende von Lodge-Fabrikarbeitern bekommen ein Lungenemphysem, weil sie Lösungsmittel einatmen, die für die Herstellung von Lodge-Schuhen verwendet werden, welche, wie ich hinzufügen möchte, ihren Träger unweigerlich zu einem lahmenden, fußpilzanfälligen, unmodischen Spießer machen. Die Dienstleistungsbetriebe des Lodge-Konzerns bieten unglaublich schlampigen Service zu

total überhöhten Preisen, damit die ungeheuren Kosten gedeckt werden können, die durch Gewerkschaftsbestechungsgelder, Drogen, Luchsmäntel und Bahamas-Urlaube für die Managerfrauen entstehen. Lodge lastet wie ein ekelerregender Kropf auf der Gesellschaft, der stumm an ihr zehrt.«
John hakte nach: »Was stellt Lodge denn eigentlich *her,* Ma?«
»Frag lieber, was sie *nicht* herstellen, Schatz. Lodge macht *alles.* Denen ist nichts heilig: Ob Zigaretten für Kinder, Güterwaggons für den Holocaust, Molkereiprodukte, die mit bereits abgelaufenem Verfallsdatum das Licht der Welt erblicken, Parkplätze für Vatikan-Stadt – ein Anruf bei Lodge genügt. Jedes Mal, wenn in Amerika jemand weint oder stirbt, kassiert Lodge dabei ab. Tja, Schatz, *das ist Lodge.*«
Mit vierzehn Jahren bekam John Atemprobleme und brachte mit geringfügigen Unterbrechungen ein Jahr im Bett zu, damit seine Lungen und Bronchien wieder gesund wurden. Er sah fern, las, schwatzte mit Doris – er hatte keine Freunde, und seine zahlreichen Cousins wurden offensichtlich von ihm fern gehalten. Nachhilfelehrer kamen ins Haus und hielten ihn einigermaßen auf dem Laufenden. Er war nicht dumm, aber er war auch kein Genie. Ihm gefiel seine Welt, und ihre Grenzen störten ihn nicht.
Er fragte sich allerdings, wie er all das nachholen sollte, was er in seinem Leben versäumt hatte. Angenommen, er würde wieder gesund, wie sollte er mit all den anderen Kindern gleichziehen, die da draußen ein ganz normales Leben geführt hatten – mit Ballspielen, Stöckchenwerfen, Klauen? Johns Kenntnisse davon, wie man sich als normales Kind verhielt, waren lückenhaft. Und er machte sich Sorgen um Doris, die, obwohl sie immer wieder nah dran war, nach wie vor »keinen Mann abkriegte«. Würde sie jemals glücklich werden? Was konnte er tun, um Liebe in ihr Leben zu bringen? Das Fernsehen hatte ihn gelehrt, dass Liebe so ziemlich alle Leiden heilen konnte.
Doris machte gute Miene zum bösen Spiel. John war die Kon-

stante in ihrem Leben, das Einzige, was ihre Familie ihr weder wegnehmen noch vermiesen konnte. Je mehr Zeit John sich zu Hause vor dem Fernseher aufhielt, sagte sie sich, desto besser, denn dort konnten ihm weder Rowdys noch Stromschienen oder fremde Männer in Regenmänteln etwas anhaben.

Das Jahr, das er im Bett verbrachte, war zweifellos das längste seines Lebens. Als er älter wurde und Menschen kennen lernte, die während ihres kurzen Aufenthalts auf der Erde große Dinge vollbracht hatten, stellte er jedes Mal fest, dass sie in ihrer Kindheit einmal dem Tode nahe oder in irgendeiner Weise in ihrer Bewegungsfreiheit eingeschränkt gewesen waren. Diese Erfahrung hatte sich ihnen so tief eingebrannt, dass sie von da an mit vollem Einsatz spielten und ohne Rücksicht auf Verluste, in dem sicheren Wissen, dass es die allergrößte Sünde ist, sein Leben zu vergeuden, alles auf eine Karte setzten. Johns Krankheit hatte ihn gelehrt, Extreme zu schätzen.

Als John nach jenem Jahr auf dem Wege der Besserung war, versuchte Onkel Raitt den amerikanischen Silbermarkt aufzukaufen, trieb die Familie damit in den Bankrott und löste einen Skandal aus, der sich über sechsundvierzig Bundesstaaten, den Großteil Europas, Teile Asiens und auf irgendeine komplizierte, beispiellose Weise sogar bis zur Antarktis erstreckte. Von einem Tag zum anderen waren Doris und John obdachlos. Eine Woche später erhängte sich Raitt in Delaware an einem Kronleuchter. Doris verspürte vor allem Erleichterung – nun musste sie nicht länger nach der Pfeife der Familie tanzen.

Wenige Stunden bevor das Telefon abgestellt wurde, führte Doris noch ein paar Gespräche. Von dem gehorteten Geld kaufte sie zwei Amtrak-Tickets nach Los Angeles. Ein Wagen holte sie am Bahnhof ab und fuhr sie nach Beverly Hills, wo sie im Gästehaus von Ivans Vater Angus McClintock untergebracht wurden, einem Filmproduzenten, der Doris einmal fast geheiratet hätte, dann aber doch noch einen Rückzieher gemacht hatte. Aber auch ohne Ehering blieben sie einander all die Jahre in Freundschaft und Liebe verbunden, und so fanden

Mutter und Sohn dort ein Asyl, weit entfernt von allem, was irgend etwas mit Delaware und heimatlos gewordenen, zornigen Familien zu tun hatte, die vom Himmel fielen wie ein Schwarm brennender Vögel.
Angus führte sie durch sein im spanischen Missionsstil gebautes Gästehaus, dessen fünf Zimmer ihnen Zuflucht bieten sollten, und als er Doris die Schlüssel überreichte, passierte etwas Merkwürdiges. Der Tag neigte sich dem Ende zu, und die Sonne stand tief über dem Berg. Johns Haut verfärbte sich zu einem Krügerrand-Gold, das in Manhattan nicht zu haben ist, und dieser Anblick – ihr Sohn als goldener junger Prinz – überwältigte Doris. Ohne nachzudenken sagte sie: »Weißt du, John, ich glaube, du wirst jetzt nicht mehr krank sein. Es ist vorbei.«
»Meinst du?«
»Und ob. Du bist im goldenen Land.«
»Aber es könnte jeden Moment wiederkommen.«
»Nein. Das kommt nicht wieder.« Doris sah erst John und dann Angus an und schickte ein Stoßgebet zu Himmel, das in etwa lautete: *Lieber Gott, bitte mach, dass ich hier keinen Unsinn erzähle.*
Sie bezogen ihr neues Zuhause.

Kapitel Neun

Als Susan ihr vorübergehendes Versteck im Haus der Galvins hinter sich ließ – ausstaffiert mit der Perücke und dem Sportoutfit von Karen Galvin –, besaß sie weder Kreditkarten noch Bargeld, einen Führerschein oder sonst irgendwelche Schlüssel zum nationalen Wirtschaftskreislauf. Sie betastete ihr trockenes, ungeschminktes Gesicht, das Gesicht, über dessen Farblosigkeit ihre Mutter immer geschimpft hatte (»*Susan*, ohne Make-up sieht dein Gesicht aus wie ein leeres Blatt Schreibmaschinenpapier. Nächste Woche lassen wir dir endlich einen Lidstrich tätowieren, meine Süße, *keine* Widerrede«). Susan hatte ihren Freunden gegenüber einmal geäußert, berühmt zu sein sei für sie so, als hätte man ihr eine Bob-Mackie-Abendrobe auf den Leib geklebt und einen Emmy in ihre rechte Hand implantiert. Ohne Schminke jedoch schien sie nichts von einem Star an sich zu haben. Diese diffuse Identität konnte sich noch als ein gewisser Segen in ihrem neuen Leben erweisen, denn sie würde es ihr erlauben, sich frei zu bewegen.

Als Erstes suchte Susan die Absturzstelle auf, an der Kräne gerade die letzten Trümmer der Flugzeugsrumpfs auf Tieflader hievten. Polizisten und Nationalgardisten, die eine Art Schachbrettmuster bildeten, scheuchten Schaulustige fort. Ohne die überall verstreuten Leichen und aufgeplatzten Gepäckstücke ähnelten die Flugzeugtrümmer öffentlichen Skulpturen auf den Plätzen zu Füßen der Bankenhochhäuser in Manhattan.

Susan aß einen Schoko-Energieriegel und spürte die warme Spätsommersonne auf ihren Wagenknochen. Zu ihrer Rechten sah sie etwas knallbunt leuchten. Sie trat näher heran und entdeckte improvisierte Gedenkstätten aus Blumen, Bändern, Flaggen, Fotos und Teddybären, die von Verwandten und anderen Trauernden dort abgelegt worden waren.

All diese armen Seelen, dacht Susan, *sie sind tot, und ich stehe hier und strotze vor Energie, als wartete ich in einem Abendkleid mit Spaghettiträgern hinter einer Bühne darauf, vor einen Haufen Ford-Händler* Für Elise *zu spielen.* In einem durchsichtigen Reißverschlussbeutel sah sie ein Foto von Mr. und Mrs. Ingenieur, den Millers, wie sich zeigte. Daneben lag eine Aufnahme von Kelly, der Stewardess, die Susan erzählt hatte, dass der 802 ihr letzter Flug vor ihrem Urlaub in Cancún war. Jemand hatte ein Plüschkaninchen mit Sonnenbrille und eine Flasche Tia Maria daneben gestellt.

Susans Herz machte vor Überraschung einen Satz, als sie ein Arrangement zu ihrem Gedenken sah – die vergrößerte Farbkopie eines alten Zeitschriftenfotos, auf braune Pappe aufgezogen. Auf dem Foto war sie fünfzehn, hatte eine dick gegelte New-Wave-Frisur und sang gerade in der Clackamas Mall in Clackamas County, Oregon, den Devo-Song »Whip It«. Links oben in der Ecke stand ihre Freundin Trish und spielte auf einem Casio-Keyboard. Susan sah sich selbst in die dick geschminkten Augen, die so viel Inbrunst und Naivität ausdrückten, dass sie lächeln musste. Ihr fiel wieder ein, wie sie sich heimlich auf der Toilette des Orange Julius die Wimpern getuscht hatte. Sie erinnerte sich auch an den Riesenkrach, den sie danach mit ihrer Mutter gehabt hatte, weil diese davon ausgegangen war, Susan würde einen *Grease*-Medley singen. Susan schmunzelte darüber, dass jemand von allen Susan-Colgate-Bildern der Welt ausgerechnet dieses komische alte Foto ausgesucht und mitten in ein verwüstetes Hirsefeld in Ohio gesteckt hatte, um ihr die letzte Ehre zu erweisen.

Unten an das Foto war mit Klebeband ein Brief geheftet. Auf

den ersten Blick sah er aus wie die, die sie während der Erfolgsjahre von *Meet the Blooms* säckeweise erhalten hatte, Briefe, die häufig den Stempel des Staatsgefängnisses in Lompoc oder einer anderen Haftanstalt trugen. Die Briefe begannen oft mit Gedichten, die stets aus tiefstem Herzen kamen, aber fast immer grauenhaft misslungen waren. Dieser Brief lautete:

Susan, ich heiße Randy James Montarelli, und ich wurde an demselben Tag geboren wie du, am 4. September 1970. Du bist für mich immer eine Art Leitbild gewesen. Ich glaube, es gab draußen auf dem Lande viele Leute wie mich, die deinen Lebensweg verfolgten, als wärst du ihre Schwester, vielleicht auch, weil du es geschafft hast, einem Scheißleben zu entfliehen und es zu etwas Besserem zu bringen. Wir haben dich jedenfalls immer bewundert. Aber jetzt bist du im Himmel, und wir sind immer noch hier unten. Ich glaube, ich bin zu alt, um mir eine neue Susan Colgate zu suchen, und deshalb wird das Leben jetzt um einiges schwerer sein. Ich lebe allein (für die Ehe bin ich nicht geschaffen!), aber ich habe zwei Hunde, Willy und Camper, und einen ganz guten Job. Ich hätte einfach nie geglaubt, dass du als Erste sterben würdest. Das war für mich ganz ausgeschlossen. Ganz schön blöd, all diese Worte mit Leuchtmarker auf ein Stück Papier zu schreiben, wo sie ja doch keiner liest. Ich wohne nicht in Seneca, sondern in Eerie. Das liegt in Pennsylvania. Ich bin letzte Nacht mit dem Auto hergekommen (4 1/2 Stunden!), weil ich es mir nie verziehen hätte, es nicht getan zu haben. Tut mir Leid, dass deine Ehe mit Chris gescheitert ist, aber du hattest ohnehin zu viel Klasse für ihn. Ich kenne solche Partylöwen, auf die ist doch kein Verlass – nichts für ungut. Ich habe immer gewusst, dass du es eines Tages zum Film schaffen würdest, und es war toll, dich letzten Monat in Dynamite Bay *zu sehen. Tja, ich könnte noch mehr schreiben, aber meine Kehle ist wie zugeschnürt, wie schon auf der gesamten Fahrt hierher. Meine Freundin Casey (sie arbeitet Wand an Wand mit mir) sagt, ich würde es den*

Leuten zu leicht machen, mich auszunutzen, aber das finde ich nicht. Ich weiß, dass es manchmal so aussieht, als würden mich andere Leute vor ihren Karren spannen, aber ich weiß sehr wohl, was ich tue. Jetzt hab ich gleich keinen Platz mehr. Grüß den Himmel von mir, und auch Jon-Erik Hexum. Hast du den mal kennen gelernt? Der hat in einer alten Fernsehserie mitgespielt und … na ja … das ist eine andere *Geschichte. Alles Gute, mein Schatz.*

Dein dich liebender und ewig treuer Fan
Randy
1402 Chattanauqua Street
Eerie, Pennsylvania

PS: Das Nummernschild aus Wyoming habe ich an dem Tag, als deine Maschine abgestürzt ist, auf einem Flohmarkt für dich gefunden. Ich glaube, das war eine Art Zeichen.

Unter dem Foto von Susan lagen das Nummernschild aus Wyoming, ein Charlie-Brown-Pez-Spender mit einem Dutzend Nachfüllpackungen, je eine Flasche Shampoo und Spülung aus einem Marriott-Hotel und ein TV Guide mit den Darstellern aus *Meet the Blooms* auf dem Cover. Susan kniete sich hin, schaute nach links und rechts, um sich zu vergewissern, dass sie nicht beobachtet wurde, nahm den Brief, faltete ihn zusammen, schob ihn in ihre Hosentasche und steckte dann das Shampoo und die Spülung in ihre Nylon-Sporttasche. Sie verließ die Absturzstelle, ohne bei den Umstehenden auch nur den Hauch eines Verdachts zu erregen, und schlug auf der vierspurigen Straße die dem Haus der Galvins entgegengesetzte Richtung ein. Ein Bus hielt, um Fahrgäste hinauszulassen, und Susan stieg ein und zahlte ihre Fahrkarte mit vier Vierteldollarmünzen, die sie auf dem Boden der Sporttasche gefunden hatte. Sie kaufte ein Umsteigeticket und nahm an der Endstation einen weiteren Bus, der sie nach Toledo brachte. Sie stieg an einem Mini-Shoppingcenter am Maumee River aus, und als ihre Füße den Boden berührten, rechnete sie sich aus, dass sie, wenn Flug 802 nicht abgestürzt wäre, genau in diesem Moment, den sie jetzt im Einkaufszentrum stand, in Santa Monica auf dem Weg vom Aerobic-Kurs zu ihrer Heilpraktikerin gewesen und dann womöglich nach Hause gefahren wäre, um zu sehen, was der Postbote gebracht hatte, und dabei ihren Anrufbeantworter abzuhören.

Ihr Anrufbeantworter. Er war vermutlich immer noch in Betrieb.

Vor der Blockbuster-Videothek auf der anderen Straßenseite entdeckte sie eine Telefonzelle, und als sie dort angekommen war, sah sie, dass bei Blockbuster ein Susan-Colgate-Video zum Andenken an sie für 99 Cent angeboten wurde. Sie wählte den Code ihres Anrufbeantworters, denn sie hielt es für extrem unwahrscheinlich, dass jemand ihre Telefonrechnung überprüfen könnte. Eine Reihe von Pieptönen verriet, dass sie fünf Anrufe hatte:

- »Susan, hier ist Dreama. Ich habe mir deine Zahlen angesehen und – Mann – Donnerstag ist dein absoluter Glückstag. Als deine Numerologin rate ich dir, nein, ich *flehe dich an,* loszurennen und so viele Lottoscheine wie möglich zu kaufen – und wenn du gewinnst, spendier mir einen Satz neue Bremsen für meine Schrottkiste, die andauernd liegen bleibt. Denk dran, nächsten Dienstag essen bei Chin. Ruf mich an.«
- »Mieees *Collllllll*gate ... Hier ist Ryan von West Side Video. Ihre Leihfrist für den *Breakfast Club* und die drei Hitchcock-Filme ist seit sechs Tagen abgelaufen. Sie wissen, wie grausam wir zu Leuten sein können, die es sich mit uns verderben. Ach, noch was: Ich hab Sie in *Dynamite Bay* gesehen, und Sie waren wirklich toll. Mist. So etwas darf ich zu einer Kundin eigentlich nicht sagen, aber trotzdem, Sie waren *wirklich* toll. Ich heiße Ryan. Melden Sie sich bei mir, wenn Sie das nächste Mal bei uns sind.«

- Ein Satelliten-Piepton und danach ein Klicken, als würde der Hörer aufgelegt.
- Ein weiterer Satelliten-Piepton und wieder ein Klicken.
- Ein weiterer Satelliten-Piepton, und dann: »*Sooz* ...« Es war Chris mit einem weiteren Piepton, und seine Stimme klang schwer betrunken und zugedröhnt. »Ich ... « Im Hintergrund hörte man gedämpftes Deutsch und Bar- oder Restaurantgeräusche. »Du ...« Irgendetwas fiel am deutschen Ende der Leitung mit einem Klirren zu Boden. »Ich glaub, es ist Zeit, Gassi zu gehen.« Eine Männerstimme fragte Chris, mit wem er spreche, und er antwortete: »Mit Max in Santa Barbara.« Chris atmete noch eine Weile hörbar und legte dann auf.

Susan blickte hinaus auf den Fluss, der im Licht des gelben Sonnenuntergangs karamelfarben und gelb leuchtete. Ganz in der Nähe hörte sie Laster und Druckluftbremsen. Musik dröhnte am anderen Ende des Geländes aus Autos – Teenager beim Rauchen und Fummeln. Sie nahm ihre Sporttasche, sprang über ein kleines Kieferngebüsch und kletterte über rissige Felsbrocken und rostige Industriefossile hinunter zum Flussufer. Sie steckte prüfend die Finger ins Wasser – es war kalt wie der Swimmingpool eines Geizkragens. Dann legte sie ihre gesamte Kleidung sowie Karen Galvins Perücke ab – unter einer Perücke juckte und schwitzte ihre Kopfhaut in fast jeder Rolle, die sie spielte – und stieg vorsichtig in den Maumee River. Ihre Zehen berührten Schlamm und Steine, die Innenseite ihrer Beine kribbelten vor Kälte, als stünden sie unter Strom, ihre Achselhöhlen schnurrten durch den Schock zusammen, und schließlich stürzte sie sich wie ein Otter kopfüber in die braune Brühe und tauchte weit draußen in der Mitte wieder auf. Ihr Kopf ragte vor dem Panorama Toledos aus dem Wasser wie ein Periskop. Kurz darauf wusch sie sich mit Randy Montarellis Shampoo die Haare und schüttelte sie dann trocken. Sie zog sich an und setzte die Perücke wieder auf.

Sie ging ein Stück am Ufer entlang und dann hinüber zu einer Geschäftsstraße mit Schnellimbissen, Autohändlern und komplexen Ampelanlagen. Es war inzwischen fast dunkel, und sie hatte Hunger. Die Schoko-Energieriegel hingen ihr zum Hals heraus. Sie schlenderte durch das gehsteiglose Viertel, als sähe sie ihr Land zum ersten Mal – die Verkehrsschilder, die Autos, die Lichter und die Schaufenster waren größer, heller und protziger als nötig. Der Geruch von Brathähnchen und Diesel-Abgasen stieg ihr in die Nase, aber da sie das bisschen Geld, das sie besaß, bereits ausgegeben hatte, konnte sie sich nichts zu essen kaufen. Der Hunger war kaum noch auszuhalten. Sie lief stundenlang durch die Gegend. Sie kam an achtzig Wendy's, hundert Taco Bells, siebenhundert Exxon-Tankstellen vorbei, und dann gelangte sie zu ihrem neunhundertsten McDonald's, wo sie auf die Toilette zu gehen beschloss.
Auf dem Weg zum Restaurant bemerkte sie einen Koch, der aus einem Seiteneingang kam und zu einem Müllcontainer ging, um ein großes Tablett voller unausgewickelter Burger hineinzuwerfen, die nicht mehr verkauft werden konnten. Susan witterte ihre Chance. Sie ging zum Container, schwang sich mit einer flinken Bewegung hincin, die an den Aerobic-Kurs erinnerte, an dem sie in diesem Moment in einem Paralleluniversum teilnehmen mochte, und stopfte ihre Sporttasche mit warmen, eingepackten Cheeseburgern voll. *Welch ein Fang.* Sie hörte, wie sich Stimmen näherten. Rasch ließ sie die Tasche fallen, machte sich unter der geschlossenen rechten Klappe des Containers ganz klein und hörte zwei Teenager miteinander sprechen.
»... ich muss rüber zu Heather, wenn ich den Laden hier dichtgemacht habe.«
»Ist sie immer noch sauer auf dich?«
»Überhaupt nicht, Mann.«
Der Zweite warf zwei grüne Mülltüten in den Container, die auf Susans Füße hinunterrollten. »Ich hab ihr eine Tätowierung spendiert, und jetzt ist sie total nett zu mir ...«

Rums!

Der linke Deckel krachte herunter. Susan hörte ein gedämpftes Gespräch über Frauen sowie das unmissverständliche Geräusch eines Schlüssels, der die Klappe über ihr abschloss.

Kapitel Zehn

»Denk dran, wie toll wir aussehen werden, wenn du aufwachst.«

»Mom, *ich* lass mich operieren, nicht *du.*«

»Susan Colgate, ich habe verdammt vielen Karnickeln das Fell abgezogen, um deine Kieferkorrektur zu bezahlen, und das ist jetzt *nicht* der richtige Moment, um undankbar zu sein. Jetzt nimm meinen Finger und zähl von hundert rückwärts.«

Susan hielt sich an Marilyns Finger fest, zählte: »Hundert, neunundneunzig, achtundneunzig, siebenundneunzig ...«, und schloss die Augen. Als sie sie wieder öffnete, fand sie sich in einem kühlen, schummrig beleuchteten grauen Zimmer wieder. Marilyn saß in der Ecke, rauchte genau eine halbe Salem, drückte den Rest aus und zündete sich dann eine neue an (»Zigarettenkippen sind ordinär, Schatz«), während sie beim Ausfüllen eines Zeitschriften-Fragebogens zum Seelenleben der Leser die indiskreteren Fragen ausließ. Sie schaute hoch, und ihr Blick traf Susans inzwischen geöffnete Augen: »O Süße! Wir sehen *toll* aus«, und dann eilte sie hinüber, um stolz Susans Gesicht anzustrahlen, das mit lauter blauen, olivfarbenen und gelben Flecken übersät war, verursacht von aus der Bahn geratenen und absterbenden Blutkörperchen. Der gebrochene und neu zusammengefügte Kiefer war genäht und dick verbunden.

Susan betastete ihr Gesicht, das sich anfühlte, als gehöre es nicht zu ihr, wie eine Halloweenmaske aus Gummi. Sie stellte

fest, dass ihre Nase geschient war. »Mei'e 'ase! Was is' passiert?«
»Herzlichen Glückwunsch zum Geburtstag! Ich hab dir vom Arzt gleich noch eine neue Nase machen lassen. Wir werden sensatio*nell* aussehen.«
»Du hast mei'e *'ase* von de'n verhu'zen lassen?« Ihre Stimme klang dumpf, als spräche sie aus dem Inneren eines Teppichstapels.
»Verhunzen? Wohl kaum. Du hast jetzt die Nase von JenniLu Wheeler, Mrs. Arkansas America.«
»Das is' … *mei'e* 'ase.« Ihr war übel. Ihre Kiefer taten weh.
»Reg dich nicht so auf, meine Süße.«
Susan versuchte sich zu bewegen, doch ihr Körper schien so viel wie ein Haus zu wiegen. So stark hatte sie den Sog der Schwerkraft noch nie gespürt. Marilyn sagte: »Wir müssen noch sechs Stunden hier im Aufwachraum bleiben. Wie fühlst du dich?«
»Schwi'delig. Be'ommen.«
»Das liegt an den Schmerzmitteln. Ich hab dir die doppelte Dosis verschreiben lassen, *zwei*mal wiederholbar. Du weißt ja, dass Dons Rücken manchmal verrückt spielt.« Don, Susans Stiefvater, hatte sich im Laufe der Jahre zu einem whisky- und sonnengegerbten, dauerhaft arbeitsunfähigen Mechaniker entwickelt.
»Don schei't durchaus in der Lage zu sein, sei'en SeaDoo und seine Bowli'gkugeln von der Ladefläche seines Pick-ups zu heben, wa' immer es ihm passt.«
»Susan! Wir verkaufen den SeaDoo, um nach Wyoming zu ziehen. Das willst du wohl immer noch nicht wahrhaben, was?«
»Ich *will* nicht nach Wyomi'g, *Mom.* Das war *deine* Idee. Ich bin fü'fzehn. Als ob ich da ein Mitspracherecht hätte.«
Marilyn lächelte. »Ach! Du Ärmste!«
»Mom, ich bin zu müde, um zu streiten. Geh und hol mir einen Spiegel.« Marilyn zögerte. Susan sagte: »Dann seh ich also schlimm aus, was?«
»Das ist keine Frage von gut oder schlimm, Schatz. Ich spreche

aus Erfahrung. Du hast überall Verbände. Du wirst dich so oder so schrecklich finden.«

»Mom, gib mir einfach den blöden Spiegel.«

Marilyn holte einen Spiegel mit gelbem Griff vom Tisch. Draußen im Flur wurden verbundene Gestalten auf Tragen vorbeigeschoben. Marilyn hielt den Spiegel hoch, damit Susan ihr Gesicht sehen konnte.

»*Igitt*. Ich seh ja aus wie 'ne zusammengerollte alte Pampers in 'ner Mülltonne.«

»Du hast wirklich eine blühende Fantasie, junge Dame«, sagte Marilyn und riss ihr den Spiegel aus der Hand. »In drei Wochen wird es medizinisch unmöglich sein, ein misslungenes Foto von dir zu machen. Hast du überhaupt eine Ahnung, was das bedeutet? Ich hab schon einen Fotografen bestellt, der extra vom Mount Hood kommt. Einen Ex-Hippie. Ex-Hippies sind die besten Fotografen. Keine Ahnung, warum. Aber es ist so.« Sie zündete sich eine Salem an. »Apropos JenniLu Wheeler – ich hab gehört, in der Nacht vor der Miss-Dixie-Wahl hat sie mit ein paar Senatoren so viele Cocktails getrunken, dass ihre Augen ganz geschwollen waren. Da hat man ihr Blutegel unter die Augen gesetzt, die die Schwellung absaugen sollten. Das hab ich dir nie erzählt, oder?«

»Nein. Hast du nicht.«

»Sie hat zwei Tage wie ein Schwein geblutet, und deshalb ist ihr der Titel durch die Lappen gegangen. So hab ich's zumindest gehört.«

»Sehr schön, Mom.« Susan entspannte sich und sank tiefer in die Matratze. Eine Krankenschwester betrat das Zimmer und bat Marilyn, ihre Zigarette auszumachen.

»Entschuldigen Sie, meine Liebe, aber sind wir hier in *Moskau*?«

»Es ist Vorschrift, Mrs. Colgate.«

»Wo ist Ihr Geschäftsführer?«, fragte Marilyn.

»Das hier ist ein Krankenhaus, kein McDonald's, Mrs. Colgate. Wir *haben* hier keinen Geschäftsführer.«

»Mom, das ist ein Kra'kenhaus und keine K'eipe. Mach sie aus.«
»Nein, Susan – nein, ich mache sie *nicht* aus. Nicht bevor sich diese *unverschämte* Person bei mir entschuldigt.«
»Es ist Vorschrift, Mrs. Colgate.« Doch der Durchsetzungswille der Schwester war gebrochen, und sie ging hinaus.
Marilyn nahm einen tiefen, triumphalen Zug. »Ich behalte immer das letzte Wort, nicht wahr, Susan?«
»Ja, Mom. Immer. Wenn's um Melodramatik geht, bist du die Größte.«
»Soll das ein Kompliment sein?«
Susan beschloss, dass es am klügsten wäre, die Augen zu schließen und so zu tun, als schliefe sie. Marilyn wandte sich wieder dem Psycho-Test in ihrer Zeitschrift zu und rauchte ihre Siegerzigarette. Susan ging im Geiste die unzähligen Dramen durch, die Marilyn inszeniert hatte, wie zum Beispiel, als sie einmal im Umkleideraum eine Flasche Rapsöl wohl gezielt auf den Badeanzug von Miss Orlando Pre-Teene spritzte, nachdem es beim Talentwettbewerb ziemlich eng für Susan geworden war. Sie hatte wie üblich *Für Elise* von Beethoven gespielt, aber Miss Orlando hatte eine Goldberg-Variation von Bach zum Besten gegeben, was auch den musikalisch naivsten Zuhörer zu ihren Gunsten umstimmen konnte. Infolge des Rapsöls (das nie mit Marilyn in Verbindung gebracht wurde) war Miss Orlando gezwungen, sich den Badeanzug von Miss Chattanooga zu leihen, und verlor.
Susan gewann einen Nerzmantel und ein Wochenende in Waikiki. Beides wurde gegen Geld eingetauscht, um Reisekosten und Rechnungen begleichen zu können. Das Geld war ein angenehmer Nebeneffekt, aber keineswegs der einzige Grund, an Schönheitswettbewerben teilzunehmen. »Susan, es gibt kein Preisschild, das man auf Kultiviertheit und Überlegenheit kleben kann. Selbst wenn du das reichste Mädchen der Welt wärst, glaubst du, du könntest dir einfach eine Krone *kaufen*? In Siegertypen lodert eine Leidenschaft, von der Nichtsiegertypen nicht mal *träumen* können.«

Marilyn nannte den ganzen Misswahlen-Zirkus »Karnickeln das Fell abziehen«, obwohl die Käfige, in denen sie früher Kaninchen gezüchtet hatte, um vom Verkaufserlös Kleider kaufen zu können, längst der Vergangenheit angehörten – seit Susan sich in eine Barbie-Puppe verwandelt und mit ungefähr sieben Jahren begonnen hatte, Jahr für Jahr den Titel der Young American Lady, Sektion Westküste, zu gewinnen.

»He, Süße, sieht so aus, als hätte die Karnickelsaison begonnen. Die Häschen hoppeln heute Abend um ihr Leben!«

Wenn alles gut lief, wenn Marilyn und Susan siegeshungrig zusammen durchs Land tourten und aus jeder Pore ihres Körpers den Duft von Haarprodukten verströmten, konnte sich Susan keine wunderbarere und aufopferungsvollere Mutter als Marilyn und auch keine exotischere und reizvollere Kindheit vorstellen. Die Schule war ein Witz. Marilyn rief regelmäßig dort an und log, Susan sei krank. Zum Ausgleich hielt sie ihre Tochter dazu an, drei Bücher pro Woche zu lesen sowie Sprech-, Tanz-, Klavier-, Haltungs- und Französischunterricht zu nehmen. »Schule ist was für Versager«, erklärte Marilyn Susan, nachdem sie zum wiederholten Mal einem besorgten Schulleiter einen Bären von einer Nierenentzündung aufgebunden hatte. »Eins kannst du mir glauben, meine Süße – wenn du die Tricks lernst, die ich dir beibringe, wirst du niemals auf der Verliererseite stehen.«

Marilyn hatte Recht behalten. Mit diesem Gedanken tröstete sich Susan, während ihr vorgetäuschter Schlaf in echte Träume überging.

Kapitel Elf

Ein halbes Jahr nach Susans Schönheitsoperation las Marilyn in einem Misswahlen-Newsletter, dass ein Juror, der sich Susan gegenüber nicht gerade wohlgesonnen gezeigt hatte, bei der am Memorial-Day-Wochenende im St. Louis Civic Auditorium anstehenden Wahl zur Miss American Achiever in der Jury sitzen würde. Marilyn wusste, dass dieser Juror, Eugene Lindsay, nach Susans Darbietung von *Für Elise* bei der Wahl zur Miss County USA vergangenen Herbst im Lee Greenwood Dinner Theater in Sevierville, Tennessee, gegen sie gestimmt hatte. Nach der Veranstaltung saß Marilyn am anderen Ende der von der Klimaanlage auf Eiseskälte temperierten Sitzecke in der Lounge des Best Western, wo sie allein einen doppelten Wodka-Tonic zu sich nahm, als sie Lindsays unverkennbare TV-Kreidefresserstimme sagen hörte: »Ich hab diese aufgezogenen Knirpse und ihre roboterhaften Beethoven-Light-Interpretationen so verdammt satt. Ich muss mir dieses gottverdammte Stück so oft anhören, dass es mir vorkommt, als ob ich in einem Fegefeuer schmore, das dem Hirn dieses Wichsers entsprungen ist, der die Musik für die Warteschleife der Ticket-Hotline von Delta Airlines zusammenstellt.« Weder seine Ausdrucksweise noch sein fehlendes Feingefühl überraschten Marilyn. Aber sie war höchst erstaunt, dass er die gehässigen Gedanken, die in den Köpfen der Juroren herumspukten, derart unverhohlen aussprach. Sie hatte sich selbst schon gefragt, ob Susans *Für Elise* inzwischen vielleicht zu ausgelutscht war,

und bereits Vorbereitungen getroffen, sie einen *Grease*-Medley singen zu lassen.
Eugene Lindsay war ein geradezu überwältigend gut aussehender Gegner für Marilyn, gegen den sie keine der anderen Mütter aufhetzen konnte. (»Also, Schätzchen«, sagte eine, zwischen Anstand und Geilheit schwankend, »von dem würd ich mich gerne mal so richtig in den Arm nehmen lassen.«) Eugene war von Beruf zwar Metereologe, aber Marilyn wusste, dass er nach seinem Tod vermutlich der größte Ford-Händler im Himmel werden würde. Er ging durchs Leben wie eine Dänische Dogge oder ein rasender Krankenwagen, der jedem, dessen Weg er kreuzte, uneingeschränkten Respekt einflößte. Er sagte bei einem NBC-Sender in Indiana abends das Wetter an und war durch seine Frau Renata, die einen Kleiderversand für Vollschlanke betrieb und nebenbei mit Haarteilen handelte, in die Welt der Schönheitswettbewerbe geraten.
Am Tag vor der Wahl zur Miss American Achiever bestand Marilyn darauf, mit Susan nach Bloomington, Indiana, zu fahren, die Stadt, in der Eugene Lindsay wohnte. »Zwecks Recherche, meine Süße. Ich möchte mir mal Renatas Laden ansehen. Das wird bestimmt lustig.«
Bald sollte Susan konstatieren, dass ihre Mutter übergeschnappt war, aber noch ließ sie sich ohne Wiederrede von Marilyn nach Bloomington mitschleifen. Von einem Asteroidengürtel aus Gepäckstücken umgeben, durchschritten sie den dortigen Monroe County Airport. Marilyn achtete darauf, dass die kleinen durchsichtigen Vinylfester an den Kleidertaschen nach außen zeigten: »Damit die Leute, die uns begegnen, wissen, dass sie sich im magischen Bannkreis eines Stars befinden.«
Am Flughafen gab es keine Taxis. Eine verschworene Gemeinschaft von Kurzstreckenflug-Passagieren wuselte auf der Taxi-Insel herum und reckte unsinnigerweise die Hälse, als könnte wie in Manhattan jeden Moment eine ganze Flotte auftauchen. Bald näherte sich ein einzelner Wagen, und Marilyn

stürzte sich darauf und umklammerte den Türgriff. Die anderen waren empört: »He, Sie – immer der *Reihe* nach.« Marilyn wirbelte herum, nahm ihre frühstückstellergroße schwarze Sonnenbrille ab, sah ihrem Kontrahenten direkt in die Augen und stieg einfach ein.

Sie checkten in ihr Hotel ein und statteten dann Renatas Laden, der ganz in der Nähe lag, einen ziemlich interessanten Besuch ab. Susan fand, dass Renata dafür, dass sie mit Gala-Roben in Übergrößen handelte, etwa so viel Fett am Körper hatte wie eine Dose Diät-Cola und drei Cashew-Nüsse. Während Marilyn mit Renata sprach, stöberte Susan am anderen Ende des Ladens herum, das zu ihrer freudigen Überraschung mit normalen Kunstgewerbeartikeln voll gestopft war.

Später am Abend, oben im Hotelzimmer, schlug Marilyn vor, sie könnten noch ein bisschen durch die Gegend fahren.

»Wir haben doch gar kein Auto, Mom.«

»Ich hab eins gemietet, als du im Fitnessraum warst.«

»Wo fahren wir denn hin, Mom?«

»Das wirst du schon sehen.«

»Planst du etwa wieder irgendeine Schandtat, Mom?«

»Susan!«

»Alles klar. Du hast noch nicht *ein*mal ›Süße‹ zu mir gesagt. Immer wenn du flunkerst, lässt du die Nettigkeiten weg.«

»Ach, Süße.«

»Zu spät.«

Marilyn schürzte die Lippen und schaute ihre in eine Trainingshose und einen grauen Kapuzenpullover eingemummelte Tochter an. »Na, dann. Komm mit.« Marilyn steckte zwei Paar Gartenhandschuhe, eine Packung Mülltüten und zwei Taschenlampen ein. Sie lenkte den Wagen in die gewundenen Straßen eines Wohnviertels mit lauter Häusern im immer gleichen börsenmaklertypischen Tudor-Stil, den Susan, als sie noch jünger war, sich immer zu dem walrossbärtigen Plutokraten aus dem Monopoly-Spiel vorgestellt hatte. Mittlerweile verband sie, realistischer geworden, ein Viertel wie dieses mit Autohändlern, süßen Jungen ohne Charakter, Twinsets, regelmäßigen Mahlzeiten, in denen alle vier Nahrungsmittelgruppen enthalten sind, Weihnachtsbaumlichtern, die nicht blinken, Händen, die sich hin und wieder auf fremde Knie verirren, fröhlichen Haustieren, Einfahrten ohne Ölflecken, Frauen namens Barbara und jetzt auch Wetterfröschen von Regionalsendern des NBC.

»Hier wohnt dieser Lindsay?«, fragte Susan, während sie aus dem Fenster auf ein Haus im Kolonialstil mit einer Dreifachgarage blickte, so bunt beleuchtet wie ein Zierschloss in einem Aquarium, umgeben von buschigen immergrünen Pflanzen, die den Lärm schluckten wie Schalltampons.

»*Pssst!*«, Marilyn hatte die Autoscheinwerfer bereits einen Block vorher abgeschaltet. »Hilf mir mal eben, meine Süße.« Sie schlichen sich zu den Mülltonnen hinüber, und Marilyn nahm von einer den Deckel ab. »Wunderbar verschnürt. Fast wie ein Weihnachtsgeschenk. Susan – ganz leise jetzt – fass bitte mal den Müllsack mit an.« Die Tüte machte am Innenrand der Tonne ein deftiges, sattes Furzgeräusch, als Susan sie heraushievte, und sie musste lachen.

Fünf hübsch gepackte Mülltüten wanderten in den Kofferraum und auf den Rücksitz des Wagens. Marilyn fuhr mit quietschenden Reifen los und ließ die Scheinwerfer während der ersten, fast schmerzhaft nervösen Atemzüge noch ausgeschaltet. »Und wo geht's jetzt hin?« fragte Susan.

»Zu einem Wal-Mart-Parkplatz.«

»Ein Wal-Mart-Parkplatz? Ist das nicht vielleicht ein bisschen auffällig?«

Marilyn schaltete das Licht ein. »Genau deshalb fahren wir dorthin. Man wird uns für zwei arme Irre halten, die auf der Suche nach einem Gutschein für einen Elf-Cent-Rabatt auf irgendwelchen No-Name-Bowlingkugeln in ihrem eigenen Müll wühlen.«

Sie hatte Recht. Sie parkte keine zehn Plätze vom Haupteingang des Supermarkts entfernt, und niemand würdigte Mutter und Tochter, die sich entschlossen wie Hebammen durch die tiefgrünen Plastiktüten wühlten, als wären es Nabelschnüre und Mutterkuchen, eines Blickes.

»Wonach suchen wir eigentlich?«, fragte Susan.

»Das weiß ich erst, wenn ich es vor mir habe. Immer nur eine auf einmal. Breite den Inhalt gleichmäßig auf dem Boden des Kofferraums aus. Gut. Jetzt halt deine Tüte auf, und ich tu die Sachen Stück für Stück hinein.« Marilyn musterte jeden Gegenstand eingehend. Es war wie eine Glasbodenboot-Rundfahrt durch Haus und Leben der Familie Lindsay. »Badezimmer«, sagte sie, »blutige Kleenex drei; Q-Tips, zwei; Hühneraugenpflaster, vier, fünf, *sechs*; Pillenfläschchen auf den Namen Lindsay, Eugene, Inhalt: Stelazine, zweimal täglich hundert Milligramm.«

»Was ist Stelazine?«

»Ein starkes Antipsychotikum. Ha, das behalten wir.« Marilyns ältere Schwester, ebenfalls ihrer hinterwäldlerischen Herkunft entronnen, war schizophren und, bevor sie mitten in Portland von der Brücke über die I 5 sprang, ein pharmazeutischer Leithammel für Marilyn gewesen. »Lass uns weitermachen. Einwegrasierer: einer.«

Dann fand Marilyn drei von einer Schicht Noxzema-Creme zusammengepappte Fotos von Eugene. »O Mann, warum muss er bloß so attraktiv sein?«

Susan schnappte sich eins der Bilder und verschlang Eugene mit den Augen. Sie fühlte sich genauso wie damals, als sie bei der Weihnachtstombola an ihrer High-School eine Rinderseite gewonnen hatte. »Der sieht aber gut aus, was?«

»Das tun sie immer, Schatz, das tun sie immer.«

Susan steckte das Foto heimlich in ihre Tasche, dann schauderte sie.

»Du frierst ja, Süße.«

»Nein. Ja. Ein bisschen.«

»Du redest wie Miss Montana beim Wettbewerb letzten Mo-

nat.« Marilyn lachte, und auch Susan musste lächeln. »Drück dich immer klar und eindeutig aus, Süße.«
Die nächste Tüte musste aus Renatas Badezimmer stammen, sie enthielt ausschließlich hochwertige Kosmetika, die Marilyn widerwillige Bewunderung entlockten.
Es folgten mehrere Tüten mit Küchenabfällen: Werbesendungen, Kaffeesatz, größtenteils ungeöffnete Behälter aus einem noblen Feinkostgeschäft und diverse Dosen mit unbeliebten Gemüsesorten – Rote Bete und Limabohnen.
Eine Tüte war noch übrig: »Komm schon, Eugene! Gib mir, was ich brauche.« Es handelte sich offenbar um Büromüll: eingetrocknete Filzstifte, das Korrekturband einer Schreibmaschine, geöffnete Rechnungsumschläge von Ameritech, Chevron, PSI Energy, Indiana Gas und – »Was ist *das* denn?« Marilyn griff nach einem asymmetrischen Knäuel einander ähnelnder Fotokopien. Sie zog willkürlich eine heraus und begann sie laut vorzulesen: »›Wenn Sie diesen Brief ignorieren, übernehmen Sie allein die Verantwortung für das, was ihnen zustoßen könnte. Eine Frau in Columbus zog es vor, diesem Brief keine Beachtung zu schenken, und eine Woche später wurde sie tot aufgefunden, Todesursache: Kohlenmonoxidvergiftung …‹ Ein Kettenbrief.« Marilyn überflog das Blatt. »Gut und schön, aber warum so viele davon, Eugene? Was zum …?« In diesem Moment wurden ihre Augen groß wie Untertassen, und ihr Gehirn schlug in ihrem Schädel Saltos wie ein Zirkus-Chihuahua. »Susan! Schau dir das an! Dieses Schlitzohr hat Hunderte von Kettenbriefen an irgendwelche Trottel im ganzen Land geschickt – auch in Kanada und Mexiko, und *guck* mal … er hat sich überall an die erste Stelle gesetzt.«
Susan war jung und kannte sich mit Kettenbriefen noch nicht aus. »Ja?«
»Wenn ihm nur ein Bruchteil dieser Schwachköpfe fünfzig Dollar schickt, macht er immer noch einen Riesenreibach.«
»Lass mal sehen.« Susan las den Drohbrief aufmerksam durch.

Marylin zerrte unterdessen eine Mappe hervor: »KLRT-AM Radio, San Jose, Kalifornien, DAS Talk-Radio – rund um die Uhr.« Die Mappe enthielt Namen- und Adresslisten, und hinter jeder Adresse war ein Haken. Auch von anderen Städten gab es Mappen – Toronto, Ontario; Bowling Green, Kentucky und Schenectady, New York. »Jetzt hab ich's – das sind Namen und Adressen von Radiohörern, die Marketing-Fragebögen ausgefüllt haben.«

»Warum gerade von denen?«, fragte Susan.

»Denk doch mal nach: Wenn man erstmal eine Liste von Leuten zusammen hat, die sich für Radiosendungen begeistern, bei denen die ganze Zeit nur Spinner anrufen, ist es keine große Mühe mehr, sie um fünfzig Dollar zu erleichtern. Ein Kinderspiel. Komm, hilf mir mal, diese Papiere ordentlich aufeinander zu legen. Eugene, ich liebe dich dafür, dass du mir hilfst, dein eigenes Grab zu schaufeln.«

Sie schichteten und sortierten ihre Beute. Dann stiegen sie wieder in den Wagen, und Marilyn fuhr zu einer Mülltonne hinter einem Taco Bell und sagte: »Schmeiß den restlichen Müll da rein.« Susan nahm Eugene Lindsays frisch eingetüteten Abfall und warf ihn mit spitzen Fingern über den verrosteten grünen Rand der Tonne.

Im Hotel ging Marilyn mit ihren Papieren Susan bald auf den Geist. Der Fernseher war kaputt. Sie legte sich aufs Bett und versuchte, in dem hüttenkäseartigen Tüpfelmuster an der Decke die Umrisse von Tieren auszumachen. »Mom, übernachten wir morgen bei einer Gastfamilie oder in einem Hotel?«

»Im Hotel, meine Süße.«

»Ach.«

»Wäre es dir lieber, wir würden bei einer Gastfamilie wohnen?«

»Jein.« Ja, weil ihr dann ein Einblick in das Leben und das Haus anderer Leute gewährt würde, beides unweigerlich normaler als ihr eigenes, und nein, weil sie dann auch die Gerüche der Gastfamilie ertragen, ihr Essen essen müsste und wieder mal einen Gastvater oder Gastbruder hätte, der versuchen könnte, sie anzutatschen, oder aus Versehen ins Badezimmer stürmen würde, während sie duschte, und obendrein wäre sie gezwungen, zu all dem ein sonniges Lächeln aufzusetzen. Sie musste an eine Gruppe von Frauen denken, die vor ein paar Monaten bei der Wahl zur California Young Miss in San Francisco demonstriert hatten. Sie hatten die Kandidatinnen als Vieh bezeichnet. Sie hatten den Müttern vorgeworfen, sie seien Schlachterinnen, die ihre Töchter wie Schafe zur Schlachtbank führten. Sie hatten Bikinis aus Fleisch getragen. Susan lächelte. Sie versuchte sich vorzustellen, wie rohes Fleisch sich auf ihrer Haut anfühlen mochte, feucht und rosa, wie frische Haut unter Schorf. »Mom – wie fandest du diese Fleischfrauen in San Francisco? Die mit den Steak-Bikinis.«

Marilyn ließ die Papiere sinken, die sie in der Hand hielt. »Verbiesterte, frustrierte Frauen, Susan.« Adern traten an ihren Schläfen hervor. »Hörst du? Die sind verzweifelt. Absolut ver*zwei*felt. Es gibt keinen Mann in ihrem Leben. Sie sind ausgehungert. Und missgünstig. Sie tun mir Leid. Ich bedauere sie.«

»Sie sahen irgendwie aus, als würde es ihnen Spaß machen.«

Die Heftigkeit von Marilyns Reaktion führte Susan vor Augen, dass Menschen Schädel unter ihren Gesichtern haben. Marilyn hielt Susans Entsetzen für Angst vor dem, was sie zu sagen hatte: »Nein! So was darfst du niemals denken – *niemals*. Verstanden?«

»Meine Güte, Mom, das war doch bloß ein Witz.«

»Mit solchen Frauen wirst du niemals deine Zeit vergeuden.«

Marilyn wandte sich wieder Eugene Lindsays Betrugsmanöver zu, aber ihr Körper war inzwischen offensichtlich von Stresshormonen durchflutet. Susan fühlte sich wie ein junger Wolf, der gerade den delikaten zarten Bauch des Stachelschweins entdeckt hat.

Am nächsten Nachmittag checkten sie in das Hotel in St. Louis ein. Susan blieb oben auf dem Zimmer, um Comics zu lesen, während Marilyn mit ein paar anderen Kandidatinnenmüttern plauderte und erfuhr, dass Eugene in demselben Hotel wohnte wie sie, und zwar allein, denn Renata konnte wegen all der Bestellungen, die im Vorfeld der Big 'n' Proud-Messe in Tampa, Florida, bei ihr eingingen, nicht aus Bloomington weg. Fast ohne Mühe fand Marilyn Eugenes Zimmernummer heraus und klopfte kurz darauf an seine Tür. Er öffnete, nur mit karierten Socken, gestreiften Boxershorts und einem offenen Oxfordhemd bekleidet. Er hatte einen Scotch in der Hand, und Marilyn konnte sehen, dass er kleine, von der Sonne golden gebleichte Härchen auf den Fingerrücken hatte. Sie wusste, dass Eugene es gewohnt war, nur hereinzulassen, wen er wollte und *wann* er wollte. Er sah Marilyn und sagte: »Was machen Sie hier – soll das ein Witz sein?«

»Das ist kein Witz, Eugene.« Sie drängelte sich in sein Zimmer. Sie nahm es gewissermaßen im Sturm.

»Was zum Teufel …? Sie … verlassen Sie verdammt noch mal mein Zimmer. Sofort.«

»Nein, Eugene.«

»Haben die Jungs vom Sender das inszeniert? Ist das ein Gag?«

»Das ist kein Gag, Eugene, und ich kenne keine Jungs von irgendeinem Sender.« Sie neigte kokett den Kopf und setzte sich mit übereinander geschlagenen Beinen aufs Bett.

Eugene stürzte seinen Scotch herunter. »Ich steh nicht auf billigen Sex, Lady. Raus.«

»O *Eugene* – Sie täuschen sich in mir.«

»Sie sind die Mutter einer Kandidatin, nicht wahr? Euch Mütter erkenne ich überall. Ihr seid alle nicht ganz dicht. Ihr habt alle einen Sprung in der Schüssel.« Er goß sich einen neuen Drink ein.

»Finden Sie es klug, zu trinken?«

»Bitte? … Verdammte Scheiße … Ich rufe jetzt den Sicherheitsdienst.« Er ging zum Telefon neben dem Bett.

»Nicht ich bin diejenige, die Stelazine nimmt, Eugene. Nicht ich bin hier die Geisteskranke.«

Sein Finger verharrte über der Null-Taste des Telefons. »Also, Lady, eigentlich sollte ich ...«

»Ach, halten Sie die Klappe, Sie Hohlkopf. Ich heiße nicht Lady, sondern Marilyn, aber das ist nicht von Bedeutung. Von großer Bedeutung ist allerdings, dass meine Tochter morgen den Titel gewinnt. Sie wird *Für Elise* spielen, und es ist völlig unerheblich, ob Miss Iowa auf offener Bühne einen Krebskranken heilt oder ob bei Miss Idaho die Wundmale Jesu aufbrechen, meine Tochter gewinnt. Punktum. Und *Sie* werden dafür sorgen.«

»Das *muss* ein Witz sein.« Eugenes Gesicht entspannte sich. »Dahinter stecken *doch* die Jungs vom Sender.«

»Kein Witz.«

»Sie sind *gut.*«

»Es gibt nichts, worin ich gut sein *könnte,* Eugene. Das hier ist die nackte Realität.«

Eugenes Gesichtsmuskeln spannten sich, und er begann in der kühlen, gemessenen Sprechweise TV-gerechter Sachlichkeit weiterzureden. »Oh, wie dramatisch. Ich krieg's gleich mit der Angst. Sie würden vermutlich einen Mord begehen, damit Ihr Sprössling gewinnt. Ich wette, Sie und Ihre kleine Miss ...«

»Wyoming.« Die Familie war zwar noch nicht dorthin umgezogen, aber Marilyn hatte bereits dafür gesorgt, dass zumindest Susan ihren offiziellen Wohnsitz in Wyoming hatte, indem sie unter ihrem Namen einen kleinen Lagerraum am Rand von Cheyenne angemietet hatte. Doch im Moment wollte sie vor allem Eugene aus dem Gleichgewicht bringen. »Sie tragen einen Fleischbikini, Eugene.«

»Wa ...?« Reflexartig griff er nach seinem besten Stück, in dem Glauben, es hätte sich womöglich selbstständig gemacht.

»Lesen Sie das hier.« Sie nahm ein Bündel Fotokopien aus ihrer Handtasche und feuerte es auf den Bettüberwurf. Eugene konnte von seinem Ort aus sehen, worum es sich dabei handelte. »Wie buchstabieren wir ›Betrug‹, Eugene? Wir buchstabieren es F-B-I.« Marilyn ging zur Tür und riss sie auf. »Sie sind ein großer Fisch in einem winzigen Teich, Sie Eierkopf. Aber es ist *mein* Teich. Tun Sie, was ich von Ihnen verlange, und die Sache bleibt unter uns.« Sie trat hinaus und drehte sich noch einmal um. »Abgesehen davon könnten Sie mir nicht gleichgültiger sein. Sie ans Messer zu liefern wäre wie ein brennendes Haus mit Abwässern zu löschen. Es würde seine Aufgabe erfüllen, aber – na ja, denken Sie mal drüber nach. Wiedersehen, Eugene.« Sie schloss die Tür.

Der Wettbewerb an jenem Abend lief wie geschmiert. Susan schaffte es bis ins Semifinale, spielte ihr *Für Elise* und stellte sich dann mit den anderen Finalistinnen direkt vor der Jurorenbank auf der Bühne auf. Sie fühlte sich großartig. Sie hatte gelernt, ihre neu gewonnene Rundum-Schönheit, die ihr die Kieferkorrektur und die Nasenoperation verliehen hatten, richtig zur Geltung zu bringen. Und dann, als sie geblendet in das Scheinwerferlicht starrte, schälte sich ein Gesicht aus dem Nebel heraus – ein Gesicht, das sich von allen anderen im Auditorium absetzte. Es war Eugene – der Müllmann! –, und er schaute Susan mit dem gleichen verständnisvollen, wissenden Gesichtsausdruck an wie auf dem Foto. Ihre Blicke trafen sich, und zum ersten Mal in ihrem Leben fühlte sie sich als sexuelles Wesen. Sie posierte nicht nur, sie fühlte sich *nackt*, und sie war stolz auf ihren Körper. Sie nahm die Schultern zurück, als wolle sie Eugene mehr von sich schenken. Sie wurde begutachtet, und sie wusste, dass sie eine gute Figur machte. Gleichzeitig musterte Eugene Susan. Er fragte sich, wie er diese appetitliche kleine Gazelle bislang hatte übersehen können. *Für Elise?* Teufel auch, selbst wenn sie den Flohwalzer mit einem Spachtel spielen würde, würde er noch für sie stimmen. Er zeigte mit dem Finger auf Susan und dann auf sich selbst, präsentierte breit lächelnd seine Filmstarzähne und zwinkerte ihr dann mit der Unwiderstehlichkeit eines glühenden, Wäsche verschmorenden Bügeleisens zu.

Susan hörte Musik, und sie hörte ihren Namen. Und dann landete ein Diadem auf ihrem Kopf, und sie spürte das beruhigende, kühle Flattern der Siegerschärpe, die über ihre rechte Schulter drapiert wurde.

Hinterher, als die Menge sich zerstreut hatte, versuchte Susan, Eugene unter den davoneilenden Menschen zu erspähen, indem sie so tat, als halte sie Ausschau nach einem anderen Zirkusäffchen, Janelle aus Hawthorne, Kalifornien.

»Janelle?«, fragte Marilyn. »Du *hasst* Janelle.«

»Ich hasse niemanden, Mom.«

»*Janelle* hat vor zwei Jahren in Spokane deinen linken Pumps versteckt.«

»Das konnte ihr niemand beweisen.«

»So ein Sieg macht dich offenbar sehr nachsichtig. Reizbar auch.«

»Gar nicht wahr.« Aber sie war tatsächlich nervös. Hektisch und voller Panik suchten ihre Augen nach Eugene. Ihr Magen fühlte sich an wie ein Drachen, dem es nicht gelingen wollte, in die Luft zu steigen.

»Na*tür*lich nicht, Süße. Ach, *guck* mal – da drüben ist sie ...«

»Wo?«, Verwirrt drehte Susan ihren Kopf in die Richtung, in die ihre Mutter gezeigt hatte. Kein Eugene.

»Reingelegt.«

»O *Mom*.«

»Keine Sorge, meine Süße. Was auch immer los ist, ich werde dich heute Abend nicht damit nerven. Du bist ein Champion.«

Kapitel Zwölf

Susan spürte, wie die Hitze der sich abkühlenden Cheeseburger aus der Mülltüte neben ihr entwich. Nachdem ihre Ohren sich von dem explosionsartigen Zuschlagen des Müllcontainerdeckels erholt hatten, registrierten sie jetzt Susans langsame Atemzüge und das Rascheln des eingetüteten Mülls, der sich bedrohlich auftürmte wie ein Berg von Nerf-Geschossen, der jeden Moment über ihr zusammenbrechen konnte. Der *Geruch* überlagerte Übelkeit erregend süßlich alle anderen Sinneseindrücke – Ketchup, Brötchen, Fisch, Rindfleisch und Kartoffeln, vermengt mit Fett und Flüssigkeiten, überzogen das Metall unter ihren Schuhen.

Es gab kein Licht, und in der Dunkelheit barsten die Konturen, die sie ertastete, wie kaputte Feuerwerkskörper unter ihren Fingerspitzen. Sie hatte Hunger, doch ihr Ekel vor den toten Lebensmitteln überwog. Sie versuchte sich ganz klein zu machen, wie ein Vogel, der in einem Haus gefangen ist. Und dann entspannte sie sich. Ein bisschen.

Auf der Suche nach einer Sitzgelegenheit klopfte sie mit der flachen Hand die Müllsäcke ab, bis sie auf einen stieß, der federnd nachgab. Er enthielt Pappbecher, Schaumstoffbehälter und Papierservietten. Sie ließ sich in ihrer Ecke darauf nieder. Die Gerüche um sie herum wollten einfach nicht schwächer werden, und ihre Nase weigerte sich, sich auf ähnliche Weise zu akklimatisieren, wie sie es bei dem Mistgeruch auf einem Bauernhof getan hätte. Der Gestank war nicht stark genug, um Brechreiz auszulösen, aber er ließ sich auch nicht ignorieren.

Ihr Hunger wurde größer, aber bei dem Gedanken, einen der erkaltenden Burger um sie herum zu essen, drehte sich ihr der Magen um. Sie hatte Durst, und die Energieriegel in ihrer Reisetasche schmeckten wie Kleister und waren ohne Wasser ungenießbar. Sie griff nach ihrer Tasche – ihre Tasche! Sie hatte sie auf den Beton unter der Mülltonne fallen lassen, als die beiden Jungs kamen. Sie winselte vor Wut.

Stunden vergingen.

Inzwischen war der Hunger unerträglich geworden. Sie gab klein bei und griff nach einem der nicht verkauften Burger, inzwischen erkaltet und nur anhand der Verpackung als frisch zu erkennen. Sie verzehrte ihn mit etwa der gleichen Begeisterung, die ihr Verpackungsflips aus Schaumstoff entlocken würden.

Ihr Mund fühlte sich an wie das Innere eines Baseballhandschuhs. Sie riss den Beutel unter sich auf und durchwühlte den Inhalt, bis sie auf einen gewachsten Pappbecher stieß, der noch einen Getränkerest enthielt – einen Schuss Orangenlimonade, der zum Glück mit geschmolzenen Eiswürfeln verlängert war –, und stürzte ihn mit einem Zug herunter. Sie stöberte weiter und sortierte schlappe Fritten, ein paar Päckchen Honig-Senf-Soße, pieksige Trinkhalme und verschmierte Servietten aus. *Bingo!* Eine fast volle mittelgroße Diet Coke, metallisch und körperwarm, schal und nass. Sie trank sie aus und warf den Becher dann oben auf den Haufen. Dann musste sie pinkeln, und sie tastete im Müll nach Wegwerf-Nachttöpfchen, bis sie zwei leere Milkshake-Becher fand.

Aus gefalzter Pappe baute sie sich in der Ecke einen improvisierten Schlafplatz. Sie breitete zur Isolation eine Schicht aus trockenen Abfällen als Unterlage aus, und auf einer Seite errichtete sie sicherheitshalber ein Lawinendach, falls der Müll in der Nacht zusammenbrechen sollte. Als Kissen benutzte sie wiederum Pappe, auf die sie eine Tüte voller zerquetschter Pappbecher legte.

Sie war selbst überrascht, wie gut sie sich in ihrer neuen Welt zurechtfand – in ihrem neuen Leben musste sie ganz unten anfangen, und dies war ihre Feuerprobe. Und daher schlief sie mit einem seltsamen Stolz darauf ein, dass sie mit allem fertig wurde, was sich ihr in den Weg stellte, und ihr Schlaf war traumlos.
Angsterfüllt schreckte sie auf, als hätte ihr jemand einen Elektroschock versetzt, aus dem Schlaf gerissen durch das metallische Scheppern von Stahl auf Stahl. Morgen – ein Müllwagen war gekommen, um sie und ihr neues Heim hinfort zu heben. Sie hörte, wie jemand die Schlösser über ihr entriegelte, und gleich danach wurde der Container mit einem Ruck hochgehievt, und ihr Körper wurde von den Mülltüten, die an der gegenüberliegenden Wand aufgestapelt gewesen waren, fast erdrückt. Sie überlegte fieberhaft – eine Müllpresse – o *Gott.* Innerhalb weniger Sekunden stand sie Kopf, durchweicht von auslaufender Limonade, die sich über ihren Schlafplatz ergoss. Dann fiel der Boden aus ihrer Welt, und als sie auf die Ladefläche des Lasters purzelte, war sie für einen kurzen Moment schwerelos. Müll prasselte auf sie nieder, und die Morgensonne blendete sie.
Die Ladefläche war voll, und zum Glück besaß der Wagen keine Presse. Susan kam sich vor wie Bugs Bunny, als sie ihren Kopf aus dem Abfall reckte und über den Rand auf die Geschäftsstraße blickte, die sie am Abend zuvor entlanggegangen war und die jetzt im Licht der tief am östlichen Horizont stehenden Sonne dalag. Der Laster erreichte eine Autobahn, und ein frischer, burgerfreier Wind füllte ihre Nasenlöcher und blies Ketchup-, Salz- und Pfeffertütchen aus ihren Haaren.
Es war eine lange Fahrt, und Susan lag auf dem Müll und spürte die Sonne auf ihren Augenlidern.
Der Laster wurde langsamer, schaltete, hielt, fuhr wieder an, bog mehrfach ab und rumpelte dann auf den Sandweg zu einer Müllhalde. Die Lkws um sie herum piepten ebenso wie der, auf dem Susan lag, während sie im Rückwärtsgang manövrier-

ten. Die Ladefläche kippte hoch, höher und dann noch ein bisschen höher, und erneut fühlte Susan sich schwerelos, während sie den herunterrutschenden Abfall emporkrabbelte wie ein Affe, der eine abwährts fahrende Rolltreppe hochsteigt. Schließlich landete sie auf dem Gipfel eines Müllbergs. Sonne – Wärme – Freiheit.

Sie konnte nur Laster sehen, keine Menschen, und sie stieg hinunter und ging zwischen den Müllkegeln hindurch, scheinbar sauber und adrett, in Wirklichkeit aber von Kopf bis Fuß besudelt.

Dann kam sie an einer Vogelscheuche gegen Möwen vorbei. Sie klaute ihr den Mantel, eine Daunen-Skijacke für Männer, Größe XL, mit Filzstiftflecken am Saum und einer kleinen Kastagnette aus sportlichen Skilift-Marken, die an ihrem Reißverschluss klapperte.

In der Brusttasche steckte eine schäbige, billige Pilotenbrille, wie man sie in Restpostenläden findet. Sie setzte sie auf. Sie strich sich die Haare zurück und verließ lächelnd die Müllhalde.

Dann machte sie sich auf den Weg nach Indiana.

Kapitel Dreizehn

Am Tag, den John für seinen Walkout wählte, ahnte er morgens beim Aufwachen noch nicht, dass dies der große Tag sei sein würde. Er verspürte eher eine Art Stechen – um 10:30 Uhr auf dem Staples-Parkplatz, während er unter einem regenlosen Himmel die Tür seines Saabs zuschlug –, und da wurde ihm klar, dass die Zeit gekommen war. Seine Seele ächzte ganz sacht, wie ein Haus, das sich kaum merklich von seinem Fundament hebt. Es war ein Gefühl wie jener Augenblick einmal im Jahr, wenn er die Luft einsog und wusste, dass der Herbst da war; oder der Moment, wenn ein zahmes Tier nach der Hand seines Herrn schnappt und sich in eine wilde Bestie zurückverwandelt.

Er schlug die Wagentür zu, und die nervigen Pieptöne aus dem Innern verstummten. Cindy und Krista hatten seinen Besitz aufgelöst und waren wieder losgezogen, um ihre Schauspielkarrieren voranzutreiben. Er hatte 18 Dollar 35 in seinem Portemonnaie, die er in die Muskelschwundbüchse an der Kasse bei Staples steckte. Er stopfte seine Geldbörse mit seinem Führerschein, seinen Kreditkarten, seinen diversen Geheimnummern, die er sich nie hatte merken können, sowie den Sicherheits-Keycards für seine Wohnung und das Studio diskret in eine wegschmissene Kentucky-Fried-Chicken-Box, die er in einen Abfalleimer warf.

Er hatte ein blaues Baumwollhemd mit Button-Down-Kragen an, eine bis dahin ungetragene kakaofarbene (»*Niemals* Schokolade«, wie der Zwilling Cindy ihn belehrt hatte) Hose und ein Paar glänzende schwarze Collegeschuhe, die Melody ihm vor langer Zeit einmal zum Geburtstag geschenkt hatte. Er nahm seine Armbanduhr ab und legte sie an einer Bushaltestelle auf die Bank. Schmuck trug er nicht.

Seine Vision von Susan fiel ihm wieder ein. Sie war so klar und überzeugend gewesen. Das erinnerte ihn daran, wie er sich gefühlt hatte, als er an der High-School auf die Bühne gerufen wurde, um sein Abschlusszeugnis entgegenzunehmen. Er war seit Jahren nicht mehr krank oder schwächlich gewesen. Unter seiner Robe hatte er einen geradezu athletischen Körper und erfreute sich bester Gesundheit. Mitglieder der Hübsche-Mädchen-Clique bestätigten ihm durch neckisches Quietschen in der Menschenmenge hinter ihm, dass er tatsächlich ein neuer Mensch war, der gerade in einen neuen Lebensabschnitt eintrat. Ihm wurde schwindelig bei der Erkenntnis, dass ein Teil seines Lebens ganz und gar vorbei war und etwas unzweifelhaft Großartigeres vor ihm lag.

Er marschierte in Richtung Osten und war eine Stunde später schweißgebadet. *Essen.*

Es war Zeit zu essen und auszuruhen. Ein paar Blocks weiter stieß er auf einen Burger King, und kaum dass er drinnen war, fiel John ein, dass er kein Geld hatte, daher bat er um ein Glas Wasser und bekam es auch, während er sich zu entscheiden versuchte, was er essen wollte. Ein flüchtiger Blick in einen Spiegel am Tresen erinnerte ihn daran, dass er sich an jenem Tag noch nicht rasiert hatte und jetzt dieses kurze Zeitfenster erreichte, in dem er verwegen wirkte, bevor er wenig später aussah wie jemand, der dringend Medikamente brauchte.

»Kann ich Ihnen helfen?«, fragte der Geschäftsführer mit einer Miene, die den Anschein erweckte, er habe nicht genug Personal.

»Noch nicht. Danke.« Es hatte keinen Zweck, länger zu bleiben. In seiner Begeisterung, abzuhauen, hatte er das Thema Essen gänzlich übergangen, in der Annahme, das würde sich schon irgendwie ergeben. Als er sich von dem mit kühler Luft gefüllten Restaurant-Würfel entfernte, kam er nicht umhin, den farbenfrohen Kompost ungegessener Lebensmittel in den zahlreichen Mülltonnen davor zu bemerken, und als er seine Wanderung gen Osten fortsetzte, wurde ihm klar, dass er sich schnell etwas einfallen lassen musste, um etwas in den Magen zu bekommen.

Die Sonne erreichte ihren Höchststand und sank dann schnell zum Horizont hinab. Autolärm dröhnte ihm pausenlos in den Ohren. Es wurde dunkel. Die Viertel, durch die er wanderte, sahen immer heruntergekommener aus, und bald verschwanden sogar die Schnellrestaurants und die Tankstellen. Er war verschwitzt und durstig und wusste, dass er inzwischen einen ziemlich merkwürdigen Anblick bieten musste. Er fragte sich, wie lange ihn sein 150-Dollar-Haarschnitt noch wie ein normaler Mensch aussehen lassen würde. Vor Hunger und Flüssigkeitsmangel bekam er Magenkrämpfe.

Eine Meile weiter entdeckte er an einer Straßenkreuzung einen McDonald's. Zumindest konnte er dort scheißen gehen, sich waschen und einen Plan zur Nahrungsbeschaffung austüfteln. In diesem Wissen verfiel er wieder in den federnden Gang von vorhin. Auf der Herrentoilette des McDonald's benetzte er sein zerknautschtes Gesicht mit Leitungswasser und betrat dann das Restaurant, das von ein paar Rentnern, drei verwahrlosten Gestalten und einer trübsinnigen Gruppe asiatischer Teenager bevölkert wurde, die eifrig die kalifornischen Nichtrauchergesetze ignorierten. Das Tresenpersonal war fast pathologisch gelangweilt und registrierte Johns Bitte um Wasser wie ein Freizeichen. Doch er erhielt ein Glas, was ihm Zeit verschaffte, und dann – *heureka!* – räumten die Teenager das Feld und hinterließen so viele Essensreste, wie man sie sonst nur auf einem Campingplatz im Yosemite-Nationalpark findet. Schnell schnappte er sich, während er zur Tarnung Äußerungen moralischer Entrüstung vor sich hin murmelte, die Tabletts mit den Resten darauf und steckte sie in die Mülltonnen, wobei er Acht gab, die dicksten Burger-Brocken, Fritten und Nuggets zurückzubehalten, um sie auf ein Platzset aus Papier zu legen, dieses zusammenzufalten und aus dem Restaurant zu tragen wie ein Disco-Handtäschchen.

Draußen machte er sich auf die Suche nach einem Ort, an dem er essen konnte, und entschied sich für einen kleinen Betonbuckel hinter dem Restaurant, neben ein paar ausladenden Oleanderbüschen, mit Blick auf die von einem Drahtzaun umschlossenen Müllcontainer und Wasser- und Stromanschlüsse. Ein Hubschrauber flog über ihn hinweg. Er aß, fand dann einen Platz zum Hinlegen, ein urinfreies Fleckchen hinter den Oleandern, und scharrte ein Kissen aus Rindenmulch zusammen, das Juckreiz an seinen Unterarmen verursachte. Er roch etwas Öliges. Er verspürte ein magensaures Schwindelgefühl, als sei er auf dem Jahrmarkt in das falsche Fahrgerät gestiegen.

Um Mitternacht gingen bei McDonald's die Lichter aus. John sah, wie zwei Angestellte herauskamen, prall gefüllte weiße Säcke in den Müllcontainer warfen und den eingezäunten Bereich abschlossen. Er ertappte sich dabei, dass er wie ein Koyote nach irgendwelchen Essensresten suchte, die ihnen vielleicht heruntergefallen waren. Bevor er einschlief, überlegte er, dass die Nachtwächter noch nicht wach wären, wenn am Morgen das Personal einträfe, um den Laden zu öffnen, und daher den vor sich hin murmelnden Landstreicher mit dem Fred-Feuerstein-Bartschatten nicht erkennen würden.

John war ein edler Tor. Sein Plan, sich spontan und ohne Terminkalender querfeldein treiben zu lassen, war von Beginn an zum Scheitern verurteilt. Er war romantisch, naiv und geradezu lächerlich kurzsichtig. John war ein Opfer der kitschigen Vorstellung, dass, wenn er sich allen weltlichen Beiwerks entledigte, ihn das zu einem tiefer empfindenden Menschen machen, ihn mit neuem Leben erfüllen – ihn zum King von Fast-Food-Amerika und seinem unendlichen Straßennetz machen würde.

Tag für Tag fühlte John sich dreckiger und abstoßender. Er stank. Er hatte versucht, seine Unterwäsche mit rosafarbenem Seifengranulat im Waschbecken einer Tankstelle zu waschen, und sie dann zum Trocknen über einen Zaun gehängt, aber sie war auf einen Sägemehlhaufen auf der anderen Seite geweht worden.

Er lernte, der Polizei aus dem Weg zu gehen. Er schlief in Hecken. Er wanderte weiter in Richtung Osten, durchquerte eine Wohngegend nach der anderen, bis er den Rand von Los Angeles County erreichte. Er begann Hunde zu hassen, weil sie ihn als Landstreicher erkannten und ihn durch ihr Gebell verrieten.

Indem er Aluminiumdosen sammelte und Pfand dafür kassierte, kratzte er Geld zusammen, um Bourbon zu kaufen. Dabei musste er lachen – dieser billige Fusel! Lecker und süß, und genauso köstlich und bodenständig wie beim ersten Mal, als er ihn als Teenager probiert hatte.

In Fontana, einer ausgestorbenen Stahlindustriestadt sechzig Meilen landeinwärts, erfüllte er Ivans Prophezeiung und klaute Wäsche von einer Wäscheleine, die Uniform eines UPS-Boten, die ihm erstaunlich gut passte. Prüfend ließ er seinen Blick über das Haus wandern – es war niemand da. Er brach das Schloss zu einer klapprigen Seitentür aus dem Baumarkt auf. Drinnen duschte er, wusch sich die Haare, rasierte sich und zog seine neue Uniform an. Er bündelte seine alten Sachen und klemmte sie beim Gehen zwischen zwei Plastik-Stapelstühle auf der Terrasse.

Die UPS-Uniform machte ihn gesellschaftsfähig. Wenn er sie trug, standen ihm, ungeachtet seiner Körperhygiene, beinahe alle Türen offen, ohne dass er skeptische Blicke auf sich zog. Sie ließ ihn lässig, arbeitsam und solide wirken – ein magischer Bote.

Freundschaften schloss er nicht, aber zu seiner Überraschung konnte er bei ein paar Frauen landen, die auf seine UPS-Kluft abfuhren. Er hasste sich hinterher dafür, weniger weil die Erlebnisse so einen schalen Beigeschmack hatten, sondern weil er das Gefühl hatte, dass solche Eskapaden gegen die Regeln waren – wodurch ihm plötzlich klar wurde, dass es für ihn tatsächlich Regeln *gab,* etwas, womit er nicht gerechnet hatte. Offenbar besaß er ein moralisches Empfinden, ein ausgesprochen neues Gefühl. Vielleicht veränderte ihn das Leben auf der Straße *doch.*

Sein erstes Schäferstündchen hatte er mit einer Frau – neunundzwanzig? zweiunddreißig? –, die unter Spannung stand wie eine zu stramme Gitarrensaite. Sie las in einem BP-Tankstellenshop im *Architectural Digest.* Ihre Blicke trafen sich. John sagte: »Ich finde, seit die sich nicht mehr nur mit reiner Architektur beschäftigen, sondern lieber die Häuser der Stars präsentieren, geht es mit dieser Zeitschrift bergab.«

Und ab ging's zu ihrem Apartment, das ganz in der Nähe lag. Sie war so ausgehungert, dass er es mit der Angst bekam, und als sie sah, dass John keine Unterwäsche trug, röhrte sie wie ein wütender Elch. In jener Nacht schlief er das erste Mal seit Wochen auf einer Matratze, doch am Morgen, als sie zur Arbeit ging – Datenverarbeitung in einer Dean-Witter-Filiale –, wurde er kurzerhand auf die Straße gesetzt.

Am nächsten Abend hatte er wieder Erfolg, diesmal bei einer pummeligen jungen Mutter mit ungepflegten Haaren, die mit ihrem acht Monate alten Baby an einem Pottery-Barn-Möbelgeschäft vorbeischob. Auch sie wohnte in der Nähe und lud John hinterher noch ein, zum Essen dazubleiben – grüner Salat und ein Boeuf-Stroganoff-Fertiggericht, das er ohne ein Wort verspeiste. Ihm fiel auf, wie mutterseelenallein die Frau mit ihrem brüllenden Kind war. Plötzlich wurde ihm klar, dass seine Form der Einsamkeit ein Luxus war, den er ebenso gewählt und bezahlt hatte wie drei Wochen in der kenianischen Steppe oder einen kirschroten Ferrari. Wahre Einsamkeit war nichts, was eine Sekretärin für einen auskundschaftete, um dann einen guten Preis dafür auszuhandeln. Wahre Einsamkeit machte einen fertig, und sie stank nach Hoffnungslosigkeit.

John begann, seine eigene Lage als läppisch zu betrachten. Die einzige Möglichkeit, sie aufzuwerten, war, sich noch tiefer, rückhaltloser und blinder in das Leben auf der Straße zu stürzen und ein gewisses Einfühlungsvermögen für eine größere Bandbreite menschlicher Emotionen zu erlangen.

Die Frau bat John, über Nacht zu bleiben, aber er lehnte ab, aus Angst, sie könnte ihr Herz zu sehr an ihn hängen und wäre dann noch einsamer, wenn er sich wieder auf den Weg machte.

In Riverside County sprang er auf einen offenen Güterwaggon auf, der ihn unter einem milchigen Nachthimmel nach Arizona brachte. Die rhythmischen Fahrgeräusche schläferten ihn ein, und als er erwachte, blickte er auf rosafarbene Canyons und korallenrote Wolken. Am anderen Ende des Waggons lehnte sich ein weiterer Nobody über den Rand, um in Zeichensprache mit einem unsichtbaren Kumpel zu sprechen. John machte keine Anstalten, sich mit ihm zu unterhalten. Unter Nobodys war es ein ungeschriebenes Gesetz, dass sie einander in Ruhe ließen, und es gab so viele von ihnen! Sobald John wusste, worauf er zu achten hatte, sah er sie überall. Auf die gleiche Weise, wie sein Gehirn Telefonmasten weglöschte, wenn er eine Landschaft betrachtete, hatte es die Nobodys ausgeblendet.

Nobodys hatten ihre Familie, ihre Kindheit, ihren Job, ihre Geliebte, ihr berufliches Können, ihren Besitz, ihre emotionalen Bindungen und ihre Hoffnungen aufgegeben. Sie waren nach wie vor Menschen, aber ein Teil von ihnen war zum Tier geworden. Zwei Monate nach Beginn seiner Wanderschaft war auch John mehr oder weniger zum Nobody geworden.

Er erinnerte sich, wie er in seiner Zeit an der UCLA – den sonnigen Tagen der sinnlosen Seminare, der großen, unmöblierten Häuser voller Rockstars, der Eimer voller Brathähnchen und der Musik, die sich ihm einprägte wie eine Gravur in Sterlingsilber – einmal mit Ivan in dem alten orangefarbenen 260-Z umhergegondelt war. Sie waren auf dem Heimweg von einer misslungenen Party im Valley und hatten gerade die

Hollywood Hills erreicht – Los Angeles lag vor ihnen. John war an den Straßenrand gefahren, und Ivan fragte ihn, was los sei. John schwieg. Er hatte ganz unverhofft den Blick auf etwas erhascht, das bedeutender war als eine Landschaft.
»John-O, komm schon, was hast du denn? Du bist ja völlig weggetreten, Mann.«
»Ivan, sei mal einen Moment still. Schau dir die Stadt an.«
»Ja. Und?«
»Das alles haben *Menschen* gebaut, Ivan. *Menschen.*«
»Na, *so* was.«
John versuchte Ivan zu erklären, dass er bislang immer völlig gedankenlos angenommen hatte, alles, was auf der Welt nicht naturgegeben war, sei einfach *da*. Doch jetzt begriff er, dass all die Straßen sowie die Abwasserrohre, die sich unter jedem Gebäude krümmten, von *Menschen* angelegt und in Stand gehalten wurden, ebenso wie all die Kabel, die die Elektrizität vom Mittelpunkt der Erde in die Haartrockner, Fernseher und Röntgengeräte von Los Angeles County leiteten. Und als John das bewusst wurde, kam ihm gleichzeitig die Erkenntnis, dass er mit seinen eigenen Händen etwas Gigantisches schaffen konnte, und zwar ebenso gut wie jeder andere. Ein Gefühl von Macht durchzuckte ihn wie ein Stromschlag.
Ivan ahnte, was John meinte. Aber so ganz verstand er es nicht. Rückblickend hatte John diesen Moment immer als den betrachtet, in dem er zu einem »großen Denker« wurde.
Aber nun, nachts im Zug, fühlte er sich desillusioniert und gedemütigt, wie jemand, der das Haus besucht, in dem er seine Kindheit verbracht hat, um festzustellen, dass es inzwischen schäbig und keineswegs mehr denkwürdig ist.
Irgendwo in Arizona hielt der Zug, und John stieg aus.

Kapitel Vierzehn

Filmhits produzieren zu müssen war eines der kleineren Probleme in Johns Leben. Ivan kümmerte sich um den alltäglichen Kram wie Etats, Windmaschinen und das Feilschen mit der Gewerkschaft. Johns Aufgabe bestand darin, in einen Raum zu kommen, in dem nichts existierte außer ein paar Geldsäcken, die sich ein bisschen Glamour versprachen, gute Gewinne und die Gelegenheit, hier und da ein Filmhäschen aufzureißen. John veranstaltete für diese Komiker, Hanswurste und Darrens-von-Citicorp einen großen Budenzauber. Er musste ihnen seine Aura ganz, ganz tief in den Leib rammen, sie herumdrehen wie die Klinge eines Entsafters, sie dann wieder herausziehen und zusehen, wie diese Anzugtypen Dollars ejakulierten. »Leute, es geht hier nicht um Geld, sondern um die amerikanische *Seele* – es gilt, diese Seele zu finden und mitsamt Wurzel herauszureißen. Es gilt, diese Wurzel zu packen und sie tief in das warme, pochende Herz des Regisseurs zu pflanzen. Sie nährt sich von heißem pulsierendem Blut, bis sie erblüht und uns Rosen, Zinnien, Orchideen, Heliotrope und sogar, was weiß ich, *Geweihe* schenkt. Und dann sitzen wir da und betrachten die Blüten und haben unseren Teil getan. Das ist der einzige Zweck, zu dem wir hier sind. Wir sind Dreck. Wir sind Abschaum. Wir sind Scheiße. Aber wir sind *gute* Scheiße. Wir sind nichts als der Boden, auf dem der Regisseur eine Vision heranzüchtet. Und darauf sollten wir *stolz* sein.« Meistens stieg John für diesen Teil der Veranstaltung einfach auf den Konferenztisch. Die Leute wollten selten Einzelheiten wissen. Sie wollten irgendeinen Hokuspokus, und den bekamen sie. Er konnte sich meistens auf seine Intuition verlassen und verarbeitete seine Eingebungen schnell und mit fast überirdischer Gründlichkeit. Er war überzeugt, dass die meisten Menschen wenigstens ein paar gute Ideen pro Tag haben, allerdings nur selten etwas daraus machen. John ließ sich durch nichts bremsen. Zwischen seinen Einfällen und ihrer Umsetzung verstrich keine überflüssige Sekunde. Er war eine Art Einsatzkommando in Sachen Film. Manchmal machte es ihm Angst, wie bereitwillig Menschen jemandem folgten, nur weil er den Anschein vermittelte, er habe die Übersicht und ein klares Ziel vor Augen.

Bel Air PI war ein ziemlich billig produzierter Polizeifilm, in dem ein ehemaliger Kriminalkommissar aus dem Mittelwesten sich mit der Tochter des Bürgermeisters zusammentat, einem Society Girl, das das Lager gewechselt hatte (»Schätzchen«, sagte Doris, nachdem sie das Drehbuch gelesen hatte, »deine Heldin ist ein Society Girl, das das Lager gewechselt hatte! Und was kommt als *Nächstes*?«), um eine Privatdetektei zu eröffnen. Ihr erster Auftrag bestand darin, die vermisste Frau eines Filmbosses zu suchen, die in zahlreiche Häppchen von Kentucky-Fried-Chicken-Größe zerstückelt auf einer Zitronenplantage in Imperial County lag. Drogen spielten eine Rolle. Verrat. Am Ende gab es eine Schießerei und eine Verfolgungsjagd, bei der Katze und Hund aufhörten, sich gegenseitig zu bekämpfen, um sich gegen die Mächte des Bösen zu vereinen und dann miteinander im Bett zu landen.

Der Film verhalf einem vergessenen Rockstar der Siebziger zu einem Comeback und pumpte Steroide in ein Filmgenre, das gerade auf dem absteigenden Ast war. Gleich danach war *Bel Air PI 2 (Bel Air π 2)* in der Mache, und mit einem Mal kamen John die Drogen, Dollars und Girls nur so in den Schoß geflogen.

Bel Air π *2* wurde ein Riesenhit, erfolgreicher als der erste Teil, und danach folgte ein Thriller über eine Invasion Außerirdischer – der Soundtrack hielt sich fünf Wochen lang auf Nummer eins – und ein weiterer Thriller der Sorte Terroristen-besetzen-Disneyland. Dieser Film spielte in Europa und Japan Unsummen ein, lief in den USA jedoch nicht so gut, weil berufsmäßige Nachahmer sich Johns krach- und musiklastige Erfolgsformel unter den Nagel gerissen hatten. Für John hatte Filmemachen jedoch nichts Formelhaftes. Es war für ihn ein Weg, Welten zu erschaffen, in denen er sich mit uneingeschränkter Macht bewegen konnte, weit entfernt von seiner eigenen Vergangenheit, frei von Kinderkrankheiten und Phantomverwandten.

Wo auch immer John auftauchte, war Party angesagt. Einmal fuhren er und Ivan in Johns Auto des Monats, einem Bentley in der Farbe von »Grace Kellys Hals«, zu einem Wochenendrefugium für Polygram-Manager runter nach La Quinta. Sie ließen den Wagen in der Wüste stehen und machten sich auf die Suche nach abgestorbenen Kaktusteilen, die Nylla für ihre Blumenarrangements brauchte. Nachdem sie eine Weile in der Sonne herumgelaufen waren, ging John zum Wagen, holte einen Armvoll Gegenstände heraus und brachte sie zu Ivan, der auf einem Felsen hockte. Der erste war eine eingeschweißte Speisekarte, die er bei Denny's geklaut hatte. Er rollte sie zu einem Trichter zusammen, durch den er sich Gegenstand Nummer zwei, eine halbe Flasche Tequila, hinter die Binde goss. Dann griff er nach dem dritten Gegenstand, einer Flinte. Er feuerte fünf Salven in die Außenhaut des Wagens und verwandelte diesen so in ein schnelles, teures Sieb. Ivan brüllte: »Alter Schwerenöter!« Prompt übergab sich John und hörte von da an auf, sich jeden Monat ein neues Auto zu kaufen. Er entschied sich, den durchlöcherten Bentley als eine Art Markenzeichen zu behalten. John hatte einen Ruf zu wahren, und wenn er einen Raum betrat, umschwirrten ihn Erfolg und Dekadenz wie pikante Gerüchte.

Johns einzig wahrer Freund in all den Jahren war Ivan. Zu

Ivans Freude gehörte zu John eine Mutter, Doris – etwas, das Ivan schmerzlich vermisste, seit sein Vater wenige Monate nach seiner Geburt mit dem Thema Heiraten abgeschlossen hatte. John und Doris lebten seit zwei Wochen im Gästehaus, als Ivan von einem Versuchsinternat in der Nähe von Big Sur nach Hause geschickt wurde. Er war dabei erwischt worden, wie er aus einer Orangensaftflasche Äther schnüffelte. Den Äther hatte ein Schüler aus dem Chemielabor geklaut und ihn bei Ivan gegen einen gepolsterten Stereokopfhörer eingetauscht.

»Warum hast du Äther geschnüffelt?«, fragte John bei ihrer ersten Begegnung in der Diele des Haupthauses, deren Steinfußboden so glatt, glänzend und hart aussah, dass John vermutete, alles, was einem hier aus der Hand fiele, würde in tausend Stücke zerspringen – Glas, Metall, Federn und Diamanten. Er war noch nie in Kalifornien gewesen, und er glaubte spüren zu können, wie die Hitze seinen Körper heilte.

»Ich hab versucht, etwas zu verdrängen«, sagte Ivan.

»Was?«

Ivan betrachtete dieses blasse, knochige, unfertige Kind, mehr Gespenst als Körper. Er war von Anfang an entschlossen, John ins Vertrauen zu ziehen. Er vermutete, dass ein derart unterentwickelter Körper nur einen überentwickelten Geist beherbergen konnte. »Ich habe diese beknackte, paranoide Angst vor« – er stockte – »der Eiszeit.«

»Der *Eis*zeit?«

»Ja.«

John hörte Doris und Angus im Wohnzimmer lachen.

Ivan fuhr fort. »Ich sehe immer wieder dieses Bild vor mir. Diese Bilder. Eine Wand aus Eis, wie die weißen Klippen von Dover – sie schrammt über den Pasadena Freeway hinweg, dann kommt sie den Wilshire Boulevard runter und zermalmt dieses Haus.«

»Wer hat dir denn das erzählt? Das ist doch totaler Quatsch. So läuft das nicht. Es fängt damit an, dass es schneit, der

Schnee aber im Sommer nicht taut. Im nächsten Winter schneit es wieder, und auch *der* Schnee taut nicht. Und dann schneit es jahrelang immer ein paar Meter mehr, und nichts davon taut. Nach tausend Jahren – einem Wimpernschlag in der Geschichte der Menschheit – ist die Eisschicht eine Meile dick. Aber bis dahin bist du längst tot. Und wenn du schlau gewesen wärst, wärst du ohnehin gleich im ersten Jahr an den Äquator gezogen.«

Ivan stand da, lächelte John an und hatte fortan keine Angst mehr vor der Eiszeit. Sie drehten sich um und schauten durch eine kleine rautenförmige Fensterscheibe hinaus auf die zukkenden Rasensprenger im Garten. »Und was ist mit dir?«, fragte Ivan. »Du siehst aus, als wärst du tot oder so. Als müsste man ein Spendenkonto für dich einrichten.«

Von da an verwandelte sich Johns Körper. Er schoss in die Höhe und bekam Muskeln, aber die Gesundheit stellte sich zu spät in seiner Jugend ein, als dass ihn Mannschaftssportarten noch in ihren Bann ziehen konnten. Er vermochte sich nur für Einzelaktivitäten zu erwärmen, bei denen er den Sieg für sich allein beanspruchen konnte, ohne dass die Befriedigung darüber von einem ganzen Team verwässert wurde. Außerdem hörte er auf fernzusehen, weil er so abergläubisch war, das mit Kranksein gleichzusetzen.

John und Ivan drehten gemeinsam – nur so zum Spaß – Super-8-Filme, von denen der erste den Titel *Doris' Saturday Night* trug. Er schilderte ihre Degeneration von der halbherzigen Insektizid-Erbin aus Delaware, die elegant ein hart gekochtes Ei bröckchenweise auf entrindeten Toast-Dreiecken zerdrückt und die Aufmerksamkeit genießt, die ihr geschenkt wird, zu einer verhärmten *mal vivante*, die Fetzen von Seemannsliedern in die Rohre unter der Küchenspüle gurgelt.

Ihr zweiter Film fiel prosaischer aus. Angus sagte, sie müssten mehr über Dramaturgie und Schnitt lernen, und deshalb folgten John und Ivan ihm an einem typischen Arbeitstag auf Schritt und Tritt mit der Kamera – sie filmten seine Besprechungen, sein Mittagessen, seine Fahrten durch die Stadt und ein Screening am Abend. All das wurde zusammengeschnitten und mit albernen Untertiteln unter dem Titel *Film Executive Secretly Wearing a Diaper Because It Makes Him Feel Naughty* (Der Filmboss, der heimlich eine Windel trägt, weil sie ihm so ein dekadentes Gefühl gibt) bei der Party zu Angus' fünfzigstem Geburtstag gezeigt. Das war ihr Einstieg in die Gemeinschaft der Filmfreaks.

John war ein erstaunlich selbstbewusster junger Mann und ein Macher, kein Denker. Doris hatte ihn stets darin bestärkt, diesen Elan zu kultivieren. Sie wollte nicht, dass John auch nur ansatzweise zu einem Lodge wurde, und weckte deshalb bei ihm eine Begeisterung für alles, was den Menschen aus Delaware gegen den Strich ging. Sie förderte seine Unternehmungslust, seine Kreativität und eine starke Abneigung gegen die Vergangenheit. Außerdem hatte sie Angus überredet, Ivan ganz aus dem Privatschulsystem herauszunehmen, so dass er ebenso wie John die High-School vor Ort besuchen konnte. Keiner von beiden war ein besonders guter Schüler, aber trotzdem fühlten sich beide dort recht wohl. Danach mogelten die beiden jungen Männer sich mit Müh und Not durch die UCLA, wobei sie den Großteil ihrer Zeit damit verbrachten, Kurzfilme zu drehen und Mädchen aufzureißen. John versuchte sich außerdem als Autohändler. Den orangefarbenen 260-Z bezahlte er von dem Geld, das er mit dem erfolgreichen Verticken wertvollerer Wagen verdient hatte, während Ivan einen mintgrünen Plymouth Scamp fuhr, den er einem von Angus' Gärtnern abgekauft hatte.

Als sie beide vierundzwanzig waren, gründeten sie mit Hilfe von Ivans Beziehungen und einem kleinen Kredit von Angus Equator Pictures. Schon bald hatten sie mit *Bel Air PI* einen Hit, der ihnen beiden Unabhängigkeit durch Geld und Macht sowie gegenseitige Abhängigkeit einbrachte. John war der Güterzug, der unaufhaltsam vorwärtspreschte. Ivan sorgte dafür, dass das Gemüse, das der Catering-Service lieferte, frisch war, und steckte dem vergrätzten Anrainer eines Drehorts, der sich weigerte, seinen Rasenmäher abzustellen, 500 Dollar zu.

Eines Frühlingstags irgendwann zwischen *Bel Air PI* und *Bel Air PI 2* standen John und Ivan an einer ARCO-Tankstelle und betankten Johns zerschossenen Bentley 260-Z, den Wagen, den er am häufigsten benutzte, obwohl er inzwischen die branchenübliche Kollektion protziger Trash-Schlitten sein eigen nannte. John erklärte: »Ich zapfe gern selbst das Benzin für mein Auto, Ivan. Ich halte immer an einer Selbstbedienungssäule. Hab ich dir je erzählt, warum?«

»Um dich mal wieder als Normalo zu fühlen?«, lachte Ivan.

»Nein. Weil ich gern zusehe, wie die Zahlen auf der Anzeige durchlaufen. Ich stelle mir dann vor, jede Zahl stünde für ein Jahr. Es macht mir Spaß zuzusehen, wie die Geschichte im Jahr null beginnt und immer weiter vorwärts rattert. Mittelalter ... Renaissance ... Vermeer ... 1776 ... Eisenbahnen ... Panama ... zack, zack, zack ... die Depression ... der Zweite Weltkrieg ... die Vorstadt ... JFK ... Vietnam ... Disko ... der Mount St. Helens ... *Denver Clan* ... und dann, *RUMS!*, geht's nicht mehr weiter. Wir sind in der Gegenwart angekommen.«

»Ja und?«

»*Und?* Es gibt diese kurze, magische Zeitspanne, die entsteht, wenn die Anzeige das Jahr, in dem wir uns gerade befinden, um ein paar Zahlen überrundet. Immer wenn ich jenseits des aktuellen Datums lande, kann ich, und sei es nur für den Bruchteil einer Sekunde, die Zukunft vielleicht nicht *sehen*, aber zumindest *spüren*.«

»Und?«, fragte Ivan. Er hatte viel Geduld mit John.

»Dadurch bin ich sozusagen der Erste – in der Zukunft. Ein Pionier.«

»Das ist es, was du sein möchtest – ein Pionier?«

»Ja.«

Ivan schwieg und fragte John dann nicht ohne Hintergedanken: »John-O, hast du den Reifendruck gecheckt?«

»Nö.«

Ivan stieg aus dem Wagen, besorgte sich beim Tankwart eine Pumpe und prüfte die Reifen. »Du musst dich auch um die kleinen Dinge kümmern, John. Alles zählt, Großes wie Kleines.«

Kapitel Fünfzehn

Als John sein Abendessen mit Ivan und Nylla beendet hatte, ging er hinunter ins Gästehaus. Doris, die sich geweigert hatte, mit dem Crackbaby MacKenzie zu essen, schlief. Zum ersten Mal seit seinem gescheiterten Walkout hatte er nicht das beklemmende Gefühl, in seiner Wirbelsäule stecke kalter Stahl. Er rief sich die flüchtigen Affären während seines Landstreicherlebens in Erinnerung, und dann dachte er an Susan. Beim Öffnen der Haustür war ihm in den Sinn gekommen, dass vielleicht *er* den Ausdruck von Einsamkeit wegwischen konnte, den er in ihren Augen gesehen hatte – denn mittlerweile war er ziemlich sicher, dass es tatsächlich Einsamkeit war, trotz ihres Lächelns und ihrer Vertraulichkeiten. Wenn er auf seiner Wanderschaft etwas gelernt hatte, dann, dass Einsamkeit und offene Gespräche darüber das größte Tabu der Welt sind. Weder Sex noch Politik und Religion, nicht einmal Misserfolg können da mithalten. *Einsamkeit* schafft es, einen Raum schlagartig zu leeren. Susan war möglicherweise mehr für ihn als nur eine Position in den Movie-Charts. Vielleicht bot sie ihm die Chance, wenigstens *ein*mal helfen zu können und vielleicht mehr aus sich herauszuholen als nur ein paar zündende Verkaufsargumente für einen bedeutungslosen Film. Vielleicht würde in ihnen beiden etwas keimen und wachsen, das sie zu besseren Menschen machte.

Er rief bei ihr an und erwischte wieder nur ihren Anrufbeantworter. Er legte auf. Er kam sich vor wie sechzehn.

Als Susan nach einer Stunde noch nicht zurückgerufen hatte, stellte John fest, dass sein Herz raste und er sich auf nichts konzentrieren konnte. Um Mitternacht war er so zappelig wie sonst nur auf Drogen, nur dass die angenehmen Seiten dabei fehlten. Er beschloss, die Nachrichten von seinem Anrufbeantworter auf sein Handy umzuleiten und dann ein paar Filme ausleihen zu fahren, in denen Susan mitspielte. Er wollte herausfinden, ob der einsame Ausdruck in ihren Augen auch früher schon da gewesen war. Außerdem hatte er einfach das Bedürfnis, ihr Gesicht zu sehen. *Das ist es, was Fans für Stars empfinden,* dachte er. *So fühlt sich das also an.* Für John gehörten Stars einfach ebenso wie Hausangestellte, Agenten und Leute vom Partyservice zu den Menschen, die durch sein Haus strömten. Nun jedoch begriff er, was der Reiz von Boulevardzeitungen und Fanzines war.
Er nahm Ivans Chrysler und fuhr runter nach West Hollywood. Weil dieser Wagen so unauffällig war, benutzten Ivan und Nylla ihn am liebsten. Er sah weder aus wie ein Mietwagen noch, um mit Doris zu sprechen, »als gehöre er einem Angehörigen einer ethnischen Minderheit oder einem paranoiden Kleinbürger«.
Der Verkehr war erträglich; die nächtliche Dunkelheit fühlte sich noch frisch und klar an. Er fand eine Videothek, West Side Video. Beim Eintreten stellte er fest, dass es sich um die Art Laden handelte, dessen Geschäftsführer, um ihm eine eigene Note zu verleihen, Laserdrucke aufhängte, die auf die Abteilungen MÖRDERISCHE MÜTTER, SÜSS UND DÄMLICH und mysteriöse Unterkategorien wie SPLATTERORGIEN und NIETEN hinwiesen, in der John zu seiner Belustigung seine alten Flops *The Wild Land* und *The Other Side of Hate* wiedersah.
Ihm ging auf, dass er keine Ahnung hatte, in welchen Filmen Susan mitgespielt hatte. Er fragte den Angestellten mit dem Namensschild RYAN, ob er irgendwas von Susan Colgate da hätte, und dieser quietschte vor Freude. »Mieees *Colllllll*gate?

Aber *ja* doch. Hier entlang.« Er führte John zu einem ehemaligen Zeitschriftenständer, in dem von der Sonne ausgebleichte Kassettenhüllen standen. Oben drüber hing ein Laserdruck mit der Aufschrift ST. SUSAN, DIE GÖTTLICHE. Der Ständer war wie ein Altar mit Kerzen und Opfergaben geschmückt – japanische Schokoriegel, Pillenfläschchen, das Modell eines Airbus 340, dem eine Tragfläche fehlte, und ein Mosaik aus Porträtfotos von Susan, die aus einer Unzahl von Printmedien gerissen worden waren. Ryan stand geduldig daneben und wartete auf Johns Reaktion, doch dieser blieb stumm, während in seinem Hirn ein Feuerwerk abbrannte. Er verspürte ein sexuelles Bedürfnis, den Altar zu besitzen.

»Sie ist was Besonderes, nicht wahr?«, meinte Ryan.

»Hast du den gebastelt?«, fragte John und musterte Ryan, einen Gap-Klon – Khaki-Hosen, weißes T-Shirt und darüber ein Flanellhemd. Ein freundliches Brady-Bunch-Gesicht. Wie ein Gag-Schreiber bei Fox.

»Mit all meinem Herzblut.«

»Ich geb dir hundert Dollar dafür, gleich hier auf die Hand.«

Ryan war für einen Moment sprachlos. »Mr. Johnson – tut mir Leid, aber ich kann nicht so tun, als wüsste ich nicht, wer Sie sind – das ist *mein* Schrein. Den kann ich nicht einfach so weggeben.«

»Fünfhundert, aber dann musst du die Videos drauflegen.«

»Mr. *Johnson*. Ich habe ihn selbst ge*baut*. Das ist kein Witz. Na ja, ein bisschen vielleicht schon. Aber ich sammle diese Zeitungsausschnitte schon seit Jahren.«

»Neunhundert. Die Hälfte von dem, was ich besitze. Das ist mein letztes Geld. Jeder weiß, dass ich pleite bin. Trotz *Mega Force* – das, was der einspielt, wird von einer Treuhandgesellschaft verwaltet.«

»Erzählen Sie so was nicht! Sie sind viel zu offenherzig, Mr. Johnson!«

»John.«

»Du bist viel zu offenherzig, John.« Ryan stemmte die Hände

in die Hüften und schaute zu, wie John die Titel auf den Rücken der Videohüllen sichtete. Der Laden war leer. Sie konnten laut sprechen. »*John*, wir kennen uns zwar nicht, aber ich möchte dich trotzdem etwas fragen.«

»Klingt wie bei der Drogentherapie. Schieß los.«

»Bist du, wie soll ich sagen, in Miss Colgate ver*liebt*?«

»Was?«, John war schockiert, nicht über Ryans Direktheit, sondern weil er das gleiche *Pling* verspürte wie früher, wenn er den Täter in einem Agatha-Christie-Krimi erriet. »Verliebt? Ich …«

»Kein Wort mehr. Lass gut sein. Ich arbeite für die Mächte des Guten. Und, weißt du, es überrascht mich auch gar nicht.«

»Was überrascht dich nicht? Ich hab nicht gesagt, dass ich verliebt bin.«

»Pfft. Du sendest Susan-Blitze aus wie der alte RKO-Funkturm.«

»Du bist ein unverschämter kleiner Pisser.«

»Na, na.« Ryan merkte, dass John seine Fragerei in Wirklichkeit nichts ausmachte. Ganz im Gegenteil. »Ich meine, ihr wart beide mal verschwunden. Susan nach dem Flugzeugabsturz vor drei Jahren, und du vor ein paar Monaten.«

John hatte nicht vor, sich zu wehren. »Weiter. Worauf willst du hinaus?«

Ryan rieb sich das Kinn und plusterte sich ein wenig auf. »Na ja, dann ist die Sache wohl noch ganz *frisch*, was? Denn wenn du schon ein bisschen länger in sie verliebt wärst, hättest du all ihre alten Filme schon gesehen.«

»Bingo, Dr. Einstein.«

»Wo habt ihr euch kennen gelernt?«

»Heute. Beim Mittagessen. Im Ivy.«

Ryan stieß einen Pfiff aus, dann ließ er die Schultern hängen. »Ich sag dir was, John. Leih dir alle Videos aus, und ich melde sie als verloren oder gestohlen.«

»Ja?«

»Ja. Und verpulver hier nicht dein letztes Geld. Den Altar gibt es gratis dazu, aber die Sache hat einen Haken.«

»Wir müssten im Himmel sein, wenn es keinen Haken gäbe. *Qu'est-ce que c'est,* Ryan?« John stellte fest, dass er große Sympathie für diesen merkwürdigen jungen Mann empfand.
»Du musst ein Drehbuch von mir lesen und danach eine Reihe von Fragen beantworten.«
»Na schön. Abgemacht.«
»Gut. Ich schließe hier zu, und dann können wir die Videos im Computer löschen und das hier in deinen Wagen laden.«
Die beiden Männer nahmen den Schrein an beiden Enden und trugen ihn hinüber zum Ladentisch, wo Ryan begann, die Strichcodes der Kassetten einzuscannen. John gab Ryan die Adresse des Gästehauses sowie seine Telefonnummer. »Wenn du die an irgend jemanden weitergibst, bist du ein toter Mann. Und ich möchte *dich* noch etwas fragen, Ryan – wieso hast du überhaupt diesen Schrein gebaut? Ein Stalker bist du nicht, denn die bauen keine Schreine – sie stellen Frauen nach. Also – was ist mit *dir* los?«
Ryan blickte von der Kasse auf, wollte erst etwas sagen, verbiss es sich dann merklich und sagte stattdessen etwas anderes. »Ach, weißt du, wir alle brauchen eine Obsession, und meine ist La Colgate: 3184 Prestwick Drive, Benedict Canyon, Führerschein 335 2511, ausgestellt in Wyoming, Telefonnummer steht nicht im Telefonbuch, aber Nachrichten können bei Adam Norwitz von der IPD-Agentur hinterlassen werden.«
John starrte Ryan an.
»Sie leiht sich hier Filme aus.«
John betrachtete die Videos, ein paar Folgen von *Meet the Blooms, Dynamite Bay* und *Thraice's Faces – On Tour with Steel Mountain.* Dreck. »Es gibt noch einen anderen Grund, weshalb du auf Susan Colgate stehst. Macht es dir was aus, ihn mir zu verraten?«
»Na gut. Ein Typ vom LAPD hat mir erzählt, dass ich der letzte Mensch war, der eine Nachricht auf ihrem Anrufbeantworter hinterlassen hat, bevor ihr Flugzeug abgestürzt ist – vor ein

paar Jahren. Ich kann es nicht erklären. Und jetzt tauchst du heute hier auf. Das ist doch kein Zufall.«
Der Schrein passte genau auf die Rückbank des Wagens. Die Luft draußen war überraschend kalt, und Johns Haut wurde klamm. »Hier ist das Drehbuch«, sagte Ryan.
»Ah ja«, sagte John und griff danach.
»John – hör mir zu.« John hielt in der Bewegung inne – er war es nicht gewohnt, dass jemand so mit ihm redete, aber es störte ihn nicht. »Du wirst dieses Drehbuch lesen, und dann wirst du dich sofort bei mir melden. Aber das ist noch nicht alles.«
»So, so.«
»Nein. Außerdem wirst du mich anrufen, wann immer dir danach ist, und wir können über Susan reden.«
»Hast du eigentlich eine Ahnung, wie hirnverbrannt das klingt, Ryan?«
»Hirnverbrannt oder nicht, es ist mein voller Ernst. Niemand sonst wird die Geschichte begreifen, wenn sie an die Öffentlichkeit dringt. Und das wird sie. Nicht durch mich, sondern durch dich, denn du bist verliebt, und deshalb hast du ein Bedürfnis, darüber zu reden. Aber niemand wird es kapieren.«
John lachte. »Okay Ryan, du hast gewonnen. Wenn mir das Herz übergeht, darfst du meine Yoko Ono sein.«
»Viel Glück, Mr. Johnson.«
John reckte den Daumen in die Höhe und fuhr schnurstracks zum Prestwick Drive 3184, parkte auf der gegenüberliegenden Straßenseite und betrachtete Susans kleines blaues Cape-Cod-Haus, das von aus der Form geratenen Ziersträuchern umgeben war. Am Eingang brannte eine Lampe, aber ansonsten war alles dunkel. Eine Stunde schlich dahin, und die einzigen Zeichen von Leben, die John bemerkte, waren ein Mann, der seinen Hund ausführte, und drei vorbeifahrende Autos. Spät in der Nacht gab er auf und kehrte zum Gästehaus zurück. Die Straßen waren erstaunlich leer, und auf dem Sunset Boulevard, Ecke Highland Avenue bemerkte er Nebel, doch dann fiel ihm ein, dass das nicht sein konnte, denn in Los Angeles gab es so

gut wie nie Nebel. Sein Handy klingelte, aber der Anrufer legte wieder auf. John kam zu dem Schluss, das es irgendwo brennen musste.

In jener Nacht schlief er nicht. Er las Ryans Drehbuch und trank mit Brennessel und Mango gemischten Himbeersaft. Er betrachtete sein schnurloses Telefon und fragte sich, um welche Uhrzeit er Susan am besten anrufen könnte. Halb acht? Zu früh. Acht? Ja. Nein. Das würde so aussehen, als könnte er es kaum erwarten. Halb neun? *Äh, hallo, Susan – ja, ich weiß, es ist noch ein bisschen früh …* Neun? Ja – aber wie sollte er bis dahin die pechschwarze Nacht überstehen, die mit solch bleierner Langsamkeit verging?

Gegen sechs Uhr wurde der Himmel langsam hell, und ein paar Tauben trippelten im Gebüsch umher. Er legte Ryans Drehbuch, »Tungaska«, beiseite. Es war gut. Eine Texanerin erbt von ihrem Vater einen rätselhaften Metallreifen, der wie eine Krone ohne Juwelen oder wie ein Stickrahmen aussieht. Sie hält ihn gegen das Licht eines Fernsehers, um ihn besser betrachten zu können, und plötzlich senken sich lakritzstangenartige Tornados vom Himmel und verwüsten den Teil von Galveston, in dem sie wohnt, bis nur noch eine Müllhalde aus geborstenen Vertäfelungen, zerbrochenen Möbeln, Ästen, Spielzeugen, Autos und Klamotten übrig ist. Nur das Zimmer, in dem sie sitzt, bleibt verschont. Es stellt sich heraus, dass der Reifen ein Portal ist, das geistige Energie in Atomenergie verwandelt.

John hörte ein Brummen oben am Hang – Ivans Hometrainer, der wie immer um halb sieben zum Leben erwachte. Gesellschaft! Er ging nach oben. Ivan schaute nebenbei die Morgennachrichten auf einem uralten 36-cm-Fernseher, der wie üblich auf einem Liegestuhl stand. »John-O.«

»Ivan.«

»Du siehst ja furchtbar aus. Hast du die Nacht durchgemacht?« Ivans Heimtrainer war auf die dritte von zehn möglichen Stufen eingestellt.

»Ja.« Das war nichts Ungewöhnliches.
»Irgendwas Gutes im Fernsehen gesehen?«
»Nein. Ich habe etwas gelesen.«
»Du hast *gelesen*?«
»Ein Drehbuch.«
»Na *so* was. Kaum zu fassen. Wann hast du das letzte Mal ein Drehbuch in der Hand gehabt?«
John musste nachdenken. »Ist wohl schon länger her.«
»Ist es was für uns?«
»Ich glaube schon. Es ist okay.«
»Heißt das gut oder schlecht?«
»Gut. *Toll* sogar.«
»Erzähl schon, Partner.«
John begann die Handlung des Films zu schildern.
»Was passiert nach der Explosion von Galveston?« Ivan hing an seinen Lippen.
»Eine Rückblende ins Jahr 1909 zu der berühmten ›Meteoritenexplosion‹ von Tungaska.«
»Ist dabei nicht die Hälfte aller Bäume Sibiriens draufgegangen?«
»Genau – nur dass sich herausstellt, dass es in Wirklichkeit gar kein Meteorit war. Dieser Reifen war schuld.«
»Ich hoffe bloß, es sind keine Außerirdischen im Spiel. Der Markt ist völlig übersättigt mit diesem Alien-Zeug.« Ivan kontrollierte seinen Herzschlag oder irgendeinen anderen Puls in seinem Körper mit seiner Stoppuhr.
»Keine Außerirdischen. Der Reifen stammt aus der Schweiz. Aus Bern. Er wurde 1905 von einer kurvenreichen russischen Jüdin angefertigt, die auf dem gleichen Gang wohnte wie Einstein. Das war das Jahr, in dem er die Relativitätstheorie entdeckte.«
»*Kurvenreich*? Was ist das denn für ein Wort? In welchem Jahr leben wir, John-O – 1962?«
»Schon gut. Aber sie ist heiß.«
»Sie ist *heiß*? Sind wir jetzt im Jahr 1988 gelandet?«

»Mein Gott, Ivan. Sie ist auf eine kalte Weise heiß. Ihre Eltern sind tot, und sie muss von Bern zurück nach Sibirien. Aber als sie dort ist, gibt es diesen Unfall – die Explosion von Tungaska.«

»Welche psychische Energie bewirkt denn eine Explosion, die halb Sibirien dem Erdboden gleichmacht?«

»Der erste Orgasmus der Frau, der versehentlich durch einen Verstärkerring in dem Reifen geleitet wurde.«

»Verstehe!«

»Wie auch immer, sie befindet sich im Zentrum der Explosion und damit in Sicherheit. Der Reifen ist extra so konzipiert worden. Stell dir mal die Spezialeffekte bei dieser Szene vor, Ivan. Wie auch immer, inzwischen wissen die Bösen über den Reifen Bescheid.«

»Wer sind die Bösen?«

»Ein Schweizer Bankenkonsortium kurz vor dem II. Weltkrieg. Die Typen, die bald darauf in den Todeslagern die Goldplomben einsammeln sollten.«

»Weiter.«

»Die Bankleute haben es auf den Reifen abgesehen. Alle Regierungen wollen ihn haben, aber sie versteckt sich und den Reifen, bis 1939 der Krieg ausbricht. Sie wird in ein Todeslager abtransportiert, und die Nazis nehmen ihr den Reifen ab. Er wird ihnen von den Amerikanern gestohlen, die ihn für die Atomangriffe auf Japan benutzen. Als nächstes gerät er nach Nevada und wird in Las Vegas dafür eingesetzt, die Energie zu bündeln, die beim Zocken und der damit verbundenen Verzweiflung frei wird, um damit Atomtests zu machen. Aber dann rechnet der Sohn der Frau, ein Ballistiker, der dort auf dem Testgelände in Nevada arbeitet, eins und eins zusammenzählt und begreift, was es mit diesem Reifen wirklich auf sich hat – und auch, dass er *ihm* gehört.

Es gelingt ihm, ihn zu stehlen – das ist das Ende der Atomtests in den Achtzigern –, und er schmuggelt sich und den Reifen runter nach Galveston. Doch er erleidet einen Schlaganfall.

Seine Tochter, gespielt von derselben Darstellerin wie seine Mutter, deponiert den Reifen in einem Schrank. Als sie diesen sauber macht, kommt es zu dem Zwischenfall mit dem Fernseher. Der Tornado ruft die Bösen wieder auf den Plan, es folgt eine Verfolgungsjagd, und alles endet in einem blutigen Wirbelsturm. Fische werden von innen nach außen gestülpt. Rosen öffnen um Mitternacht ihre Blüten. Es ist wie in der Offenbarung. Am Schluss fliegt die Frau mit dem Reifen nach Hawaii und wirft ihn in einen der noch tätigen Vulkane auf Oahu. Wie findest du das?»

Ivan bemühte sich, nicht außer Atem zu geraten, denn sein Heimtrainer schaltete gerade auf die Simulation einer Steigung um. »Klingt mir so, als würden eine Menge Trümmer darin herumfliegen.«

»Trümmer? Was? Ja ... kann schon sein.«

»Ich habe mich oben in San Francisco mit diesen Nerds von Industrial Light & Magic und Silicon Graphics getroffen, bevor ich nach Schottland geflogen bin. Die können mittlerweile sehr überzeugend fliegende Trümmer und Abfälle im Computer erzeugen. Sie suchen nach einem Film, in dem sie ihre neuen Techniken präsentieren können, und der hier klingt so, als wär's genau der richtige. Die Geschichte muss allerdings noch etwas überarbeitet werden. Wer hat das geschrieben?«

»Einer von diesen jungen Wilden – Ryan Irgendwas. Er ist im Moment eine ziemlich heiße Nummer.«

»Den Namen hab ich noch nie gehört. Ist das Drehbuch zur Versteigerung freigegeben?«

»Wir haben ein Vorkaufsrecht.«

»Wieviel willst du dafür zahlen?«

»Fünfhundert.«

»Sagen wir dreihundert. Hast du ein gutes Gefühl dabei?«

»Das erste Drehbuch seit Jahren, bei dem mein Hirn einen Ständer gekriegt hat.«

»Es ist das erste Drehbuch seit Jahren, das du überhaupt *gelesen* hast.«

Jemand klingelte am Hoftor. Ivan schaltete den Heimtrainer aus. »Komm, John-O, lass uns mal gucken, wer das ist.« Sie gingen um die Terrasse herum, die von Blumen und üppig wucherndem Grün überquoll. Vor dem Eingangstor stand ein Polizeiwagen. Ein Beamter stand daneben an der Gegensprechanlage, ein weiterer saß auf dem Beifahrersitz. Ivan ließ sie mit einem Druck auf die Fernbedienung herein. Die vier versammelten sich auf der Eingangstreppe.

»Meine Herren?«, sagte Ivan.

»Guten Tag, Mr. McClintock«, sagte der Lange. »Ihnen auch, Mr. Johnson. Haben Sie einen Moment Zeit, Mr. McClintock?«

»Sagen Sie Ivan zu mir. Natürlich. Worum geht es denn?«

»Wir müssen etwas überprüfen. Besitzen Sie einen weißen Chrysler mit dem Kennzeichen 2LM 2496T?«

»Ja.«

»Waren Sie letzte Nacht gegen zwei Uhr damit im Benedict Canyon unterwegs?«

»Das war ich«, mischte John sich ein.

»Könnten Sie uns sagen, wo Sie letzte Nacht waren, Mr. Johnson?«

»Klar. Ich habe mir bei West ... West ... West Side Video auf dem Santa Monica Boulevard Videos ausgeliehen.«

»Was für Videos?«

»Ungefähr zehn. Filme mit Susan Colgate – *Meet The Blooms*, und irgendein mieses B-Movie.«

Die Polizisten wechselten einen raschen, bedeutungsschwangeren Blick. »Um wie viel Uhr war das ungefähr, Mr. Johnson?«

»Der Typ machte grade seinen Laden zu. Zirka ein Uhr morgens, schätze ich.«

»Und dann?«

»Dann – bin ich losgefahren und habe vor Susan Colgates Haus geparkt. Etwa eine Stunde lang.«

»Warum das, Mr. Johnson?«

»Stimmt was nicht? Was geht hier eigentlich vor?« John wurde nervös.
»Eine Routine-Überprüfung, Sir. Warum haben Sie vor ihrem Haus geparkt?«
»John-O«, sagte Ivan. »Spuck's aus, ja? Wir verhandeln hier nicht mit einem Filmverleih.«
»Ich hatte ihr auf den Anrufbeantworter gesprochen, aber sie hat nicht zurückgerufen. Susan Colgate. Ich dachte, vielleicht kommt sie erst spät nach Hause.«
»Wohnen Sie hier, Mr. Johnson?«, fragte der kleinere Polizist.
»In dem Haus dort unten. Mit meiner Mutter zusammen.« Die Polizisten blickten auf das Gästehaus hinunter, das seit dem Tag, an dem John es zum ersten Mal gesehen hatte, fast unverändert war. »Mein Baumhaus in Bel Air habe ich letztes Jahr verloren. Sie haben vermutlich in *People* darüber gelesen.«
»Du hast es nicht verloren, John«, sagte Ivan, »du hast es ver*schenkt.*«
»Ans Finanzamt. Das war kein Geschenk. Sie haben es mir ge*nommen.*«
»Ist das da unten der Chrysler?«, fragte der große Cop.
»Ja«, sagte John, und sein Magen zersetzte sich zu Schleim, als ihm wieder einfiel, dass der Schrein noch auf der Rückbank lag. »Da ist ein – ach, verdammt. Sie werden schon sehen.« Die vier gingen den Hang hinunter, und die Polizisten legten plötzlich ein geradezu paramilitärisches Gebaren an den Tag, als sie den Schrein im Wagen entdeckten. Einer rief in der Polizeizentrale an, um dringend irgend etwas Technisches anzufordern. Der andere schirmte John von dem Wagen ab.
»Bin ich verhaftet? Haben Sie einen Haftbefehl?«, fragte John.
»Nein. Und das können wir uns auch sparen, wenn Sie nichts dagegen haben.«
»John, der Wagen gehört mir«, sagte Ivan. »Legt los, Jungs.« Er warf einen Blick auf den Rücksitz. Das weiße Handtuch um seinen Hals fiel auf den Kiesweg, und er ließ es liegen. »John-

O, da steht ein gottverdammtes Susan-Colgate-Tabernakel auf dem Rücksitz – hast *du* das gebaut?«
»Haben Sie den Schrein auf der Rückbank gebaut?«, fragte der Cop.
»Nein. Ich habe ihn dem Typen von West Side Video abgekauft. Ich glaube, das ist so ein überkandideltes Schwulen-Ding.«
In diesem Moment kam Doris eingehüllt in Umhängetücher aus dem Haus, der graue Dutt ein Stachelschwein aus wehenden Haarspitzen. »Ach, du liebe Güte – meine Mutter.«
»Morgen, ihr Lieben. O je – die Bullen.«
»Die *Bullen*?«, sagte John.
»Ich versuche nur den Ton der Zeit zu treffen, Schatz. Meine Herren – hat jemand etwas angestellt?«
Es entstand eine leichte Verwirrung. Ein Polizeifotograf und Forensik-Experte ging hinüber zum Wagen. Ivan begab sich wieder nach oben zu seinem Heimtrainer, und John rief Adam Norwitz an. »Was zum Teufel ist passiert, Adam?«
»Susan ist verschwunden. Sie sollte heute morgen um sechs in der Maske sein, um sich für einen Showtime-Channel-Kinderfilm schminken zu lassen, aber sie ist nicht aufgetaucht. Also ruft der Produzent mich an und bepöbelt mich, und ich rase von meinem Fitnessclub direkt zu ihr und sehe, dass alle Türen offen stehen. Es war niemand da, nur ihr Wagen parkte vorm Haus. Die Kaffeemaschine war noch an, aber der Kaffee sah aus wie Teer, als stünde er schon seit vierundzwanzig Stunden auf der Platte. Da hab ich die Cops gerufen. Sagen *Sie* mir, was hier vorgeht. Ich hätte fast mein linkes Ei der Forschung spenden müssen, um diese blöde Rolle für sie zu ergattern, und sie vermasselt's.«
»Seien Sie nicht so hart, Adam.«
»Ja, klar. Macht sie jetzt mit *Ihnen* einen Film? Stürzt sie sich jetzt in einen größeren Teich – und hat keine Zeit mehr für die kleinen Fische?«
»Wie können Sie bloß so tun, als ging es beim Verschwinden dieser Frau nur um Sie, Adam?«

»Verschonen Sie mich mit Ihrem Hang zur Melodramatik.«
»Haben Sie die Krankenhäuser angerufen?«
»Das ist Aufgabe der Cops.«
Adam hatte keinen blassen Schimmer, was passiert sein konnte. Die Polizei wusste ebenfalls so gut wie nichts. John weigerte sich, in Panik zu geraten. Susan war womöglich auf einer Tequila-Sauftour, oder vielleicht peitschte sie gerade einen dieser gruseligen Brit-Regisseure mit Birkenruten aus. *Sie ist nicht der Typ dafür,* dachte er. Er atmete tief durch, dann rief er Ryan an, um das Drehbuch zu kaufen.

Kapitel Sechzehn

Der erste Flop, den John und Ivan produzierten, war eine Liebesgeschichte: *The Other Side of Hate*. Von Anfang an war der Film von Problemen überschattet. Als Erstes belehrte sie Angus, der Prostatakrebs im hoffnungslosen Endstadium hatte, dass der Titel nichts taugte. »John, ›Hass‹ ist etwas Negatives, und selbst wenn du einen neuen *Citizen Kane* drehen würdest – mit einem Titel wie *The Other Side of Hate* ist der Misserfolg vorprogrammiert.«

Doris hatte andere Sorgen. »Eine Liebesgeschichte? Von *dir*, Schatz? Mach doch einfach weiter Filme, in denen es ordentlich scheppert und knallt, dann kann gar nichts schief gehen.«

»Du glaubst nicht, dass ich eine Liebesgeschichte drehen kann?«

»Das ist es nicht, Schatz. Liebesgeschichten kann nur jemand machen, der …«

»Ja?«

»Oh, da bin ich wohl in ein Fettnäpfchen getreten, was?«

»Liebesgeschichten kann nur jemand machen, der …?«

»Jemand, der schon mal verliebt war, Schatz, und ich glaube, ich sollte jetzt besser ganz schnell was ziemlich Prickelndes trinken.« Im Laufe der Jahre war Doris' Leben zu einer erbaulichen, zeitlosen Abfolge von Sonnentagen, Töpferkursen, Phasen plötzlicher Begeisterung fürs Aquarellieren und Kaffeekränzchen mit einer kleinen Clique von »Kartenspielerinnen aus Leidenschaft« geworden. Ein ausgetretener Pfad verband ihre Haustür mit dem ein paar Meilen entfernten Schnapsladen. John sah seine Mutter zweimal pro Woche, und sie war ihm nach wie vor eine enge Vertraute.

»Ich war schon mal verliebt.«

»In *wen?«*

»In …«

»Wirklich, Schatz, mach dir keine Gedanken, du wirst bestimmt eines Tages ein junges Starlet finden, das dich auf den ersten Blick vom Hocker haut. Und bis dahin jag einfach weiter Dinge in Technicolor in die Luft.«

»Technicolor? Ich glaub, ich hör Bing Crosby läuten.«

Doch John fragte sich in der Tat, wieso er sich noch nicht verliebt hatte. Er hatte unzählige Male jemanden be*gehrt* oder ge*mocht*, aber nie hatte er etwas empfunden, das ihm das Gefühl gab, Teil von etwas Größerem zu sein. Die Energie, die das Filmemachen erzeugte – sowie all seine anderen Vorzüge, das Delirium des Exzesses – all das trug dazu bei, dieses eine schlichte Loch in seinem Leben zu kaschieren.

Er hatte den Eindruck, dass Verliebte die Persönlichkeit aufgaben, die sie besaßen, bevor die Liebe ins Spiel kam. Sie verwandelten sich in stereotype »Liebeseinheiten«. Für John waren sowohl Verliebtheit als auch langfristige Beziehungen verborgene Sprengladungen, die ihn nicht nur seiner Identität berauben würden, sondern auch seines Vorwärtsdrangs.

Andererseits jedoch … jemanden zu finden, der auf seinem Weg an seiner Seite wäre – jemanden, der ihn *voran*treiben würde … Dafür hatte er durchgehalten. Und mit den Jahren wurde das Durchhalten immer trauriger und einsamer. Er begann, mit Menschen herumzuhängen, die jünger waren als er, während ältere Freunde sich von ihm zurückzogen. Dennoch spürte er, dass die Jüngeren ihn verachteten: *Dieser abgefuckte alte Wichser – der findet ja nicht mal eine Freundin. Und dann wohnt er in einem Haus, das aussieht wie ein atomarer Brüter. Seine Filme sind zwar Hits, aber zur Premiere geht er immer mit seiner Mutter.*

Ivan hatte bezüglich des Schicksals von *The Other Side of Hate* weniger Befürchtungen als Doris, aber dann kamen ihm diverse geplatzte Grundstücksgeschäfte in Riverside County bei der Produktion dazwischen, und er war nicht in der Lage, sich voll und ganz den Tätigkeiten zu widmen, die sonst die Vorproduktionszeit in Anspruch nahmen: Drehbuchänderungen, Umbesetzungen und das Bereinigen des Chaos, das John regelmäßig in bester Absicht anrichtete. Der Regisseur und die Hauptdarstellerin fanden heraus, dass sie mit ein und demselben Scriptgirl schliefen, und redeten daraufhin nicht mehr miteinander. Der Hauptdarsteller machte zwei Wochen vor Beginn der Dreharbeiten einen Aidstest, der positiv ausfiel, und erschien mit einer neuen, medikamentös umgekrempelten Persönlichkeit am Set, die so gar nicht zu der unbekümmerten Oberflächlichkeit passte, die die dreizehnte und letzte Drehbuchversion ihm abverlangte. Ähnlich beschwerlich ging es weiter – mit der täglichen Sichtung der Muster, dem Sturm, der ein Drittel des Sets in Big Bear City niederwalzte, und auch, als John am elften Tag der Dreharbeiten in die Welt des Crystal Meth eingeführt wurde.

Nach einer ausgesprochen entmutigenden Testvorführung in Woodland Hills sagte Melody zu John: »John, ich weiß, dass du mit diesem Film hehre Ideale verfolgt hast, aber das Beste, was du tun kannst, ist eine Dose Klebstoff besorgen, ihn hinten auf die Negative schmieren und das Ganze als Packband verkaufen.«

»Mel!«

»Johnny, sei doch nicht blöd. Er ist Mist. Verbrenn ihn.«

»Aber er ist romantisch … bezaubernd …«

»Oh, bitte! Du sollstest ihn nicht mal auf Video rausbringen. Und auch nicht auf Urdu synchronisieren. Verbrenn ihn.«

Bald darauf starb Angus, und Doris verlor den Boden unter den Füßen. Sie waren seit Jahrzehnten schon kein Liebespaar mehr gewesen, aber sie hatte mit ihm einen guten Freund verloren. Sie verfiel in einen Dämmerzustand. Ivan erbte das Anwesen, und Doris blieb im Haus.

John schlug Melodys Rat, der sich im Nachhinein als gut erweisen sollte, in den Wind, und *The Other Side of Hate* kam in die Kinos. Die Medienorgane verrissen den Film mit der Schadenfreude von Geiern, die lange auf das erste Straucheln des Giganten gewartet haben. Er wurde gleich nach dem ersten Wochenende wieder abgesetzt, nachdem er nur knapp 300 000 Dollar eingespielt hatte, ungefähr genauso viel, wie John pro Jahr für verschreibungspflichtige Medikamente ausgab. In der Filmbranche hieß es daraufhin natürlich, die große Zeit von Equator Films sei vorbei. Für manche war der Streifen ein Rülpser, für andere ein Todesschrei. Es gelang John und Ivan nicht mal, einem 200-Watt-Radiosender mitten in Iowa ein auch nur andeutungsweise freundliches Wort darüber abzuringen (»Halbwegs amüsant!« KDXM, La Grange, Iowa). Der Film war einfach nicht zu retten.

Aller Augen richteten sich auf den nächsten Film, *The Wild Land,* einen Historienschinken, der im Wyoming des frühen zwanzigsten Jahrhunderts spielte. Als Drehbuchvorlage diente ein Romanbestseller, den ein mit zwei Oscars ausgezeichneter Autor für die Kinoleinwand adaptiert hatte. Sechs der gefragtesten Filmstars, die alle phantastisch mit dem Regisseur, Träger einer Palme d'Or, zurechtkamen, waren die Darsteller. Der Film wurde nicht teurer als geplant, hatte einen mitreißenden Soundtrack, und als er schließlich anlief ... floppte er total. Er erntete nicht so viel Häme wie *The Other Side of Hate* – er ging einfach sang- und klanglos unter, was viel verletzender war als die Äxte und Kettensägen, mit denen *Hate* zerfetzt worden war.

Nach *The Wild Land* begannen John und Ivan mit der Arbeit an diversen Projekten, die jedoch über das Enwicklungsstadium nicht hinauskamen. Die Zeit verging. Filmstudios mutierten, fusionierten, verschwanden von der Bildfläche, und einige neue wurden gegründet. Japan trat auf den Plan. Der Publikumsgeschmack veränderte sich. Neue Zuschauerkreise entstanden. Die beiden Männer hatten ihre Basis verloren.

John schloss die Bauarbeiten an seiner High-Tech-Fickhütte ab, die sich über fünf Jahre hingezogen hatten. Er versuchte, seinen Drogenkonsum einzuschränken, was ihn regelmäßig ganze Jahre kostete. Der Name Johnson wurde in der Branche zum Synonym für Ausrutscher, Verfehlungen und Abstürze. Er verlor das Interesse am Filmemachen. Seine Welt wurde enger, und sein Freundeskreis schrumpfte. John begann sich wie die alten Spiegel zu fühlen, die er in Europa in den einst prächtigen alten Palästen gesehen hatte: Die Silberschicht, die das Glas zum Reflektieren brachte, hatte sich langsam, Fleck für Fleck, aufgelöst.

»Die Oscar-Saison hat wieder begonnen«, seufzte Ivan. »Haben wir etwa schon März?« Es war Morgen. Sie saßen auf der Rückbank eines Wagens und ließen sich zu einer Besprechung mit irgendwelchen Anwälten nach Century City fahren. Ivan war tadellos gekleidet, und sein Teint besaß das Leuchten, das acht Stunden drogenfreien Schlafs erzeugen. Johns Gesicht sah aus wie ein Fußboden am Ende einer Cocktailparty.

»Wofür müssen wir uns dieses Jahr verantworten?«, fragte John.

»Versuch bloß nicht witzig zu sein, John.«

John schnupfte Koks von einem kleinen Oval aus Sicherheitsglas, das er in seinem Diplomatenkoffer bei sich trug. Er merkte, dass Ivan ihm einen finsteren Blick zuwarf. »Was *willst* du, Ivan? Ich muss schließlich wach bleiben. Du weißt doch, dass Anwälte auf mich die gleiche Wirkung haben wie schwere Betäubungsmittel.« Ivan wartete.

Ein mit gigantischen Gold-Statuetten beladener Lkw fuhr in Richtung Veranstaltungsort – ein Traumfoto für jeden Touristen. Der Laster hielt an einer Ampel neben ihnen. John ertappte Ivan dabei, wie er die Statuen beäugte. »Nein, nein, *nein,* Ivan. Ich sehe diesen ›Hätten wir doch einen Oscar‹-Schimmer in deinen Augen. Tja, *vergiss* es. Oscars sind was für Freaks.«

»Das ist doch nicht dein Ernst, John.«

»*Uuhhhh,* schau *mich* an – ich hab eine kleine Statue gekriegt, weil ich der Alibi-Brite oder die behinderte Nuttendarstellerin des Jahres bin. *Uuhhhh,* schau *mich* an – in vierundzwanzig Stunden wird sich niemand mehr an meinen Namen erinnern. *Uuhhh*, das Studio kann lauter kleine Oscar™s auf die Anzeigen für meinen Film setzen – nicht bloß *Oscars*, sondern Oscars mit dem kleinen Markenzeichen ™ oben dran. *Oscar*™s.« Er zerhackte einen Kokskristall. »Ups – tut mir leid, ich hab das kleine ™ am Ende vergessen. Und ab geht's nach Alcatraz.«

»*John* ...« Ivan bediente sich seiner Babysitter-Stimme. »Übertreib's nicht mit dem Zeug. Die Typen, die wir treffen, sind mit allen Wassern gewaschen.«

»*Oscars* ...« Johns Zunge wurde schwer – kein gutes Zeichen. Ivan machte sich auf einen desaströsen Morgen gefasst und schraubte seine Erwartungen an das bevorstehende Meeting entsprechend herunter. Er hatte sich ebenso wie John von den Vorzügen und den Extremen des Filmemachens verführen lassen, aber anders als John sehnte er sich inzwischen nach Normalität. Das Leben, das er bis dahin geführt hatte, »ekelte« ihn »ganz offiziell an«. Seine wilden Jahre waren »ganz offiziell vorbei«, und nun war er »offiziell bereit, eine Familie zu gründen«. Und zu diesem Zeitpunkt sah er Nylla am Fuße eines Bürohochhauses. Tränen rannen ihr die Wangen hinab, und sie war in einen bedruckten Seidenschal gehüllt, der über ihrer rechten Schulter in der Luft flatterte. Von ihrem Hals bis zur Wange verlief eine riesige marmorierte Narbe, das Überbleibsel eines Quallenbisses, den sie zwei Jahre zuvor an der Küste Australiens erlitten hatte. Dieses Andenken hatte ihre Schauspielkarriere im Keim erstickt. Ihr neuer Agent, Adam Norwitz, hatte den Quallenbiss vor einem Monat zum ersten Mal gesehen, und nur wenige Minuten vor Nyllas Erscheinen auf dem Gehsteig war es ihm endlich gelungen, ihren Optimismus zu brechen. Er überzeugte sie, dass sie mit dieser Narbe keine Arbeit finden würde, »es sei denn, du willst Softpornos drehen, denn dann könnte eine solche Narbe bestimmt als Vorzug gelten.«

Ivan starrte auf ihr mit Gardenien bedrucktes Seidenkleid, das in einer warmen Brise flatterte, und sie tat ihm leid. Derweil gluckstén und rasselten hinter ihm Johns Lungen und Nebenhöhlen. Ivan sah zu, wie Nylla ihr Kaugummi kaute. Sie nahm es aus dem Mund, und anstatt es auf den heißen Asphalt zu schnipsen, holte sie ein kleines Stück Papier aus ihrer Handtasche, wickelte das Kaugummi hinein und steckte das Ganze in ihre Tasche. Es war das Sauberste, was er je jemanden hatte tun sehen.

»Sieh mal, sie weint«, sagte Ivan hingerissen, als sei er Zeuge des kleinsten Regengusses der Welt. Er stieg aus dem Auto.

»Ivan«, sagte John, »findet das Meeting nicht in dem Gebäude dort drüben statt?« Er hörte Ivan Nylla fragen, ob etwas nicht in Ordnung sei. Dann sagte er: »Kann ich Ihnen helfen? Ich heiße Ivan. Ich bin auf dem Weg zu einem Meeting, aber ich habe Sie hier gesehen und ...«

Sie sagte: »O Gott, ich muss einen total bescheuerten Eindruck machen.«

»Nein, das tun Sie nicht. Keineswegs. Wie heißen Sie?«

»Nylla.«

»Was für ein hübscher Name.«

»Er schreibt sich N-Y-L-L-A. Mein Vater ist nach dem Krieg aus Europa in die Staaten gekommen. Er wollte mich nach dem Staat New York nennen, weil Amerika so gut zu ihm gewesen ist. Meine Mutter wollte mich nach ihrer Mutter nennen, Bjalla. Und das ist dabei herausgekommen.«

»Ich heiße Ivan.«

Und sechs Monate später heirateten sie.

Kapitel Siebzehn

Eugene Lindsay, Ford-Händler der Götter, lag allein im Bett und machte sich auf einem kleinen Notizblock eine Liste:

Nr. 63: Man kriegt zu jeder Jahreszeit praktisch jedes Lebensmittel.
Nr. 64: Frauen tun all die Dinge, die auch Männer tun, und es ist eigentlich gar nichts dabei.
Nr. 65: Jeder auf diesem Planeten kann praktisch, wann immer er will mit jedem anderen auf der Erde ein völlig störungsfreies Gespräch führen.
Nr. 66: Es ist überhaupt kein Problem, in Sydney aufzuwachen und in New York ins Bett zu gehen.
Nr. 67: Das Universum ist tausend Millionen Mal größer, als man es sich je hätte träumen lassen.
Nr. 68: Man sieht oder riecht so gut wie nie Scheiße.

Es war eine Liste von Dingen, die jemanden, der hundert Jahre vor ihm gelebt hatte, in Erstaunen versetzen würden. Er versuchte sich einzureden, dass er in einer Welt der Wunder und einer Zeit der Wunder lebte. Nachdem er seinen Job als Wetteransager beim Lokalfernsehen aufgegeben hatte, um vorzeitig in Rente zu gehen, hatte er sich die letzten zehn Jahre in sein Pseudo-Tudor-Haus in Bloomington, Indiana, zurückgezogen. Er verarbeitete Haushaltsmüll zu Kunstwerken und sah fern. Dann und wann schrieb er irgendwelche Gedanken in

seine Notizbücher, wie die Liste an diesem Abend. Und in seinem Keller stellte er mit Hilfe eines Xerox 5380-Kopierers und eines Computers mit CD-Rom-Laufwerk weit raffiniertere Gaunereien auf die Beine, als er in den Achtzigern je zu träumen gewagt hätte.
Seine Frau Renata war vor Jahren nach New Mexico gezogen, wo sie sich ihren Lebensunterhalt damit verdiente, dass sie für neurotische Stadtflüchtlinge Kräuter verbrannte. Sie hatte ihre jahrzehntelangen Hungerkuren eingestellt und war in die Breite gegangen wie ein Stapel Leergut vor der Haustür. Sie schminkte sich nicht und wies jeden ausdrücklich darauf hin. Als sie sich von Eugene scheiden ließ, hatte sie keine Forderungen gestellt, was ihn mehr verwirrte und ängstigte, als ein schmutziger Scheidungskrieg es getan hätte.

Nr. 69: Wir sind ein paar Mal zum Mond und zum Mars geflogen, aber da es dort eigentlich nichts als Steine gibt, haben wir aufgehört, von diesen Planeten zu träumen.
Nr. 70: Tausende von Krankheiten lassen sich schnell und problemlos mit ein paar Pillen heilen.
Nr. 71: Erstaunlich detaillierte Beschreibungen von sexuellen Handlungen werden auf der Titelseite der *New York Times* abgedruckt, und niemand regt sich darüber auf.
Nr. 72: Durch einen einzigen Knopfdruck kann man in nur einer Sekunde 5 Millionen Menschen umbringen.

Eugene betrachtete die Nummer 72. Irgend etwas stimmte da nicht – was? Dann dämmerte es ihm: *Knöpfe* gab es vor hundert Jahren noch nicht. Oder doch? Was taten die Menschen damals – zogen sie an Ketten? Drehten sie an Kurbeln? Was hatten sie, das sie anschalten konnten? Nichts. Elektrisches Licht? Das schien ihm unwahrscheinlich. Nicht schon damals. Er korrigierte:

Nr. 72: Durch das Umlegen eines einzigen Hebels kann man in nur einer Sekunde fünf Millionen Menschen umbringen.

Er schaute auf seine Uhr. Es war tief in der Nacht – 3:58 Uhr. Er ließ den Stift fallen und bewunderte seinen Körper, der, immer noch gut proportioniert und mager, immer noch verblüffend schön und ohne jedes Anzeichen innerer Mattigkeit, auf dem Bett lag.
Sein Bettzeug fühlte sich trocken und feucht zugleich an, wie damals, als er sich auf einen Golfrasen in North Carolina gelegt hatte. Er war von den Kunstprojekten umgeben, an denen er in diesem Monat arbeitete – Tausende von bis zu zehn Jahre alten leeren Portions-Plastikbechern, die früher einmal fettarmen Joghurt enthalten hatten. Quietschsauber abgewaschen und ineinander gesteckt bildeten sie lange, wellenförmige Schlangen, die wie Seeanemonen bis an die Decke reichten. Das fertige Kunstwerk war für Renatas ehemaligen Geschenke-Einpackraum bestimmt, eine Idee, die sie sich von Candy Spelling, Aaron Spellings Frau, abgeguckt hatte – ein Zimmer, das allein dem Einpacken der endlosen Flut von billigem Modeschmuck und Accessoires gewidmet war, die aus ihrem früheren Kleiderversand stammten.
Eugene musste wie jede Woche seinen Müllsack an die Straße stellen. Er sah auf die Uhr – es war jetzt 3:59. Er zögerte die lästige Pflicht noch etwas hinaus und schrieb auf seine Liste:

Nr. 73: Schlechte Stimmungen sind ausgerottet worden.
Nr. 74: Man sieht so gut wie keine Pferde mehr.
Nr. 75: Man kann praktisch alle Bücher, die je veröffentlicht wurden, in einer Kiste unterbringen, die nicht größer ist als ein Sarg.
Nr. 76: Wir haben das Klima auf der Erde ein kleines bisschen wärmer gemacht.

Zeit für den Müll. Seit der Geschichte mit der verrückten Misswahl-Mutter damals in Saint Louis erfüllte ihn der Gedanke, *irgend*etwas dem Müllmann zu überlassen, jedes Mal mit größter Unruhe. Seit damals war der Abend vor der Müllabfuhr nicht mehr wie früher. Um seinen Müllsack voller und somit normaler erscheinen zu lassen, schüttelte er den Inhalt auf und trug den vollen Sack, der nicht mehr als eine Katze wog, zur Haustür. Eugene blieb stehen und zog seinen Morgenrock fest. Dieser trug das eingestickte Logo des Radisson Plaza Hotels in Milwaukee, aus dem er ihn während einer Meteorologen-Konferenz gestohlen hatte. Er stürmte hinaus auf die Straße, warf den Sack auf den Asphalt und lief dann wieder zur Tür zurück.

Auf dem Weg zurück in sein Zimmer strahlte er voller Schöpferglück seine drei Säulen aus Versandkartons für Brawny-Papierhandtücher an, die sich in der Diele vom Boden bis zur Decke stapelten. Nimm *dies*, Andy Warhol.

Als er wieder gemütlich im Bett lag, drang ein unüberhörbares Krachen von unten an Eugenes Ohr. Er wusste, dass dieses Geräusch nicht vom Einsturz eines seiner Kunstberge herrühren konnte – er wandte stets eine höchst stabile Stapeltechnik an, die er sich in Museen abgeschaut hatte. Vielleicht hatte sich während seines kurzen Mülltransports ein Waschbär hereingeschlichen. Eugene holte seine Waffe aus der Nachttisch-Schublade und entsicherte sie. Er setzte sich zwischen der Wand und seinem Bett auf den Boden und legte sich eine Strategie zurecht.

Dann ertönte unten ein neuerliches Poltern. Zuversichtlich und gefasst schlüpfte er zwischen den Totempfählen aus Brawley-Handtuchkartons hindurch. Er rutschte auf dem Hintern bis in die nur von dem schwachen Licht des am klaren Himmel stehenden Halbmonds erleuchtete Diele hinunter. Dort kauerte er sich hinter ein paar der Totempfähle und ließ seinen Blick durch das Wohnzimmer schweifen. Irgend jemand oder irgend etwas stöberte hinter dem Modell eines Saber-Kampfjets her-

um, das er im Maßstab 1:4 aus Bumble-Bee-Thunfisch- und SpaghettiO-Dosen gebastelt hatte.
Eugene flitzte durch die Diele wie ein Zeichentrickpolizist. Lautlos glitt er zum Fuß der Statue, deren Räder auf einem Sockel aus verstärkten Kraft-Catalina-Salatdressing-Schachteln ruhten. Er war ganz ruhig. Er stand auf und machte mit der Schnelligkeit eines Kickboxers einen Satz auf die andere Seite des Sockels, brüllte: »Keine Bewegung!«, und zielte mit dem Revolver auf eine Gestalt, die aussah wie ein Landstreicher – ein Penner –, wie ein Gummientchen quiekte und sich vor die Kisten duckte. Eugene legte den Lichtschalter um, und die Helligkeit, die den Raum plötzlich erfüllte, traf auf seine Netzhaut. »*Ach,* du Scheiße«, sagte er. »Wenn *das* nicht Miss Wyoming ist.«
»Nehmen Sie die Waffe runter, Supermann.«
»Himmel! Miss Congeniality.«
»Genau, als ob ich immer eine fertig formulierte Rede über den Weltfrieden bei mir hätte.«
»He – « Das Adrenalin ebbte ab. Auf einmal war er verwirrt. »Ich denke, du bist – «
»Tot?«, lachte sie. »Tja, offiziell schon.«
Eugene blieb stehen und verschränkte die Arme, während er Susan musterte, die sich nun aufrappelte. »Buh«, sagte sie. »Ich bin kein Geist. Ich bin echt. Ganz bestimmt. Das ist aber ein schönes Haus.«
Entgeistert fragte Eugene, wie sie hereingekommen sei.
»Ich bin reingeschlüpft, als Sie an der Straße waren. Ich habe vor Ihrer Haustür geschlafen.«
»Du hast vor meiner Haustür geschlafen?«
»Nein. Ich habe in einer schalldichten Kabine darauf gewartet, Fragen zu beantworten.« Eugene war immer noch dabei zu verdauen, was sich da vor seinen Augen abspielte, und schwieg. Um ihm eine Reaktion zu entlocken, fügte Susan hinzu: »Lahmarsch.«
Er zündete sich eine Zigarette an und entspannte sich ein wenig. »Du bist ganz schön frech. Höchstnote für Betragen.«

»Lassen Sie's gut sein. Ich bin aus einem bestimmten Grund hier. Was glauben *Sie* denn?«

»Wieso bist du denn gerade *hier*her gekommen? Und wie gesagt – du bist *tot*. Ich habe den Absturz hundert Mal im Fernsehen gesehen.«

Susan stand auf und zog die Daunenjacke aus, die der Vogelscheuche gehört hatte. »Seit wie vielen Jahren sagen Sie jetzt den Wetterbericht an, Eugene – und wie oft haben Sie richtig gelegen?«

»Ich war ein guter Wetterfrosch.«

»*War*? Ich nehme an, Ihr Sender hat Ihr Haus von innen gesehen und beschlossen, Sie zu feuern.« Susan war erfreut und überrascht zugleich, dass sie und Eugene so rasch ins Plaudern kamen. Genauer gesagt wurde das Gefühl heftiger Verliebheit, das durch »das Zwinkern« damals in St. Louis ausgelöst worden war, in keiner Weise durch den Anblick des gealterten Eugene gemindert. Er war auf die gleiche runzlige, wettergegerbte Art alt geworden wie Action-Helden, Schäfer und Fünf-Sterne-Generäle. Seine Augen waren noch genauso funkelnd und klar, wie sie sie in Erinnerung hatte. Außerdem war er ein Spinner und allein dadurch irgendwie amüsant.

»Susan, weshalb um alles in der Welt bist du zu mir gekommen? Ich *kenne* dich doch eigentlich gar nicht.«

»Wo ist Renata?«

»Renata ist nicht mehr hier.«

Ein gutes Zeichen. Susan spürte, wie in ihrem Innern etwas pulsierte. »Sie haben sich getrennt?«

»Schon vor Jahren. Du hast meine Frage nicht beantwortet. Warum bist du ausgerechnet *hier*her gekommen? Du musst doch Dutzende von Leuten kennen, die nur wenige Stunden von der Absturzstelle entfernt wohnen.« Er warf die Arme in die Luft. »Scheiße. Menschenskind, jetzt steh ich hier und versuche mich mit jemandem herumzustreiten, der eigentlich ein *Geist* ist. Das gibt's doch nicht.«

Susan fragte sich selbst, weshalb sie hergekommen war. Alles, was sie die ganze Zeit über gewusst hatte, war, dass sie sich im mittleren Westen befand und Eugenes Haus offenbar der einzige sichere Ort zwischen Ost- und Westküste war. Sie *hatte* keinen Plan für das vorbereitet, was als Nächstes kommen sollte. Während ihr das klar wurde, brachte das Ausbleiben einer prompten Reaktion Eugene erst richtig in Fahrt.

»Versteh ich das richtig – du dachtest, Renata und ich würden dir eine Decke, ein paar Valium und ein Telefon anbieten, damit du die Polizei anrufen kannst? Der Absturz ist eine *Woche* her, Miss Wyoming. Irgendwas stimmt hier nicht. Die Frist für Decken und Kakao ist seit fünf Tagen abgelaufen.«

Inzwischen wusste Susan nur noch, dass sie seit ihrer ersten Verknalltheit in Eugene ihr ganzes Leben damit verbracht hatte, ihn auf die eine oder andere Weise zu suchen, meistens mit Hilfe von Larry, und vielleicht wollte sie jetzt sehen, was es mit diesem Mann tatsächlich auf sich hatte. »Kann sein, dass ich selbst nicht genau weiß, warum ich hier bin.«

»Meine Güte, ist das verrückt!« Er seufzte. »Ist dir was passiert? Bei dem Absturz? Keine Knochenbrüche? Keine Prellungen?«

»Mir geht's gut.«

»Erzählst du mir, was geschehen ist?«

»Natürlich. Aber nicht jetzt. Später.«

»Hunger?«

»Durst.«

»Komm mit. Ich hol dir ein Glas Wasser.«

Susan strich ihre Klamotten glatt und betrachtete Eugenes Skulpturen. »Das ist ja alles aus Müll. Und dabei ist es so sauber. Wie machen Sie das?«

»Das ist Kunst. Das ist es, was ich den lieben langen Tag lang mache. Komm. Zur Küche geht's hier lang. Wie bist du von Ohio hergekommen?«

Das Haus war warm und trocken. »In diesem Land ist es ziemlich leicht, überall hinzugelangen, wo man hin will. Man muss nur eine Raststätte und irgendeinen mit Amphetaminen

zugedröhnten Fernfahrer finden, einsteigen, eine Weile mitfahren und schließlich anfangen, sich über religiöse Themen zu ereifern – dann schmeißt er einen am nächsten Rastplatz raus, ohne dass man die Beine breit machen muss.«
»Ich weiß noch, wie ich dich damals auf der Bühne gesehen hab.«
»*Wirklich?*« Ein freudiger Schauer durchlief sie.
»Aber ja. Du hättest an jenem Abend auch ohne das kleine Erpressungsmanöver deiner Mutter gewonnen.«
Susan hatte keine Lust, über Marilyn zu reden. »Ich hab Durst, Eugene.«
Eugene gab ihr Wasser. Die Deckenlampen in der Küche trugen Schirme aus Milchkartons mit vermissten Kindern darauf, durch die ein gelbes Licht auf die Spüle fiel. Sie sah sich auf einem das Verfallsdatum an: »4. April 1991. Haben Sie damals angefangen, sich in Picasso zu verwandeln?«
»Sonnenschein, du hast wirklich einen Knall. Und deine Stimme. Wie du dich gibst. Du weißt es vermutlich gar nicht, aber du bist zu deiner Mutter geworden. Ich bin ihr nur einmal für ungefähr fünf Minuten begegnet, aber, Baby – du bist *sie*.«
Susan schloss die Augen. Ein Hauch des Wiedererkennens streifte sie. »O Gott – wissen Sie was, Eugene? Sie haben *Recht*. Im Moment habe ich tatsächlich das Gefühl, dass ich mich bewege wie sie. Komisch – das ist mir noch nie passiert. Es bedurfte eines Flugzeugabsturzes, um die Marilyn, die in mir steckt, zum Vorschein zu bringen. *Sie* brauchte dafür nur fünfzehn Jahre als jüngste Tochter in einer Waldhütte voller Alkoholiker.« Sie stellte ihr Glas ab. »Also, wo soll ich schlafen?«
Draußen hörten sie einen Müllwagen piepsen und tuckern.
Eugene war neugierig, aber erschöpft. Langsam bewegten sie sich zurück ins Esszimmer. »Mein Hirn fühlt sich an wie durch den Wolf gedreht. Bist du sicher, dass dir nichts fehlt?«
»Ja.«
Eugene schlug einen förmlicheren Ton an. »Wie ist es dir gelungen, diesen Absturz zu überleben?«

Susan nippte an ihrem Glas. Langsam wurde sie ruhiger. Sie hatte nicht mehr das Gefühl, auf der Flucht zu sein. »Wissen Sie, darüber habe ich die ganze letzte Woche nachgedacht. Ich habe das Ticket 58-A gezogen und gewonnen. Ich glaube, mehr steckt gar nicht dahinter. So ist es eben. Ich wünschte, ich könnte das Gegenteil behaupten, Eugene.«

»Aber wo warst du die ganze letzte Woche?«

Susan gähnte und lächelte. »Das hat Zeit bis morgen. Ich bin seit sechsunddreißig Stunden auf den Beinen.«

Eugene war zu müde, um weiterzubohren. »Ich habe noch ein möbliertes Gästezimmer. Vermutlich ein bisschen staubig, aber es müsste reichen.« Eugene führte sie hin. Innerlich strahlte Susan vor Glück: Eugene war allein stehend, Rentner und interessierte sich genau wie sie nicht besonders für die Außenwelt. Als sie im Zimmer waren, legte sie ihre Pilotenbrille auf den Nachttisch und setzte sich aufs Bett.

»Wissen Sie, wenn Mom nicht diese Nummer mit Ihnen abgezogen hätte, hätte ich niemals das Foto von Ihnen geklaut und mich nicht in Sie verliebt.«

»Verliebt!« Eugene schien amüsiert, doch dann gähnte er. Er sagte: »Ich rufe morgen nachmittag beim Supermarkt an und gebe meine Bestellung auf. Überleg dir, was du nächste Woche essen willst.«

»Warum gehen Sie nicht einfach einkaufen?«

»Ich gehe nicht gern aus dem Haus.«

So etwas Erfreuliches hatte Susan schon seit Jahren nicht mehr gehört. Sie konnte es kaum fassen – es war wie Heiligabend. »Gute Nacht, Eugene. Danke.«

»Nacht, Sonnenschein.«

Eugene seufzte und ging den Flur hinunter. Er hieb geräuschvoll mit der Faust auf einen Totempfahl. »Und die Siegerin ist ...«, sagte er, »Miss *Wyoming*. Wirklich unglaublich.«

Am nächsten Mittag wurde Susan von einem rhythmischen elektrischen Klacken aus dem Keller geweckt. *Eugenes Haus.* Sie drehte sich um und schnurrte leise.

Draußen fuhr ein Minivan vorbei. Das sanfte, gleichmäßige Rumpeln unter ihr hielt an. An einem Haken an der Tür des Gästezimmers entdeckte sie einen alten Morgenmantel und ging ins Erdgeschoss. Unter der Treppe stieß sie auf eine eichenvertäfelte Tür. Grelle grünweiße Lichtstrahlen drangen durch die Ritzen, als schirme die Tür sie vor einer Invasion Außerirdischer ab. Sie öffnete sie und fand dahinter den Keller. Eugene stand in Hosen, Socken und einem Polohemd an dem Xerox-5380-Kopierer und sortierte Hunderte von Briefsendungen. Es lagen Stapel von unbedrucktem Papier, Aktenordnern und CD-ROMs herum, die Tausende von amerikanischen und kanadischen Namen und Adressen sowie Daten über Einkommen und Konsumgewohnheiten enthielten – gesammelt, wie Susan bald erfahren sollte, von einer Marktforschungsfirma in Mechanicsville, Virginia.
Eugene warf Susan, die oben auf der Treppe stand, einen Blick zu. »Guten Morgen, Sonnenschein. Heute mal ganz leger, wie ich sehe.«
An den Wänden um Eugenes Arbeitsplatz herum hingen Dutzende von Tafeln aus Holz und Samt, die Wolken, Sonne, Regen und Temperaturen von –35° bis 50° anzeigten. Sie ging die Treppe hinunter und nahm eine samtene Sonne in die Hand. »Schau an! Heute scheint für mich die Sonne.« Sie bemerkte Eugenes missbilligenden Blick und hängte die Sonne wieder in ihre richtige Position.
»Danke«, sagte Eugene und fuhr fort, mit seinen Papieren zu hantieren. Susan trat näher, um sie besser sehen zu können, und rempelte Eugene dabei von hinten an.
Er drehte sich um. »Kannst du mit einem Kopierer umgehen?«
»Bei den Dreharbeiten zu *Meet the Blooms* habe ich immer, wenn die Autoren zickig und überheblich wurden, die Drehbuchproduktion gestoppt. Wissen Sie, wie? Ich habe AUSSER BETRIEB auf einen Zettel geschrieben und ihn auf den Kopiererdeckel geklebt. Und all diese Leute mit den irrsinnig hohen IQs haben nicht ein einziges Mal daran gezweifelt, dass das

stimmte.« Sie nahm eine Tafel mit der Aufschrift 43° in die Hand. »Haben Sie die oft gebraucht?«

»Zum Schluss. Ein paar Mal. Als das Wetter anfing zu spinnen.«

»Sie würden wahrscheinlich nicht darauf reinfallen.« Sie setzte sich auf einen Stapelstuhl und sah Eugene zu. »Als die Serie abgesetzt wurde, hat Glenn, der Chefautor, NutraSweet auf einen Trinkhalm aus der Kantine gezogen, ist damit zum Set gegangen, hat den Kopiererdeckel hochgeklappt und das NutraSweet auf die Trommel gepustet. Das hat dem Gerät den Rest gegeben. Sie mussten es wegschmeißen. Das ist das Schlimmste, was man einem Kopierer antun kann.«

»Dieses Haus ist eine atomwaffenfreie Zone. Hier werden keine derartigen Sabotageakte geduldet.« Aber er konnte sich ein Lächeln nicht verkneifen.

Der Rhythmus des Kopierers hatte eine entspannende Wirkung. Susans Blick wurde glasig, und ihre Gedanken begannen zu schweifen. »Hat Ihr Fernsehsender Sie gefeuert, weil Sie durchgedreht sind?«

Während er weiter Zettel sortierte, antwortete Eugene: »Nein. Die haben mich nicht gefeuert. Ich hatte einen Arbeitsunfall. Ich bin vorzeitig in den Ruhestand gegangen.«

»Sie haben sich bei der abendlichen Wettervorhersage verletzt?«

»Allerdings. Willst du wissen, wie? Ich bin unter einen Cola-Automaten geraten.«

»Bei der Arbeit?«

»Im Studio, daher war ich tausendprozentig versichert und gewerkschaftlich abgesichert. Die hatten einen sprechenden Cola-Automaten aufgestellt, der ungefähr eine Tonne mehr wog als ein normaler stummer. Na ja, so ein hässlicher, mickriger Typ mit Vokuhila-Frisur rüttelte so lange an dem Automaten, bis ein oder zwei Dosen rauskamen, und das Ding fiel auf ihn drauf und zerquetschte ihn wie eine Piñata. Ich kam zufälligerweise grade vorbei und bin mit dem rechten Fuß drunter geraten. Hier ...«

Eugene zog seine Socke aus, und Susan bückte sich, um sich Eugenes rechten Fuß anzusehen, der wie eine Karte von Indiana von Narben in kleine, countyartige Zonen unterteilt war.
»Autsch City, Arizona«, sagte Susan.
»Du sagst es, Baby. Dem Jungen war nicht mehr zu helfen, und ich konnte hinterher ungefähr sieben Monate lang nicht laufen. Unterdessen hatten sie einen Neuen mit einem frischeren, selbstbewussteren Lächeln engagiert, der außerdem bald eine ebenso hohe Quote hatte wie eine Königshochzeit. Ich hatte nicht mehr den Mumm, bei anderen Sendern Klinken putzen zu gehen. Dafür war ich zu alt. Und wenn man im Wettergeschäft alt ist, wird man entweder ganz schnell zu einem verschrobenen Eunuchen, oder man geht. Also bin ich gegangen.«
»Zeigen Sie mal her.« Sie setzte sich hin. »Legen Sie Ihren Fuß auf meinen Schoß.«
Eugene stellte den Kopierer ab, und Stille erfüllte die Luft wie hart gewordenes Acryl. Er setzte sich Susan gegenüber auf einen Stuhl, schwang sein Bein hoch und ließ es in ihren Schoß fallen.
Susan sagte: »Mom hat mir eingebläut, *nie* ein Wort oder einen Satz zu sagen, ohne mir vorzustellen, dass ich von einem Preisrichter belauscht werde. Daher werde ich mein ganzes Leben lang von einer unsichtbaren Flottille von Seifenoperndarstellerinnen, Chevy-Händlern, Kostümdesignerinnen und TV-Wetteransagern verfolgt, die jedes Wort registrieren, das ich von mir gebe. Das ist mir in Fleisch und Blut übergegangen. Ähnlich wie bei Leuten, die von ihren Eltern gezwungen wurden, zwanzig Mal zu kauen, bevor sie ewas herunterschlucken – und schon macht ihnen die Zwanzig das Leben zur Hölle.« Sie sah Eugene in die Augen: »Tut es weh, wenn ich *das* mache?« Langsam wurde die Atmosphäre von der Ich-glaub-ich-träume-Aura erfüllt, die guten Sex begleitet.
»Nein. Stellenweise spüre ich es überhaupt nicht. Stellenweise fühlt es sich an wie eine ganz normale Berührung und …«
Susan schaute ihm in die Augen und übte stärkeren Druck aus,

aber nun ging sie gezielter zu Werke und knetete die beiden ledrigen Flächen der Sohle und die zarten Stellen zwischen den Zehen.

»Ich hab Sie in jener Nacht gesehen – bei der Misswahl. Sie haben gezwinkert. Ich hab fast einen blauen Fleck davon bekommen«, gestand Susan. Ihre Hände schlossen sich um seine Knöchel. Sie starrte ihn durchdringend an: »Ich habe diese Woche eine Menge durchgemacht. Ich möchte duschen, Eugene.«

Er stieg ihr voran die Kellertreppe hoch und führte sie ins Badezimmer. Susan drehte das saubere, heiße Wasser auf, und im Nu waren sie nackt und nass und fielen übereinander her wie balgende Hunde. Susan spürte, dass ihre Haut wie erlöst aufschrie, als wäre sie lange Zeit dem Ersticken nahe gewesen, und sie fühlte sich wie in einem rasend schnellen Aufzug. Sie prallten gegeneinander und schwitzten dabei Wut, Lust und Einsamkeit in ungekannter Intensität aus, bis das Wasser schließlich kalt wurde und sie aus der Badewanne stiegen. Eugene öffnete einen Schrank, der zu Susans Überraschung frische Handtücher enthielt.

Ein paar Minuten später suchte sie in Renatas ehemaligem Schrank nach etwas zum Anziehen. »Ich werde mir eine von diesen Bob-Mackie-Roben hier ausleihen. Wie ich sehe, hat sie ihre Sachen hier gelassen.« Hunderte von Kleidern und Ensembles hingen an einem automatischen Förderband, wie man es aus der chemischen Reinigung kennt. Die Sachen vollführten einen kleinen Hüpfer, als Susan das Gerät an- und wieder ausstellte. »Junge, Junge, wenn Mom *das* sehen könnte!«

»Herrje, stell das Ding ab. Das Geräusch ist wie die Erkennungsmelodie einer Serie, die ich mir nicht mehr angucke.«

»So schlimm kann sie doch nicht gewesen sein.«

»*Du* warst doch auch mal verheiratet.«

»Bin ich nach dem Gesetz immer noch. Wir haben uns nicht scheiden lassen.«

»Ein Rockstar, ja? Der ist bestimmt hart drauf.«
»Chris? Hart ja, aber nicht bei mir. Er ist stockschwul. Ich habe ihn geheiratet, damit er eine Green Card bekam und ich in der Nähe seines katholischen und sehr verheirateten Managers Larry Mortimer bleiben konnte.« Sie hörte auf, mit dem Förderband zu spielen.
Eugene wählte eine Nummer auf dem schnurlosen Telefon, um Lebensmittel zu bestellen. »O Gott.«
»Was?«
»Du bist wirklich echt«, fragte er.
»Und nicht ...?«
Er legte sich aufs Bett und starrte den Deckenventilator an. »Ich hab hier das große Los gezogen. Meine Zeit gehört mir allein. Ich muss mich nicht ...«
»Was?«
»Mit *Menschen* abgeben«, stieß Eugene hervor.
Susan sah ihn an. »Stimmt. Du hast wirklich das große Los gezogen.«
Nun sahen sie beide an die Decke und hielten Händchen. Eugene fragte: »Was haben die Zielgruppenvertreter über dich gesagt?«
»Was meinst du?«
»Du weißt schon. Die Zielgruppenvertreter. Die Leute, die sie geholt haben, damit sie dich auseinander nehmen, weil der Sender wissen wollte, was dich zu *dir* macht.«
Susan wurde neugierig. »Wozu?«
»Ich erzähl dir, was sie über mich gesagt haben. Dann verrätst du mir, was sie über dich gesagt haben.«
»Okay, einverstanden.«
»Frauen haben gesagt: ›Was ist mit seinen Haaren? Sind die echt? Ist das seine Naturfarbe?‹ Sie sagten: ›Uh, was für 'n scharfer Astronaut.‹ Sie sagten: ›Den würde ich nicht von der Bettkante stoßen.‹ Die Männer haben sich nicht so drastisch ausgedrückt. Sie haben keine Bezeichnungen für mich erfunden. Sobald sie mein Gesicht sahen, wussten sie, dass der

Sportteil vorbei war und sie den Fernseher ausschalten konnten.« Er zündete sich eine Zigarette an, dann lehnte er sich zurück und gluckste. »Das Fernsehen. *Irx.*«

Susan schmiegte sich an seinen Rücken. Das Bettzeug fühlte sich an wie kühler Marmor.

Sie sagte: »Gegen Ende wussten sie, dass sie genug Folgen beisammen hatten, um die Serie an andere Sender zu verkaufen, daher haben sie die Zielgruppenforschung eingestellt. Aber am Anfang wurden über mich Sachen gesagt wie ›Ich kann die Pickel unter ihrer Schminke sehen. Könnt ihr ihr nicht einen Spachtel besorgen? Die kann ja überhaupt nicht spielen. Ihre Titten sehen aus wie zerlaufene Spiegeleier.‹ So 'n Zeug.« Ihre Blicke trafen sich, und sie lachten beide.

»Ich muss diese Lebensmittelbestellung aufgeben.« Eugene tippte eine Nummer in das Telefon, und die Pieptöne, die dabei erklangen, erinnerten Susan an einen Song, den sie in den Achtzigern gemocht hatte.

Kapitel Achtzehn

Susan war oft in Shoppingcentern aufgetreten, und ihre Nachmittags-Show in der Clackamas County Mall war reine Routine. Sie nahm von der grenzenlos überalterten Menschenmenge in den Einkaufszentren anders als von den Juroren gar keine Notiz, und vor ihr aufzutreten war weder heikel noch stressig, denn die einzigen Störungen bestanden in gelegentlichen Zwischenrufen von Teenagern oder einem einzelnen vor Geilheit sabbernden Rentner. Einmal, in Olympia, Washington, hatte der Sicherheitsdienst des Einkaufszentrums einen alten Lüstling abgeführt, der sich neben dem linken Lautsprecherturm missmutig einen runterholte, wie ein Gorilla im Zoo, der sich in sein steriles Käfigleben ergeben hatte. Susan fand das lustig, aber sie hatte nicht ganz begriffen, was er da eigentlich *getan* hatte. Sie erzählte sowohl ihrer Mutter als auch dem Sicherheitsdienst, dass sie dachte, er hätte »einen Donut geschüttelt«, was den Wachleuten ein Schnauben und Marilyn ein Kreischen entlockte. Als die Männer kurz das Büro verließen, hatte Susan gesagt: »Mom, bitte zeig ihn nicht an. Nicht wegen *so* was. Lass es einfach auf sich beruhen.«

»Junge Dame, wer weiß, welchen Schaden dieser Mann dir zugefügt hat.«

»Was für einen Schaden?«

»Es wird noch Jahre dauern, bis du eine Ahnung davon bekommst, meine Süße.«

»Mom – keine Anzeige. Ich bin es satt, dass du andauernd

Leute vor Gericht zerrst. Schenk es mir einfach zum Geburtstag, okay?«

Marilyns Miene gefror, aber sie taute sofort wieder auf. »Dann werde ich halt weiter Karnickeln das Fell abziehen, um die Miete zu bezahlen. *Irgend* jemand auf dieser Welt muss ja arbeiten.«

In der Clackamas Mall sollte Susan wie üblich einen *Grease*-Medley singen, ihre Standardnummer, die irgendwie zu der auf Teenager zugeschnittenen Anti-Drogen-Kampagne des Einkaufszentrums passte. Susans Freundin Trish war gerade sechzehn geworden und chauffierte Susan von McMinnville zur Mall. Marilyn sollte kurz darauf nachkommen, nach einem Zwischenstopp in Beaverton, wo sie sich mit einer Schneiderin traf, um Susans Herbstgarderobe zu besprechen. Susan und Trish parkten, machten ihren Ansprechpartner ausfindig und zwängten sich dann in die Toilette des Orange Julius, wo Susans Rüschenröckchen unangetastet in seiner Nordstrom-Papiertüte blieb. Die beiden Mädchen nahmen schwarze Bodystockings und schmale rote Lederschlipse aus einer Sporttasche. Sie kämmten sich ihre Haare zu einer Stachelfrisur, schmierten sie mit Gel ein und tuschten sich dick die Wimpern, dann gingen sie in den Backstage-Bereich. Susans Name wurde aufgerufen, und beide erklommen die mit Teppich ausgelegten Sperrholzstufen. Sie bewegten sich vorwärts, als wären sie Roboter, Trish zu ihrem Casio-Keyboard, Susan zur Bühnenmitte. Für das gelangweilte und unkonzentrierte Mall-Publikum hätten sie sich ebenso gut als Walküren oder Ulmen verkleiden können, aber Susan verspürte zum ersten Mal ein Gefühl von Macht.

Trish begann das Intro zu spielen, und in diesem Moment hob Susan eine Reitpeitsche, die sie sich von einem von Dons Army-Kumpeln ausgeliehen hatte. Sie begann in dem aberwitzigen Rhythmus von »Whip It«, einer zu dem Zeitpunkt bereits abgestandenen New-Wave-Hymne, mit der Peitsche zu knallen. Zum ersten Mal kam sich Susan auf der Bühne nicht wie ein dressierter Seehund vor. Trish hatte ihren Synthesizer laut aufgedreht, und Susan spürte, wie all die anderen Male, die sie auf der Bühne gestanden hatte, von ihr abfielen – jene Jahre, in denen sie zurechtgeschnürt und herausgeputzt worden war und vor Marilyn und jedem Juror der Welt um Fisch gebettelt hatte, indem sie lustlos wie eine Stewardess, die den Gebrauch der Sauerstoffmasken demonstriert, ihre Show abzog.

Aber jetzt sah Susan echte Reaktionen in den Gesichtern: Unterkiefer sackten weit herunter, Mütter zerrten ihre Kinder mit sich fort – und in den hinteren Reihen schauten die coolen Kids, die ihr normalerweise den nackten Arsch zeigten oder sie mit Jelly-Tots bewarfen, ohne Feindseligkeit zu.

Plötzlich begann der Lautsprecher zu pfeifen und zu ächzen, und als Susan sich umdrehte, sah sie, wie Marilyn unter dem schwachen Protest eines Technikers verschiedenfarbige Stecker aus der Rückseite der Marshall-Verstärker riss. Die Köpfe der Zuschauer wogten wie ein Weizenfeld in die gleiche Richtung, in die sich auch Susan drehte, die Augen funkelnd wie die eines Raben.

»Was zum Teufel *tust* du da, Mom?«

Marilyn fuhr fort, Stecker herauszuziehen, und ihre Gesichtsmuskeln verzerrten sich wie ein Spüllappen beim Auswringen. Susan schlug mit der Reitpeitsche nach Marilyn und traf ihre Hände. Der scharlachrote Plastikfingernagel eines Zeigefingers sprang in die Luft wie eine Heuschrecke. »Mom, lass das! Hör auf!«

Marilyn packte das Ende der Peitsche und riss sie Susan aus der Hand. Wutschäumend kletterte sie auf die Bühne. Susan wandte sich ihrem Publikum zu. Sie kochte vor Wut. »Meine Damen und Herren, einen großen Applaus für« – sie hielt inne, während Marilyn sich schwerfällig aufrichtete, wie ein Pferd in zähem Schlamm – »meine allzu überschwängliche Mutter.«

Das Publikum witterte einen Skandal und klatschte begeistert Beifall, während Marilyn Susan eine scheuerte. Drei Hooligans vor dem Sock Shoppe feuerten sie lautstark an, und dann war Susan durch Marilyns Ohrfeige für einen Moment taub. Ihr war, als bliebe die Zeit stehen. Es kam ihr vor, als verließe sie ihren Körper, und zum ersten Mal wurde ihr bewusst, dass sie nicht auf die gleiche Weise Eigentum ihrer Mutter war wie der Corvair oder der Kühlschrank. Susan erkannte, dass Marilyn sie ebenso wenig besaß wie die Space Needle oder den Mount Hood. Was sie verband, war – wenn Susan sich dazu hinreißen ließ – Sentimentalität oder, was einigermaßen Sinn machte, das Geschäft, aber Marilyn konnte sie nicht mehr jedes Mal, wenn sie die Beherrschung verlor, wie eine zugeknallte Autotür behandeln.

Marilyn sah Susan in die Augen und begriff, dass sie die Sache vermasselt hatte und ihren Vorteil niemals zurückgewinnen würde. Das versetzte sie noch mehr in Rage, aber Susan konnte sie damit nicht mehr beeindrucken. Sie hatte sie durchschaut.

Marilyn stürzte sich zornentbrannt auf ihre Tochter, doch die sah sie nur an und sagte milde lächelnd: »Tut mir Leid, Mom, aber du bist dreißig Sekunden zu spät. *Dies*mal kriegst du mich nicht.«

Marilyns Arme schlangen sich, teils Halt suchend, teils, als wollte sie sie erwürgen, um Susans Brust. Der Beifall erstarb, und Trish kam herübergerannt. »Mrs. Colgate, *bitte.*«

»Du hinterhältige kleine Hure«, brüllte sie Trish an.

»Mom!«

»Das meint sie doch nicht so«, sagte Trish, während sie versuchte, Marilyn und Susan auseinander zu drängen. »Wir müssen sie von der Bühne kriegen.«

Der Sicherheitsdienst erschien. Susan und Trish rührten sich nicht vom Fleck, während zwei bullige Typen sich mit aller Kraft bemühten, Marilyn von Susan fern zu halten.

»Kommen Sie mit uns, Ma'am.«

»*Nein.*«

Susan sagte pragmatisch: »Jungs, am besten bringen wir sie in

ein Büro oder so was. Sie hat sich total mit Diätpillen zugeknallt. Sie muss irgendwohin, wo es kühl und dunkel ist.«
»*Verräterin*«, zischte Marilyn.
Susan schnappte sich die Handtasche ihrer Mutter. Sie folgte Marilyn zusammen mit Trish in ein Büro, wo sie ihre Mutter zwang, ein paar Beruhigungstabletten zu schlucken. Sie rief Don an, um ihm zu sagen, dass sie sich verspäten würden. Trish zog sich auf Susans Bitte zurück, und Susan fuhr ihre Mutter heim nach McMinnville. Zum Abendessen holten sie sich etwas vom Chinesen, und alle gingen früh ins Bett.
Der nächste Tag war sonnig und ungewöhnlich heiß für April, und Susan saß auf dem Rasen hinter dem Haus und bräunte ihr Gesicht zwischen den beiden Innenseiten eines mit Alufolie ausgeschlagenen Bee-Gees-Doppelalbums. Marilyn hastete zwischen dem Auto und dem Garten hin und her und bepflanzte mehrere Beete mit Petunien, Margeriten und weißem Steinkraut. Susan erschien das sonderbar, aber nicht ungewöhnlich. Seit dem vorangegangenen Jahr wurde Dons Rente gezahlt, und die Familie war vom Wohnwagen in ein Haus umgezogen, wenn auch in ein kleines, unkrautbewachsenes und regengeschädigtes. Doch Marilyn, die sich um Inneneinrichtung kaum scherte, war offenbar zufrieden, überhaupt in einem richtigen Haus zu wohnen, und freute sich nur, dass sie nun nicht mehr Radachsen mit Rhododendren kaschieren musste.
Susan setzte ihr Sonnenbad fort und ging nachmittags ins Haus, um sich einen Eistee zu holen. Drinnen stieß sie auf Marilyn, die mit Dons Jagdmesser, einem Riesengerät aus einer der sadistischsten Fabriken Karlsruhes, Kerben in das Holz des Türrahmens zwischen der Küche und dem Fernsehzimmer schnitzte – Dutzende von Rillen in unterschiedlichen Abständen, die von Schenkelhöhe bis hinauf zu ihren Schultern reichten.
Susan sagte nichts.
Marilyn nahm einen Bic-Filzer und einen Bleistift und begann

Namen und Daten neben die Kerben zu schreiben: »Brian 16.12.78, Caitlin 3.5.79, Allison 14.7.80« und so weiter.

Don kam aus der Diele herein, die Hände schwarz vor Sea-Doo-Schmieröl. »Mare«, sagte er, »was zum Teufel stellst du da mit dem Türrahmen an?«

»Ich treibe den Preis für das Haus in die Höhe, Schatz.«

Don und Susan wechselten einen Blick.

»Glaubt nicht, dass ich nicht sehe, wie ihr zwei euch besorgte Blicke zuwerft.« Vor ihr hatte der fiktive kleine Brian die Ein-Meter-fünfzig-Marke überschritten.

Don griff nach seinem Jagdmesser und sagte: »Gib das her.« Aber Marilyn zuckte zurück, dann wirbelte sie herum wie ein Shark im Kampf gegen einen Jet. »Einen Scheiß werd ich.« Susan und Don waren sprachlos. »Wir werden aus dieser Bruchbude ausziehen, Kinder, aber vorher muss ich noch ihren Wert steigern.« Sie fuhr fort, Kerben zu schnitzen. »Es gibt Studien, denen zufolge der Preis eines jeden Hauses um mindestens zehn Prozent in die Höhe getrieben werden kann, indem man einjährige Blumen im Wert von ungefähr hundert Dollar anpflanzt.« Allison erreichte einen Meter zweiundvierzig. »Blumen machen ein Haus wohnlich. Sie vermitteln den Eindruck, es würde geliebt. Die gleiche Wirkung erzielt man, wenn man das Wachstum seiner Kinder dokumentiert. Das ist ein Zeichen von Glück, Stolz, Liebe und Durchhaltevermögen. Und schon kann man 5000 Dollar mehr verlangen.«

»Und wo werden wir wohl hinziehen?«, fragte Don.

»Nach Wyoming, du Schwachkopf. Cheyenne, Wyoming.«

»Oh, Mom – nicht *das* schon wieder.«

»Doch, *das* schon wieder. Da sind die Häuser billiger. Wir werden ein Gästezimmer und drei Bäder haben. Und *du*, meine Süße, kannst bei der landesweiten Endausscheidung einen ganzen *Staat* vertreten. In Wyoming leben kaum Menschen. Die Konkurrenz ist gleich null. *Einundfünfzig umwerfend hübsche Kandidatinnen, und nur eine wird gewinnen. Wer wird Susan Colgate als Miss USA ablösen*?«

»Wir ziehen nirgends wohin«, sagte Don.
»Wir ziehen *nirgend*wohin, Schatz, und: Doch, das tun wir. Dieses Haus läuft auf meinen Namen, und ich sage: Wir ziehen hier aus.«
»Die hat sie heute nicht mehr alle«, sagte Don zu Susan. »Lass sie einfach.«
Susan ging wieder in die Sonne und nahm an, Marilyn würde sich schon wieder einkriegen. Später hörte sie von ihrem Zimmer aus das übliche Klirren und Klappern der Abendessenvorbereitungen aus dem Erdgeschoss. Marilyn rief Susan und Don zu Tisch, und alles schien völlig normal. Zu normal. In diesem Moment dröhnte es in ihren Ohren, und das Haus wackelte wie ein Auto, das in einer verkehrsberuhigten Zone über einen Buckel fährt. Susans Wasserglas kippte um, und ein gerahmtes Foto fiel von der Wand. Die drei standen auf. Alles war still – bis auf ein schwaches Zischen, das aus der Küche kam.
Sie traten durch den frisch zerkratzten Türrahmen und entdeckten ein mannsgroßes Loch in der Decke und ein weiteres direkt darunter im Fußboden zwischen dem Herd und dem Kühlschrank. Don schaute hinunter. »Heiliger Strohsack – es ist ein Meteorit.«
Susan und Marilyn spähten zu dem blaubraunen Klumpen hinunter, der neben der Gefriertruhe mit Dons Wildbret vom vergangenen Herbst aus dem geborstenen Betonfußboden ragte. Don eilte die Treppe hinunter, musterte den Klumpen und schaute dann sprachlos nach oben. Die beiden Frauen stiegen ebenfalls in den Keller hinab.
»Es ist ein Wunder«, sagte Marilyn. »Wir sind verschont geblieben. Das ist ein Zeichen vom Herrgott im Himmel, dass wir auf dem richtigen Weg sind, ein Omen, das uns Ehrfurcht einflößen soll.« Sie sank auf die Knie und betete wie damals, als sie ihre Verwandten in den Bergen besuchte. Susan sah sich den Klumpen etwas genauer an. »He – ich glaube, er *schmilzt.*«

»Ach, du Scheiße«, sagte Don, »das ist *Scheiße.*«
Es war ein gefrorener Scheißklumpen, versehentlich von einer Philippine-Airlines-Maschine auf dem Weg von Chicago nach Manila abgeworfen, der ihnen das Geld für das neue Haus in Cheyenne einbrachte. Don nannte es »das Scheißwunder«. Die Fluggesellschaft entschädigte sie ohne viel Aufhebens. Sechs Wochen später wohnten sie in Cheyenne.

Kapitel Neunzehn

Die Polizisten schlossen ihre gründliche Untersuchung des Susan-Colgate-Schreins auf der Rückbank des Wagens ab und verließen das Anwesen wieder. John verbrachte den Rest des Tages damit, vor dem Schrein herumzuträumen und Susans Anrufbeantworter anzurufen, nur um jedes Mal beim Piepton wieder aufzulegen. Er versuchte zu schlafen, stattdessen gelangen ihm aber nur kurze Nickerchen, die ihm vorkamen wie zusammengestückelte Filmschnipsel vom Boden des Schneideraums, unterbrochen von häufigem Augenaufschlagen und angstvollen Stichen in der Magengegend. Am späten Nachmittag gab er auf, duschte, trank ein Algenshake, plauderte kurz mit Nylla, die gerade von ihrem Gymnastikkurs zurückkam, nahm dann den Wagen und fuhr hinunter zu West Side Video. Ryan bediente gerade einen Kunden.

»Kennen Sie den Titel des Films?«, fragte er ihn.

»Ach, Sie wissen schon – *der* Film. Ich glaube, die Hülle war blau.«

»Haben Sie eine Ahnung, wer darin mitspielt?«

»Dieser Typ. Wissen Sie noch?«

»Ich bin mir nicht sicher. Ist es eine Komödie oder ein Drama oder –?«

»Es ist ein wirklich guter Film.«

»Okay – irgendeinen Schimmer, wer Regie geführt hat?«

»Dieser berühmte Regisseur.«

»Aha.«

John mischte sich ein. »Hey, Kumpel – geh und nimm eine Pille, und wenn dein Gehirn wieder funktioniert, lass es uns wissen.«

Der Kunde war empört. »Ent*schuldigen* Sie. Ich versuche mir hier einen Film auszusuchen, Mr. Wer-auch-immer-Sie-sind. Haben Sie damit ein Problem?«

John fixierte ihn: »Es *interessiert* dich, was ich denke?«

»Also, ähm, nein.«

»Warum fragst du dann? Hau ab. Die Leute hier, die wissen, was sie wollen, haben alle Hände voll zu tun.«

Der Kunde trottete sichtlich betroffen von dannen.

»Oh, *danke*, John«, sagte Ryan. »Du hast ja keine *Ahnung*, wie lange ich mir schon gewünscht habe, jemandem mal so was an den Kopf zu werfen.«

»Das traurige Resultat von allzu vielen Tagen, die ich auf Meetings mit berufsmäßigen Zeitverschwendern vergeudet habe.«

»Wenn du *jemals* beschließen würdest, einen Film mit dem Titel *Na,* der *Film – Sie wissen schon* zu machen, würde das der größte Videothekenknüller aller Zeiten.«

John ließ seinen Blick suchend durch den Laden schweifen und sagte dann: »Ryan – mach Feierabend und komm mit. Wir haben was zu erledigen.«

»Nicht jetzt – so kurz vorm Abendessen ist immer am meisten los, ich muss die überfälligen Videos melden, und heute abend gibt es das ›Frauen, die zu sehr lieben‹-Special.«

»Ivan und ich wollen dein Drehbuch kaufen.«

Zehn Minuten später fuhren sie mit getrennten Wagen zur Bar des St. James Club. John war zuerst da und bestellte zwei Scotch. Dann tauchte Ryan auf, ganz außer Atem. »Bevor wir irgend etwas besprechen, John, muss ich dir sagen, dass die Bullen heute Nachmittag da waren und mir Löcher in den Bauch gefragt haben, weshalb ich (a) den Susan-Colgate-Schrein gebaut und ihn (b) dir geschenkt habe. Es war, als hätte man mich an einen Ameisenhaufen gefesselt und mit Marmelade eingeschmiert.«

»Sie ist verschwunden. Sie wurde bei Dreharbeiten zu irgendeinem Film für den Showtime-Channel erwartet und ist nicht aufgetaucht. Mich hatten die Cops auch in der Mangel. Aber *ich* musste ihnen erklären, warum ich mitten in der Nacht eine Stunde lang mit einem Susan-Colgate-Schrein auf der Rückbank vor Susans Haus geparkt habe.«

»O Gott – du bist ja krank!« Ryan lachte.

John verzog keine Miene.

»Muss man nicht eigentlich mindestens achtundvierzig Stunden lang verschwunden sein, bevor man als vermisst gilt?«

»Keine Ahnung.« John stützte den Kopf in die Hände. »Trink.«

Ryan trank.

»Bevor ich heute Abend hergekommen bin, hab ich mit Nylla – das ist Ivans Frau – über dies und jenes geplaudert, und sie hat mir erzählt, dass Susan nach dem Flugzeugabsturz ein ganzes Jahr lang verschwunden war, bevor sie wieder auftauchte. Ich wusste nicht, dass es so lange gedauert hat! Wirklich nicht. Und offenbar hat *niemand* irgendeine Ahnung, wo sie gesteckt hat. Nicht mal die Bullen.«

»Aber du *wusstest* das mit dem Absturz ...«

»Ich war '96 so oft in der Betty-Ford-Klinik, dass ich nicht mal weiß, wer damals *Präsident* war, du kleiner Klugscheißer.«

Ryan war sich nicht sicher, welchen Stand er bei diesem mächtigen Filmproduzenten hatte, der unbedingt sein Drehbuch kaufen wollte, und hielt sich lieber zurück, doch John fuhr fort: »Ich will damit sagen, wenn Susan Colgate, die eine Art Schutzheilige der Vermissten ist, auch nur für einen Tag von der Bildfläche verschwindet, dann sollte sich die Polizei gleich an die Arbeit machen, oder?«

Ryan fragte: »Als ihr beide euch kennen gelernt habt, wusste sie da, wer du bist? Wie viel habt ihr geredet? Wie habt ihr euch verabschiedet? Was hatte sie an?«

»Wir sind spazieren gegangen. Bestimmt drei Meilen. Außerdem war es draußen verdammt heiß. Sie ist nicht *ein*mal in

Schweiß geraten. Es war wie in der High-School, als würden wir mit Jughead und Veronica Milkshakes trinken gehen.« Unversehens standen Cashew-Nüsse auf dem Tisch. »Ryan, wusstest du, dass ich, bevor ich den Entschluss gefasst habe, mich aus dem Geschäft zurückzuziehen, sehr krank war?«

»Nein.«

»War ich aber. Ich hatte im Cedars praktisch schon den Löffel abgegeben – zumindest haben die Ärzte das behauptet. Und weißt du, was ich gesehen habe, als ich klinisch tot war?«

»Was?«

»Susan.«

»Was soll ich dazu sagen?«

»Das wüsst ich gern von dir.«

»Jetzt komm schon!«

»Nun gut, es war eine alte *Meet-the-Blooms*-Folge, die ein paar Minuten bevor ich krepiert bin im Krankenhausfernseher lief, aber es hat Monate gedauert, bis ich das rausfand. Trotzdem war *sie* es. Weißt du, was ich meine? Und ich hatte mich gerade an den Gedanken gewöhnt, dass meine Vision nichts zu bedeuten hatte – bis heute, denn nach allem, was passiert ist, halte ich sie keineswegs mehr für bedeutungslos.«

Ein Kellner kam vorbei. Ryans Glas war leer. Er bestellte noch etwas. »Einen Singapore Sling, bitte.« Er wusste nicht, was er John antworten sollte.

»Einen Singapore *Sling*?«, fragte John. »Wo sind wir hier? In einem Bob-Hope-Film? Das ist ja, als würde ich mir mit meiner Mutter einen auf die Lampe gießen.«

»Das ist ein cooles Retro-Getränk, ein ironisches Zitat sozusagen.«

»Du kleiner Scheißkerl. Ich habe den Leuten schon Ironie und Retro nahe gebracht, da hast du noch in die Windeln geschissen.« John wandte sich dem Kellner zu: »Einen Rusty Nail, bitte.«

Ryan war sichtlich angespannt. John sagte: »Nun, du willst vermutlich über dein Drehbuch reden. Wir kaufen es. Krieg

jetzt bloß kein Aneurysma oder so was.« Ryan wirkte erleichtert, aber nervös. John sagte: »Du hast keinen Agenten, Ryan, oder?«
Ryans Gesicht glühte. »Nein.«
»Dein Glück. Du hast gerade fünfundvierzigtausend Dollar gespart.«
Die Farbe wich wieder aus Ryans Wangen. Seine Miene erstarrte.
»Ach, so was lieb ich«, sagte John. »Ich seh die kleinen Zeichentrick-Rädchen in deinem Kopf richtig vor mir, wie sie rotieren und auszurechnen versuchen, wie viel wir dir bieten. Ich werd dich erlösen. Dreihunderttausend.«
»Du verarschst mich.«
»Du hast ein beschissenes Pokerface, Ryan.«
Ryans Drink kam, aber er schob ihn weg. »An das hier möchte ich mich klar und deutlich erinnern.«
»Du verträgst mehr, als ich je vertragen hab.« Er hob sein Glas. »Darauf einen Toast.« Sie stießen an, nahmen einen Schluck, und dann sagte John: »Ivan setzt sein Vertrauen nur in Dinge, die viel zu viel kosten. Wenn ich ihm gesagt hätte, ich hätte ›Tungaska‹ für fünftausend gekriegt, wäre das das Todesurteil für den Film gewesen. Ich hab die 300 000 einfach aus der Luft gegriffen. Ich hätte auch noch höher gehen können.«
Ryan saß da wie gelähmt.
»He, komm schon, Ryan«, sagte John. »Sing ... tanz ... führ einen kleinen Freudentanz auf oder so was. Gib mir das Gefühl, ein wohlwollender alter Sack zu sein.«
»Nein, John. Du verstehst nicht. Du hast gerade mein Leben verändert, als hättest du mir Flügel geschenkt oder mich blind gemacht. Mir ist schwindelig.«
»Glaub mir, gewöhnlich läuft das anders. Normalerweise würden Ivan und ich versuchen, dich nach Strich und Faden zu bescheißen. Aber ich fühle mich irgendwie als dein Mentor. Ich werde dir einen Anwalt besorgen. Unterschreib den Vertrag, und du bist ein gemachter Mann.«

Der Cocktail aus Geld, Vertraulichkeiten und ironisch gemeinten Getränken verlieh Ryan Mut. »John – was war das letztes Jahr? Ich weiß darüber nur so viel wie jeder andere, der die Klatschpresse liest. Was ist passiert? Was hattest du damals vor?«

John sah Ryan freundlich, aber fest an. »Nicht jetzt. Nicht heute Abend. Heute geht es nur um Erfolg.«

Sie trennten sich bald darauf, aber ein paar Stunden später rief John, nachdem er sich durch Susans Filme gespult hatte, Ryan an, um ihn zu fragen, ob sein komisches Angebot noch gelte, sich bei ihm über seine Gefühle für Susan auszuquatschen. Es war nach ein Uhr morgens, Ryan war gerade dabei, »Tungaska« den letzten Schliff zu verpassen, und wollte dabei eigentlich nicht gestört werden, aber John ließ nicht locker. Und dann eröffnete ihm Ryan, er habe keine Zeit, denn er müsse noch etwas erledigen.

»*Okay*, Ryan, du kannst mir auch ins Gesicht sagen, dass du mir das nur aus Höflichkeit angeboten hast, wie man einen schlechten Schauspieler einlädt, er solle mal zum Squash-Spielen kommen, nur um ihn loszuwerden.«

»John, ich muss meiner Freundin helfen.«

»Freundin?«

»Was soll denn der komische Tonfall?«

»Meiner? Gar nicht. Ich hab nur ›Freundin?‹ gesagt.«

»Du hältst mich für schwul.«

»Hab ich das gesagt?«

»Das hört man dir an.«

»Na ja, das bist du doch, oder?«

»Nein.«

»Das glaub ich dir nicht.«

»Mein Gott, lass mich mal eben telefonieren. Leg auf, iss was, und ich rufe dich in fünf Minuten zurück.«

John legte auf. Drei Minuten später klingelte das Telefon. »Vanessa sagt, du kannst kommen und uns helfen.«

»Wo*bei*?«

»Das wirst du schon sehen.« Er gab John Vanessas Adresse in Santa Monica. Sie vereinbarten, sich in einer Stunde zu treffen, aber John war früher da.

Vanessa öffnete die Fliegentür. Mit ihrer Hornbrille und dem Woll-Twinset, das wie ein Import aus einer anderen Ecke des Jahrhunderts wirkte, machte sie einen ruhigen und belesenen Eindruck. John fand, dass sie aussah wie eine der ermordeten Clutter-Töchter aus Kansas. Sie bot ihm einen Stuhl an. »Möchtest du vielleicht etwas trinken?«

»Äh – eine Cola.«

»Gern.«

Sie ging in die Küche. John hörte das Öffnen und Schließen des Kühlschranks sowie andere anheimelnde Küchengeräusche. Vanessa sah auf eine Weise intelligent aus, gegen die sie, wie John wusste, einfach nichts ausrichten konnte. Sie besaß den Laserblick höchstbezahlter Chefsekretärinnen, die mühelos noch dem primitivsten Produzenten mieser Teenagerstreifen ein hippes und smartes Image verpassten, indem sie ihnen die kurzen urbanen Ansprachen schrieben, die sie hielten, wenn sie Schecks über absurd hohe Summen an sorgfältig ausgewählte, zukunftsweisende Wohltätigkeitseinrichtungen übergaben. Vanessa war ganz offensichtlich eine Laune der Natur, die an den entlegensten Gestaden der IQ-Statistik gestrandet war. »Womit verdienst du dein Geld, Vanessa?«, fragte John und machte dabei einen langen Hals, als würde das helfen, seine Worte um eine Krümmung in der Wand zu befördern.

»Ich arbeite bei der Rand Corporation.«

Das überraschte John nicht. »Wirklich? Und was tust du da?«

»Was man eben in einem Thinktank tut.«

»Du lümmelst dich den ganzen Tag auf einem Sitzsack und denkst dir militärische Invasionsstrategien und Methoden aus, um die Entwicklung von Elektroautos zu unterbinden?«

Sie tat so, als hätte sie das nicht gehört, kam herein und reichte ihm seine Cola. Er nahm einen Schluck und stutzte. »Mann, ist das lecker!« Der süße Geschmack war köstlich, und er stürzte gleich das halbe Glas herunter. »Wow. Ich hatte vergessen, wie gut eine simple Cola schmecken kann.«

»Das ist nicht die Cola, das war ich. Ich hab Zucker reingetan. Zwei Teelöffel.«

John hustete. »Du hast Zucker in eine *Cola* getan? Das ist ja widerwärtig.«

»Sei nicht dumm.« Sie setzte sich auf das nicht ausgeklappte IKEA-Schlafsofa. »Alle haben gemeckert und gestöhnt, als Coca-Cola in den Achtzigern die Rezeptur geändert hat. Wenn man eine Cola will, wie es sie in den Fünfzigern gab, muss man verdammt noch mal Zucker dazutun. Außerdem, John, schien es dir zu schmecken.«

Sie nippten eine Minute lang schweigend an ihren Gläsern, und dann sagte Vanessa: »Ryan sagt, du hältst ihn für schwul.«

»Und?« Vanessa tat es offensichtlich nicht.

»Er ist mein Freund, John.« Sie nahm einen Schluck aus ihrem Glas. »Ich trinke Diet Coke, aber ich habe Zucker reingerührt. Das ergibt einen wirklich perversen Geschmack.« John fixierte sie. »Ich liebe Ryan, und er liebt mich.«

»Ich liebe meinen Freund Ivan auch, aber ich gehe nicht mit ihm ins Bett.«

»Ach, sei still. Eros. Agape. Sex. Freundschaft. Komm mir nicht damit. Ich bin ja nicht blöd.«

»Du meinst, es ist auch Erotik im Spiel?«

Vanessas Augen glitzerten, aber sie sagte nichts. »Nun ja, es ist nicht wie bei Tarzan und Jane, aber es hat Hand und Fuß. Er meint es ernst mit mir.«

John biss auf einen Eiswürfel. »Du bist offenbar so eine Art Schwester Crandall. Du weißt schon, Schwester Crandall löst ihr Haar, und Dr. Hunnicutt sagt: ›Mein Gott, Schwester Crandall, Sie sind wunderschön. Ich hatte ja keine Ahnung.«

»Stimmt.« Sie sah aus dem Fenster. »Ryans Wagen ist da. Wir haben dieses Gespräch nie geführt, okay?«

Ryan kam rein, und die drei fuhren los nach Long Beach. Ryan beugte sich zwischen Fahrer- und Beifahrersitz und sagte zu John: »Wenn du mit Vanessa über Susan reden willst, nur zu. Sie ist genau die Richtige.«

»Na, Gott sei Dank«, sagte John verlegen.

»Susan Colgate war für mich ein Idol, John«, sagte Vanessa. »Weißt du noch, die Rolle, die sie immer im Fernsehen gespielt hat – die intelligente Tochter, die einen Sinn und Strukturen in dieser durchgeknallten Welt fand. Das ist wie früher bei uns zu Hause.«

John sagte: »Ich weiß, was du meinst. Mir kommt es so vor, als besäße sie den Schlüssel zu meiner Seele. Weißt du, so als würde sie meine Geheimzahl kennen, obwohl nicht mal ich mir die merken kann.«

»Damit verdient Vanessa ihr Geld«, sagte Ryan. »Bei Rand. Sie findet Sinn und Strukturen. Zusammenhänge.«

»Was ist dein Spezialgebiet?«, fragte John.

»Wie Ryan schon sagte, ich bin eine Finderin.«

»Eine *Finderin*?«

»Das ist genau das, wonach es sich anhört. Seit meiner Kindheit sind die Leute zu mir gekommen, wenn sie etwas verloren hatten, damit ich es für sie fand. Ich bin in der Lage, Dinge zu *lokalisieren*. Ich stelle Fragen. Ich sichte Daten. Ich stelle Verbindungen her. Und dann finde ich, was verloren gegangen ist.«

»So ein Quatsch.«

»Na *so* was, ein Skeptiker – wie altmodisch.« Vanessa hatte auf einmal die geladene Aura eines Geldautomaten, der im Begriff steht, große Mengen Geldes auszuspucken.

»Gib ihm ein Beispiel«, sagte Ryan.

»Na gut. Reden wir von *dir*, John Lodge Johnson, geboren am 5. November 1962 in Miraflores Locks in der Panamakanal-Zone. Du hast einen halbseitigem Hodenhochstand, und von 1983 bis 1996 hast du massenhaft Kent-Zigaretten geraucht. Du bist in einem Dutzend unterschiedlicher Verfahren wegen Rauschgiftdelikten verhört, aber nie verurteilt worden. Du bist Rechtshänder, aber du benutzt deine linke Hand zum Baseball-Werfen und zum Masturbieren. Noch vor zwei Jahren schuldetest du dem Finanzamt gut 11,3 Millionen Dollar, die allerdings vor acht Monaten, nach einer kompletten Liquidierung deines Vermögens und einer Auflösung deiner Bankkonten, zurückgezahlt wurden. Zwei der Konten befanden sich in Davos – du glaubtest, das Finanzamt wisse nichts davon, aber du hast dich geirrt, und du kannst von Glück sagen, dass du rechtzeitig die Katze aus dem Sack gelassen hast, denn sonst hätten die eine Gabel genommen, deinen stecken gebliebenen Hoden ausgegraben und zu Mittag gegessen. Du hast Blutgruppe 0, und dein IQ beträgt 128. In den letzten zehn Jahren wurden dir über dreißig verschiedene Psychopharmaka verschrieben, die jedes Mal mit sich überlappenden Rezepten an diversen Orten in den Bezirken Los Angeles, Ventura und San Bernardino eingelöst wurden. Du bist heterosexuell, aber ein paar Mal hast du Dreier mit Typen gemacht, ausschließlich auf Wunsch der beteiligten weiblichen Person. Vor einigen Monaten, bevor du so medienwirksam verschwunden bist, hast du versucht, all deine Urheberrechte und zukünftigen Tantiemen an das Ronald-McDonald-Haus abzutreten, aber dank deines Freundes Ivan haben die Gerichte die Abtretung abgelehnt und stattdessen eine Treuhandgesellschaft eingerichtet, die demnächst zusammentreten wird, um über deine Zurechnungsfähigkeit zu entscheiden, und dir einen Haufen Kohle wiederbeschaffen wird, den du für unwiederbringlich verloren hieltest. Ich an deiner Stelle würde Ivan einen Obstkorb schicken, John Lodge Johnson.«

John war sprachlos.

»Ist sie nicht toll?«, fragte Ryan.

»Willst du noch mehr?«, fragte Vanessa. »Knapp fünfundneunzig Prozent deiner Telefonanrufe gehen entweder nach New York oder nach Kalifornien. Deine monatlichen Ausgaben für Telefonsex betrugen von 1991 bis zu deinem Verschwinden durchschnittlich neuntausendfünfhundert Dollar. Solltest du seither wieder bei einer Sexline angerufen haben, so weiß ich noch nichts davon. Die Nummer, die du am häufigsten angewählt hast, gehört Melody Lanier in Beverly Hills, der Besitzerin eines Promi-Bordells, die, wie du garantiert noch nicht wusstest, regelmäßig unter Malaria-Anfällen leidet und außerdem 1984 bei einem Vespa-Unfall im australischen Darwin ihren linken kleinen Zeh verloren hat. Dem Röntgenblick der großen Vanessa Humboldt entgeht niemand. Da hast du's. *Ta-ta!*«

»Melody ist *nicht* die Wirtin meines Stammbordells. Und *du* bist ein Ungeheuer.«

»Tu nicht so, als könntest du nicht bis drei zählen. Die Daten sind alle irgendwo verfügbar. Man muss nur wissen, wo man suchen muss.«

»Sie ist gut, was?«, sagte Ryan. »Sie könnte sogar einen Abtreibungsarzt in Vatikan-Stadt auftun.«

»Falls du dich dadurch besser fühlst: Kreativ bin ich nicht. Das überlasse ich meinem kleinen Genie hier.« Sie tätschelte Ryans Knie.

Bald nahmen sie eine Ausfahrt, und Vanessa hielt vor einem sterilen, blauen Würfel aus verspiegeltem Glas, einem großen Laborgebäude, das von einem dichten Golfrasen umgeben war. »Wir sind da«, verkündete sie. »Dies ist das Büro, in dem ein gewisser Mistkerl namens Gary Voors mich um ein paar Tausend Dollar Provision betrogen hat.«

»Sie ist gelinkt worden«, sagte Ryan.

»Um fünfzehntausend. Aber ich habe mir Informationen über ihn und diese Firma besorgt, und ich bezweifle, dass ich meine Kohle je kriegen werde. Mein Fehler. Ich hätte ihre Finanzstruktur vorher überprüfen sollen. Kommt jetzt – steigt aus.«

Als sie auf dem Parkplatz standen, fragte Ryan Vanessa, welches Fenster sich neben der Kantine befände. Sie deutete auf eins, das ganz in der Nähe lag. Dann ging sie zum Kofferraum des Wagens und holte einen 15-Liter-Benzinkanister aus rotem

Plastik heraus. John näherte sich ihr zaghaft, und sie sagte: »Streck deine Hand aus.« John zuckte zurück. »Komm, sei ein *Mann*, John.« Er hielt ihr die Hand hin, und sie schüttete eine feine, körnige Substanz hinein.

Vanessa sagte: »Diese kleinen Bowlingkugeln, so winzig, dass man sie fast nicht sehen kann, sind Kleesamen. Und mit denen werden wir jetzt ein paar lustige Buchstabierspielchen machen.«

Sie begann die Samen mit schwungvollen, flüssigen Handbewegungen auf den Golfrasen zu streuen. John wurde klar, dass sie etwas schrieb. »Was soll das heißen?«

»Das heißt: ›Gary fickt Tina‹«, sagte Ryan.

»Wer ist Tina?«

»Die Frau vom Boss. Sie hinterlassen ohnehin eine Schleimspur. Und ich hätte Tina da nicht mit reingezogen, wenn sie nicht diejenige wäre, die dafür gesorgt hat, dass Gary *meine* Ideen zugeschrieben wurden.«

»Kleesamen dringen schnell in den Rasen ein«, sagte Ryan »Ihre Wurzeln sind wie Tentakeln, und die Keimlinge zeigen sich nach ungefähr zehn Tagen in tiefem Dunkelgrün.«

»Nur wenige Tage bevor Gary aus Bermuda zurückkommt. So ein Zufall«, sagte Vanessa. Sie vollendete die letzten ihrer elegant ausgeworfenen Buchstabenschlingen.

»Die einzige Möglichkeit, die Schrift wieder zu entfernen, ist, die Grassoden abzutragen«, sagte Ryan. »Schlau, was?«

»Fertig.« Sie ging zurück zum Wagen.

»Das war's?«

»Hopp, hopp. Kommt schon, beeilt euch.«

Eine Minute später waren sie wieder auf dem Freeway. Vanessa saß immer noch am Steuer. John bekam langsam Angst. Er malte sich aus, was Susan alles zugestoßen sein könnte. In seinen Filme herrschte zwar Gewalt, und die Figuren hatten oft perverse Neigungen, doch für John waren sie nie *real* gewesen. Zum ersten Mal in seinem Leben sah er die Brutalität seiner Filme in sein Leben eindringen, und ihm wurde übel.

Jetzt konnte er ein wenig verstehen, was die Leute, die ihm in Briefen die Blutrünstigkeit seiner Filme vorwarfen, empfinden mochten.
Ryan sagte: »Vanessa und ich werden dir helfen, Susan zu suchen.«
»Wenn du das der Polizei überlässt«, sagte Vanessa, »wird sie Hackfleisch sein, bevor jemand sie findet. Ich werde heute mit den Nachforschungen beginnen. Komm morgen nachmittag um fünf zu mir. Dann kriegst du das Ergebnis und ein Abendessen dazu.« Sie hielt inne. »Stimmt was nicht, John?«
»Wieso?«
»Du siehst aus, als hättest du einen Geist gesehen.«
»Mir geht's gut, Vanessa«, sagte er. »Ich würde dich gern etwas fragen.«
»Mh-hm?«
»Warum hilfst du mir? Ich meine, du kennst mich doch gar nicht ... du ...«
»Schon gut. Es ist wegen Ryan. Du hast ihm geholfen, und deshalb helfe ich dir.«
»Und?« fragte John.
»Das ist *alles.* Bitte, warum sagst *du* mir nicht den wahren Grund, weshalb du so versessen darauf bist, Susan Colgate zu finden, hm? Woher soll ich wissen, dass sie nicht schon längst in einem Pfadfinderdress unter deiner Terrasse verwest – und diese Suche nur ein Trick ist, um die Aufmerksamkeit von *dir* abzulenken.«
John winkte ab: »Dem ist nicht so.«
»Na gut, warum suchst du dann nach Susan Colgate, John?«
»Weil ...«
»Ja?«
John schraubte verzweifelt an seinem Gehirn herum wie an einem Glas Oliven, das sich schwer öffnen ließ. »Weil sie weiß, dass die Menschen dazu geschaffen sind, sich zu ändern. Sie weiß, dass dieser Wandel unvermeidlich ist. Und sie scheint zu erkennen, dass ich einen Punkt in meinem Leben erreicht

habe, an dem ich mich nicht weiter ändern kann. Hört sich an wie ein Country- und Western-Song. Tut mir Leid.«

»Also, für mich sieht es so aus, als würdest du ihr nachstellen. Vielleicht findet sie das irgendwie unheimlich.«

»Ich stelle ihr nicht nach, Vanessa. Ich suche sie. Niemand außer uns nimmt ihr Verschwinden ernst.«

»Sag mal, angenommen, jemand hat Susan irgendwo an die Bahngleise gefesselt und wir retten sie«, sagte Ryan. »Was hat sie eigentlich davon?«

John funkelte ihn wütend an.

»Tut mir Leid.«

Aber Ryans Frage machte John nachdenklich. Was hatte er Susan denn zu bieten? War er nicht bloß ein weiterer abgewrackter Entertainment-Typ, um den sie sich kümmern musste? Nein, denn – denn was? John wühlte tief in seinem Verstand nach einem Bröckchen Vernunft. Er dachte an die schrecklich einsame Frau mit dem *Architectural Digest* und an die, die er vor dem Pottery Barn getroffen hatte und die ihm zu essen gegeben hatte, die unsichtbare Nation von Eleanor Rigbys, die direkt unter der Schwelle der Wahrnehmung dahinvegetierte. Die Existenz dieser Nation war ihm neu. Noch neuer war ihm jedoch, dass er vielleicht helfen konnte, ihre Probleme zu lösen. »Wir haben viel miteinander gemein«, platzte er heraus.

»Hä?« Sowohl Ryan als auch Vanessa waren mit ihren Gedanken schon längst woanders.

»Ist euch nie aufgefallen, dass die Paare, die am längsten zusammenbleiben, diejenigen sind, die irgendeine dramatische, außergewöhnliche Erfahrung verbindet? Sei es im Job … in der Schule … im Freundeskreis?«

»Ja?«

»Tja, bei mir und Susan ist es genauso.«

»Aber du hast keinen Schimmer, wo Susan nach dem Absturz gewesen ist, John. Du meinst doch die Tatsache, dass ihr beide mal untergetaucht seid?«

»Ryan, das haben wir auf unserem Spaziergang übereinander herausgefunden – dass wir beide am gleichen Ort waren. Im Moment weiß ich nichts Genaueres, aber das wird sich ändern, sobald ich sie finde.«

Sie versanken in Schweigen. Vanessa umklammerte das Lenkrad so fest, als fahre sie durch einen Schneesturm. Ihr Wagen war nur einer von Tausenden auf einem völlig verstopften zehnspurigen Freeway. Selbst in schwärzester Nacht waren noch ganze Ströme von Autos Gott weiß wohin unterwegs. Niemand sagte ein Wort.

John verschlief den gesamten nächsten Tag. Am Abend präsentierte Vanessa John und Ryan bei schlichten Pasta Primavera die Ausbeute ihrer Recherche. »Susan Amelia Colgate wurde am 4. März 1970 in Corvallis, Oregon, geboren. Ihre Mutter Marilyn war mit einem gewissen Duran Deschennes verheiratet, wurde aber nie richtig geschieden.«

»Das ist Polyandrie«, sagte Ryan.

»Was?«, fragte John.

»Das Gegenteil von Bigamie. Wenn eine Frau mit zwei oder mehr Männern zugleich verheiratet ist.«

»Dieser Duran Deschennes kam 1983 ums Leben, und die Mutter heiratete 1977 Donald Alexander Colgate, also hat sie sieben Jahre lang in Polyandrie gelebt. Aber ich habe den Verdacht, Don Colgate hatte keine Ahnung, dass er Ehemann Nummer zwei war. Ich wette, wir drei sind außer Marilyn selbst die Einzigen, die ihr Geheimnis kennen.«

Vanessa fuhr fort: »Susan ist in McMinnville, Oregon, aufgewachsen – in einem Wohnwagen. Als Kind hat sie an Hunderten von Schönheitswettbewerben teilgenommen und häufig das Finale erreicht oder gewonnen. Ihr größter Erfolg war der Titel der Miss USA Teen 1985 in Denver, aber sie hat ihre Krone noch auf der Bühne an LuAnn Ramsay übergeben, die heute übrigens die Frau des Gouverneurs von Arizona ist.«

»Das weiß ich alles schon«, sagte John. »Internet. Bibliothek. Zeitschriften. Hast du nichts Neues auf Lager?«

»1997 wurde sie nach dem Flugzeugabsturz in Seneca fälschlicherweise für tot erklärt, und bis heute weiß niemand, wo sie – fast auf den Tag genau – ein ganzes Kalenderjahr verbracht hat. Selbst ich konnte nichts darüber finden.«

»Wie bescheiden.«

»Nun ja, *etwas* habe ich gefunden.«

»*Was?*«, bestürmte John sie.

»Vielleicht hat es nichts zu sagen, aber als ich ihre Telefondaten analysiert habe – «

»Was für Telefondaten?«

»Sei doch nicht so na*iv*. Die Ära der Privatsphäre ist vorbei. Wie gesagt, ich habe ihre Telefondaten analysiert, und dabei ist mir etwas aufgefallen. Der Anschluss, den sie am häufigsten angerufen hat, gehört einem Typen namens Randy Hexum. Er lebt im Valley. Also hab ich mir Informationen über ihn besorgt, und es stellte sich raus, dass er aus Eerie, Pennsylvania, stammt. In Wirklichkeit heißt er Randy Montarelli, und er wohnte dreißig Meilen von der Polizeiwache entfernt, auf der Susan sich gestellt und behauptet hat, sie leide an Amnesie.«

»Und?«

»Sie sind beide vor einem Jahr gleichzeitig in L.A. angekommen, *und* er hat einen Job bei Chris Thraice ergattert. Über Randy Montarelli-Schrägstrich-Hexum gibt es außerdem so gut wie *keine* Daten, seit er Eerie verlassen hat. Es ist verdammt schwer, ein unbeschriebenes Blatt zu sein, aber er hat es geschafft. Das ist reichlich verdächtig.«

»Er wohnt im Valley?«

»Ja.«

Innerhalb einer Sekunde war John auf den Beinen, trug die leer gegessenen Teller in die Küche und schraubte den Deckel wieder auf die Cola. Er stellte sie in den Kühlschrank. »Kommt, wir gehen.«

Kapitel Zwanzig

Als John noch klein war, damals in New York, und in die dritte Klasse ging, nahm an einem der Tage, an dem er nicht krank gemeldet war, ein Mathelehrer namens Mr. Bird, der außerdem als Sport- und Vertrauenslehrer fungierte, die gesamte bibbernde dritte Klasse mit hinaus auf den Schulhof. Er machte die Schüler auf weiße Kreidemarkierungen aufmerksam, die ein großes Quadrat begrenzten. Auf jeder dieser Markierungen positionierte er einen Schüler, und sobald alle auf ihren Plätzen standen, brüllte er folgende Worte in ein Megafon, das er mitgenommen hatte: »Kinder, seht euch diese Fläche vor euch genau an. Das nennt man einen Hektar. Den Rest eures Lebens werdet ihr Menschen über Hektar sprechen hören. Fünf Hektar. Dreitausend Hektar. Anderthalb Hektar. Nun, *das* hier ist ein Hektar. Seht ihn euch genau an. Prägt ihn euch fest ein, denn dies ist das einzige Mal in eurem Leben, dass ihr einen unverfälschten, hundertprozentig reinen Hektar zu Gesicht bekommt.«
John konnte sich genau an diesen Hektar erinnern – kalt, nass und zertrampelt. Seine Größe war ihm tatsächlich im Gedächtnis haften geblieben, und als er kreuz und quer durchs Land wanderte, sah er nichts als Hektare, in allen Himmelsrichtungen, jeder hundertprozentig rein, hundertprozentig leer und die meisten herrenlos. Er war inzwischen zu einem echten Niemand geworden, das Land gehörte ihm. In seinen wenigen guten Momenten fühlte er sich wie ein König, aber

diese Momente wurden seltener, je tiefer er in die amerikanische Landschaft abtauchte. Mit dem Sex war es vorbei. Die meisten Arten der Kommunikation waren verstummt. Frauen verschwanden aus seinem Leben, und er vermisste sie mit einer dumpfen heimwehähnlichen Sehnsucht. Er erhaschte nur noch flüchtige Blicke auf sie – gepflegt, gesund, klare Ziele vor Augen und meistens hinter einem sich eben schließenden Autofenster. John wusste, dass er zu jemandem geworden war, vor dem ihre Mütter sie gewarnt hatten. Er sehnte sich nach ihrer Gesellschaft, nach ihrer Fähigkeit, zu vergeben und Anteil am Leid anderer zu nehmen, nach ihrem Hang zu lachen und amüsiert zu sein. Er sehnte sich nach seiner Mutter, nach Nylla und sogar nach den Zwillingen aus Florida, deren Namen er vergessen hatte.

Fast alle Nobodys, die er sah, waren Männer. Frauen, dachte er, haben so viel mehr Möglichkeiten, zu ihrer Umwelt in Beziehung zu treten – Kinder, Familie, Freunde.

John beherrschte die Kunst, den Leuten in die Augen zu sehen und auf einen Blick zu erkennen, ob sie etwas von ihm wollten. Niemand schaute ihn mehr so an. Er war jedoch nicht darauf vorbereitet zu erkennen, wenn sie *ihm* etwas geben wollten. Manchmal bemerkte er, wie eine Frau ihn beobachtete, wenn er in einem Denny's von der Toilette zurück zum Tresen kam, oder in einem Supermarkt, während sie sich um quengelnde Kinder und Einkaufswagen kümmerte, die sich selbstständig gemacht hatten. Was hatten sie ihm zu bieten? Eine Mahlzeit und eine Dosis Liebe, damit er es bis zum nächsten Zwischenstopp schaffte? Frauen wurden für ihn zu Portalen zurück zu einem besseren Ort, den er offenbar immer übersehen hatte.

Fünf betrunkene Dorfjugendliche in einem Pickup raubten ihn eines Abends bei Sonnenuntergang aus, nur weil er gerade da war und sie Lust darauf hatten. Seine UPS-Uniform war mit Blutflecken übersät wie ein Rorschach-Test, und er musste sie an einer Tankstelle in den Mülleimer werfen. Von den fünfzehn Dollar, die er an Recycling-Pfandgeldern zusammengespart hatte, kaufte er sich ein runtergesetztes gelbes T-Shirt mit der Aufschrift MEIN ANDERES HEMD IST EIN PORSCHE und eine Corona-Bier-Windjacke, die es gratis zu einem Sixpack gab, das er innerhalb der Spanne eines Gewitters trank, verdaute und wieder auspisste.

Eines Nachts lernte er in Winslow, Arizona, einen halbwegs netten Typen namens Kevin kennen. Sie hatten beide die Essensreste vor dem Laden einer Exxon-Tankstelle durchstöbert. Es war kurz vor Sonnenuntergang. Ein oder zwei Sterne waren am Himmel aufgegangen. John hatte gerade eine abgelaufene Packung Würstchen gefunden, als Kevin sagte: »Ich wohne gleich um die Ecke. Wir können da essen.« Kevin wirkte einigermaßen vertrauenswürdig, und John hatte Sehnsucht nach einer einfachen Unterhaltung. Um die Wahrheit zu sagen, hatte er seit Wochen keinen tiefgründigen Gedanken mehr gehabt.

Die *Wohnung* lag unter einer von der Sonne in rostrotes Licht getauchten Brücke, die über einen ausgetrockneten Abwasserkanal führte, und war dekoriert mit nach High-School-Abschlussfeiern entstandenen Graffiti, So-und-so-war-hier-Filzstiftgeschmiere, in der Sonne zerfallenen Kondomen und einer Matratze, die derart verwanzt war, dass John sich beeilte, daran vorbeizuhuschen, als könnte er sonst von besonders sprungstarken Filzläusen angefallen werden.

»Hier. Mach mal Feuer.« Er half John, ein paar Zweige unter einer umgedrehten Chevelle-Radkappe, die mit Wasser aus dem dünnen Rinnsal am Boden des Kanals gefüllt war, zum Brennen zu bringen. Als das Wasser zu sieden begann, legte John seine abgelaufenen Würstchen hinein, und die zwei schauten ihnen ohne ein Wort beim Garwerden zu. John schrieb das erbauliche Gespräch ab.

Sie aßen die Würstchen und redeten dabei nur belangloses Zeug – vor allem darüber, wo es als Nächstes hingehen sollte, ob der andere auf dem Weg nach Osten oder nach Westen war und wie das Wetter werden würde. Keiner rückte mit seiner Vergangenheit heraus – dann war der Himmel dunkel. Kevin schlief auf der Matratze ein. John fand ein sandiges Fleckchen hoch oben in einer Ecke unter der Brücke, wo diese auf die Straße traf. Er hatte gelernt, dass es für einen Nobody nach Sonnenuntergang so gut wie nichts zu tun gab. Eingelullt von dem Geräusch der Autos, die ab und zu über ihn hinwegfuhren, schlief er ein.

Irgendwann in der Nacht durchzuckte ihn mitten im Traum ein stechender Schmerz, und als er aufwachte, stellte er fest, dass Kevin dabei war, mit einem abgebrochenen Stück Metall auf ihn einzudreschen, das einmal die hochklappbare Rückwand eines Einkaufswagens gewesen war. Kevin stieß lauter unsinnige Beschuldigungen aus: »Mir meine Würstchen klauen, ja? Einem Mann sein Essen direkt unter der Nase wegzustehlen – du bist auch nicht besser als die Autohersteller in Detroit ...«

Blut tropfte aus einem Riss über Johns Wangenknochen, und er begann zu rennen, die Straße entlang, die in eine völlig unbewohnte Ebene führte, bis er sich schließlich weit genug vom Ort des Geschehens entfernt hatte, um sich sicher zu fühlen. Er verließ die Straße und fand in einer Wüstenlandschaft eine Bodenfurche, kauerte sich hinein, hörte kleine Tiere davonhuschen und schlief wieder ein.

Am nächsten Tag aß er in Flagstaff einen weggeworfenen Hamburger zu Mittag. Das Fleisch schmeckte merkwürdig, aber er schenkte diesem Umstand keine Beachtung. Vier Stunden später, als er gerade auf einer Schotterstraße in Richtung eines Meteoritenkraters unterwegs zu sein glaubte, über den er als Kind in Manhattan während seiner Krankheit gelesen hatte, zerriss es seine Eingeweide, als hätte ihn ein Judoschlag in zwei Hälften gespalten, und er kippte um und landete in einem ausgetrockneten Graben neben der Straße. Er begann zu scheißen und zu kotzen, als versuchten alle Zellen seines Körpers verzweifelt, sich irgendwelcher Giftstoffe zu entledigen. Benommen vor Übelkeit zog er seine Hose aus, um sie nicht schmutzig zu machen, und knüllte seine noch sauberen

Sachen über sich zu einem Haufen zusammen. Er legte sich auf den Kies, und sein Körper explodierte. Am Horizont konnte er die Berge und die Plateaus sehen – und Milliarden von Hektaren. John versuchte sich eine Horde Kinder vorzustellen – alle Kinder Arizonas –, die um den Rand dieser so wilden, zerklüfteten Landschaft herumstanden, die wirkte, als sei sie eben frisch aus dem Brennofen gekommen, und malte sich, während er sich den Bauch hielt, aus, dass eines Tages Kinder in dieser Wüste spielen könnten, in diesem leeren Raum; doch er wusste, dass es nie so weit kommen würde – das Land würde sie immer irgendwie überlisten, wäre immer das entscheidende Quentchen grausamer.

Er bat die Sterne um irgendein Zeichen, aber sie blieben stumm. Dann fiel ihm wieder ein, wie er vor ein paar Monaten im Krankenhaus gelegen hatte – war es wirklich erst im Dezember gewesen? –, in der Nacht, als er die Erscheinung gehabt hatte. Er erinnerte sich, wie er Susan Colgate im Fernsehen gesehen hatte – bevor bei ihm endgültig die Lichter ausgingen – und plötzlich wurde ihm klar, dass seine Vision von Susans Gesicht eine Episode einer alten TV-Serie war, die im Fernseher an seinem Bett lief, und dass sie rein gar nichts zu bedeuten hatte. Auch seine Wanderschaft war nichts als Selbstbetrug, sein Überlebenstraining ein einziger Witz. Er kam sich vor wie in einem teuflischen *New-Yorker*-Cartoon mit dem Text: »*Ihr Gesicht gehörte nur irgendeiner Fernsehschauspielerin, an der deine Neuronen sich festgesogen hatten.*« Und hier lag er nun, erneut dem Tode nahe, nur dass es ihm diesmal einfach egal war.

Er verlor das Bewusstsein, und als er wieder erwachte – wie viel Zeit vergangen war, wusste er nicht –, fiel sein Blick auf die Milchstraße und ein paar Sternschnuppen, und er wusste, dass das Schlimmste vorbei war. Sein Körper fühlte sich allerdings an wie ein Stück Salzlakritz – völlig ausgetrocknet. Dann hörte er einen im Leerlauf tuckernden Motor und eine Frauenstimme. Die Frau hatte eine Taschenlampe in der Hand, und

sie sagte ihm, er würde wieder gesund, sie würde ihn mitnehmen. Er vergaß, dass er nackt war, und kroch den abbröckelnden Grabenrand hoch. Eine Männerstimme drohte: »Eine falsche Bewegung, du Arschloch, und ich knall dich ab.«
Die Frau sagte: »Eric, nimm das Ding runter, und gib mir die Einkaufstüte. Jeanie, hol mal die Decke, die hinter meinem Sitz liegt.« Jeanie, ein Mädchen im Teenageralter, filmte John mit einer Videokamera. »Ich heiße Beth«, sagte die Frau. »Hier ...« Sie legte ihm eine Arapaho-Decke um die Schultern und öffnete dann einen Karton Orangensaft. »Hier, trinken Sie das aus. Sie sind dehydriert.«
John stürzte den Saft hinunter und sank auf die Knie. Seine Zähne klapperten. Beth angelte seine gebündelten Sachen aus dem Graben. Er sah den Mann in einem Laster sitzen. »Eric, verdammt noch mal, hilf diesem Mann hier raus. Jetzt komm schon her.« Eric legte die Waffe weg und half Beth widerstrebend, John auf die Ladefläche des Lkws zu legen. Sie sprach über ihren Rand hinweg mit John. »Wie heißen Sie?«
Er sagte: »John.«
»John, legen Sie sich ruhig hin, in ein paar Minuten sind wir zu Hause, okay?«
John sagte: »Okay«, legte sich auf den Rücken und beobachtete das blinkende rote Aufnahmesignal von Jeanies Camcorder. Dann neigte er den Kopf zurück und sah zu den Sternen hinauf, und er begann zu weinen, weil alles umsonst gewesen war und Susans Stimme nur eine unter einer Lachkonserve begrabene Tonspur, die er zufällig in einem muffigen weißen Zimmer gehört hatte.

Kapitel Einundzwanzig

Selbst die Pünktlichkeit von Mönchen, die jeden Morgen um vier aufstehen, um Brot zu backen, war nichts gegen die Besessenheit, mit der Eugene Lindsay Tag für Tag darauf achtete, dass seine Betrugsbriefe noch vor der morgendlichen Leerung im Briefkasten landeten. Susan wurde unverzüglich mit dieser Aufgabe betraut, und selbst als sie im sechsten Monat schwanger war, ließ Eugene sie noch Kisten voll schwerer Dokumente und Papiere die Kellertreppe hoch- und runterschleppen. Susan machte das überhaupt nichts aus. Zum ersten Mal in ihrem Leben hatte sie nicht das Gefühl, als warteten unter ihrer Haut Sprungfedern unter Hochspannung darauf, hervorzubrechen. Sie fühlte sich wie im Urlaub. Und als Bonus gab es wilden Sex, bis das Baby zu groß wurde.

»Yooj, ich komme mir vor wie eine kambodschanische Bäuerin oder so was Ähnliches, wenn ich diese – was *ist* das überhaupt?« Sie warf einen Blick auf die Umschläge in dem Karton, den sie im Arm hielt – »Drucksachen an Leute in Greater Tampa, Florida, durch die Gegend wuchte. Als würde ich Junior auf einem Reisfeld zur Welt bringen und am nächsten Nachmittag wieder zum Dreschen antreten.«

Eugene, in grüne Lichtblitze gebadet wie Frankenstein, widmete sich seinem Xerox-5380-Kopierer wie ein Chirurg seinem Patienten. »He, Sonnenschein, Gott segne Florida. All diese Rentner mit nichts als Freizeit und zu vielen Radiosendern. Die geben ihre Adressen raus wie Kleingeld. Komm, wir bringen das Zeug hoch zur Haustür. Na, los!«

Als der Winter kam, wurde die Luft im Haus trockener, doch der Tagesrhythmus blieb unverändert. Im Dezember, nachdem Susan festgestellt hatte, dass sie schwanger war, verbot Eugene ihr, sich in der Nähe der Mikrowelle aufzuhalten und Alkohol zu trinken.

Frühling und Sommer kamen und gingen. Ihr Job gefiel ihr. Sie öffnete die Post, die Eugene täglich aus einem Postfach bei einem ein paar Straßen entfernten Postamt holte. In den Umschlägen steckten zerknüllte Geldscheine von abergläubischen Radiohörern, deren Namen Eugene einem alten College-Kumpel, inzwischen ein Telemarketing-Profi, abgekauft hatte – diese *Vollidioten!* Meistens waren es zwei Zwanziger und ein Zehner, aber manchmal fand Susan auch zu schmutzigen Klümpchen zerknüllte Einer und Fünfer, die vermutlich unter dem Fahrersitz des Wagens irgendeines Teenagers hervorgeklaubt worden waren. Was wollten diese Menschen? An was für einer Art kosmischer Roulettescheibe hofften sie zu drehen, indem sie auf Eugenes betrügerische Aktionen eingingen? Susan hatte ein Gefühl im Bauch, als rolle ein dicker, fetter Skistiefel darin herum. Es kam ihr vor, als sei der Flugzeugabsturz von Seneca schon ein ganzes Leben her – das Leben, das sie davor geführt hatte, eine unglaubliche Geschichte bizarrer Entgleisungen, die man ihr am Morgen nach einem schweren Besäufnis erzählte. Das Einzige, was sie tatsächlich an ihre Vergangenheit erinnerte, waren die kurzen Momente, in denen sie sich zufällig selbst im Fernsehen sah – in Wiederholungen alter Serien – sowie die Bilder, die Marilyn, inzwischen wie eines dieser Klappergestelle von der Fifth Avenue gekleidet, die Haare bei jeder Tages- und Jahreszeit zum Chignon frisiert, dabei zeigten, wie sie sich vor Gericht mit der Fluggesellschaft herumstritt.

Der Knackpunkt an diesem Prozess war, dass Susans körperliche Überreste trotz unstreitiger Beweise dafür, dass sie in der

Maschine gewesen war (ein Telefonat von einem GTE-Airfone aus und die Aussage von vier Angehörigen des Bodenpersonals), nie gefunden wurden und Marilyn als Einziger von allen Angehörigen der Opfer nicht einmal ein Fingernagel von ihrer Tochter geblieben war.

Susan stellte fest, dass Marilyn dennoch das Beste aus der Situation machte. Da sie die Gunst der Öffentlichkeit auf ihrer Seite hatte, stand zu erwarten, dass sie den Prozess gewinnen würde. Eugene pflegte Susan aufzuhetzen: »Willst du einfach bloss dasitzen, zusehen, wie sie Millionen scheffelt, und nichts tun?« Aber bei diesem Thema wurde Susan immer einsilbig, und daher bedrängte er sie nicht weiter. Susan war der Anblick ihrer Mutter auf dem Bildschirm zu fremd, zu irreal, um sich ernsthaft mit ihr zu befassen.

Das Leben in Indiana nahm seinen Lauf. Eugene wagte sich nur nach draußen, um seine Post einzuwerfen und kleinere Einkäufe zu tätigen. Susan begleitete ihn gelegentlich, aber viel glücklicher war sie, wenn sie sich mit dem erotischen Ideal ihres ganzes Lebens zu Hause einigeln und für den Familienbetrieb arbeiten konnte. Erst als sie bereits seit drei Monaten bei ihm wohnte, fiel ihr auf, dass sie nicht *ein*mal den Drang gehabt hatte zu telefonieren.

Anfang September war Susan hochschwanger und wurde langsam ungeduldig und reizbar. »Das sind die Hormone, Eugene. Die bringen mich ebenso schnell auf die Palme wie meine Mutter.« Sie sagte ihm, sie wolle eine Spritztour mit dem Wagen machen.

Eugene, der etwas unleidlich war, weil er im Keller eine streikende Klimaanlage auseinander gebaut hatte und nicht wusste, ob er in der Lage sein würde, sie hinterher wieder zusammenzusetzen, hatte keine Lust mitzufahren. Es herrschte gerade eine Hitzewelle, und der Keller war der einzige kühle Raum im Haus. Der Fußboden war mit Drähten und Schrauben übersät. Susan trat auf eine davon und verlor endgültig die Geduld.

»Ich fahr zum Drug Mart und hol mir ein bisschen Alkohol, um meine Titten zu kühlen. Es ist bestimmt lustig, mich mal wieder zu schminken und eine Perücke aufzusetzen.«
»Was, wenn …«
»Die Wehen einsetzen?«
»Äh, *ja*.«
»Ich nehm das Handy mit.«
»Dann lass mich den Wagen auftanken.«
»Den Wagen auftanken?«
Er ging um die Ecke und öffnete ein paar Schiebetüren, hinter denen mehrere 200-Liter-Fässer zum Vorschein kamen, von denen Susan bislang nichts gewusst hatte. Sie waren offenbar durch abschließbare Luken heruntergelassen worden, die sich in der Decke darüber befanden.
»Was zum Teufel ist das, Eugene?«
»Benzin. Ich habe während des Golfkriegs Panik gekriegt. Da hab ich mir einen Vorrat angelegt.«
»Bist du irre? Diese Dinger im Keller zu lagern?«
»Reg dich nicht auf. Es ist kaum noch was drin. Du hättest mal 1991 hier sein sollen. Da war es hier wie in einer Raffinerie.«
»Dieses Zeug war die ganze Zeit hier unten?«
»Ich fahr doch bloß ungefähr drei Meilen im Monat. Also: ja.«
»Darum geht es nicht, Eugene.«
»Geh und hol deine Perücke. Das Wetter setzt uns beiden zu. Ich tanke den Wagen auf.«
Susan ging nach oben, um sich zu verkleiden. An jenem Tag machte sie sich als Lee Grant in dem Film *Shampoo* zurecht, mit der silbrigen Ponyfrisur-Perücke und einem beigefarbenen Hosenanzug von Renata, den sie auf ihren zierlicheren, aber schwangeren Körper umgeschneidert hatte. Ausserdem suchte sie sich eine von Renatas zahlreichen Handtaschen aus, stopfte sie mit Schminkutensilien und anderem Krimskrams voll – ihrem »Handtaschenkleinscheiß« – und betrachtete sich im Spiegel: Schick! Schon fühlte sie sich ein bißchen besser. Sie

ging in den Carport und rief zu Eugene hinunter: »Ich fahr jetzt los, Yooj.«

»Kannst du mir Kaugummi mitbringen?«

»Kaugummi?«

»Cinnamon Dentyne.«

»Ja, mein Gebieter.«

»Autsch!«

»Was ist?«

»Dieses gottverdammte Kabel hat mir grade einen Schlag verpasst.«

»Sei vorsichtig. Ich bin in einer halben Stunde wieder da.«

Sie stieg in den Wagen, immer noch leicht verärgert. Die Sonne war fast untergegangen, aber die Hitze des Tages hatte kein bisschen nachgelassen. Doch bald könnte sie sich mit dem Alkohol abkühlen. Sie parkte beim Shoppingcenter und kaufte ein paar Dinge im Drugstore. Ihr ging alles Mögliche durch den Kopf. Sie dachte daran, dass sie in nicht allzu langer Zeit regelmäßig herfahren musste, um Pampers und Stilleinlagen zu besorgen. Einer plötzlichen Regung folgend, kaufte sie eine Flasche Bourbon im Liquor Barn nebenan und ging dann wieder zum Wagen. Sirenen heulten die Straße entlang, und ein paar Blocks entfernt hörte sie einen lauten Knall.

Sie bog um die Ecke zu ihrem Block und sah, dass der gesamte untere Teil des Hauses lichterloh brannte. Flammen brachen aus den Fenstern wie Wasser, das einen Fluss hinunterrauscht. Weitere Feuerwehrwagen tauchten auf, als seien sie vom Himmel gefallen, gerade als Susan die obere Hälfte des Hauses in die untere stürzen sah.

Es war, als spielte sich der gesamte Flugzeugabsturz noch einmal vor ihren Augen ab – die Flammen, die Verwüstung, die Atmosphäre der Unwirklichkeit. Sie schlug die Wagentür fest zu und ging zu dem Scheiterhaufen hinüber. Ein Feuerwehrmann warnte sie, sie solle Abstand halten, aber sie beachtete ihn nicht, stolperte über einen Löschschlauch und hörte, was die Feuerwehrmänner einander zubrüllten:

– »Das schnellste Feuer, das ich je erlebt hab. Von null auf hundert in zwei Sekunden.«
– »Fast, als wär's geplant gewesen.«
– »Ist da jemand drin?«
– »Das werden wir erst morgen wissen. Wenn dann noch was davon übrig ist.«
– »Eine Familie? *O Gott.*«
– »Nein. Dieser ehemalige Wetteransager – Evan Irgendwas. Aus den Achtzigern.«
– »Vor meiner Zeit.«
– »Ein komischer Kauz. Lebte allein. Hat Müll gesammelt, meinte der Nachbar.«

Die Frontfassade des Hauses sackte in die Grillmulde, die einst ihr Zuhause gewesen war. Aller Augen waren auf das Feuer gerichtet, und keiner beachtete Susan, die, während sie sich umdrehte und zurück zum Auto lief, das Gefühl hatte, in einer Art unheimlichen kosmischen Schleife gefangen zu sein, die sie dazu verdammte, dasselbe immer wieder von vorn zu erleben. Sie ließ den Motor an. Das Spektakel war schon fast vorbei – es war nicht mehr viel übrig, das verbrennen konnte. Sie fuhr los, auf der Suche nach einem Highway, irgendeinem Highway. Bitterlich weinend versetzte sie sich in ihrer Wut Ohrfeigen, bis sie blaue Flecke hatte. Sie stieß auf den Freeway und raste die Auffahrt hinauf. Sie fuhr mit Fernlicht, denn sie wusste, dass nun eine außergewöhnliche Dunkelheit um sie herrschte.

Eine Silvesternacht in den Achtzigern fiel ihr wieder ein. Sie war mit Larry in dessen Jaguar auf dem Weg zu einer Party bei Joan Collins gewesen, und dabei hatten sie sich verfahren. Sie waren schon zu spät losgekommen, und dann mussten sie auch noch tanken. Sie hatten die falsche Abfahrt genommen, und das Ende vom Lied war, dass sie sich um Mitternacht auf dem Hollywood Freeway befanden, ein Wagen unter Hunderten – Millionen – auf der ganzen Welt, die durch die Nacht

fuhren, durch all die großen Veränderungen hindurch, jene Momente, in denen eine Ära zu einer anderen wird.
Die Schminke um ihre Augen war völlig verschmiert. Sie konnte nichts mehr sehen, fuhr auf eine Tankstelle und wusch sich auf der Toilette das Gesicht. Sie fingerte in ihrer Handtasche herum und fing wieder an zu weinen, als sie zwischen all den anderen Sachen ein kleines Foto von Eugene entdeckte. Und dann fand sie den zusammengefalteten Brief, den sie an der Absturzstelle des Flugs 802 in Seneca von der Gedenkstätte mitgenommen hatte, die zu ihren Ehren errichtet worden war – Randy Montarelli, 1402 Chattanauqua Street, Eerie, Pennsylvania. Sie ging in den Tankstellenshop, der mit Rush-Hour-Kunden überfüllt war, klaute eine Landkarte, stieg wieder ins Auto und fuhr, erst in Richtung Norden und dann nach Osten, von Bloomington über Indianapolis und Akron nach Cleveland.
Ungefähr um Mitternacht erreichte sie Eerie, Pennsylvania, wo sie die Landkarte hervorzog und so lange blätterte, bis sie gefunden hatte, was sie suchte. Dann, wie sich herausstellte, etwa ein Dutzend Wehen später, hämmerte sie an die Tür von Randy Montarellis Stadthaus. Er öffnete mit einer Gurkenmaske auf dem Gesicht, während im Hintergrund eine *Matlock*-Folge plärrte, die er sich gerade auf Video anschaute. Der Geruch von Popcorn erfüllte die Luft wie heißer salziger Sirup. Mit blutunterlaufenen Augen riss Susan sich die Perücke vom Kopf. Ihre Haare waren verklebt, und ihre Gedanken überschlugen sich. Sie überquerte Randys Schwelle und ließ sich auf die Couch fallen, wo sie, noch bevor die *Matlock*-Folge zu Ende war, einen makellosen kleinen Jungen zur Welt brachte. Randys Afghanen, Camper und Willy, winselten im Gästezimmer. Randy hielt das Baby in seinen Armen, während Susan ihn anschrie, er solle die Nabelschnur durchschneiden, und er gehorchte.

Kapitel Zweiundzwanzig

»Du alte *Hexe,* hör auf, mich ändern zu wollen. Herr im Himmel, ich kann mich nicht an einen einzigen Moment in meinem Leben erinnern, in dem du nicht versucht hast, mich mit Gewalt zu etwas anderem zu machen, als ich bin.«

»Bist du jetzt *fertig,* Süße?«

Sie befanden sich zur Wahl der Miss USA Teen in Denver. Beide führten ihre Unterhaltung zwischen zusammengebissenen Zähnen, ein Lächeln auf den Lippen. Sie frühstückten im Alpine Room des Marriott. Es war Donnerstagmorgen um 7:15 Uhr während einer Einführungsveranstaltung mit »Morgengebet mit Putenwurst – Pute, die Alternative zum Schwein«. Solche Mahlzeiten gehörten zum gängigen Ablauf der Schönheitswettbewerbe. Bei dieser Gelegenheit wurden noch Spinde und Schlüssel zugeteilt. Außerdem füllte Susan einen Teilnahmebogen für eine Denver-Rundfahrt mit Fotografen und Kamerateams aus. Das dabei gedrehte Material sollte für die Leinwand zusammengeschnitten und während der Preisverleihungszeremonie am Sonntagabend gezeigt werden.

Änderungen der Essenszeiten wurden angesagt. Das Mittagessen an jenem Tag würden sie mit Mitgliedern des örtlichen Rotarier-Clubs einnehmen. »Vielleicht können wir uns ja jemanden zum Vögeln angeln«, lachte Susan.

»Susan!« Marilyn versetzte ihrer Tochter eine Ohrfeige. Susan lächelte, denn wie bei den meisten Ohrfeigen ist es der Geschlagene, der das Match gewinnt.

»Sehr stilvoll, Mom. Echt *tod*schick! Ich glaub, es gibt niemanden im ganzen Saal, der das nicht mitgekriegt hat. Da geht er hin, mein Titel der Miss Congeniality.«

»Nur Verliererinnen werden Miss Congeniality, Susan. Du solltest deine Ziele höher stecken.«

Seit dem Umzug nach Cheyenne vor ein paar Monaten, gleich nach ihrer Schönheitsoperation, war Susan richtig rebellisch geworden. Sie hatte in dieser erstaunlich ebenen und staubigen Stadt in Wyoming keine Freunde, und ihre Schulzeit war endlich vorbei, nachdem sie an einer Schule in McMinnville, deren Lehrer am Ende ihrer Kräfte und selig waren, Marilyn los zu sein, eine Durchschnitt von 3 minus bekommen hatte. Susan verbrachte ihre Tage wie die Lieblingsfrau in einem Harem: Sie lackierte sich die Zehennägel, durchsuchte den Kühlschrank nach Essbarem und verschlang alles, was sie in der Bücherei ein Stück weiter die Straße runter in die Finger bekam, erpicht, ihren Horizont zu erweitern und etwas über Wege aus der Hölle der Schönheitswettbewerbe in Erfahrung zu bringen: Contergan, die Religion der Shaker, Hexenprozesse, das Yukon Territory und Ingrid Bergman.

Auf der Fahrt von Denver nach Cheyenne stellte Susan im Kopf ein paar Berechnungen an. Sie machte die Entdeckung, dass, wenn sie alle Gewinne der letzten zehn Jahre zusammenzählte, kaum Geld, wenn überhaupt, in die Verbesserung der Lebensqualität der Familie Colgate investiert worden war. Der ganze Schotter war, wie sie annahm, gleich wieder in die Kleider, Operationen, Kosmetikbehandlungen, Stimmbildungs- und Gesangsstunden geflossen. Bis zu dieser Rechenübung auf der Fahrt hinunter nach Denver hatte Susan sich für diejenige gehalten, die die Brötchen verdiente, das unerschrockene kleine Ding, das seiner Familie die gefürchteten Sozialarbeiter vom Hals hielt und sie vor dem demütigenden Schicksal bewahrte, Burger-Werbung für Wendy's machen zu müssen. Jetzt begriff sie, dass sie, indem sie weiter an dem Misswahlen-Zirkus teilnahm, nur Öl ins Feuer ihrer eigenen Hölle goss.

Die Wahl zur Miss USA Teen war ein landesweiter Wettbewerb, dem Marilyn dennoch nicht die gleiche Bedeutung zugestand wie der Wahl zur Miss America, zur Miss Teen America – oder gar zur *Mrs.* America. Die Siegerin der Miss-USA-Teen-Ausscheidung würde einen Toyota Tercel mit Steilheck erhalten, einen Abendmantel aus Luchsimitat, 2000 Dollar als Stipendium fürs College und 3500 Dollar in bar sowie einen Vertrag mit einem Hersteller für Abendkleider.
Susan hatte den Titel der Miss Wyoming problemlos für sich entschieden, und Marilyn hatte sich aufgeführt wie eine Krähe, die ein fremdes Nest plündert, während Susan sich durch diesen drittklassigen, dilettantisch organisierten Schönheitswettbewerb flirtete. Alles, was hier geboten wurde, waren vier Autolautsprecher in einem gemieteten Saal des Gemeindezentrums (die Geräusche eines nebenan stattfindenden Basketballspiels begleiteten die Veranstaltung wie ein aus dem Takt geratenes Metronom) und eine Horde aufgebrezelter Landpomeranzen, die keine Ahnung hatten, wie man sich auf dem Laufsteg bewegt, sich schminkt, Accessoires auswählt, sich auf einer Bühne präsentiert oder auf Fragen die richtigen Antworten gibt. Die Frage, die Susan gestellt wurde, lautete: »Wenn du eine Sache an Amerika verändern dürftest, welche wäre das?« Marilyn wusste, dass es am einfachsten und nahe liegendsten wäre, über Frieden und Eintracht zu reden, doch Susan erwiderte mit einer Inbrunst, die Marilyn verdächtig erschien: »Wissen Sie, was ich verändern würde?« Pause. »Ich wünsche mir, dass wir alle unsere ewigen Streitereien beilegen würden. Ich würde die Menschen dazu bringen, einmal in Ruhe darüber zu reden, was es bedeutet, in diesem Land zu leben. Wir sollten uns an den größten Tisch der Welt setzen und uns bemühen, einen gemeinsamen Nenner zu finden – Dinge zu finden, die uns nicht trennen, sondern verbinden.«
Stürmischer Applaus.
Titel gewonnen.
Marilyn fand, dass Susan in letzter Zeit ziemlich schwierig

war – mal vorlaut, dann wieder schweigsam, mal zickig, dann wieder apathisch. Der Miss-Wyoming-Titel hatte sie, anstatt sie zu beflügeln, nur in eine finstere, pubertäre Launenhaftigkeit gestürzt, und von da an verdrehte Susan jedes Mal, wenn Marilyn etwas Geschäftliches mit ihr besprechen musste, die Augen, stöhnte genervt auf und wandte sich wieder ihrem stetig wachsenden Stapel von Büchern mit solch beunruhigend freudlosen Titeln wie *Our Bodies, Our Selves* und *Mastering Your Life* zu. Die Fahrt nach Denver war eine besondere Strapaze gewesen, was sowohl an Susans Gereiztheit als auch an einem Auffahrunfall auf der Interstate vor Colorado Springs lag, bei dem ein Trucker ums Leben kam, sechs Wagen zermalmt und Brathähnchen und Nike-Turnschuhe wie Konfetti über den Mittelstreifen verstreut wurden. Der Rest der Reise verlief in eher gedämpfter Stimmung, und als sie sich dem Hotel näherten, schien Susan irgendeinen Entschluss gefasst zu haben und wurde wieder so fröhlich, wie sie mal gewesen war, bevor – bevor *was?*

Am Abend schaute Marilyn Susan dabei zu, wie sie den Wettbewerb so gelöst wie nie zuvor absolvierte. Sie schritt einher wie ein Mailänder Mannequin und verströmte das Selbstbewusstsein eines echten Cowgirls aus Wyoming. Sie war gut, das wusste Marilyn. Wie die meisten anwesenden Mütter ließ sie mit einem Auge ihren Sprößling nicht aus dem Blick, während sie mit dem anderen die fünf nicht gerade ehrfurchtgebietenden Juroren fixierte: die Doyenne der örtlichen Model-Schule, einen DJ vom Morgenradio, eine Olympia-Turnerin aus der Disko-Ära, eine wandelnde Erektion mit Gipsbein von der städtischen Baseball-Mannschaft, und »Steffan«, einen humorlosen ortsansässigen Designer mit einem Midlife-Crisis-Pferdeschwanz. Marilyn musterte die Gesichter der Juroren, bemerkte die Schnelligkeit und Entschlossenheit, mit der sie ihre Noten in die Listen eintrugen, und wusste, dass Susan es ins Finale geschafft hatte. Hinter der Bühne, beim letzten Kostümwechsel, konnte Marilyn sich ein selbstzufriedenes

»Süße, du bist da draußen eingeschlagen wie eine Granate« nicht verkneifen.
Susan entfernte ihren Schlüssel von der Stelle, an der sie ihn wie viele andere Wettbewerbsteilnehmerinnen aufzubewahren pflegte – mit Klebeband gleich über den Schamhaaren am Bauch befestigt, damit niemand sich im Umkleideraum an ihren Kleidern und Accessoires vergreifen konnte. Sie zog mit Marilyns Hilfe das letzte Kleid an. »Du kommst nie darauf, *weshalb* ich heute so gut bin«, sagte Susan.
»Was auch immer es ist, mach einfach so weiter.«
»Bist du sicher?«
»Siege, meine Süße, siege. Nur darauf kommt es an.« Marilyn schloss Susans Reißverschluss und kontrollierte ihre Frisur. »Dreh dich um, damit ich sehe, ob noch irgendwo Fussel sind.«
Susan drehte sich, und die Lampe an der Decke blinkte: Zeit, zurück auf die Bühne zu gehen. »Was ist denn nun dein Geheimnis, Süße?«, fragte Marilyn. »Verrat es mir.«
Susan stand mit vier anderen Finalistinnen – Miss Arizona, Miss Maine, Miss Georgia und Miss West Virginia – in den Kulissen. Die Bühnenscheinwerfer schienen wie die Sonne durch einen Hain belaubter Bäume. »Der Grund ist«, sagte sie, kurz bevor der Moderator »Miss Wyoming« aufrief, »dass mir das Ganze jetzt am Arsch vorbeigeht.«
Marilyn wurde kalt ums Herz. Susan ging auf die Bühne. Angsterfüllt kehrte Marilyn zu ihrem Tisch zurück, wo eine breite Palette inzwischen betrunkener Mütter und Väter unterschiedlichster Herkunft mit beinahe kommunistischer Präzision und Begeisterung Beifall klatschte. Trish, die in jenem Sommer in Denver wohnte, war an diesem Abend auch gekommen. Sie saß auf einen 45-Dollar-Platz zu Marilyns Rechten. Sie fragte Marilyn, ob irgend etwas nicht stimme.
»Alles in Ordnung, meine Liebe. Mir geht's gut.«
Der Conférencier kündigte den Fragenteil des Abends an und forderte die fünf Finalistinnen auf, sich in die »Kabinen der

Stille« zu begeben, in Wirklichkeit eine Reihe von Sperrholzboxen, die im Blau von Wanderdrosseleiern gestrichen waren und vorn aus einer durchsichtigen Plexiglasscheibe bestanden. Drinnen plärrte Whitney Houston in einer Lautstärke, die alle anderen Geräusche übertönte – genau die Art von gestrigem Beiwerk, aufgrund dessen dieser Wettbewerb in Marilyns Augen nicht mehr als zweitklassig war.

Susan war als Vierte dran, nachdem sie zugeschaut hatte, wie Miss Maine, Miss Georgia und Miss Arizona vor ihr die Bühne betraten. Als sie ihre Kabine verließ, hörte sie das Klicken von Plexiglas auf Sperrholz. Sie stolzierte bis zu dem grünen Stück Isolierband, das auf dem Fußboden ihre Position markierte. Ihr fiel auf, dass der Conférencier ein ebenso gut aussehender Mann war wie Eugene Lindsay – *Warum werden diese Veranstaltungen nie von einer Frau moderiert? Warum muss es immer eine Art Kreuzung zwischen einem Qantas-Piloten und dem Prediger einer Pfingstgemeinde sein?* Seine Zähne, Lippen, sein Adamsapfel und sein Kinn bewegten sich in vollkommener Harmonie, und Susan hörte: »Susan Colgate: Ein UFO landet bei euch im Garten, und ein kleines grünes Männchen springt raus und sagt zu dir: ›Hallo, Erdling – bitte erzähl mir was über dein Land.‹ Was sagst du dem kleinen grünen Männchen?«

Susan dachte nach. Wieso sollte ein Außerirdischer mit dem Begriff »Land« überhaupt etwas anfangen können? Waren Länder eine universelle Idee? Gab es auf dem Beteigeuze oder dem Mars Länder? Ihr wurde bewusst, in was für einer idiotischen Lage sie sich befand. Wie oft schon hatte sie sich in ähnlich artifiziellen Situationen mit solch lächerlichen, unsinnigen Fragen herumschlagen müssen, die ebenso gut aus den Hexenprozessen von Salem hätten stammen können? Susan sah dem Conférencier in die Augen, und sie erkannte, dass er die Veranstaltung moderierte, weil er das Geld brauchte. Spielschulden? Eine Vorliebe für ausgefallene Sexualpraktiken oder das Sammeln von Keramik-Fingerhüten? Was war mit seinen

Haaren? War das eine Narbe über seinem linken Auge? O *Gott*, sie hatte diese schwachsinnige Frage noch nicht beantwortet. Das Publikum war so still. Das Licht war so hell!

Außerirdische ... Sie dachte an Comic-Aliens auf der Verpackung von gezuckerten Frühstückszerealien. Sie rief sich die Eindrücke von den Reisen zu all den Schönheitswettbewerben in Erinnerung – die Hotelzimmer und Freeways und Taxis und Wälder und Supermärkte und all die Menschen, die sie auf ihrem Weg durchs Land gesehen hatte, wie sie hin und her wuselten, sich abstrampelten und weiterliefen – hinein ins Unbekannte.

Sie antwortete: »Ich würde dem kleinen grünen Männchen sagen, dass hier alle sehr beschäftigt sind, Ken.« Marilyn befestigte die Namen der Conférenciers mit Sicherheitsnadeln an den Kleidern, bevor sie sie in den Spinden hinter der Bühne verstaute. »Ich würde ihm sagen, dass wir in den USA gern was auf die Beine stellen und dass wir stets auf der Suche nach neueren, besseren Methoden sind, das zu tun. Und *dann*, Ken« – Susan beschloss, mit dem Conférencier wie mit einem Menschen zu sprechen und nicht wie mit einem Roboter – »und dann würde ich das kleine grüne Männchen fragen, ob es mich einmal in seinem UFO mitnimmt, und ich würde sagen: ›Bring mich nach Detroit! Dort gibt es nämlich massenhaft Menschen, die gerne etwas von deinem kleinen UFO lernen würden – denn weißt du was? Diese UFOs sehen nach 'ner verdammt tollen Möglichkeit aus, Dinge schneller und besser zu machen. Und das ist unsere Natur. Dann würden wir wohl zusammen abheben und über unser großes Land hinwegfliegen. Vielleicht könnte man es sogar als Date bezeichnen. Das ist es, was ich ihm sagen würde, Ken. Das würde ich tun.«

Ihr Lächeln war klar, ihr Blick direkt, und die Menge liebte sie.

Als Nächste war Miss West Virginia dran. Sie wollte dem kleinen grünen Männchen sagen, dass die USA ein freies Land seien und wenn es damit ein Problem hätte, könne es sich gleich wieder verziehen. Diese Antwort hatte einen zu negativen Klang, und sie erntete nur schwachen Applaus. Natürlich wurde Miss West Virginia Fünfte. Miss Maine wurde vierte, Miss Georgia zweite, und dann: »Für den Fall, dass Miss USA Teen nicht in der Lage ist, ihren Pflichten nachzukommen, wird die Zweitplatzierte diese übernehmen. Zweite ist Karissa Palewski, Miss Arizona, und damit ist Susan Colgate die *neue* Miss USA Teen!«

Ein Sturm von Küssen, Blitzlichtern und Rosen. Eine Schärpe. Ein Zepter. Die vorige Miss USA Teen, Miss Dawnelle Hunter, ehemalige Miss Florida USA Teen, trat mit einem Platin-Diadem vor die Kulissen, das sie auf Susans Haare setzte und feststeckte. Von allen Seiten wurde geklatscht, und durch ein sanftes Kitzeln im Kreuz signalisierte ihr Ken, sie solle nach vorn an den Bühnenrand gehen, wo sie die kürzeste aller Dankesreden hielt.

Marilyn saß wie elektrisiert an ihrem Tisch. Die Zweit- bis Fünftplatzierten, oder, wie Marilyn zu sagen pflegte, »die Verliererinnen«, bildeten einen glitzernden Hintergrund für Susan.

Die Beifallsstürme im Zuschauerraum legten sich.

Alles war still.

Susan fragte sich, wie sie aufrichtig sein sollte, ohne jemanden zu verletzen. Sie sagte: »Ich danke Ihnen allen. Vielen Dank. Wie wir wissen, ist dies ein wichtiger Wettbewerb, und dass ich ihn gewonnen habe, bedeutet mir sehr viel.« An dieser Stelle machte sie eine Pause und suchte nach Worten. »Und ich glaube, eine der Eigenschaften, die wir an einer jeden Miss USA Teen am meisten schätzen, ist Aufrichtigkeit. Daher ist es nur fair, wenn ich jetzt ehrlich zu Ihnen bin.« Sie sah Marilyn an und wartete noch ein paar Sekunden, um ihren Worten Nachdruck zu verleihen. »Die Wahrheit ist, dass ich meine Nase momentan sehr viel in Bücher stecke – ich habe die High-School mit der Durchschnittsnote 3 minus abgeschlossen, und ich *weiß,* dass ich mehr kann – ich denke sogar daran, mich auf einen Platz am College zu bewerben. Ich werde einfach nicht die Zeit haben, meinen Pflichten als Miss USA Teen nachzukommen. Dieser Rolle wirklich gerecht zu werden ist ein Fulltimejob, und den sollte ein Mädchen machen, das sich ihm tausendprozentig widmen kann.« Langsam kam Susan in Fahrt. »Erst mein Sieg hat mir vor Augen geführt, welchen Stellenwert die Rolle der Miss USA Teen hat. Und so reiche ich im Namen der Aufrichtigkeit und der Fairness, mit klarem Kopf und glücklichem Herzen, die Krone weiter an Karissa Palewski, Miss Arizona Teen, ab jetzt Miss USA Teen. Karissa?« Sie drehte sich um und winkte Karissa zu sich, die, eben noch von Verliererhormonen überschwemmt, nicht gleich begriff, was ihr da beschert wurde. »Bitte komm nach vorn, damit ich dir meine Krone übergeben kann.« Die Tontechniker brachten ziemlich stümperhaft Vivaldis *Vier Jahreszeiten* zum Erklingen.

Marilyns schmerzerfülltes »Nein!« wurde von Applaus übertönt, während Ken, der Conférencier, mit den Schultern zuckte und Karissa zwecks Transfer von Diadem, Schärpe, Zepter und Rosen zu Susan eskortierte. Geschafft. Susan hüpfte leichtfüßig von der Bühne und sagte zu Marilyn: »Tut mir Leid, Mom, aber hiermit breche ich aus dem Knast aus. Ich bin nicht mehr deine Gefangene.« Sie verließ den Bankettsaal, während eine verwirrte Trish, die sich zu Recht vor Marilyns Zorn fürchtete, hinter ihr herstürzte.

Eine Woche verging. Susan war unterdessen bei Trishs Tante untergetaucht.

Marilyn und Don waren zurück in Cheyenne, wo Don Susan regelmäßig von einer Telefonzelle aus anrief, um zu verhindern, dass seine Gespräche mit Denver auf der monatlichen Telefonrechnung auftauchten. »Ich muss dir sagen, Sue, deine Mutter ist diesmal so in Rage wie ein Glas Hornissen.«

Susan sah vor ihrem inneren Auge, wie Don in einer Telefonzelle neben einem Schuhladen mit einer Rolle Vierteldollarmünzen herumhantierte. Sie sagte: »Weißt du, Don – was willst du *anderes* erwarten? Ich meine, du bist mit ihr verheiratet, und ich bin ihre Tochter. Wir wissen doch beide genau, woran wir mit ihr sind, und ich kann sie einfach nicht mehr ertragen. Ich bin jetzt mit der High-School fertig. Willst du wirklich, dass ich Woche für Woche zu Hause herumhänge und nichts tue, außer mich in Moms Liebe zu sonnen?« An Dons Ende der Leitung war es still, und eine Registrierkasse machte im Hintergrund »Katsching«. »Hab ich mir gedacht. Im Moment bin ich bei Trish, und ich bin hier ziemlich gut aufgehoben. Ich habe einen Job – Teig kneten bei Pizza Slut. Das ist ein Anfang.«

»Tja, Sue, das hört sich doch ganz gut an.« Don besaß keine Initiative, betrachtete jedoch jede Spur davon bei anderen als gutes Zeichen. »Was gibt's sonst noch Neues da unten? Ich hatte früher mal einen Bruder in Denver. Jetzt lebt er in Deutschland, in den Patches Barracks bei Stuttgart.«

Susan sagte: »Ich hänge mit Trish im Y am Pool rum. Sie beschäftigt sich jetzt mit Numerologie. Sie will sich in Zukunft Dreama nennen.« Sie konnte spüren, wie auf der Stelle sämtliche Fasern in Dons Körper vor Langeweile erschlafften. »Viel mehr gibt's nicht zu berichten, glaub ich.«

»Da hat so ein Typ angerufen. Aus Los Angeles. Ein Agent. Er heißt Mortimer. Larry Mortimer. Er sagt, du sollst ihn anrufen. Er hat in der Zeitung gelesen, wie du die Misswahl geschmissen hast.« Susan notierte die Nummer, und dann tauschten sie und Don höfliche Abschiedsworte, beide erleichtert, die Frage, was zu tun sei, um Marilyn zu beruhigen, auf ein anderes Telefonat, einen anderen Tag verschieben zu können.

Ein paar Stunden später ließen Susan und Trish, bewaffnet mit gefälschten Personalausweisen und dem Honda Civic von Trishs Tante, in Bierkneipen und hippen Bars die Sau raus und setzten dabei mit der ganzen Leidenschaft und Verzweiflung der Jugend Wogen zuckriger Energie frei. Nachdem sie noch weitere zwei Wochen gefeiert hatten, schlug Trishs Tan-

te Barb vor, die beiden Mädchen sollten sie auf einer Autofahrt nach Los Angeles begleiten. Sie könnten sich beim Fahren ablösen.
Und so machten sie sich auf den Weg, und erneut ließ Susan die Landschaft des Landes auf sich wirken – feindselig, kalt und prächtig, öde und leuchtend. Sie kamen bei Sonnenuntergang in Los Angeles an und erreichten, als der Vollmond über dem Pazifik aufging, Rancho Palos Verdes an der Küste. Sie trafen gerade rechtzeitig zum Abendessen – Sloppy Joes – bei Barbs Freundin ein, und von dort aus konnten sie in der Ferne die funkelnden Lichter von Avalon drüben auf der Insel Santa Catalina sehen. Das Essen war fast fertig, und Erwachsene wie Teenager wuselten umher. Susan fand ein ruhiges Arbeitszimmer und wählte Larry Mortimers Nummer. Eine Sekretärin nahm ab, und ein paar Atemzüge später war Larry dran. »Susan Colgate? Du bist eine sehr mutige Frau – bei einer Misswahl so einen Abgang zu machen!«
Susan schmeichelte es, als Frau bezeichnet zu werden. »Das war kein Abgang, Larry. Ich habe – na ja – es ging nicht anders. Machen Sie mal hundert Schönheitswettbewerbe mit, und dann schreiben Sie mir eine Postkarte. Wir hätten uns bestimmt eine Menge zu erzählen.«
»Du bist ganz schön helle. Das könntest du dir wirklich zunutze machen.«
»Ich bin schon froh, dass mir meine Mutter nicht mehr im Nacken sitzt.«
»Hast du schon mal geschauspielert?«
»Waren Sie schon mal mit Krämpfen auf einem Schönheitswettbewerb? Oder mit der Grippe?«
»Eins zu null für dich. Wie alt bist du?«
»Mit der High-School bin ich fertig, falls Sie das meinen.«
»Nein, ich meinte …«
»Mit Baskenmütze und Kilt sehe ich aus wie vierzehn. Mit Make-up, ungünstigem Licht und zwei Bier intus gehe ich für dreißig durch. Mit Leichtigkeit.«

»Was war die lächerlichste Misswahl, an der du je teilgenommen hast?«
»Vor drei Jahren war ich Miss Nuclear Energy. Über meinem Kopf schwebte so eine kleine elektrische Krone in Form eines Atoms. Die war eigentlich ganz hübsch. Aber die Veranstaltung war das Letzte. Sie wurde nicht von Frauen, sondern von Männern organisiert, und das Einzige, was die bis dahin auf die Beine gestellt hatten, war eine Truthahn-Tombola zu Thanksgiving. Das Ganze war so – geschmacklos. Statt Schärpen bekamen wir Namensschilder.«
»Wir sollten uns mal treffen.«
Susans Magen machte einen Satz wie auf dem ersten und höchsten Scheitelpunkt einer Achterbahn. Sie war aufgeregt. Das hatte sie nicht erwartet. »Wozu?«
Barb kam an die Tür, um Susan zu sagen, dass die Sloppy Joes fertig waren.
»Du könntest es wirklich weit bringen«, sagte Larry.
»Wie weit?«
»Film. Fernsehen.«
»Sei still, mein Herz.«
»Komm in die Stadt. Morgen.«
»Morgen fahren wir nach Disneyland.«
»Dann übermorgen.«
Susan hatte das Gefühl, als sei er nur ein weiterer Conférencier, der sie auf irgendeine Bühne rief, wo sie erneut auf dem Prüfstand stehen würde. Nach ein paar Wochen ohne die Zwänge der Schönheitskonkurrenzen spürte sie, wie sie wieder unter Druck gesetzt wurde, und das war ihr unheimlich. Trish, die inzwischen nur noch auf »Dreama« reagierte, rief Susan zu Tisch. »Abendessen, Larry. Ich muss Schluss machen.«
»Was gibt es denn?«
»Sloppy Joes.«
»Ich liebe Sloppy Joes.«
»Ich krieg davon Zellulitis.«

»Zellulitis? Du bist doch noch ein Kind!«
»Ich bin siebzehn.«
»*Uuh.* Ich lass dich dann mal.«
Sie schwiegen.
Larry fragte sie: »Treffen wir uns?«
»Wie sehen Sie aus?«, fragte Susan.
»In einem Film wäre ich ein Seemann im alten Stil, mit Sonnenbrand und Seesack, der gerade in einem Zopfpullover an Land geht.«
Zwei Tage später trafen Susan, Dreama und Barb Larry in einem Straßencafé, in dem die Tischwäsche, das Geschirr und die Blumen weiß waren und der Service so gut, dass sie ihn gar nicht bemerkten. Larry kam zu spät, und als Susan ihn zum Tisch hetzen sah, schlug ihr Herz ein Rad. Larry war schon älter, hatte gelockte Haare, eine schroffe Art und war durch eine wunderbare Laune des Schicksals ein Klon von Eugene Lindsay, dem augenzwinkernden Preisrichter.
Susan begann zu träumen. Sie hoffte, Larrys Atem würde nach Scotch riechen. Ihr wurde klar, dass Larry sie entjungfern würde, und eine Woge sexueller Energie und Nervosität, die an Elektrostatik grenzte, überkam sie. Ihre Blicke trafen sich, als er näher kam, und indem er ihr zuzwinkerte, besiegelte er ihr gemeinsames Schicksal.
»Ich bin spät dran«, sagte er.
»Sie kommen gerade rechtzeitig«, sagte sie. Sie konnten die Augen nicht voneinander lösen und gaben sich einen Pulsschlag zu lange die Hand. »Larry, das hier sind meine Freundin Dreama und ihre Tante Barb.« Alle begrüßten sich mit Handschlag, und Barb taxierte Larry auf eine gleichermaßen peinliche wie belustigende Art, ganz offenkundig abschätzend, wie vermögend er war.
Das Essen verlief wie im Nebel. Hinterher entführte Larry Susan unter dem Vorwand, es stünden Probeaufnahmen für eine neue Fernsehserie an. Sobald sie in seinem Jaguar saßen und Tante Barb und Dreama außer Sichtweite waren, gestand

er ihr, dass die Probeaufnahmen in Wirklichkeit erst für den *nächsten* Tag geplant waren. Dann richtete er den Blick unschuldig gen Himmel. Susan ließ sich davon nicht beeindrucken. Sie sagte ihm, dass sie sich so etwas schon gedacht habe. *O Gott*, schoss es ihr durch den Kopf, *was bin ich für ein abgebrühtes Miststück, und dabei bin ich erst siebzehn. Das hat Mom mir angetan. Sie hat mich zu – sich gemacht.*

Larry fragte: »Was glaubst du, wo wir jetzt hinfahren?«

Rückblickend fand Susan es Jahre später empörend, dass Barb sie derart bereitwillig einem stadtbekannten Aufreißer überlassen hatte.

Später am Abend, als Susan und Larry sich in Larrys Bett bis zur Erschöpfung ausgetobt hatten, kicherten sie über die Taktlosigkeit, mit der Tante Barb Larry gemustert hatte, dann riefen sie Barb an, und Larry sagte: »Barb? Hier ist Larry Mortimer. Es ist furchtbar spät geworden. Wir sind noch gar nicht zum Vorsprechen gekommen. Die Probeaufnahmen wurden durch einen Streik verzögert. Der Termin ist auf morgen verschoben. In einer Stunde sind wir bei Ihnen im Hotel. Hier. Susan möchte Sie noch sprechen.« Er reichte Susan über das Bettzeug hinweg den Hörer.

»Barb? War das Essen heute nicht *traumhaft?*«

Als Susan am nächsten Tag tatsächlich am Casting teilnahm, lernte sie eine der wichtigsten Lektionen ihres bisherigen Lebens, und die lautete: Je weniger man sich etwas wünscht, desto wahrscheinlicher ist es, dass man es bekommt. Als sie ihren allerersten Satz sagte: »Dad, ich glaube, mit Mom stimmt etwas nicht«, verschmolz die Figur der Katie Bloom, zwei Jahre jünger als sie, mit Susan Colgates Seele, und von 1987 an sollten die Zuschauer und Susan selbst Jahrzehnte damit verbringen, die beiden wieder auseinander zu dividieren. Katie Bloom war das mit großem Abstand jüngste von vier Kindern. Ihre drei TV-Geschwister wurden von drei bekannteren Fernsehdarstellern gespielt, denen der Sprung zum Film offenbar nicht gelingen wollte und die sich über jede

Andeutung, die *Blooms* seien ja »nur Fernsehen«, wahnsinnig aufregten. Abseits der Kameras waren die drei Susan gegenüber überheblich und reserviert. Auf dem Bildschirm jedoch zählten sie darauf, dass ihre aufgeweckte kleine Schwester Susan eine naive Klarheit in ihre Probleme brachte, die im Laufe der Jahre geradezu uferlos wurden.

Als Susan sich als der eigentliche Star der Serie herausstellte, brach unter ihren Kollegen eine offene Meuterei aus. Anfangs glaubte sie, die Kälte, die sie ihr gegenüber an den Tag legten, entspringe der Not gequälter Schauspielerseelen. Dann wurde ihr klar, dass es im Grunde nichts als Bitterkeit war, womit sie um einiges besser umgehen konnte. Viel schwieriger zu bewältigen war die Sache, dass Marilyn sich weiterhin in ihr Leben einmischte. Aus Versicherungsgründen musste Susan bei einem Familienmitglied in der Nähe des Studios wohnen. Der Glanz des Fernsehruhms überstrahlte bald den Kummer über verlorene Misswahlen. Marilyn und Don mieteten das obere Stockwerk eines erschreckend gesichtslosen Pseudo-Hacienda-Etwas im tiefsten Encino. Susan wählte den einfacheren Weg und bezog Larrys Zweitwohnung in Westwood. Auf diese Weise wurde Marilyns Präsenz auf eine reine Formsache für die Buchführung minimiert.

Larry war wie alle Misswahl-Juroren der Welt stämmig, besonnen und braun gebrannt. Er wusste, wie die Ampeln am Sunset Boulevard geschaltet waren, und stellte, wenn er mit seinem Porsche unterwegs war, seine Fahrweise darauf ein. Er ließ einen Autor feuern, der Susan einen leeren Pez-Spender genannt hatte. Er achtete darauf, dass sie nur das Beste zu cssen bekam und in ihrer Wohnung in der Kelton Street stets einen Vorrat an frischen Nudeln, reifen Papayas und Mineralwasser hatte, worum sich ein Hausmädchen kümmerte, das dreimal pro Woche kam. Er sang Susan mit »Goodnight, Irene« in den Schlaf, und dann, nachdem er einen Abstecher nach Hause gemacht hatte, um mit seiner Frau Jenna zu schlafen, ging er am nächsten Tag zur Arbeit

und sorgte dafür, dass Susan jede Menge Film- und Fernsehangebote bekam.
Wenn sie überhaupt über ihre neue Situation nachdachte, dann tat sie es mit der unschuldigen Undankbarkeit ganz junger Menschen. Der Verlauf ihres Lebens war vorbestimmt und unausweichlich. Warum zwölf Jahre lang eine Aufziehpuppe sein, wenn nicht, um Fernsehstar zu werden? Warum *nicht* den eigenen Körper verändern? Körper waren dazu *gedacht*, auf Fotos gut auszusehen. Mütter? Die waren dazu geschaffen, tasmanische Teufel zu sein – ein Grund mehr, sie in Encino wegzusperren.
Jeden Abend schluckte sie zwei weiße Pillen, um besser schlafen zu können. Morgens nahm sie zwei orangefarbene Pillen gegen den Hunger. Sie fand es wunderbar, dass das Leben sich so leicht kontrollieren ließ. Falls man ihr ein Mitspracherecht zugestand, würde sie dafür sorgen, dass auch der Rest ihres Lebens derart reibungslos und wie auf Knopfdruck funktionierte. Wenn sie morgens aufwachte, konnte sie sich nicht an ihre Träume erinnern.

Kapitel Dreiundzwanzig

John, Vanessa und Ryan waren auf dem Weg von Vanessa zu Randy Montarelli draußen im Valley. Alle drei hatten sich auf die Vorderbank gequetscht, Vanessa in der Mitte. John war verschwitzt. Er zog eine Packung Zigaretten aus der Seitentasche der Wagentür und zündete sich eine an.

»Du rauchst?«, fragte Vanessa. Sie sah ihn mit ernstem und undurchdringlichem Gesicht an.

»Ab sofort hab ich wieder angefangen. Ich mache mir Sorgen um Susan. Ich kann einfach nicht abschalten.«

Im Valley angekommen, fuhr John den Chrysler auf eine ARCO-Tankstelle zum Tanken und Kaugummi kaufen. Er ging zur Kasse, um zu bezahlen, und als er zum Wagen zurückkam, saßen Ryan und Vanessa kichernd wie turtelnde Kaninchen auf dem Vordersitz.

»Ihr zwei.«

»Wir sind jung und verliebt, John Johnson«, frotzelte Vanessa.

»Menschen wie du waren nie jung, Vanessa. Menschen wie du werden mit zweiundsiebzig geboren. Sie sind schon als zartes rosa Baby Gesundheitsminister.«

Als sie sich durch den ziehharmonikaartig zusammengepressten Verkehr auf dem Ventura Boulevard schoben, fragte John: »Und, wollt ihr beiden Irren heiraten?«

»Auf jeden Fall«, sagte Ryan. »Wir haben sogar schon die Flitterwochen geplant.«

John dachte über dieses junge Pärchen nach, mit dem er hier

durch die Stadt fuhr. Im einen Moment waren sie wie balgende junge Hunde, im nächsten wie Captain Kirk und Spock aus *StarTrek*. Beide schienen ganz versessen darauf, neue Universen zu entdecken. John fand, dass sie in gewisser Weise das Gegenteil von Ivan und Nylla waren, die seiner Ansicht nach geheiratet hatten, um das Universum zu etwas Kleinerem zu verdichten, das besser zu bewältigen war.
»Wo macht ihr zwei Clowns denn eure Hochzeitsreise hin – in die Kongressbibliothek?«
»Sehr witzig, John«, erwiderte Ryan. »Wir fahren nach Prince Edward Island.«
»Hä? Wo ist denn das – England?« John fuhr zermürbend langsam, um einen Fahrer, der an seiner Stoßstange klebte, zu ärgern.
»Nein«, sagte Vanessa. »In Kanada. An der Ostküste – nördlich von Nova Scotia. Es hat ungefähr drei Einwohner.«
»Wir werden Kartoffeln ausgraben.«
John schlug sich mit der Hand vor die Stirn. »Ich trau mich gar nicht zu fragen …«
»Da gibt's«, sagte Ryan, »diesen sogenannten Tabakmosaikvirus. Das ist ein harmloser kleiner Virus, der im Kartoffelbestand von Prince Edward Island schlummert und kaum etwas anrichtet.«
»Aber«, sagte Vanessa, »er ist hoch ansteckend, und wenn er mit Tabakpflanzen in Berührung kommt, verwandelt er sie praktisch in Matsch. Daher werden wir einen Van mieten, ihn mit infizierten Kartoffeln voll laden und dann runter nach Virginia und Kentucky fahren und sie auf die Tabakfelder werfen.«
»Wir werden Big Tobacco ruinieren«, sagte Ryan.
»Wie romantisch«, sagte John, »aber da melden sich meine Lodge-Pestizid-Gene.«
»Vanessas Dad ist an einem Lungen-Emphysem gestorben.«
»Du brauchst mich nicht gleich als Waisenkind aus einem Dickens-Roman darzustellen, Ryan, aber Dad hat sich tatsächlich buchstäblich die Lunge aus dem Leib gehustet.«

»Vanessa richtet mit der Information, die sie findet, gerne Chaos an«, sagte Ryan stolz.

»Weißt du was, Ryan? Es fällt mir nicht schwer, das zu glauben. Aber ich werde mir trotzdem noch eine Zigarette anzünden. Tut mir Leid, Vanessa, aber ich krieg hier einfach zu viel.«

Ryan brüllte: »He – das ist die Straße, in der Randy Montarelli wohnt«, und John bog in eine grüne vorstädtische Avenue ein. Der Wagen hinter ihm brauste wütend vorbei. Randys mit Holzschindeln verkleidetes Haus war blassblau, und die großen Zypressen, die davor Wache standen, wurden von buntem Flutlicht angestrahlt.

»So«, sagte Ryan, während sie auf der gegenüberliegenden Straßenseite parkten und zum Haus hinüberspähten. »Wir sind da.«

»In der Tat«, sagte John. Es war ein Moment der Ruhe, wie im Urlaub, nachdem man den ganzen Tag im Flugzeug gesessen, sich durch Taxis und Menschenmassen gequält hat, dann im Hotelzimmer ankommt, die Tür zumacht und erst mal Luft holt. Was als Nächstes kam, stand in den Sternen, und John stellte fest, dass er sich kaum Gedanken über diesen Augenblick gemacht hatte. Er bekam leichte Panik.

»Ich hab grade gesehen, wie sich hinter einem Fenster jemand bewegt hat«, sagte Ryan.

»Wir gehen da jetzt hin«, sagte John.

»Ryan – «, sagte Vanessa. »Vielleicht sollten wir hier warten. Vielleicht sollte John das alleine machen.«

»Nein. Kommt, ihr zwei – ich brauche euch.«

Wie unschuldige Kinder, die an Halloween Süßigkeiten sammeln, gingen sie zur Haustür. Drinnen hörten sie das Plärren eines Fernsehers, das Trampeln von Füßen auf einem nackten Fußboden und das Geräusch einer Tür, die sich schloss. John klingelte, bevor er es sich anders überlegen konnte. Drinnen verstummten alle Geräusche. Vanessa klingelte erneut, dreimal schnell hintereinander. Eine Minute verging, und immer noch passierte nichts. Ryan fasste den Türknopf an. Es war offen.

»Mach die verdammte Tür zu, Ryan«, sagte John.
»Ich wollt doch nur mal probieren.«
»Halloooo ... ?«, rief Vanessa durch den Türspalt.
»O Mann«, sagte John.
»Was bist du bloß für ein Feigling, John.« Vanessa gurrte ins Haus: »Hallo – wir sind von der Unesco.«
Ryan drehte sich zu Vanessa um: *»Unesco?«*
»Was Besseres ist mir nicht eingefallen.«
»Klar«, erwiderte John, »sag doch einfach, du bist Audrey Hepburn und schenkst ihnen einen Klumpen Schweizer Erde, wenn sie fünf Dollar spenden.«
Im Flur ertönte ein Poltern, als würde jemand über einen kleinen Kofferstapel stolpern. Ein Mann erschien, blass wie Linguine, bekleidet mit einem schwarzen Catsuit. Ein Handy schlenkerte in seiner rechten Hand.
»Schau an, die Twen Police. Ich bin Randy. Sie sind John Johnson, nicht wahr? Was machen *Sie* hier?«
»Dürfen wir vielleicht reinkommen?«, fragte John.
»Nein, das – *geht nicht*. Ich meine, ich weiß, dass Sie reich und berühmt sind, aber ich kenne Sie nicht persönlich. Und diese beiden hier schon gar nicht.«
»Ich bin Ryan.
»Und ich Vanessa.«
»Tut mir Leid, aber es geht trotzdem nicht.«
»Schon gut«, sagte John. »Wir sind auf der Suche nach Susan Colgate.«
Randy zuckte mit keiner Wimper. »Und warum erzählen Sie das gerade mir?«
»Sie sind doch Randy Montarelli?«
»Das war ich.«
»Dann sind Sie auch Randy ›Hexum‹?«
»Ja, aber was wollen Sie? Es ist ein freies Land. Seinen Namen zu ändern ist nicht verboten. Sie wissen also etwas über meine Vergangenheit. Glauben Sie nicht, dass mir das Angst macht.«
»Wir sind nicht hier, um Ihnen Angst zu machen«, sagte John.

»Na gut, aber wie kommen Sie dann darauf, ich hätte etwas mit Susan Colgate zu tun? Haben Sie überhaupt eine Ahnung, wie bizarr es ist, dass Sie um drei bei mir vor der Tür stehen und nach irgendeiner abgehalfterten Soap-Darstellerin fragen? Ich kann jetzt schon merken, wie meine Seele nach diesem Auftritt hier nach einer Therapie verlangt.«

»Sie wollen also sagen, dass Sie sie nicht kennen«, sagte John.

»Das hab ich nicht gesagt.«

»Kennen Sie sie denn?«

»Wir sind uns mal begegnet.«

»Und?«

»Ich habe vor ein paar Jahren, als ich nach L.A. kam, für Chris Thraice gearbeitet. Soweit ich weiß, sind Susan und er noch befreundet, aber ich glaube nicht, dass sie je viel miteinander geredet haben.« Randy fügte hinzu: »He, Leute, ich habe eine Idee. Ich sage den Bullen nicht, dass ihr hier wart, wenn ihr ihnen auch nichts davon sagt.«

»Abgemacht«, sagte John.

Randys Gesichtsausdruck veränderte sich wie eine stille Wasseroberfläche, die von einer Brise gestreift wird. »Warten Sie mal … « Er sah John mit einem Ausdruck von Gerissenheit an. »Vielleicht gibt es etwas, das Sie unbedingt wissen – etwas, das Sie haben sollten.« John, Ryan und Vanessa tauschten verschwörerische Blicke. »Moment«, sagte er und ging den Flur entlang, kickte ein Gepäckstück aus dem Weg und betrat ein Zimmer. Eine Minute später kehrte er mit einem versiegelten Briefumschlag zurück und hielt ihn John unter die Nase. »Ich hoffe, es geht Ihnen inzwischen wieder besser«, sagte er zu John.

»Was stimmte denn nicht mit mir?« John war verblüfft.

»Na ja«, sagte Randy, »ich hab neulich gehört, Sie hätten ein Jeep-Syndrom.«

»O je«, sagte John. »Das ist eins von diesen verdammten Internet-Gerüchten. Wer setzt so was bloß in Umlauf?«

»Was ist ein Jeep-Syndrom?«, fragte Ryan.

Vanessa sagte: »Das ist, wenn sich über dem Anus ein eingewachsener Haarfollikel entzündet und dadurch eine massive Ansammlung von Eiter entsteht, die operativ oder durch eine Drainage entfernt werden muss. Der prominenteste Jeep-Syndrom-Patient war der englische Popstar Roddy Llewellyn, der früher mal was mit Prinzessin Margaret hatte.«

»Mussten wir das *wirklich* wissen?«, fragte John.

»Ryan hat schließlich gefragt. Und außerdem ist mir dieses Gerücht auch zu Ohren gekommen. Darum hab ich nachgeschaut.«

Randy reichte John den Umschlag. »Das dürfte Sie eigentlich interessieren.« Er schloss die Tür.

Eine Minute später saßen sie wieder im Auto. John war aufgebracht. Er war wütend, dass er sich für das Treffen keine bessere Strategie zurechtgelegt hatte. »Scheiße, dieser Typ macht sich aus dem Staub, und dabei ist er unser einziger Anhaltspunkt. Woher weiß ich denn, dass er nicht *Susan* in diesen Koffern hat? Ryan, mach den Umschlag auf. Was ist drin?«

»Ein Drehbuch: ›Scratch 'n' Win‹ von Randy Hexum.«

»So'n Mist – ein Drehbuch.« Er schlug mit der flachen Hand aufs Lenkrad.

Vanessa sagte: »Ich hab noch eine Idee«, aber genau in dem Moment rammte Ryan ein Auto, das genauso aussah wie Johns – gleiche Farbe, gleicher Jahrgang – und ihr Wagen schob sich auf den anderen wie ein brünftiges Tier. »Oh, *wow*«, sagte eine Surfgöre, die mit einem Freund an der Ecke herumlungerte, »zwei schwule Chrysler beim Ficken.«

Kapitel Vierundzwanzig

1986 wäre Susan eines Nachts auf einer Party bei Larry Mortimer um ein Haar John Johnson vorgestellt worden. Larry war eifrig bemüht, Susan herumzureichen und Kontakte zu so vielen Leuten wie möglich herzustellen. *Meet the Blooms* lief mit großem Erfolg im Fernsehen, und von all den »It Girls« der Achtziger war Susan dasjenige, das bei den TV-Sendern am begehrtesten war.

Aus irgendeinem Grund war auf der Party auch eine Giraffe. Susan hörte jemanden fragen, warum, und jemand anders antwortete, dass damit Werbung für eine viel zu teuer produzierte Schimpansen-Komödie gemacht werden sollte, die an jenem Wochenende in 1420 Kinos in ganz Nordamerika gefloppt war. Susan stand mit Leuten von Johnny Carsons Produktionsfirma zusammen. Da bemerkte sie John, der sich mit einer ordinären Disney-Tussi – Alice? – mit einem Mund wie eine Kloschüssel über einen Oxford-Dozenten und eine Kahnfahrt unterhielt – und fand ihn als Mann nicht uninteressant, vor allem, wenn sie sich vorstellte, dass er noch ein paar Jahre … *reifer* wäre. Sie wollte Larry gerade bitten, sie einander vorzustellen, als eine Frau zu ihrer Rechten sagte: »Hal*lo*, Susan Colgate.«

Susan drehte sich um, und den gerahmten Fotos auf Larrys Schreibtisch nach zu urteilen stand sie vor seiner Frau, Jenna Mortimer, hübsch, mit Haaren wie gesponnenes schwarzes Glas und einem Puppengesicht. Sie trug ein schwarzes Chiffon-Abendkleid mit den Footballspieler-Schulterpolstern jener

Zeit. Dieser Look, kombiniert mit blitzenden Zähnen, verlieh ihr eine irgendwie aggressive Ausstrahlung.

»Hallo ... Jenna ... Mrs. Mortimer. Guten Abend.«

»Ich freue mich, dich endlich kennen zu lernen, Susan.«

»Oh ... Ich mich auch. Wie konnte es kommen, dass wir einander immer noch nicht vorgestellt worden sind. Hätte Larry das nicht mindestens vor einer Stunde schon tun müssen?«

»Bescheuert, was?«, sagte Jenna. »Larry kann so unaufmerksam sein. Typisch für diese Branche.«

»Larry spricht ständig von Ihnen.«

»Das glaub ich gern.« Sie deutete auf das Büffet. »Hast du schon was gegessen?« Sie ließ sie deutlich spüren, dass sie hier die Gastgeberin war. Susan entfuhr in ihrem Übereifer, wie ein dankbarer Gast zu klingen, die idiotische Lüge: »Ja, ein bisschen Käse.«

»Aber ich serviere doch heute Abend gar keinen Käse.«

Susan wurde nervös.

»Ist deine Mutter auch hier?«, fragte Jenna, die sehr wohl wusste, dass Susan in Larrys Haus in der Kelton Street wohnte. Marilyn jedoch klapperte genau in dem Moment die Straßen von Encino auf der Suche nach Dons Wagen ab, in der Hoffnung, Don mit irgendeiner Schlampe in einer Bar zu erwischen, obwohl sie wusste, dass sie ihn mit viel größerer Wahrscheinlichkeit bloß vor einer Flasche finden würde, was fast schlimmer war.

»Nein. Das ist eine wunderbare Party. Sehr gelungen.« Susan kam sich ziemlich erwachsen vor, als sie die Worte »sehr gelungen« benutzte. Sie glaubte, reiche Leute redeten so.

Jenna schaute sich um. »Ja, nicht wahr?«

»Und die Giraffe!«

»Die *Giraffe* hat gerade den preisgekrönten Kaiserin-Keiko-Persimonenbaum unserer Nachbarn aufgefressen. Wir werden morgen ein Heidengeld dafür zahlen müssen.« Sie musterte Susan von oben bis unten. »Durchsichtige Schuhe und transparente Strumpfhose – verlängert die Beine, hm?«

»Ein alter Zirkustrick. Miss USA Teen 1985.«

»Miss Nevada 1971.«

»Nein!« Susan lächelte. »*Das* war immer ein Spektakel, was?« Sie stellte fest, dass sie anfing, Jenna zu mögen.

»O ja. Welchen Schwachsinn ich bei diesen Misswahlen immer von mir gegeben habe«, sagte Jenna.

»Ich fand immer, das Gute daran, Miss Wyoming zu sein, war, dass ich als Letzte drankam, wenn sie die Staaten aufriefen – Sie wissen schon, Anfangsbuchstabe *W* – und dass ich mir so ansehen konnte, was die anderen für Fehler auf dem Laufsteg machten, und daraus lernen.«

»Bist du je Miss Congeniality geworden?«, fragte Jenna.

»Ich? Nie. Ich hätte Miss Was-soll-ich-hier werden sollen.«

»Ich bin *immer* Miss Congeniality geworden.«

»Wirklich?« Susan wurde neugierig.

»Diese Nonnen. Katholische Schule. Sie haben mich schon in frühester Kindheit in die Krallen bekommen.«

»Ich bin zu keiner religiösen Schule gegangen. Ich komme aus einer Familie von Hillbillys.«

»Das Besondere an einer katholischen Schule ist, dass sie einen dazu bringen, zu allem und jedem ein Lächeln aufzusetzen.«

»Ja?«

»Zu allem.«

Jetzt begriff Susan, worauf Jenna hinauswollte.

Larry sah, wie die beiden Frauen sich unterhielten, und schoss auf sie zu. »Jenna! Susan! Ich habe die ganze Zeit auf den passenden Moment gewartet, euch miteinander bekannt zu machen.«

»Das glaub ich dir aufs Wort«, sagte Jenna.

»Larry«, sagte Susan, »ich wusste ja gar nicht, dass Jenna auch ein Zirkusäffchen war.«

Jenna sagte: »Eigentlich war ich es, die Larry auf dich angesetzt hat. Ich hab gelesen, dass du denen deine Krone vor die Füße geworfen hast. Fast hätte ich dir einen Strauß Rosen und eine Trophäe geschickt. Ich fand, für so einen Coup braucht man einen Charakter wie ein Güterzug.«

»Sie sollten mal meine Mutter, die Lokomotive, kennen lernen.«

Larry wollte die beiden Frauen voneinander trennen. »Susan«, sagte er, »ich möchte dich einem Produzenten namens Colin vorstellen. Er kommt aus England, aber er kann uns auch hier von Nutzen sein. Jenna, darf ich dir Susan entführen?«

»Hab ich eine Wahl?«

Larry ließ seine Zähne blitzen und eskortierte Susan zur Terrassentür. Susan rief im Gehen: »Wiedersehen Jenna – war nett, Sie kennen zu lernen.«

Larry schob sie um eine Ecke und sagte: »Puh.«

Susan sagte: »Larry, wir können uns nicht mehr treffen.« Sie hatte das Gefühl, ihr Körper hebe ab wie ein Helium-Ballon. Eine Leine war gekappt worden.

Er wischte sich die Stirn mit einem Papierdeckchen von einem Mineralwassertisch ab. »Darüber reden wir morgen.«

»Ja.«

Larry blieb stehen und betrachtete Susans Gesicht. »Du bist noch jung. Das geht vorbei.«

»Aber ich will nicht, dass es vorbeigeht.«

»Das nennt man Älterwerden. Ich schick dir ein paar Artikel darüber.«

»Ryan O'Neal ist hier«, sagte Susan, um das Thema zu wechseln.

»Ich stell dich ihm vor.«

Und so nahm der Abend seinen Lauf. Susan trank deutsches Mineralwasser – Sprudel-Irgendwas mit einem Namen wie eine Gebäcksorte –, und als sie das Wasser in ihrem Mund herumspülte, verbrannte sie sich fast die Zunge an den Kohlensäureperlen. Es schmeckte nach Geologie. Sie beobachtete, wie Larry sich wand und die Menschen um sich herum anlog, die sich ihrerseits wanden und zurücklogen.

»Susan, das ist Cher.«

»Hallo.«
»Susan, das ist Valerie Bertinelli.«
»Schön, Sie kennen zu lernen.«
»Susan, das ist Jack Klugman.«
»Toll. Hi.«
»Susan, das ist Christopher Atkins.«
»Hey.«
»Susan, das ist Lee Radziwill.«
»Hallo.«

Es kam ihr vor, als ob die Party die ganze Nacht dauerte, obwohl sie wie die meisten Veranstaltungen der Filmbranche schon gegen neun zu Ende war. Sie konnte nicht wissen, dass sie mit dieser Party ihre Hochwassermarke innerhalb der Sozialstruktur der Entertainmentwelt erreicht haben sollte.

Am Morgen nach der Giraffenparty wurde Susan um halb sieben von einem Wagen der Produktionsfirma abgeholt. Sie saß auf der Rückbank und lernte ihren Text für den Tag. Sie spielte ihre Rolle. Sie posierte mit ihren Fernseheltern und -geschwistern für Promofotos. Sie stritt sich mit Larry und warf ihn aus der Wohnung in der Kelton Street. Tage vergingen. Sie wurde langsam weich. Sie ließ Larry wieder herein. Sie ekelte sich vor sich selbst. Während ihrer blitzkriegartigen Eroberung der Fernsehwelt, hatte sie zu niemanden ernsthafte Freundschaften aufgebaut. Das hieß, entweder zurück zu Larry oder ins Unbekannte hinaustreiben, und diese Vorstellung ertrug sie nicht. Jede Diskussion über Jenna oder eine Scheidung mündete in eine Sackgasse, was Susan mit der von Mal zu Mal giftiger klingenden Formel »Entschuldige, Larry. Der Papst ist auf Leitung drei« quittierte.

Susan war nie eine besonders gute Schauspielerin gewesen, aber zu Beginn der Fernsehserie besaß sie eine Natürlichkeit, die herausstach und sich positiv von ihren Partnern, die alle schon von klein auf vor der Kamera standen, abhob. Doch diese Natürlichkeit begann sich abzunutzen, und sie machte sich immer mehr Gedanken über ihre Figur, ihr Gesicht, die

Worte, die aus ihrem Mund kamen, und die Wirkung, die sie alles in allem auf andere hatte. Das Gefühl, auf dem Prüfstand zu stehen, war tausendmal schlimmer als bei jedem Schönheitswettbewerb. Ihre Begegnung mit Jenna auf der Giraffenparty öffnete in ihrem Innern irgendeine Schleuse ihres Gewissens, und sie begann von einem Tag zum anderen abgrundtief schlecht zu spielen. Zu Dreama sagte sie: »Es ist, als sei der Teil meines Gehirns, der mir früher erlaubt hat, einigermaßen überzeugend zu schauspielern, völlig verkorkst. Er ist dabei, sich mit der Gehirnregion zu vereinigen, die fürs Lügen zuständig ist. Ich kann es richtig *spüren.* Wenn ich einen einfachen Satz sagen muss wie: ›Mom, ich geh jetzt zum Volleyball-Training‹, klingt es so gekünstelt, als beinhalte er lauter versteckte Andeutungen. Die Zahl meiner Retakes pro Folge ist wahnsinnig gestiegen. Der Sender glaubt, ich hätte ein Drogenproblem. Die Darsteller glauben, mir steige der Ruhm zu Kopf. Und vor allem weiß Larry, dass der wahre Grund Jenna ist und die Tatsache, dass wir unsere verlogene Beziehung weiterhin aufrechterhalten, und das turnt ihn irgendwie ab. Das macht mich wahnsinnig, und es macht die ganze Sache nur noch schlimmer.«

Susan hatte einen Gastauftritt bei *Love Boat.* Sie bekam eine Statistenrolle in einem James-Bond-Film. Sie war auf dem Titel der Zeitschrift *Seventeen.* Sie ließ sich einen Weisheitszahn ziehen und entdeckte das Land der Schmerzmittel. Sie versöhnte sich ein bisschen mit Marilyn. Dreama zog ebenfalls nach Los Angeles und wohnte bei Susan. Der Sex mit Larry kühlte beträchtlich ab, und sie wurde, wie Larry es vorausgesagt hatte, älter.

Kapitel Fünfundzwanzig

John saß neben Beth, seiner Retterin, in einem an die Privatjet-Anlage grenzenden Büro des Sicherheitsdienstes auf dem Flughafen von Flagstaff. Draußen vor den Drahtglasfenstern blinkten in der warmen, grauen Luft die Lichter der Wassertürme und Flughafen-Tower wie Rubine und Diamanten. Die Sachen, die John am Leibe trug, hatte Beth aus den abgelegten Klamotten ihres Mannes zusammengesucht. Sein pastelltürkisfarbenes Hemd war frisch gebügelt, und seine Haut war so braun, als ob er innerlich brutzelte wie ein Vogel, den man grade aus dem Backofen geholt hat. Seine Haare waren ein paar Wochen zuvor auf der Toilette einer Shell-Tankstelle in Las Cruces, New Mexico, mit einem Jagdmesser abgesäbelt worden. Seine Augen waren klar und weit aufgerissen wie die eines Kindes. Beth sagte zu ihm: »Tut mir leid wegen Jeanie und diesem Video. Sie ist ein sehr ungezogenes Kind. Ich weiß einfach nicht, was ich mit ihr machen soll.«

»Ist nicht so schlimm«, sagte John.

Beth zog zwei Becher schwachen Kaffee aus einem grummelnden Automaten. »Hier«, sagte sie, »nehmen Sie einen.«

»Oh – nein danke.«

»Na, los.«

John hielt seinen Kaffee mit der gleichen Unsicherheit fest, die er verspürt hatte, als er das erste Mal ein Baby auf dem Arm gehabt hatte, Ivans und Nyllas Tochter MacKenzie. Ein Treibstofftransporter fuhr in einer Luftspiegelung aus Oktan vor-

bei. Beth sagte: »Und Ihre Freunde haben wirklich einen eigenen Privatjet?«
John nickte.
»Jeanie hätte das nie getan, wenn sie nicht von diesem Jet erfahren hätte.«
»Es macht nichts. Wirklich nicht.«
Beths Tochter Jeanie hatte das Video, das Johns nackten Kletterakt aus dem Graben und die darauf folgende Stunde dokumentierte, an einen Lokalsender verkauft. Es würde am nächsten Abend als Aufmacher eines landesweit ausgestrahlten Boulevardmagazins gesendet werden.
»Was mich daran so ärgert«, sagte Beth, »ist, dass sie von dem Geld das Auto ihres Freundes bezahlen wird, anstatt sich selber eins zu kaufen. Verdammt, *das* muss sie doch nun wirklich nicht tun. Royce hat schon einen guten Job.«
»Die Jugend.«
»Sie sagen es.«
Ein schrilles Geräusch scholl ihnen aus der schwarzen Luft entgegen, und John ordnete es, den Blick starr auf den Boden gerichtet, ebenso schnell zu, wie ein Hund das Zündschema der Zylinder im Automotor seines Herrchens erkennt. Es war Ivan mit der G3. John hörte, wie sie landete und dann ausrollte. Er hörte, wie sich die schweren Metalltüren öffneten, Schritte und Stimmen erklangen: Ivan, Nylla, Doris und Melody.
»John-O?«
John stand auf und versuchte, den Kopf zu heben, aber seine Augen waren zu schwer. »John-O?« Ivan hockte sich hin und schaute zu John hoch. »Wir sind hier, John-O.« Aber John konnte weder sprechen noch den Blick heben. Der Kaffee fiel ihm aus der Hand, und der billige Plastikbecher schlug scheppernd auf dem Boden auf. Nylla, Doris und Melody küssten ihn auf die Wange, und John konnte ihre Parfums riechen, so liebenswert und anständig, dass es ihm die Kehle zuschnürte.

Ivan schaute hinüber zu Beth, die eine Einkaufstüte aus Papier mit Johns gereinigten Sachen in der Hand hielt. »Sind Sie …?«

»Ja, ich bin Beth.«

Ivan reichte John an Melody und Nylla weiter. »Danke für Ihre …«

»Nichts zu danken. Aber Ihrem Freund hier geht es gar nicht gut.«

Ivan übergab Beth einen Umschlag, aus dem diese ein Bündel Hunderter zog. »Jeremy aus meinem Büro hat Ihre Adresse und Ihre Telefonnummern aufgeschrieben?«

»Hat er.«

Es blieb nichts mehr zu tun, als hinaus auf die Startbahn zu gehen, in die Maschine zu steigen und Richtung Westen zu starten. Beth verabschiedete sich und umarmte John, dessen Arme in der Luft schlenkerten, als seien sie aus Stroh. Die beiden jüngeren Frauen nahmen John in ihre Mitte und eskortierten ihn die Rampe hoch, und Ivan folgte ihnen, ein kariertes Sakko über dem linken Arm. Bald waren sie oben im warmen Nachthimmel, doch John hatte immer noch keinen Blickkontakt zu seinen alten Freunden aufgenommen.

»Johnny«, sagte Melody, »kannst du mich hören?«

John nickte.

»Du bist doch nicht auf Drogen, John, oder?«, fragte Doris.

John schüttelte den Kopf.

Melody sagte: »Möchtest du was trinken? Ivan, wo ist der Whisky? Gieß ihm einen ein.« Sie hielt ein Kristallglas an Johns Lippen, aber bei dem Geschmack krampfte sich alles in ihm zusammen. Er fühlte sich, als würde seine Brust von zehn starken Männern zerquetscht.

»John«, sagte Nylla und hockte sich neben ihn, »atmen. Tief durchatmen.«

»Was ist denn los?«, fragte Ivan.

»John«, fuhr Nylla fort, »bitte hör mir zu. Du hast eine Panikattacke. Du bist in Panik, weil du jetzt in Sicherheit bist. Dein

Körper hat die ganze Zeit darauf gewartet, dass er sich sicher genug fühlt, um sich gehen zu lassen. Und du bist jetzt in Sicherheit. Du bist bei deinen Freunden. Atme.«

Johns Magen fühlte sich an, als hätte er einen unerwarteten Tritt erhalten. Melody setzte sich auf den Boden und schlang von hinten die Arme um ihn, während er sich vor- und zurückwiegte. »Johnny? Wo bist du gewesen? Johnny?«

John schwieg. Er hatte sich gewünscht, dass diese Felsen und Highways und Wolken und Winde und Einkaufszentren ihn reinigen würden. Er hatte sich gewünscht, dass sie ihn von dem Fluch erlösen würden, John Johnson sein zu müssen. Er hatte gehofft, unter einem Panavision-Himmel aufzuwachen und die tiefgründigere, stillere Person zu finden, aus deren Träumen John Johnson überhaupt erstanden war. Aber es gab nichts, was einer von denen, die mit ihm im Flugzeug saßen, sagen oder tun konnte. Sie waren selbst nur ein paar Lichter dort oben am Nachthimmel, und wenn sie zwanzig Meilen weiter hoch fliegen würden, wären sie im Weltraum. Es war ein kurzer Flug, bald hatten sie den Flughafen von Santa Monica erreicht, und sie fuhren in die Stadt.

Johns ehemaliges Haus war mitsamt seiner James-Bond-Einrichtung verkauft worden, um die Schulden beim Finanzamt zu bezahlen. Da es ein juristisches Problem wegen seiner Tantiemen gab, hatte er keinen Pfennig Geld. Wie auf einer Zeitreise kehrte John in sein altes Zimmer im Gästehaus zurück. Doris war mittlerweile zu einem lebenden, atmenden *mille-feuille* aus Ethno-Kaftans und klickernden Perlen geworden. In seinen ersten paar Wochen zu Hause versuchte er den Eindruck zu vermitteln, dass es ihm gut ging, so wie eine besiegte Nation die Kultur der Siegermacht übernimmt. Tag für Tag zog er einen Anzug und eine Krawatte aus einem Sortiment, das Melody für ihn gekauft hatte, an. Er nahm keine Drogen. Wer ihn auf der Straße sah, musste annehmen, es gehe ihm prächtig, aber innerlich fühlte er sich erstarrt und verseucht. Er hatte das Gefühl, als würde er alles, was er anfasste, beschmutzen, als hinterließe er einen schwarzen Fleck, den nicht einmal ein Feuer entfernen konnte. Er glaubte, die Menschen könnten ihm ansehen, wie falsch er war. Seine Haut war sonnenverbrannt, sein Haar war ergraut, und das Sonnenlicht tat seit Neuestem seinen milchblauen Augen weh, die im Spiegel anzuschauen er nicht in der Lage war, als hielten sie unweigerlich schlechte Nachrichten für ihn bereit.

Er suchte in den tristeren Vierteln der Stadt nach schattigen Cafeterien, wo nicht die Möglichkeit bestand, alte Bekannte zu treffen. Er entdeckte gelegentlich steinalte Drehbuchautoren aus der DesiLu- und der Screen-Gems-Ära, die wie Walrösser auf einer gepolsterten Bank gestrandet waren und einen Cobb Salad aßen, aber er nahm nie Kontakt zu ihnen auf. John pflegte dazusitzen und die Tageszeitungen zu lesen. Aber sie verströmten die gleiche Sterilität wie die grotesk veralteten Zeitschriften im Wartezimmer beim Zahnarzt. Er wollte nach Hause, aber sobald er dort war, fühlte er sich als ein noch größerer Außenseiter als draußen in der Stadt. Vergeblich versuchte er, sich *irgend*etwas einfallen zu lassen, das ihm helfen könnte, sich besser zu fühlen.

Ein paar Monate vergingen, und nichts in seinem Innern schien sich zu verändern. Dann, anfangs ohne es zu merken, stellte er eines Tages fest, dass er einen gewissen Trost darin fand, einem strikten Zeitplan zu folgen. Er kam bald darauf, dass er sich vielleicht gerade so durchmogeln konnte, wenn er darauf achtete, dass seine Tage absolut gleichförmig verliefen. Er erzählte Ivan davon, der John daraufhin mit dem absurden Versprechen, sein Tagesablauf würde »total unüberraschend« sein, zurück in die Produktionsfirma lockte. Sowohl Ivan als auch Nylla, die John beide so gern geholfen hätten, wieder in L.A. Fuß zu fassen, waren mit ihrer Weisheit am Ende. *Mega Force* war in Johns Abwesenheit fertig geworden und sollte demnächst anlaufen, und es bestand kein Zweifel, dass er ein großer Erfolg würde. Testvorführungen in Glendale und Oxnard riefen Erinnerungen an die alten Zeiten von *Bel Air PI* wach – doch John bedeutete das gar nichts, es weckte keinen Funken Interesse in ihm.

Unter den Leuten aus der Branche galt er als Mutant. Inzwischen war man sich einig, dass er *tatsächlich* kreuz und quer durchs Land gereist war, auf irgendeiner unheilvollen Suche. Das hatte ihm eine magische Aura verliehen, indem es ihn auf eine Komm-mir-nicht-zu-nah-Weise interessant machte. In einem zutiefst abergläubischen Umfeld war John Glücks- und Unglücksbringer zugleich. Wenn jemand Geschäfte machen wollte, ging er zu Ivan. Wenn er ein bisschen Klatsch für das abendliche Tischgespräch brauchte, steckte er den Kopf in Johns Büro.

Doris gegenüber fühlte sich John als Last. Sie hatte ihre Privatsphäre und die Tatsache, dass sie keine Verantwortung zu tragen hatte, im Laufe der Jahre schätzen gelernt. Sie ließ sich ihm gegenüber zwar nichts anmerken, aber er kam sich trotzdem vor wie ein Anker, der an ihre Taille gekettet war – und doch war es undenkbar für ihn, allein in einer eigenen Wohnung zu leben. Im Grunde spürte John unter Doris' *Schätzchen!*-überfrachtetem Gehabe auch eine verschleierte Feindseligkeit – deren Ursprung er nicht recht identifizieren konnte.

Bis Doris eines Abends, kurz nachdem John aus dem Equator-Pictures-Büro heimgekehrt war – um fünf vor sieben, rechtzeitig zu den Fernsehnachrichten –, schlecht gelaunt zur Tür hereinkam. Ihr Wagen war aufgebrochen worden, während sie mit einer Freundin bei Kate Mantili essen war, und ihr Lieblingskleid, das sie gerade von der Reinigung abgeholt hatte, sowie eine Kameen-Brosche, an der sie sehr hing und die sie in dem Getränkehalter am Armaturenbrett aufbewahrte, waren gestohlen worden. Sie hatte sich in die Finger geschnitten, als sie die Glasscherben, die auf dem Fahrersitz verstreut waren, entfernte, und dann war sie zu Bullock's gefahren, wo sie mit einer weiteren Freundin verabredet war. Dort stellte sie, nachdem sie lange Schlange gestanden hatte, fest, dass ihre Kreditkarten und ihr Personalausweis ebenfalls geklaut waren. Sie fürchtete, Alzheimer zu bekommen, weil sie das nicht früher bemerkt hatte. Sie bekam einen Wutanfall und missachtete auf der zornentbrannten Fahrt zur Polizeiwache eine rote Ampel, wofür sie sowohl einen Strafzettel aus auch eine Standpauke von einem Verkehrspolizisten bekam. Sie war auf hundertachtzig.

»O *Gott*, ich brauche unbedingt einen Drink«, stieß sie aus, während sie zielstrebig auf die Hausbar zusteuerte. »Du auch?« John lehnte ab. »Hab dich bloß nicht so mit deiner Abstinenz, John.«

»Ich – trinke – nicht – mehr«, sagte er mit Nachdruck.

»Was *bist* du doch für ein Heiliger.«

Aus dem Augenwinkel beobachtete John Doris, wie sie sich einen Cinzano einschenkte, ihn herunterstürzte, sich noch einen einschenkte, diesmal mit einer Zitronenscheibe, ihn herunterstürzte und sich dann, schon etwas entspannter, einen dritten einschenkte. Er fragte sich, was mit ihr los sein mochte, aber er wollte die Nachrichten nicht verpassen.

Doris beobachtete John, der in verkrampfter Haltung kerzengerade auf einem Hocker saß und sich Berichte aus irgendeiner kriegsgeplagten ehemaligen sowjetischen Provinz anschaute, vom anderen Ende des Zimmers. Es war, als wäre er wieder sechs Jahre alt und krank und versuchte, ein braver kleiner Junge zu sein. Die Emotionen, die sie wegen ihres verkorksten Tages überwältigt hatten, machte eine Kehrtwende von 180°, und ohne Vorwarnung flog ihr Herz zurück in das Jahrzehnte zurückliegende New York, als John noch das Kind war, das sich danach sehnte, nicht krank zu sein und ihr nicht zur Last zu fallen.

Die Jalousien waren geschlossen, aber die Spätnachmittagssonne sickerte wie Sirup durch die Ritzen. Doris hatte das Gefühl, die heiße gelbe Luft würde sich wie warme Gelatine auf ihrem Körper ausbreiten, falls sie sich nach draußen wagen sollte. Sie seufzte, und plötzlich war ihr nicht mehr danach zu trinken. Sie fröstelte und fühlte sich alt. Sie hätte John am liebsten eine Ohrfeige verpasst. Sie hätte ihn am liebsten in den Arm genommen, ihn wegen seines Leichtsinns ausgeschimpft und ihm gesagt, wie sehr sie sich wünschte, dass sie dort draußen bei ihm gewesen wäre, draußen in den Ebenen und Marschen und Bergen und Schluchten, und Gott oder die Natur oder gar die Sonne angefleht hätte, die Last der Erinnerungen und das Gefühl auszulöschen, ein Leben gelebt zu haben, das einem schon von Anfang an viel zu lang vorkam. Sie rief seinen Namen: »John ...«

Er sah sich um. »Ja, Ma?«

»John ...« Sie rang nach Worten. John schaltete den Ton weg.

»John, als du fort warst – auf deiner Wanderung vor ein paar Monaten, hast du ...«

»Hab ich was, Ma?«

»Hast du ...« Wieder stockte sie.

»Was, Ma? Frag schon.«

Doris blieb stumm.

»Was ist los, Mom?« Langsam wurde er unruhig.

Und dann strömte es einfach in einem einzigen Schwall aus ihr heraus: »Hast du denn über*haupt* nichts gefunden, als du weg warst? Irgendwas? *Irgendwas*, womit du mir das Gefühl geben könntest, dass es zumindest einen einzigen Grund gab, wie klein auch immer, der mich dafür entschädigt, dass ich all diese Nächte, die du fort warst, krank vor Angst war?«

Doris sah, wie John die Augen fassungslos aufriss. Sie bekam sofort ein schlechtes Gewissen, weil sie so grob gewesen war, und sie entschuldigte sich, aber John sagte, das brauche sie nicht. Doch er wusste, dass seine Mutter wütend auf ihn war, weil er mit siebenunddreißig scheinbar immer noch unverändert war, weil er immer noch allein war und weil sie die Hoffnung so gut wie aufgegeben hatte, dass er sich je akklimatisieren, heiraten und sich fortpflanzen würde wie die Söhne der Frauen in ihrem Lesezirkel.

»Mein Rücken ist schuld«, sagte Doris und hämmerte auf ihr Kreuz ein, als wäre es ein Apparat, der nicht gehorchen wollte.

»Er tut höllisch weh, und ich habe den einzigen Arzt in Beverly Hills, der seinen Patienten ungern große Mengen Medikamente verschreibt.«
»Ist es immer noch so schlimm?«
»Wie eh und je.«
»Ich dachte, du probierst gerade eine neue …«
»Die hilft nicht.«
»Kannst du nicht zu einem anderen Arzt gehen? Dir mehr Pillen verschreiben lassen?«
»Könnte ich. Will ich aber nicht. Nicht jetzt. Ich käme mir so – ich weiß nicht, *verkommen* vor, wenn ich auf diese Weise Medikamente abzocken würde. Und Dr. Christensen kennt meine ganze Lebensgeschichte. Ich bin nicht in der Stimmung, mit jemand Neuem wieder bei null anzufangen.«
»Also hältst du die Schmerzen lieber aus?«
»Im Moment? Ja.«
Sie verloren keine weiteres Wort über Doris' Gefühlsausbruch. Als die Nachrichten auf CNN vorbei waren, hatte John eine Idee. Er ging in sein Zimmer und sah sein altes Adressbuch durch. All diese Nummern und Namen, und kein einziger Freund in dem ganzen Haufen. John fragte sich, warum wohl die Menschen so um den Zeitpunkt, zu dem sie sich ihr erstes teures Möbelstück kaufen, die Fähigkeit verlieren, Freunde zu finden. Es war zwar kein festes Gesetz, aber doch eine ziemlich brauchbare Regel.
Er blätterte in den Seiten voller Nummern und Erinnerungen, Meetings und sexueller Begegnungen, Vertragsabschlüsse und Autowäschen, bei Alitalia und Virgin gebuchter Flüge und Tennismatches mit Verpflegung – all diese Menschen, die John Johnson alles besorgten, was er brauchte, hätten ein kleines Stadion gefüllt.
Er zog seine Arbeitskleidung aus und warf sie auf einen Haufen in der Ecke. Er war es satt, der Bürohengst zu sein. Er stöberte in seinem Schrank herum und fand ein paar alte Klamotten, die Doris nicht weggeworfen hatte – alte, nicht zu-

sammenpassende Hemden und Hosen, die er zum Lackieren der Küchenschubladen und zur Gartenarbeit getragen hatte. In Zukunft würde für ihn jeder Tag ein lässiger Freitag sein.
Er wandte sich wieder seinem alten Adressbuch zu. Dort stieß er auf den Namen Jerr-Bear – ein Kinderdarsteller aus der Zeit der *Partridge Family,* der als Erwachsener ziemlich abgestürzt war, Obdachlosen-Versionen der neuesten Mode aus Mailand trug und verfilzte Haare hatte, die nach Stall rochen. John versuchte vergeblich, sich an Jerr-Bears vollständigen Namen zu erinnern, doch er sah ihn noch genau vor sich als den aufrechten Sohn in einer längst von den Bildschirmen verschwundenen Polizeiserie.
So abstoßend Jerr-Bear auch sein mochte – der Stoff, mit dem er dealte, war vom Feinsten. John schaute in seine Nachttischschublade und fand tausendachthundert Dollar, die von den fünftausend Dollar Vorschuss übrig geblieben waren, die Ivan ihm für den Monat gegeben hatte. Es waren lauter Zwanziger, die in dieser Häufung wirkten, als stammten sie aus unlauteren Geschäften. Er wählte Jerr-Bears Nummer, und überraschenderweise ging dieser ans Telefon.
»Jerr-Bear, hier ist John Johnson.«
»Der fröhliche Wandersmann?«
»Ja, genau.« John hörte Kaugeräusche. »Bist du grade beim Essen? Soll ich noch mal anrufen?« Der Gedanke, Jerr-Bear könnte an einem Tisch essen, der sich nicht in einem Restaurant befand, kam John fast zu unglaublich vor, um ihn sich auszumalen.
»Ja, es gibt grade Abendbrot, aber was soll's. Machst du jetzt etwa Telemarketing? Wie kann ich dir helfen, John?«
»Ruf mich zurück.«
»Okay.«
Jerr-Bear unterhielt ein komplexes System von geklonten Handys, damit die Polizei ihn nicht abhören konnte. Eine Minute später klingelte Johns Telefon. Trotzdem benutzten beide einen Geheimcode.

»Jerr, was gibst du jemanden, der große Schmerzen hat?«

»Schmerzen soll man nicht auf die leichte Schulter nehmen John. Das Leben tut weh. Worum geht es genau?«

»Rückenschmerzen.«

»Uuh – dagegen muss man meist schwere Geschütze auffahren.«

»Hast du irgendwelche Geschütze?«

»Ja.«

Sie verabredeten sich am nächsten Tag zum Mittagessen im Ivy.

Kapitel Sechsundzwanzig

Nach dem Zusammenstoß mit dem anderen Chrysler übernahm Vanessa das Steuer des Wagens, und John setzte sich auf den Rücksitz und stellte Theorien über Randy und seine halb gepackten Koffer auf.

»Drogen. Das *müssen* Drogen sein.«

»Nein, John«, sagte Vanessa. »Auf den Auszügen von Susans Geldkarte und ihrer Visa-Card gibt es nichts, was auf regelmäßige Ausgaben für Drogen schließen ließe.«

»Du hast ihre Bankauszüge?«

»Ich hab ihr Susans Visa-Card-Nummer gegeben«, sagte Ryan. »Sie war im Computer der Videothek. Ich meine, sobald jemand deine Visa-Card-Nummer hat, kann er dich praktisch klonen.«

»Nicht ganz«, sagte Vanessa. »Um dich zu klonen, bräuchte man auch deine Telefonnummer.«

»Warum zerbreche ich mir überhaupt den Kopf?«, fragte John. »Ihr zwei seid die größten Drag-and-click-Leute, die mir je begegnet sind. Du hast hier die Hosen an, Vanessa. Warum sagst du mir nicht, was wir als Nächstes tun sollen?«

»Okay, mach ich. Im Moment sind wir auf dem Weg zu einer gewissen Dreama Ng in North Hollywood.«

»Sie ist Numerologin«, sagte Ryan.

»Kriegen wir bei der auch Kartoffeln?«

»Sei nicht kindisch«, sagte Vanessa. »Susan zahlt Dreama Ng seit ein paar Jahren zweitausendfünfhundert Dollar im Monat.«

»Ich *sag* doch, es sind Drogen im Spiel.«

»Deine Naivität macht mich noch krank«, sagte Vanessa und fügte hinzu: »Wo du doch selbst in den letzten sechs Jahren irgendwas zwischen 1,7 und 2 Millionen Dollar sowohl für Drogen als auch für Drogentherapien ausgegeben hast.«

»*Uff*. So viel?«, fragte John.

»Vermutlich mehr. Es gibt noch ein paar Daten aus Genf, an die ich nicht rangekommen bin.« Vanessa fuhr fort, den Wagen mit dem kleinen Finger um eine scharfe Kurve zu lenken. »Du weißt ebenso gut wie jeder andere, John, dass Drogenkonsum immer eskaliert. Er bleibt eben *nicht* jahrelang Monat für Monat konstant. Ich habe auch Ms. Ngs Finanzen überprüft, und siehe da – was glaubt ihr, an wen sie die zweitausendfünfhundert jeden Monat weiter überweist?«

»Trommelwirbel ...«, sagte Ryan.

»Randy *Hexum*.«

»Na, da leck mich doch«, sagte John.

»Nicht ganz so grafisch, wenn ich bitten darf«, sagte Vanessa. »Wie auch immer, wir sind fast da. Ich hab sie schon angerufen und einen Termin vereinbart, uns die Zahlen lesen zu lassen.«

»Und was hast du sonst noch gemacht, wovon ich nichts weiß?«

»Als ihr zwei vor ein paar Minuten die beiden Stoßstangen wieder entwirrt habt, habe ich meinen Bruder Mark angerufen. Er steht jetzt mit seinem Wagen gegenüber von Randy Montarellis Haus, und ihr zahlt ihm fünfundzwanzig Dollar pro Stunde plus Spesen dafür, dass er herauszufinden versucht, wo die Koffer hingebracht werden.«

»Wo warst *du* eigentlich, als ich *The Other Side of Hate* gedreht habe?«, fragte John. »Wenn du dabei das Sagen gehabt hättest, wäre es vielleicht ein Hit geworden.«

»Nein, John. Der Film war nicht zu retten.«

Vanessa und Ryan steckten sich unsichtbare Pfauenfedern in den Hals. John wurde still. Sie fuhren auf den Hollywood

Freeway auf, dann wieder ab und parkten schließlich vor dem Apartmenthaus, in dem Dreama wohnte. John hatte ein Déjà-vu, aber dann wurde ihm klar, dass es in Wirklichkeit eine plötzliche Erinnerung an den Anfang seiner Filmkarriere war. Der Geruch im Aufzug bei Dreama war genau der gleiche wie der in den Fluren des Hauses, in dem seine erste Wohnung lag, in einer Seitenstraße der Sweetzer Avenue – eine Mischung aus Katzenpisse, Zigaretten, Räucherstäbchen und dem Essen anderer Leute. Vanessa fragte John: »Was machen wir, wenn wir drin sind, John?«

John zuckte mit den Schultern. »Das wissen wir, wenn es so weit ist. Hoffe ich. Haltet die Augen offen.«

»Hi.« Dreama öffnete die Tür. »Kommt rein. Du bist Vanessa?«

»Genau. Das ist Ryan, und das hier ist John.«

»Es ist furchtbar unaufgeräumt.« Das erste, was ihnen in Dreamas Apartment ins Auge stach, waren offenbar fast fertig gepackte Koffer auf dem Küchentisch.

»Tut mir Leid«, sagte Vanessa, »stören wir? Wolltest du grade verreisen?«

»Ja, aber um ehrlich zu sein, brauche ich das Geld. Ich hoffe, das klingt nicht allzu unverschämt. Ich möchte nicht, dass ihr euch ausgebeutet fühlt.« Sie nahm einen Stapel Traumfänger von einem Hocker.

»Wo willst du denn hin?«, fragte Ryan betont lässig.

In Dreamas Augen blitzte kurz ein Schimmer der Unaufrichtigkeit auf. »Nach Hawaii. Zu einem Seminar über Quadratwurzeln.«

»Hmmm.«

»Also, fangen wir an. Wer will als Erster?«

»Ich«, sagte Vanessa. »Vanessa Louise Humboldt, ein N, zwei S, Louise schreibt sich ganz normal, und Humboldt mit einem *d*, wie in Humboldt County.«

»Okay …« Dreama setzte sich und griff nach einem Karton mit glitzernden Bleistiften und einem solarbetriebenen Taschenrechner, der ein 1-Dollar–99-Preisschild trug.

»Lässt du hier immer Leute rein?« fragte John. »Fremde? In deine Wohnung?«
»Ihr seid Freunde von Susan. Das reicht mir.«
»Ja, *John*,« mischte Vanessa sich ein, »Susan versucht uns schon seit Jahren zu so etwas zu überreden.« Sie wandte sich wieder Dreama zu: »Ignorier ihn einfach. Susan sagt, deine Treffsicherheit sei schon unheimlich.«
»Ich habe den Flugzeugabsturz von Seneca vorausgesagt, einen Tag bevor er passierte.«
»Das ist ja erstaunlich«, sagte Ryan, der den Drang unterdrückte, Dreama zu erzählen, dass seine Nachricht auf Susans Anrufbeantworter die Letzte vor dem Unfall gewesen war.
»Ich habe sie zu spät informiert«, sagte Dreama, »aber sie hat es ja auch so überlebt. Ihre Primzahl war an jenem Tag so hoch, dass sie, selbst wenn sie von einer Scud-Rakete getroffen worden wäre, nichts davongetragen hätte außer vielleicht einer hübschen neuen Ponyfrisur.«
»Primzahl?«, fragte Vanessa.
»Damit arbeite ich. Mit Primzahlen – das sind Zahlen, die sich nur durch eins oder durch sich selbst teilen lassen. Zum Beispiel 23, 47, 61 und so weiter. Es gibt für jeden Menschen und jedes Ereignis eine Primzahl.« Dreamas Finger huschten über die Tastatur des Taschenrechners. Ihre Stifte brachten spinnenartige, verschlungene Buchstaben und Zahlen zu Papier, so blass, dass sie aussahen wie dünne Haarsträhnen, die auf das Blatt gefallen waren.
»Wie lautet meine?«, fragte Vanessa.
»Eine Sekunde noch.« Sie tippte noch ein bisschen. »Einhundertneunundsiebzig.«
»Ist das gut?«
»Das ist großartig. Du hast starke Instinkte, dir wird nie das Geld ausgehen, und so wie ich die psychische Veranlagung der 179er verstehe, wirst du vermutlich mit einem Mann durchs Leben gehen, der dein Sklave ist.«
»Warum ein Mann?«

»Alle 179er sind hetero.« Um ihren Worten Nachdruck zu verleihen, fügte sie hinzu: »Das ist zwar eine *Tatsache*, aber du solltest dir trotzdem nicht deine Entscheidungen davon diktieren lassen.«
»Ich werd's mir merken.«
John stand in einer Ecke vor dem CD-Ständer und tat so, als würde er die Rücken der CDs lesen – eine Mischung aus Folk- und Earth-Sounds –, während er versuchte, sich eine intelligente Frage einfallen zu lassen. Er wirbelte einen Tick zu theatralisch herum, sein Gesicht von einem Lichtfleck beschienen, der von einer Papierlaterne kam. »Dein Nachname ist Ng. Ein seltsamer Name. Klingt asiatisch, dabei siehst du gar nicht asiatisch aus. Gibt es einen Mr. Ng?«
Dreama war verblüfft. »›Ng‹ ist das kantonesische Wort für die Zahl fünf. Aus diesem Grund habe ich es ausgesucht, und auch, weil es keine Vokale hat. Und es gibt keinen Mr. Ng. Ich bin lesbisch.« Sie hielt inne. »Stört es dich, ...?«
»John.«
»Stört es dich, John, dass eine kräftige, gebärfähige Frau den Namen ihres Vaters ablegt und einen eigenen annimmt?«
»Äh ...«
»Wie lautet dein vollständiger Name, John?«
»John Lodge Johnson.«
Dreama begann Johns Zahlen ausrechnen, dann ließ sie ihren Stift fallen und starrte ihn an. John fragte, was los sei, und Dreama sagte, sie habe einen Fehler gemacht. Sie fing noch einmal von vorn an und sagte: »Also, ich ...« Dreama betrachtete ihn jetzt mit anderen Augen, als wäre er am Ende des letzten Filmakts als Mörder entlarvt wollen. »Ich muss dich etwas fragen, und du musst mir eine ehrliche Antwort geben. Lügst du mich an?«
»Was?«
»Bist du unter Vorspiegelung falscher Tatsachen hier?«
»Was willst du ...?« Adrenalin durchströmte John.
»Zeig mir deinen Führerschein.«

Er holte seinen erst einen Monat alten Führerschein heraus und reichte ihn Dreama. Sie warf einen Blick darauf, gab ihn ihm zurück und sagte: »Tut mir Leid. Ich musste nachsehen, ob das dein echter Name ist – oder ob du mich irgendwie reinlegen willst. Du bist eine 1037, John Lodge Johnson. Weißt du, was das heißt?«

»Nein. Sag's mir.«

»Du bist eine vierstellige Primzahl. Die meisten Numerologen begegnen ihr ganzes Leben lang keiner vierstelligen Primzahl.«

Nun quetschte Dreama John aus, fragte ihn, womit er sein Geld verdiene, und war ihm gegenüber plötzlich ausgesprochen aufgekratzt. Dann bat Ryan sie, seine Zahl zu berechnen. Es war eine 11.

»Elf?«

»Klingt, als wärst du für eine Karriere in der dynamischen und rasch expandierenden Welt des Fastfood bestimmt, Ryan«, sagte Vanessa.

»Elf?« Ryan war geknickt.

»An einer Elf ist überhaupt nichts auszusetzen«, versicherte Dreama ihm.

»Ich hab gehört, Elfer sind außerordentlich loyal«, sagte John.

John bezahlte Dreama, die ihm eine Liste der typischen Eigenschaften ihrer Primzahlen mitgab. Dann wurde sie unruhig und scheuchte die drei aus ihrer Wohnung.

Wieder im Auto, sagte John: »Tja, das war verdammte Zeitverschwendung.«

Vanessas Telefon piepste, und sie ging ran. »Das ist mein Bruder«, informierte sie die beiden anderen. Sie führte das Telefonat zu Ende und drückte auf AUFLEGEN. »Randy ist in einem Minivan auf dem Weg hierher.«

»Hast du deinen GPT dabei?«, fragte Ryan.

»Was ist das?«, fragte John.

»Meinen Global Positioning Transmitter. Das ist eine Black Box für den Hausgebrauch – ihr wisst schon, das Gerät, das im Flugzeug hinter dem Cockpit steckt. Ich habe ihn in den

Saum meiner Handtasche eingenäht.« Sie rupfte ein kleines schwarzes Rechteck aus ihrer Tasche, kleiner als die Fernbedienung eines Fernsehers. »Ich kann an jedem Ort der Erde auf eine Sommersprosse genau von einem Satelliten aufgespürt werden.«

»Das gibst du *mir?*«

»Für eine 1037 kannst du ganz schön begriffsstutzig sein. Wenn der Ford Aerostar des jungen Randall in« – sie sah auf ihre Armbanduhr – »knapp zwei Minuten hier vorfährt, musst du das hier an den Wagen kleben, ohne dich dabei erwischen zu lassen. Und da uns offenbar gerade das Klebeband ausgegangen ist, würde mich interessieren, auf welche Weise du Schlauberger das Ding an dem Fahrzeug befestigen willst, John?«

John schloss die Augen, um sich zu konzentrieren. »Ein Mann, ein Plan, ein Kanal – ich bin in Panama geboren, müsst ihr wissen.«

»Ach, hör auf.«

»Juicy Fruit.« Er riss das Handschuhfach auf, nahm ein paar ungeöffnete Päckchen Kaugummi heraus, warf Ryan und Vanessa welche zu und nahm sich selbst auch ein paar.

Randys Van bog auf einen Parkplatz direkt vor Dreamas Haus ein und hielt genau gegenüber von ihnen. Die drei beobachteten, wie Randy zur Haustür ging, klingelte und auf den Aufzug zusteuerte.

John öffnete vorsichtig die Beifahrertür und schob sich hinter den Wagen. Er flitzte wie ein Roadrunner über die Straße und befestigte den GPT mit einem abkühlenden Klumpen seines Kaugummis an der Innenseite der hinteren Stoßstange. Die Hunde, die John unter sich witterten, drehten fast durch, kratzten an den Fenstern und bellten. In dem Moment öffnete sich die Haustür, und Randy und Dreama kamen mit ihrem Gepäck heraus. Beide machten ein sorgenvolles Gesicht. John konnte sich nirgendwo anders mehr verstecken als unter dem Van. Er rollte sich rasch darunter, während er darauf lauschte, wie die Türen über ihm geöffnet und zugeschlagen wurden. Randy schnauzte die Hunde an, sie sollten sich hinsetzen. Schließlich hörte John, wie der Motor angelassen wurde, und blickte dem fahrenden Van hinterher. Er blieb auf dem Rücken liegen und betrachtete den Himmel, an dem er die Lichter der Jets, die sich für die Landung auf dem LAX fertig machten, aus der Ferne heranschweben sah.

Kapitel Siebenundzwanzig

In Eerie, Pennsylvania, schwebte Susan drei Wochen, nachdem sie bei Randy Montarelli aufgetaucht war, die Treppe hinunter, ihr Nachthemd wie eine Schleppe hinter sich herschleifend. »*Meine Güte,* Randy, meine Nippel fühlen sich an wie Handgranaten. Wieso bist *du* denn morgens um« – Susan schaute auf die Uhr in der oberen rechten Ecke von Randys Mac – »vier Uhr siebenundzwanzig auf?« Oben schrie der kleine Eugene, drei Wochen alt, nach Milch.

»Ach, du weißt ja, die Gottlosen haben keinen Frieden.«

»Ist der Ananassaft schon wieder alle?«

»Ja.«

»Aha. Haben wir noch Goldfish Cracker?«

»Im Schrank über dem Toaster.«

»Gut.« Susan kramte herum. »Was kochst du denn heute wieder für Lügen aus?«

»*Du* hast mich gerade auf einen guten Gedanken gebracht. Warte, ich probier's mal aus.« Randy las laut vor, was er gerade in einen Internet-Chatraum getippt hatte:

»Von meinem Freund, der als Visagist bei *Friends* arbeitet, habe ich aber was anderes gehört. *Er* hat mir gesagt, dass Jennifer Aniston die Aufnahmen um drei Tage verschoben hat, weil sie eine Brustwarzenreizung hatte.«

»Weißt du, woran mich das erinnert?«, fragte Susan, während sie mit einem Finger am Rand eines Glases Erdnussbutter entlangfuhr. »An letzten Monat, als du das Gerücht in Umlauf gebracht hast, Keanu Reeves sei von reversen Fleischfressermikroben befallen.«

»Das war echt ein Klassiker, was?«

»Als ob das Gehirn nicht wüsste, welches Bild es sich daraus zusammenreimen soll.« Susan probierte die Erdnussbutter und fand sie köstlich.

»Das sind die coolsten Gerüchte«, sagte Randy. »Wie das, was ich mir zu Helen Hunt ausgedacht habe – dass sie sich operativ die Überreste eines verkümmerten Biberschwanzes vom unteren Ende der Wirbelsäule entfernen lassen musste.«

»Noch so ein Klassiker.« Susan raffte eine Schachtel Ritz-Cracker und ein paar Äpfel zusammen. Sie küsste Randy auf die Stirn, verstreute ein paar Krümel auf seine Tastatur und stapfte dann nach oben.

Randy war ein Gerüchtemakler. Bis die 90er anbrachen, hielt er sich für ein Klatschmaul, aber vor allem betrachtete er sich, was viel aufschlussreicher ist, als eine Null, eine Art außerirdisches Kind der Liebe, das auf der Schwelle eines Siedlungshauses in Eerie, Pennsylvania, ausgesetzt wurde, wo es zu einem tolpatschigen, menschenscheuen Jungen heranwuchs. Randy lag dreißig Prozent über dem landesweit für seine Größe empfohlenen Körpergewicht, und er besaß eine so dermaßen Eerie-*un*typische Empfindsamkeit, dass er noch nicht einmal den Klassenclown oder das treudoofe Maskottchen für die grausamen hübschen Mädchen spielen konnte. Die Einzigen, mit denen er sich je anzufreunden versuchte, waren die burschikosen Zynikerinnen, mit denen er die *Mademoiselle* auseinander pflückte und die offenbar ausschließlich mit verheirateten Männern Affären hatten – Mädchen, die Eerie, kaum dass sie mit der High-School fertig waren, den Rücken kehrten.

Randy hatte es nicht fertig gebracht, aus Eerie auszubrechen.

Dafür hätte er einen Teufel, den er kannte, gegen einen unbekannten eintauschen müssen. Als Teenager war er dem Teufel, mit dem er auf keinen Fall etwas zu tun haben wollte, 1982 in einer Fernsehdokumentation zum ersten Mal begegnet. Der Teufel war vielleicht fünfzehn Sekunden lang auf dem Bildschirm, aber das reichte.

Fünfzehn Jahre später beherrschte dieser Teufel immer noch sein Denken, in Form eines kranken, schwulen Klons, der ausgemergelt, schnauzbärtig und dahinsiechend das Tor zur Hölle bewachte. Er vollführte knochige, lockende Disko-Hüftschwünge, und seine Haut war von den pflaumenfarbenen Flecken des Kaposi-Sarkoms übersät. Seine Augen hatten sich durch eine Zytomegalie-Virusinfektion in eine gallertartige weiße Masse verwandelt.

In Randys Phantasie trug der kranke Mann von zirka 1985 an Chaps und einen Cowboy-Hut. Ungefähr 1988 begann er Randy jedes Mal, wenn dieser an ihn dachte, mit toten weißen Augen zuzuzwinkern. Wenn der Cowboy für das Erwachsensein stand, dann wollte Randy damit nichts zu tun haben. Wenn *das* das Symbol für Sex war, dann würde er Mönch werden. Und aus diesem Grund hatte er Eerie nicht verlassen, wo es trotz allem, was gegen dieses Kaff sprechen mochte, anscheinend wenigstens keine AIDS-Kranken gab.

Aber dann begann er im Laufe der Jahre den Teufel überall zu sehen, wo er ging und stand. 1988 küsste er eines Nachts auf einem Rastplatz vor Altoona einen Lastwagenfahrer. Randy kapselte sich emotional völlig ab und verbrachte die nächsten fünf Jahre damit, auf den Tod zu warten. Als dieser ausblieb, kam er zu dem Schluss, dass er weiterleben würde, aber sein Leben würde eins ohne Liebe und Zuneigung sein, abgesehen von der, die seine zwei spindeldürren, milchkaffeefarbenen Afghanen Camper und Willy ihm schenkten. Er hatte sie als Welpen von der Ladefläche eines 1984er LeBaron weggekauft, der vor einem Liz-Claiborne-Factory-Outlet parkte. Die Fahrerin, ein Hippiemädchen, behauptete, die Welpen würden noch am selben Nachmittag ertränkt, wenn sie bis dahin kein Zuhause gefunden hätten, denn Gott habe sie nach Long Island gerufen, wo sie Teenagern die Haare flechten und den Sonnenaufgang beobachten sollte.

Als er älter wurde und eine Glatze und Falten bekam, meinte Randy, er verdiene keine Liebe und Zuneigung, weil er in all den Jahren keinen Mut bewiesen, nicht gelitten und nicht für das Gute gekämpft hatte. Die neuere, jüngere, hübschere Generation erschien auf der Bildfläche und trat mit empörender Unverkrampftheit das Erbe der sexuellen Revolution an, wobei ihr gleichzeitig Freiheit und leicht zugängliches Wissen über Liebe, Tod, Sex und die Risiken beschert wurde. Dafür, dass sie sowohl seine besten Jahre als auch seine Jugend vergiftet hatte, rächte sich Randy an der Welt, indem er Lügen und Gerüchte in die Welt setzte. Nachts, hinter verschlossenen Türen in seinem Häuschen in Eerie, nach einem Tag in seinem stumpfsinnigen Job als Lohnarbeiter für eine Dachdeckerfirma, schickte er Tausende von Fehlinformationen über einen Dell-PC, der sie wie Viren vervielfachte, hinaus in die Welt der Elektronen. Die meisten seiner Gerüchte setzten sich nicht durch, aber manche wurden zu selbsterfüllenden Prophezeiungen. Wer konnte ahnen, dass die Jungschauspielerin tatsächlich so kaputt war, dass sie einen Waschzwang bekam?

Und dann platzte eines Abends im September Susan Colgate in sein Leben. Er sah gerade *Matlock*, hatte ein erfrischendes Gurkenpeeling auf dem Gesicht und trank eine schwache Ovaltine, als es vor seiner Haustür rumste. Er nahm seinen ganzen Mut zusammen – nächtliches Poltern an der Tür war sogar in Randys relativ sicherer Gegend kein gutes Zeichen –, schaute durch die kleine Scheibe eines Erkerfensters und sah eine ihm unbekannte schwangere Frau zusammengesackt auf seiner Schwelle hocken.

Er stürzte zur Tür und öffnete sie. Die Frau litt offensichtlich große Schmerzen, und Randy trug sie ins Wohnzimmer und legte sie auf seine zwei Wochen alte Kolonialstil-Couch von Ethan Allen. Er begann den Notruf zu wählen, aber die Frau brüllte: »Nein!«, und riss das Kabel aus der Wand, noch bevor er die dritte Ziffer tippen konnte. Sie senkte die Stimme: »Bitte, Randy Montarelli. Hilf mir. Du warst der Einzige, zu dem ich gehen konnte. Ich hab deinen Brief aufbewahrt.«

Randy fragte sich, was für einen Brief sie meinen konnte. Sie beruhigte sich einen Moment, und Randy erkannte, dass sie Susan Colgate war.

»Du bist gar nicht tot!«

Susan brach in Tränen aus.

»O Gott, du lebst!« Randy lief zu ihr, um sie fest in den Arm zu nehmen, und er flüsterte: »O Susan ... Susan ... bitte ... du bist hier sicher. Alles wird gut. Ganz bestimmt.«

»Ich hab Angst, Randy. Ich hab *solche* Angst«, grimassierte sie, dann jaulte sie wie ein Kojote. »Mist, die Wehenabstände sind schon ganz kurz. Es muss jeden Moment so weit sein.«

Ein Pfadfinder-Pragmatismus packte ihn. »Ich bereite alles vor. Was brauchst du am dringendsten?«

»Wasser. Ich habe Durst.«

»Okay.« Randy rannte in die Küche, und in seinem Kopf wirbelte es durcheinander wie Popcorn. Nichts in seinem Leben hatte ihn auf ein Ereignis wie dieses vorbereitet. Er füllte einen Plastikkrug mit Leitungswasser und brachte ihn zusammen mit einem Plastikbecher ins Wohnzimmer. Er lief ins Gästezimmer, griff sich einen Stapel Daunendecken und sagte Camper und Willy, sie sollten aufhören zu winseln. Unzusammenhängende Gedanken schossen ihm durch den Kopf. Susan war angeblich seit geraumer Zeit tot. Er erinnerte sich noch deutlich an seine Pilgerfahrt nach Seneca, einen seiner wenigen Ausflüge über die Umgebung von Eerie hinaus. Dann fiel ihm ein, dass er in einer Zeitschrift gelesen hatte, Prinz Charles hätte es vorgezogen, bei Prinz Harrys Geburt nicht dabei zu sein. Er hatte sich gefragt, was es war, das Charles gesehen hatte. Er würde es schon bald herausfinden, und bei dem Gedanken daran wurde ihm ganz anders. War das Bourbon, was er in ihrem Atem roch?

Er stürzte wieder ins Wohnzimmer; der Fernseher lief. Er stellte ihn aus. Er legte die Decken auf den Boden, aber Susans Fruchtblase war bereits geplatzt. Er achtete nicht auf die Flecken auf seiner Couch und dem Teppich. Susan griff hinüber zu ihrer Tasche und zog Randys Brief heraus. »Hier …«, sagte sie. »Den hast du mir geschrieben. Das war das Netteste, was je jemand über mich gesagt hat. Komm her, Randy. Nimm mich mal kurz in den Arm.«

Randy umarmte Susan ganz fest. Dann hielt sie ihn von sich weg und sah ihm tief in die Augen: »Das stehen wir schon durch, Randy. Wir Frauen kriegen seit einer Billion Jahre Kinder. Das hier ist nichts Neues. Einfach tief durchatmen und Ruhe bewahren. So …« Susan zog ein paar Decken glatt. »Das wird schon.«

»Tut's weh?«, fragte Randy. »Ich hab noch ein paar Vicodin von meiner Wurzelbehandlung übrig.«

»Die nehm ich.«

Randy lief ins Badezimmer und holte die Pillen und ein paar Handtücher. Im Wohnzimmer schrie Susan. »Es geht los, Randy!«

Die nächsten zwanzig Minuten fiel kein einziges Wort. Sie wurden zu zwei grunzenden, schreienden, einander hin und her zerrenden Tieren, und schließlich erblickte ein brüllender, rosafarbener Klumpen von einem kleinen Jungen das Licht der Welt. Susan hielt ihn an ihre Brust, und Randy durchtrennte die Nabelschnur. Alle drei weinten, und bei Sonnenaufgang lagen sie schlafend im völlig verwüsteten Wohnzimmer.

Am Morgen rief Randy bei seinem Arbeitgeber an und kündigte. Er war in einige, aber nicht alle Einzelheiten von Susan Colgates Leben vor und nach dem Flugzeugabsturz eingeweiht worden. Bis zum Nachmittag hatte er die Möbel aus dem Wohnzimmer abtransportieren lassen. Er bestellte eine Wagenladung Lebensmittel und Babymöbel. Er leerte seine Bankkonten. Er montierte die Indiana-Kennzeichen von Susans Wagen ab und ersetzte sie durch Fälschungen, die er auf einem Schrottplatz gekauft hatte. Er strotzte vor Energie. Der ganze Trubel ließ ihn aufblühen. Er fühlte sich nicht mehr wie Randy Montarelli. Er fühlte sich wie … Nun ja, er wusste noch nicht genau, wie er sich fühlte. Das würde noch kommen. Aber innerhalb einer Woche hatte er viele seiner Klamotten, Kleinigkeiten, Fotos und seiner sonstigen Dinge weggworfen, die für ihn nach dem alten Randy stanken – Pullover, die er aus Pflichtgefühl den Verwandten gegenüber trug, weil sie sie ihm Jahr für Jahr ohne Begeisterung schenkten, Duftwässer aus dem Drugstore, die er sich nicht gekauft hatte, weil er ihren Geruch mochte, sondern um fremde Proleten nicht mit übermäßig exotischen Noten zu provozieren; seinen High-School-Ring, den er aufbewahrt hatte, weil er ihm das einzige Schmuckstück zu sein schien, das zu tragen er sich redlich verdient hatte. Außerdem stellte er den Antrag, seinen Nachnamen in Hexum ändern zu lassen, etwas, das er immer schon hatte tun wollen, ohne sich je dazu aufraffen zu können.

Randy hatte diese eine phantastische Chance bekommen, sich selbst neu zu erfinden, und die würde er nicht vermasseln. Wenn es nötig wäre, würde er für Susan und den kleinen Eugene töten, und er hoffte, dass Susan ihm schon bald ihre Andeutungen, sie hätte einen Plan, Eerie zu verlassen, näher erläutern würde. Susan verbrachte derweil den Großteil des ersten Monats damit, entweder zu weinen oder sich schweigend abzukapseln. Randy ließ sie in Ruhe. Dass er jemanden anrufen würde, um ihm dieses Wunder von Bethlehem zu verkünden, stand nicht zur Diskussion. Diese Geschichte gehörte ihm allein – spottende Verwandte, bösartige Kollegen und die Plappermäuler von seinem Modelleisenbahnclub ging sie nichts an.

»Randy«, sagte Susan, »warum machst du dir bloß die Mühe, all diese Baby-Ratgeber zu lesen? Wenn *ich* ein Kind kriege, wird es hart wie Stahl. Seine Gene sind aus massivem Titan.«

»Wir wollen doch, dass das Baby ein Gott wird, Susan. Wir wollen, dass es alles überstrahlt. Es muss mit Sorgfalt aufgezogen werden.«

Die Geburt bei den Behörden zu melden kam nicht in Frage. In Susans Vorstellung sollte Eugene Junior nie etwas mit der Öffentlichkeit zu tun bekommen. Die Welt durfte nichts von ihm erfahren, und er sollte vor ihren neugierigen Blicken und aufdringlichen Fragen geschützt werden. »Besonders«, sagte Susan, wann immer Randy das Thema anschnitt, »vor meiner *Mutter.*«

Je mehr Randy Susan und Eugene Junior für sich allein hatte, desto glücklicher war er. Er war der geborene Versorger, und jetzt war er mit Seelen gesegnet, um die er sich kümmern konnte.

Eines Nachts in Susans vierter Woche in Eerie sahen die drei fern – eine alte Episode von *Meet the Blooms*. Eugene hing an Susans linker Brust. Der Fernseher war leise gestellt. Auf dem Bildschirm lief eine Folge, in der Mitch, der älteste Sprössling der Familie, für genau eine Folge kokainsüchtig wird. Susan starrte in den Fernseher wie in ein Aquarium, das weder Höhen noch Tiefen zu bieten hatte – nur ein konstantes dumpfes Summen.

Ein Holzstück im Kamin flammte mit neuer Kraft auf. »Vermisst du Chris eigentlich?«, fragte Randy.

»Chris? An den denke ich so gut wie nie, die alte Schwuchtel.«

Randy machte große Augen. »Schwuchtel? Meinst du – kein *Sex*?«

»Du *liebe* Güte, nein. Ich meine, mittlerweile hab ich Chris ganz gern, aber am Anfang stand er mir ungefähr so nah wie, sagen wir, irgendein FedEx-Typ, der einen Umschlag bei der Rezeption abgibt. Aber das liegt jetzt hinter uns, nicht wahr? Das ist schon sehr lange her.« Sie leerte ihr Glas.

»Aber diese Fotos«, sagte Randy, »und all diese Geschichten, die Woche für Woche in der Boulevardpresse standen – ›Chris und Sexy Sue – Liebesorgie auf Hawaii‹ – der große, stämmige

Chris mit den Kratzspuren auf dem Rücken. Ich hab sie doch ge*sehen.*«

»Die Kratzspuren? Sein Masseur, Dominic. Ich war derweil in Honolulu und hab mir die Augenlider operieren lassen.«

»Dein Tat*too* – da stand FÜR IMMER CHRIS.« Randys Desillusionierung wurde immer lauter. »Aber andererseits glaube ich nicht, dass ich es bei Eugenes Geburt gesehen habe.«

»Nein, hast du nicht. Ich habe es für ein Foto-Shooting für *Paris Match* machen lassen. Es wurde 1996 per Laser entfernt.« Susan stand auf und schüttelte den Kopf, als seien ihre Haare nass, dann baute sie sich direkt vor Randy auf. »Randy, sieh mich an, ja? Das sind alles Lügen, Randy. Alles. Nicht nur die Geschichten über mich. Über Chris. Über die anderen. *Über wen auch immer. Über jeden.* Alles, was du gelesen hast. Das ist alles Quatsch, Lügen und Verzerrungen. Alles. Lügen. Deshalb sind die Lügen, die du verbreitest, so lustig, Randy. Das sind *ehrliche* Lügen.«

Das Baby schnarchte. Ein Video, das ohne Bild im Recorder gelaufen war, erreichte das Ende der Spule und machte *klonk*. Susan versuchte, einen anderen Tonfall anzuschlagen. »Apropos, Randy: Was ist die große Lüge des Tages?«

Randy gluckste. »Whitney Houston.«

»O *je.*«

»Aber das mit ihrem linken Fuß stimmt.«

»Was *ist* mit ihrem linken Fuß?« Susan spielte mit.

»Hast du's noch nicht gehört?«

»Erzähl's mir.«

»Es ist ganz schön krank.«

»Jetzt *sag* schon!«

»Ein Huf.«

»O *Randy.*«

Kapitel Achtundzwanzig

Nach den Dreharbeiten zu ihrem japanischen Fernseh-Werbespot in Guam (»Hey, Leute – *Let's Pocari!*«) kam Susan in dem frischen Wissen zurück nach Los Angeles, dass der Sender beschlossen hatte, *Meet the Blooms* nicht zu verlängern. Larry war in Europa, und er telefonierte stundenlang mit Susan, um ihr zu versichern, dass ihre vielversprechende Karriere noch gar nicht begonnen hatte.

Sie schmiss eine Duty-Free-Tasche mit gefalteten japanischen Papierkranichen in einen Schrank. Sie wartete drei Wochen, bevor sie ihr Reisegepäck auspackte. Sie nahm lange Bäder und sprach mit keinem außer Larry, bis sie ihre Filiale der First-Interstate-Bank besuchte und erfuhr, dass ihr langfristig angelegtes Sparkonto, auf das sie jahrelang regelmäßig stattliche Summen eingezahlt hatte, leer war.

Ihr Anwalt befand sich in einem AIDS-Reha-Hospiz und konnte ihr nicht helfen, und ihr Steuerberater hatte vor kurzem nach ein paar Bausparkassenskandalen die Stadt verlassen, daher engagierte Larry teure neue Anwälte und Steuerberater. Sie durchforsteten Susans Leben, und nach monatelangem Gezerre um Dokumente, Versteckspielen mit Rezeptionisten und endlosem Hin- und Hertelefonieren erfuhr Susan, dass Marilyn Susans Ersparnisse ganz legal an sich gebracht und dann verprasst hatte – Marilyn, die kaum mehr für sie gewesen war als ein monatlicher Pflichtbesuch in Encino.

»Einer meiner Numerologie-Klienten war ein Kinderstar«, sagte Dreama, die damals allein in North Hollywood lebte. »Der ist auf diese Weise auch sein ganzes Geld losgeworden. Aber es gibt doch dieses, wie heißt das noch mal – *Coogan Law*, oder? Ich dachte, die Rechtsprechung wäre jetzt so, dass Eltern ihre Kinder nicht mehr um die Kohle bescheißen können.«
Susan, voll gepumpt mit Beruhigungsmitteln, rief Dreama in dieser Zeit häufig an. Sie murmelte: »Dreama, Dreama, *Dreama* – man muss nur mal spät von einem Shooting nach Hause kommen, zugeknallt mit ungefähr dreihundert Dexatrim, ein oder zwei Dokumente unterzeichnen, die in einem ganzen Stapel vergraben lagen, und schon ist alles weg.«
»Ihr beide müsst doch miteinander geredet haben ...«
»Wir haben uns bekriegt.«
»Was sagt *sie* denn? Ich meine ...«
»Sie sagt, ich schuldete es ihr. Sie meint, ohne sie wäre ich nichts. Und weißt du, was sie mir gesagt hat, als sich herausstellte, dass sie mir alles genommen hatte, was ich besaß? Sie sagte: ›Das ist der Preis, den man dafür zahlt, Tinseltown-Trash zu sein.‹«
Dreama, sonst nicht kreischig, kreischte: *»Tinseltown?«*
Larry zahlte weiter die Miete für die Wohnung in der Kelton Street, doch er eröffnete Susan, sein Steuerberater habe ihm geraten, die Zahlungen nach einem Jahr oder sobald Susan wieder ein eigenes Einkommen hätte, falls das früher der Fall sein sollte, einzustellen. Einen Job zu finden war nicht leicht. Die Casting-Agenten wussten, dass sie keine besonders gute Schauspielerin war, und hielten es für unwahrscheinlich, dass allein ihr prominenter Name ihre Unfähigkeit kompensieren könnte. Im Schauspielunterricht konnte man ihr auch nichts beibringen, und die Tatsache, dass sie überhaupt welchen nahm, machte sie zur Zielscheibe geflüsterter abfälliger Bemerkungen seitens ihrer Mitschüler. Auch Larry schien ihr viel weniger Aufmerksamkeit zu schenken, nicht weil sie ihm

nichts mehr einbrachte, sondern weil er wusste, das *Jenna* die Wurzel des Problems war.

Am Ende der letzten *Blooms*-Staffel hörte Susan zufällig Kenny, den Regisseur, sagen, wenn jemand Susan je eine Rolle geben würde, und sei es nur als Baum im Bildhintergrund einer High-School-Aufführung von *Bye-Bye Birdie*, dann nur aus Mitleid. Die Aufzeichnung der zweistündigen Abschlussfolge wurde für Susan zu einem immer wiederkehrenden Alptraum.

»Susan, Liebes, du hast gerade erfahren, dass dein Vater Prostatakrebs hat. Du machst aber ein Gesicht, als müsstest du dich zwischen normal gebratenem und extra knusprigem Huhn entscheiden. Lass uns mal einen Zahn zulegen, sonst steht gleich die Gewerkschaft bei uns auf der Matte, okay?«

Die Kameras liefen: »Dad, warum hast du mir das nicht früher gesagt? Wieso wusste ich als Einzige nicht Bescheid?«

»Schnitt! Susan, du willst nicht von ihm wissen, wo die Fernsehzeitung ist. Du fragst ihn, wieso er dich nicht in das gravierendste Geheimnis seines Lebens eingeweiht hat.«

Die Kameras liefen: »Dad, warum hast du mir das nicht früher gesagt? Wieso wusste ich als Einzige nicht Bescheid?«

»Schnitt!«

Susan hielt erneut inne.

»Susan, weniger Fernsehzeitung und mehr Krebs.«

»Kenny, kann ich vielleicht Kunsttränen haben oder so was? Dieser Satz ist echt schwer.«

»Nein, du kriegst keine Kunsttränen, und nein, der Satz ist nicht schwer. Roger? Gib mir mein Handy.« Ein gelangweilter Produktionsassistent reichte ihm ein Telefon. »Susan, hier ist ein Telefon – soll ich dir eine Nummer geben, damit du den Satz einfach durchtelefonieren kannst? Oder möchtest du ihn lieber in die Kamera sprechen, wofür du schließlich bezahlt wirst?«

»Sei nicht so ein Arschloch, Kenny.«

Die Kameras liefen: »Dad, warum hast du mir das nicht früher gesagt? Wieso wusste ich als Einzige nicht Bescheid?«

»Schnitt! Roger? Bring Miss American Robot hier bitte ein paar Kunsttränen.«
Bald begann Susan Nacht für Nacht auf Partys zu gehen, nicht weil sie so gerne feierte, sondern weil ihr Prominentenstatus sie zu so viel Gratisdrogen berechtigte, wie sie haben wollte, solange sie es über sich ergehen ließ, dass ihre Stofflieferanten ihr entweder in den Arsch krochen oder sich über sie lustig machten.

- *Kaum zu glauben, dass Susan Colgate hier ist.*
- *Für ein Gramm würde die doch sonst wohin fahren. Für zehn macht sie sogar das Pony, das dich hinträgt.*

Im Lauf der Zeit lernte sie, sich nicht vor die Küche zu stellen, wo die Akustik besser war und sie eher Gefahr lief, die größten Gemeinheiten über ihre Person mit anhören zu müssen. Sie hatte viel zu viel freie Zeit zu ihrer Verfügung, in der ihre Gedanken um nichts als das Thema Larry kreisten. Eines frühen Abends, als Susan sich besonders allein fühlte und das Telefon den ganzen Tag nicht geklingelt hatte, entschied sie, dass sie es satt hatte, von ihm auf Distanz gehalten zu werden, und fuhr zu ihm. Larry hatte erwähnt, dass Jenna an jenem Abend zum Geburtstag ihrer Mutter nach Carson City fahren würde. Susan wusste, dass er sie, wenn sie die Gegensprechanlage am Tor benutzen oder die Haustür öffnen würde, kalt ignorieren würde. Sie kürzte durch den Garten des Nachbarhauses ab, in dem einst eine preisgekrönte Kaiserin-Keiko-Persimone gestanden hatte, und näherte sich dem Haus von der rückwärtigen Terrasse.
Als sie gerade den Nachbargarten durchquerte, flammten die Lichter des Hauses auf wie im Stalag 17. Fünf Dobermänner, denen Speichel wie geschlagenes Eiweiß von den Reißzähnen troff, bildeten um sie herum ein Pentagramm, und mindestens ein Dutzend Iraner mit Marlboro-Mann-Schnauzbärten stellten sich mit gezogenen Waffen im Kreis um die Hunde auf.

Nebenan sah sie Larry in seinem postkoitalen Seiden-Morgenmantel, den er während der Vertragsverhandlungen für den japanischen Fernsehspot damals aus dem New Otani geklaut hatte, auf die Veranda schlendern. Eine nackte kleine Nymphe namens Amber Van Witten, aus der Fernsehserie *Home Life*, trippelte einen Pfirsich essend hinter ihm her.
Larry rief den Iranern zu: »Schon gut, Hakim – die gehört zu mir«, und die Iraner, die Amber mit offenem Mund anstarrten, riefen die Hunde zurück, die daraufhin lammfromm auf Susan zutollten, um an der Urinpfütze zu ihren Füßen zu schnuppern.
Larry winkte Susan ins Haus. Sie folgte ihm in sein Arbeitszimmer, wo er sie aufforderte, sich auf ein Handtuch zu setzen, das er auf die Fliesen vorm Kamin legte. Sie glühte vor Scham.
»Susan, es ist aus.«
Sie hob an, »Aber Larry« zu sagen, aber ihre Hose scheuerte, der Urin war kalt geworden, und Amber steckte den Kopf durch die Walnussholztür. (»Oh, *hi*, Susan.«) Susan verstummte.
Larry sagte, ihm läge daran, dass sie Freunde blieben – und da wurde Susan *wirklich* klar, dass es aus war. Larry sagte, er habe eine Idee, und er könne Susans Hilfe gebrauchen, wenn sie bereit wäre, mitzumachen. Er managte seit kurzem eine neue Band aus England mit dem Namen Steel Mountain – »Headbanger-Mucke für Provinz-Teenies«. Es hatte Komplikationen mit der Einwanderungsbehörde gegeben, und der Leadsänger der Band, Chris Thraice, brauchte eine Green Card oder ein H-1-Visum. Wenn Susan sich bereit erklären würde, ihn zu heiraten, um ihm die Einreise zu ermöglichen, würde sie 10 000 Dollar im Monat verdienen, in Chris' Haus wohnen – raus aus der Kelton Street – und in einer anderen gesellschaftlichen Position als der des erfolglosen ehemaligen Kinderstars Susan Colgate in Szenekreisen verkehren können. Sie fragte ihn, was der Haken daran sei, und er sagte, es gäbe

keinen, Chris sei ein verkappter Schwuler, daher würde ihr sogar Sex erspart bleiben.
Eine Woche später heiratete sie Chris in Las Vegas und schmückte das *People*-Cover in einem schwarzen, geradezu sportlichen Betsy-Johnson-Kleid. Noch nie war in ihrer Karriere so viel über sie berichtet worden. Musik war tatsächlich eine völlig andere Liga.
Sie war 140 Konzerte pro Jahr auf Tour: Backstage-Ausweise, die ihr überall Zutritt verschafften, vegetarisches Essen vom Catering-Service, Fußballstadien und Arenen. Überall, wo sie hinkamen, erfüllten ihnen kleine Trolle am Bühnenrand ihre ausgefallensten Drogenwünsche. Es war eine schnelle, ungezügelte Zeit, aber durchsetzt mit toten Flecken und Zeitlöchern in Hyatt-Suiten, Americruiser-Bussen und Business-Lounges an Flughäfen. Susan fühlte sich, als säße sie in einer bequemen Limousine mit einer gut bestückten Bar, die ganz langsam von einem betrunkenen Chauffeur gefahren wurde.
Larry war rund um die Uhr dabei, aber nun verkehrten sie nur noch geschäftlich miteinander. Der Spaß war vorbei oder vielmehr weitergezogen. Chris fiel es leichter als Susan, jemanden fürs Bett zu finden. Wenn sie eine Vorliebe für Bassisten mit strähnigen Haaren, schweren Drogenproblemen und Dickdarmatem gehabt hätte, wäre sie im siebten Himmel gewesen – aber dem war nicht so. Das Einzige, was sie bei der Stange hielt, war die freie Verfügbarkeit von Drogen, aber ein paar gut platzierte Fragen an Leute an den Rändern des Geschehens erlaubten ihr, sich ihren eigenen Vorrat in Los Angeles anzulegen, und schließlich schlug sie ihr Lager in Chris' Space-Needle-Haus, auf.
»Ich würde dich ja mit meinen lesbischen Freundinnen bekannt machen«, sagte Dreama, »aber ich glaube nicht, dass du bei denen finden würdest, wonach du suchst. Und wie kannst du dich überhaupt weiterhin von diesen Phallokraten in so eine Opferrolle drängen lassen?«
Susan hörte gar nicht auf Dreamas Political-Correctness-Ge-

schwafel. »Chris sagt, ich soll mir einfach Callboys ins Haus holen und die Kosten der Firma in Rechnung stellen. So was Verlogenes. Er hat herausgefunden, dass ich mich mit anderen Männern treffe – oder es zumindest versuche –, und da hat er sich in den Killer Bunny von Monty Python verwandelt, weil ich damit seine Green Card aufs Spiel setze. Wenn er in diesem Moment in dieses Zimmer käme, würden wir uns vermutlich gegenseitig in Stücke reißen.«

»Es muss doch irgendeine Möglichkeit für dich geben, jemanden kennen zu lernen.«

»Die einzige Möglichkeit, in L.A. jemanden kennen zu lernen, Dreama, ist durch eine Arbeit, die ich nicht habe.«

Nach knapp drei Jahren Ehe brachte Chris eine Platte heraus, die ein totaler Flop wurde. Gemäß den magischen Gesetzen der Musikbranche waren Steel Mountain aus heiterem Himmel *passé*. Die Plattenfirma zahlte nicht mehr, die Ersparnisse schmolzen, Chris musste auf kleineren Bühnen und in kleineren Städten spielen und in ihm staute sich langsam eine Bitterkeit an, wie sie mit enttäuschten Ambitionen einhergeht. Nun lernte Susan seine Schattenseiten kennen. Er ließ ihr die monatlichen 10 000 Dollar von seinen Anwälten in Form von zweihundert Schecks à 50 Dollar auszahlen, dann wurden die Schecks immer seltener, und es gab nicht viel, was sie dagegen tun konnte. Eines Morgens ging sie zu ihrem Wagen hinaus – ein hübsches kleines Saab-Cabrio – und stellte fest, dass Chris ihn gegen eine gesichtslose weiße Billiglimosine ausgetauscht hatte, die Susan den Pontiac für die schwächeren Tage nannte.

»Es ist, als würde man einen Tampon fahren, Dreama.«

Ein Jahr später hatte Susan einen neuen Agenten, Adam, der Susan aus reiner Gefälligkeit übernahm. Er schuldete Larry vierzehn Monate Miete für die Büroräume, die seine zweitklassige Agentur von Larrys Holding-Gesellschaft gemietet hatte. Er rief Susan an und sagte ihr, ihr stünde ein großer Durchbruch bevor, denn ein junger Regisseur mit einem Entwicklungsvertrag bei Universal wolle sie für die Rolle der gei-

stesgestörten Ex-Freundin in einem High-Budget-Action-Film haben, an dem er gerade arbeitete. »Susan, das ist ein ganz junger Typ, und er ist eine echt *heiße* Nummer.«
»Was hat er bisher gemacht?«
»Einen Werbespot für Pepsi.«
An Susans Ende der Leitung herrschte Schweigen. Schließlich fragte sie ihn: »Wie ist der Titel?«
»Dynamite Bay.«
»Warum wollen sie gerade *mich*?«
»Weil du eine Legende bist, und du ...«
»Hör auf, Adam. Warum *ich*?«
»Du unterschätzt dich, Susan. Die Zuschauer *beten* dich an.«
»Adam?«
»Er hat vor dir alle Darsteller der alten Serie *Facts of Life* gefragt, und von denen wollte keiner mitmachen. Also hat er sich stattdessen für dich entschieden.«
»Ach. Dann bin ich jetzt also retro?«
»Wenn retro und toll zu sein ein Verbrechen ist, gehörst du ins Gefängnis, Susan. Zusammen mit John Travolta, Patty Hearst, Chet Baker und Rick Schroeder«
Susan drehte den Film und hatte sogar ziemlich viel Spaß dabei, aber hinterher war sie erneut ohne Beschäftigung, was schlimmer war als vorher, denn sie war wieder auf den Geschmack gekommen. Chris war gerade nicht auf Tour und verbrachte viel Zeit zu Hause. Sie stritten sich den ganzen Tag – beide konnten es nicht fassen, dass sie aneinander gebunden waren. Susan zog schließlich zu Dreama, bei der unablässig Räucherstäbchen brannten. Außerdem platzten ständig Dreamas Numerologie-Klienten ins Badezimmer, um Susan zu fragen, ob eine 59 etwas mit einer 443 anfangen sollte. Ihre erbärmlich geringen Ersparnisse und ihr monatliches Einkommen reichten zusammengenommen gerade aus, um ein winziges Cape-Cod-Haus am Prestwick Drive zu mieten.
Als 1996 der Start von *Dynamite Bay* näher rückte, begann Susan mit der Pressearbeit. Sie flog nach New York, um Regis

und Kathy Lee ein Interview zu geben. Die Situation war ihr vertraut, und diesmal fand sie es toll. Chris bekam endlich seine Green Card, und die beiden kamen überein, sich scheiden zu lassen, sobald der Film nicht mehr in den Kinos lief. Der Streifen war recht erfolgreich, aber er führte zu keinen neuen Angeboten. Bevor sie sich auf den Weg zum JFK machte, telefonierte Susan in ihrem New Yorker Hotel mit Dreama, die sie daran erinnerte, dass sie demnächst bei einer gemeinsamen Freundin namens Chin zum Essen eingeladen waren. Dreama wollte Susan ihre neuen Zahlen mitbringen, die ihr bei zukünftigen Entscheidungen helfen sollten.

Susan fühlte sich aus der Bahn geworfen. Dreamas harmloser Zahlenquatsch erschien ihr ebenso unsinnig wie alles andere. Auf dem Weg zum Flughafen bat Susan den Fahrer kurz vor dem Midtown-Tunnel bei einem Deli zu halten, wo sie kurz ausstieg und Studentenfutter, Mineralwasser und eine *Newsweek* kaufte. Sie hatte sich innerlich schon auf die Welt des Flugreisens eingestellt und ihr Gehirn auf Leerlauf geschaltet, da sie nicht damit rechnete, es bis Los Angeles noch mal gebrauchen zu müssen.

Kapitel Neunundzwanzig

Ihr erstes Gehirn sezierte Vanessa eine Stunde bevor sie lernte, ein saftiges, lockeres Omelette zuzubereiten. Das war in der zehnten Klasse an der Calvin Coolidge High School in Franklin Lakes, Bergen County, New Jersey. An diesem Tag waren die Schüler im Biologieunterricht in Vierergruppen aufgeteilt worden, von denen jede ein Schwein zugewiesen bekam. Sie wurden aufgefordert, ihre Beobachtungen zu sammeln, und danach würde die Klasse über Gehirne sprechen. Vanessa hatte ein eigenes Gehirn bekommen. In sämtlichen Schulen von Bergen County bekam Vanessa immer ein eigenes Gehirn. Der Grund war weniger, dass sie überall aneckte, sondern eher, dass sie ein tickendes, in braunes Papier eingeschlagenes Päckchen in der Wartehalle eines Flughafens war. *Vanessa Humboldt bekommt eine Sonderbehandlung.*

Vanessa sezierte ihr Schweinehirn schnell, mit einem forensischen Tempo und einer Eleganz, die ihren Lehrer, Mr. Lanark, schaudern ließ. Als Nächstes war Hauswirtschaftslehre dran, wo Mrs. Juliard den Schülern demonstrierte, wie man Eier schaumig schlägt, sie in eine gebutterte antihaftbeschichtete Pfanne gießt (bei mittlerer bis niedriger Hitze) und die Ränder des entstehenden Omelettes vorsichtig mit einem Teflon-Spatel anhebt, damit die flüssige Eiermasse obendrauf nach unten fließen und stocken kann. Sobald sie gar war, wurde die scheibenförmige Eiermischung in der Mitte umgeklappt, et voilà: »ein sauberer Frühstücksgenuss«.

Die Schüler folgten Mrs. Juliards Anweisungen. Gegen Ende von Vanessas Omelette-Schöpfungszyklus, während sie die Eier umklappte, wurde ihr Leben in zwei Teile geteilt. Sie stand da im Hauswirtschaftsunterricht, klappte das Omelette wieder auf und dann wieder und wieder auf unterschiedliche Art und Weise zusammen. Die anderen Schüler vollendeten ihre Omelettes, aßen sie oder warfen sie weg, je nach Grad ihrer Essstörung, und machten sich fertig zum Gehen, doch Vanessa stand da wie weggetreten. Ihre Mitschüler kannten sie schon seit dem Kindergarten, hatten miterlebt, wie sie Barbie-Puppen, stoffbezogene Haargummis, Duran Duran und diverse andere Dinge, auf die Mädchen zu jener Zeit standen, verschmähte und sich stattdessen mit Commodore 64s, Gameboys und der Konstruktion von geodätischen Kuppeln aus Bambus-Saté-Spießen beschäftigte. Sie kicherten über sie.

»Vanessa, Schatz – hast du dich etwa über irgendwas geärgert?«, fragte Mrs. Juliard, die sie wie die meisten Lehrer, die Vanessa seit dem Kindergarten gehabt hatte, wie ein rohes Ei behandelte. Sie fürchteten, sich unwiderruflich irgendwelche subtile, grausame Bestrafungen einzuhandeln, wenn sie in irgendeiner Weise den Unmut dieser Intelligenzbestie vom Mars erregten.

Vanessa sah sich in der High-School wie in einer einschläfernden Zeitlupe gefangen, die sie nur deshalb über sich ergehen lassen musste, weil ihre deprimierend unsensiblen und fantasielosen Eltern sich weigerten, irgendwelche Anstrengungen zu unternehmen, sie in einem Hochbegabten-Programm unterzubringen oder ihr zu erlauben, die eine oder andere Klasse zu überspringen, weil sie – paradoxerweise – fürchteten, sie würde dann sozial vereinsamen. In den Augen ihrer Eltern war die High-School ein Ort des Spaßes und der sprühenden Lebensfreude, wo Snapple das bevorzugte Genussmittel sympathischer Kinder war, die allesamt Fans des Footballteams Coolidge Gators waren und mit Crack nichts am Hut hatten. Sie betrachteten Vanessas Intelligenz als Akt mutwilligen Ungehorsams gegen eine Schule, die sich von ihren Schülern nichts als reine Haut, fügsames Betragen und kein übermäßig urbanes Verlangen nach elaboriert konstruierten Turnschuhen erhoffte.

Aber jetzt war alles anders, und daran war ihr Omelette Schuld.

»Vanessa? Alles in Ordnung, Schatz?«

Vanessa sah Mrs. Juliard an. »Ja. Danke. Ja.« Sie betrachtete ihr schmutziges Kochgeschirr. »Ich werde jetzt abwaschen.«

Sie schwänzte ihre nächste Stunde, setzte sich auf einen Heizkörper bei der Cafeteria und wartete bis zum Mittag. Sie wusste, dass niemand Vanessa Humboldt fragen würde, was mit ihr los sei, aus Angst, die Antwort würde womöglich bloß ihr Leben verkomplizieren.

Es läutete zur Pause. Sie wartete fünf Minuten, dann ging sie ins Lehrerzimmer, wo gerade Zigaretten angezündet und Mittagessen aus Tupperdosen und der Mikrowelle geholt wurden. Der Vizedirektor, Mr. Scagliari, sagte: »Vanessa – hier ist Zutritt verboten für –«, aber sie schnitt ihm das Wort ab.

»Halten Sie den Mund, Mr. Scagliari.«

Die Stimmen im Raum wurden leiser und verstummten dann ganz. Die Anwesenheit einer Schülerin im Lehrerzimmer war auch im New Jersey der späten Achtziger noch eine Seltenheit. Vanessa kam so umstandslos zur Sache, als spräche sie über ein Getriebe, das einen Ölwechsel brauchte, oder über die richtige Methode, Erbsen zu pflanzen. Sie sagte, sie würde noch am gleichen Nachmittag die Schule verlassen und wäre darüber vermutlich ebenso froh wie die Lehrer. Als Begründung führte sie an, was das Kollegium ohnehin schon immer gewusst hatte: dass sie jede erdenkliche Abschlussprüfung sowie die Eignungstests für die Universität mit Bravour bestehen würde. Außerdem erklärte sie, dass sie sich an die American Civil Liberties Union, die lokalen Fernsehsender und die Printmedien wenden und sich einen ehrgeizigen, nach Ruhm lechzenden Anwalt suchen würde. Da sie durch ihren Job als Kellnerin und ihre Gewinne bei Pferdewetten 35 000 Dollar gespart habe, könne sie sich diesen Schritt ohne weiteres leisten.

Die Lehrer verbargen ihre Überraschung hinter freundlichen Gesichtern. Sie klang so vernünftig.
Vanessa fuhr fort, es würde ihnen nicht viel nützen, ihre Eltern zu kontaktieren, denn die machten sich mehr Gedanken um Vanessas Kleid für den Abschlussball als um ihre Ambitionen für die Zukunft. In Gedanken war sie bereits in Princeton, und die Calvin Coolidge High School war nicht mehr als ein schlechter Traum nach einem scharfen Curry.
Sie trat aus der Eingangstür und ging hinüber zum Parkplatz, wo sie in einen zerbeulten Honda Civic stieg, den sie von ihrem eigenen Geld gekauft hatte, und ihr Vorhaben in die Tat umsetzte. Innerhalb eines Monats war sie aus dem Schulsystem von Bergen County ausgeschieden und hatte ab dem kommenden Herbst einen Studienplatz für einen kombinierten Mathematik-Informatik-Studiengang in Princeton. Aber als sie an jenem Nachmittag nach Hause fuhr, dachte Vanessa an Eier, und sie dachte an Gehirne. Sie fragte sich, wie es angehen konnte, dass es vor ungefähr zwanzigtausend Jahren noch keine Menschen gab – und dann plötzlich tauchten überall auf der Erde anatomisch moderne Menschen auf, die Sprache, Landwirtschaft, Bürokratie, Militär, Viehzucht und immer geheimnisvollere, auf veredelten Metallen, präziser Messtechnik und ausgefeilter Theorien angewiesene Technologien beherrschten.
Das alles hatte etwas mit dem Gehirn zu tun – welches Vanessa bei der Sektion wie ein großes, plattes, schleimiges Omelette erschienen war, dessen graue, klumpige Hälften kunstvoll in der Mitte zusammengefaltet waren. Vanessa glaubte, dass das menschliche Hirn vor zwanzigtausend Jahren beschlossen hatte, sich ein weiteres Mal zu falten, und diese eine Extrafalte war es, die die Gehirne in die Lage versetzte, die moderne Welt zu erschaffen. Wie einfach. Wie elegant. Und außerdem erklärte es, warum Vanessa so anders und ihren Mitschülern so phänomenal weit voraus war. Sie erkannte, dass ihr Hirn bereits den Entwicklungsschritt zur nächsten Falte vollzogen

hatte – dass sie in irgendeiner endgültigen, origamihaften Weise das nächste evolutionäre Stadium des *Homo sapiens* verkörperte – den *Homo transcendens* – und dass es ihr Lebensziel war, andere Vertreter ihrer Gattung zu finden und mit ihnen Kolonien zu bilden, die die Erde in ein neues goldenes Zeitalter führen würde.
In Princeton traf sie auf andere fortgeschrittene Humanoiden, und sie fühlte sich nicht mehr so allein. Aber zu ihrer Enttäuschung musste sie feststellen, dass bei ihren neuen Kommilitonen solche minderen Fehler wie Eifersüchteleien, politische Grabenkämpfe, Zickereien und die Unfähigkeit, aufeinander zuzugehen, ebenso häufig auftraten wie früher unter ihren Mitschülern. Phil aus der Superstrings-Theorie-Gruppe war ein Schwein. Jerome, ein Student der strukturalistischen Linguistik, war ein langweiliger Pedant, der log, er habe mal Noam Chomsky kennen gelernt. Teddy, der König der Quarks, war ein Frauenfeind. Vanessa mutmaßte zu Recht, dass sie einen Ausgleich in ihrem Leben brauchte, und eines eisigen Nachmittags, als sie sich, um sich ein bisschen aufzuwärmen, in ein Gebäude des Fachbereichs Kunst flüchtete, geriet sie in eine überraschend erhellende Vorlesung über die Farbkleckser des abstrakten Expressionismus. Danach beschloss sie, dass sie den ersehnten Ausgleich in der bildenden Kunst finden würde und dass sie in diesem Umfeld bestimmt weitere *Homines transcendentes* erwarteten.
Sie war auf der Suche nach künstlerischen Ausdrucksformen, in denen menschliche Evolution jenseits des *Homo suburbia* aufschien. Sie ging zwei Jahre lang regelmäßig zur Mitternachtsvorführung der *Rocky Horror Picture Show*, verkleidet als Susan Sarandon, was den Grundstein für ihre lebenslange Vorliebe für die Twinsets des mittleren Westens legte. Sie las Science-Fiction. Sie probierte, Mitglied bei dem Intelligenzlerverein Mensa zu werden, ließ sich jedoch von der Ansammlung glatzköpfiger Männer abschrecken, die über Nudismus diskutieren wollten, und von Frauen, die ohne Ende Wort-

spiele machten und sich über ihre eigenen schlauen Witzchen schlapp lachten.
Ein halbes Jahr vor dem Examen schlugen sich bereits ein Dutzend Firmen darum, Vanessa einzustellen. Sie entschied sich für die Rand Corporation, weil sie in Santa Monica, in der Nähe von Hollywood, lag, und Vanessa dort einen überdurchschnittlich hohen Anteil an Superhirnen vermutete. Dem Kino konnte sie durchaus etwas abgewinnen – es war die einzige wirklich neue Kunstform des zwanzigsten Jahrhunderts.
Ihre Arbeit in Kalifornien machte ihr großen Spaß, und abends ging sie in die Coffee-Bars von Los Angeles, wo sie Dutzende von jungen Männern mit Ziegenbärten und diversen unvollendeten Drehbüchern kennen lernte. Manche waren intelligent, andere süß und wieder andere äußerst charmant, aber es war Ryan, den sie drei Jahre später als den ersten anderen Angehörigen der neuen Spezies erachtete. Sie entdeckte ihn zufällig eines Nachts bei West Side Video, nach einem Abend in einer weiteren Runde von Ziegenbärten mit Drehbüchern, den sie mit einsilbigen *Hmm*s und *Mh-hm*s bestritten hatte. Sie wollte einen obskuren, aber technisch interessanten Dokumentarfilm der frühen Achtziger, *Koyaanisqatsi*, zurückgeben und murmelte mehr zu sich selbst als zu irgend jemandem in ihrer Nähe, dass der repetitive, minimalistische Soundtrack des Films sie nicht in den rauschähnlichen Alphazustand versetzt hatte, über den sie gelesen hatte.
»Oh, dann musst du ihn dir noch mal ansehen, aber in einem richtigen Kino, dann funktioniert's. Jedes Mal.«
»Hast du das schon selber erlebt?«
»Ja, klar. Das ist einer meiner Lieblingsfilme.«
Vanessa war beglückt. »Mir hat er auch gefallen, aber ...«
»Oh, weißt du – du musst ihn auf einer großen Leinwand sehen. *Wirklich*. Ich will mich ja nicht aufdrängen, aber ich würd dich gern was fragen – hast du Lust, morgen Abend mit mir ins Kino zu gehen? Im NuArt läuft um halb zehn *Koyaanisqatsi*. Wenn du um acht hier wärst, könnten wir vorher

vegetarisch essen. Du bist doch Vegetarierin, oder? Ich meine, dein Teint ... «

Es entstand eine bedeutungsschwangere Pause, in der Gefühle und Optionen vor ihnen aufblühten wie Blumen im Zeitraffer. Und schon gab's kein Halten mehr. Am nächsten Abend sahen sie sich *Koyaanisqatsi* an. Weitere Kinobesuche folgten. Als Vegetarier weigerten sie sich, irgendetwas zu essen, das sich seiner Erbeutung widersetzt haben könnte. Ryan war Drehbuchautor und Tischler, und von allen Hollywood-Autoren, denen Vanessa bisher begegnet war, war er der Einzige, der nicht glaubte, die Welt schulde ihm sowohl ein Taj Mahal als auch eine große, durchsichtige Lotteriekugel, die sich vollgestopft mit flatternden Tantiemenschecks um sich selbst drehte. »Tungaska« war genial. Vanessa ergriff das gleiche Fieber wie seit jeher jede Frau, die dafür kämpft, dass ihr Liebster sein Medizinstudium oder etwas Ähnliches vollenden kann. Sie war fest entschlossen, diejenige zu sein, die ihn entdeckte, sein Talent befruchtete und ihn bei seinem Aufstieg unterstützte.

Dann schaute sie eines Abends überraschend in der Videothek vorbei und ertappte Ryan dabei, wie er seine Unterschrift mit der ihren verschlang. Und da war sie sich sicher: Das musste Liebe sein. Sie hatte so ihre Zweifel an ihm gehabt – seine Susan-Colgate-Verehrung, seine Caesar-Frisur und seine Unterwäsche, die nicht nur frisch gewaschen wirkte, sondern gerade frisch ausgepackt. Aber bisher hatte noch niemand, den sie erträglich gefunden hatte, ihre Gesellschaft wirklich genossen.

»Vanny, schau mal – das ist ein Trafokasten der Klasse 3 mit« (schluck) »einem WPA-Basrelief an den Türen. Halt an!« Sie waren auf dem Weg zu einem wieder aufgeführten Hal-Hartley-Film, den Ryan auf keinen Fall verpassen wollte. Er ließ Vanessa fahren. Ihre Kinder würden fantastisch werden.

Kapitel Dreißig

Am Morgen nachdem John, Vanessa und Ryan sich von Dreama die Zahlen hatten lesen lassen, saß John auf einem Handtuch vor dem Gästehaus und bombardierte Vanessa und Ryan mit Telefonanrufen, um die Suche nach Susan voranzutreiben. Als John zum vierten Mal in Vanessas Büro anrief, war sie mit ihrer Geduld am Ende.

»John, die können mich feuern, wenn die Firma erfährt, dass ich ihr System benutze, um zwei Irre irgendwo in South Central Wyoming aufzuspüren.«

»Sie sind also immer noch in Wyoming?«

»Dreihundert Meilen westlich von Cheyenne, im Moment ... fahren sie gerade durch ... Table Rock, Wyoming.«

Dann rief John Ryan an und quetschte ihn über Susans Vergangenheit in Wyoming aus.

»Susans Mutter ist nach Wyoming zurückgekehrt, nachdem Susan beim Fernsehen aufgehört hat. Aber eigentlich stammt Susan aus Oregon.«

»Dann *könnte* es sein, dass ihre Mutter in Wyoming ist?«

»Da war sie zumindest vor ein paar Jahren, als Susan sich von ihrer Amnesie erholte.«

»*Amnesie – pffft*«, sagte John verächtlich. »Amnesie ist ein großer Quatsch, Ryan. Das gibt's doch bloß im Kino.«

»Egal, niemand weiß, wo sie in jenem Jahr war. Übrigens, wo warst *du* denn, als du von der Bildfläche verschwunden bist, John? Das hast du mir immer noch nicht erzählt.«

»Ich war nirgendwo.«

»Du verarschst mich. Jack Kerouac, *Mann*!«
»Nein – Ryan – weißt du, wo ich war? Ich war wirklich *nirgendwo*. Ich habe aus Mülltonnen gegessen. Ich habe unter Brücken geschlafen. Ich bin durch den Südwesten gezogen, habe Parodontose gekriegt, meine Haut wurde zu Schweinsleder, und ich hab verdammt noch mal nichts dabei gelernt.«
John legte auf. Er ließ sich die Informationen vom Vormittag noch mal durch den Kopf gehen und war bald überzeugt, dass der Schlüssel zum Rätsel von Susans Aufenthalt darin lag, Marilyn zu finden. Er rief Vanessa an und erzählte ihr von seiner Idee.
»John, das LAPD hat bereits erfolglos versucht, Susans Mutter zu finden. Und außerdem hassen Susan und ihre Mutter sich. Ich habe mir den Sue-Colgate-Klatsch von vollen zwei Jahren ins Gehirn träufeln lassen. Ich musste Ryan um halb drei Uhr morgens zum Rund-um-die-Uhr-Supermarkt fahren, damit er doppelseitiges Klebeband für seinen Schrein kaufen konnte. Ich bin ungefähr seit dem Tod des Grunge gezwungen worden, *Meet-The-Blooms*-Videos zu sehen, anstatt in Mädchenfilme zu gehen. Den Großteil meines Wissens beziehe ich zwar aus Datenbanken, aber ich kenne auch die Klatschpresse, und Sue Colgate *hasst* ihre Mutter.«
Der Laubsauger eines Nachbarn verstummte, und John staunte, wie schnell die Welt still wurde. Er ging mit dem schnurlosen Telefon zurück ins Haus. »*Bitte,* Vanessa. Wo auch immer die Mutter ist, werden wir Susan finden. Das ist dir doch klar, oder, Vanessa?« Vanessa antwortete nicht. »Ich *weiß*, dass es dir klar ist, Vanessa. Du bist die Profi-Finderin, nicht ich.« Er setzte sich auf eine Couch und sah zu, wie die Sonne durch die Schlitze im Gardinenstoff brach wie in einem billigen 70er-Jahre-Hotel in Reno. Ein unabgewaschener Teller in Johns Spüle verrutschte scheppernd. John holte Luft.
»Du bist schlau, Vanessa. Du bist hübsch. Du könntest leicht als menschliches Wesen durchgehen, wenn du wolltest. Es turnt dich an, andere an der Nase herumzuführen. Aber ich

mache mir Sorgen um Susan Colgate, und zwar in einer Weise, wie ich mir noch nie zuvor Sorgen gemacht habe. Das kannst du vielleicht nicht nachvollziehen, aber ich weiß, dass dir die Sache zumindest nicht gleichgültig ist. Ich weiß es einfach.«
Vanessa schwieg einen Moment und sagte dann: »Na gut.«
John seufzte und betrachtete die Rillen in seinen Fingernägeln, während er fortfuhr: »Susan. O Mann – sie hat schon so viel durchgemacht, dass ich heulen könnte. Und doch ist sie immer noch dieses wunderbare Geschöpf.«
Die Sonne verschwand hinter einem Eukalyptusbaum, und in Johns Zimmer wurde es kühl und grau. Er konnte das Laub hinter sich rascheln hören, und durchs Telefon vernahm er an Vanessas Ende der Leitung vereinzelte Bürogeräusche.
»Ich brauche deine Hilfe, Vanessa. Du bist meine letzte Rettung. Mein Orakel. Du magst eine Außerirdische sein, aber du bist eine *gute* Außerirdische. Auch Superman war ein Außerirdischer. Und heute Nachmittag – das ist die Chance, die das Schicksal dir bietet, dein Uraniumherz durch Blut zu ersetzen.«
Jemand rief vom anderen Ende des Büros nach Vanessa. Sie antwortete: »Gleich, Mel.« John konnte sie atmen hören. Vanessa sagte: »Sie heißt Marilyn, ja?«
»Ja.«
John ging nach draußen, legte sich auf den Rücken und ließ sich von der Sonne braten. Dies war sein erstes richtiges Sonnenbad seit dem Tag, an dem er in Flagstaff krank geworden war.
Ryan rief an. »John, wie hast du Vanessa dazu gekriegt, einen MSP zu machen?«
»Einen *was?*«
»Ich muss Vanessa anrufen. Ich ruf dich gleich wieder an.«
Beide Männer wählten blitzschnell Vanessas Nummer, aber Ryan kam zuerst durch. In Johns Körper begann es vor Neugier zu pochen, ein Wissensdurst, der sich wie Sexhunger anfühlte. Er ging wieder ins Gästehaus, pickte an einem Stück

kalter Pizza im Kühlschrank herum und warf ein paar Werbezettel für einen chinesischen Bringservice in den Müll.
Das Telefon klingelte. Vanessa sagte: »Aha, Nummer 11 hat also über den MSP geplaudert.«
»Nicht wirklich«, sagte John. »Aber weißt du was? Ich werd mal raten. Du und deine eierköpfigen Busenfreunde besitzen irgendein furchteinflößendes neues Gerät, mit dem man einen verirrten Hamster im Weltall aufspüren kann. Hab ich Recht?«
»Du bist ja ein ganz Schlauer. Lass uns im Ivy by the Sea Mittag essen. Ich will nicht extra aus Santa Monica rausfahren. Lass mal deine tollen Beziehungen spielen und reservier einen Tisch für drei.«
John war zu früh dran, dann kam Vanessa. Um sie herum klapperte Geschirr und klirrten Gläser, draußen lärmten Autos und kreischten Möwen. Jeden von beiden quälten andere Sorgen. Vanessa sprach aus, was sie dachte. »Ich verliere meinen Job, wenn ich erwischt werde. Was red ich da? Ich *werde* erwischt. Es ist nur eine Frage von Minuten, bis sie mich schnappen.«
»Wo*bei* schnappen, Vanessa?«
»Das wirst du noch früh genug erfahren.« Sie baute einen Tetraeder aus Besteck, indem sie mit den Zinken ihrer Gabel einen Löffel und ein Messer zusammenklemmte. John merkte, dass sie ihn etwas fragen wollte, und er hatte Recht. »John ...«
»Ja, Vanessa?«
»Findest du mich ...«, sie holte tief Luft, »... kalt?«
»Was? O Mann, Vanessa, nimm mich bloß nicht zu ernst. Das ist keine gute Idee.«
»Bild dir nur nichts ein, John. Aber mal ehrlich: Glaubst du, ich wäre fähig ...«
»Fähig wozu?«
Vanessa errötete. »*Ist* das peinlich. Okay, ich sag's: *geliebt* zu werden.« Vanessa machte ein Gesicht, als sei ihr plötzlich be-

wusst geworden, dass sie sich nackt in der Öffentlichkeit bewegte.
»Ja, natürlich bist du das, Vanessa. Aber …«
»Aber *was?*« Vanessas Stimme verriet zum ersten Mal, seit John sie kannte, Schwäche.
»Du bist liebenswert, Vanessa.« John zerbrach sich den Kopf, wie er das, was er als Nächstes sagen wollte, in Worte fassen konnte. »Aber du musst dir die Brust aufreißen, frische Luft an dein Herz lassen und dir einen Sonnenbrand darauf holen, und das kann einem verdammt Angst machen.« Er biss auf einen Eiswürfel. »Die meisten Menschen tun das offenbar ganz automatisch. Aber du und ich – wir schrecken davor zurück.«
»Und …?«
»O Mann. Ich bin grade der Richtige, dir solche Vorträge zu halten. Siebenunddreißig und Single. Aber ich hab immerhin *The Other Side of Hate* gedreht, und weißt du, warum der gefloppt ist?«
»Warum?«
»Weil ich glaubte, ich könnte allen was vormachen. Es war so demütigend, als er durchfiel. Die Leute denken, so was würde mich gar nicht kratzen, aber das stimmt nicht. Diese Kritiken waren einfach … *autsch.*«
»Und jetzt?«
»Ich glaube, das Problem dabei, wenn man sein Herz öffnet, ist, dass die Leute es womöglich nicht mal mitkriegen. Wie einen Kinoflop. Oder sie leihen sich dein Herz von dir aus und vergessen, es dir zurückzugeben.«
Die Luft zwischen den beiden war dick und warm wie in einem Zelt. Keiner wusste, was er als Nächstes sagen sollte. Ryan kam herein, völlig außer Atem. »Versucht mal, in L.A. ein Taxi zu finden. Meine Batterie war leer.« Er sah Vanessa an und zog auf eine »Weiß er es schon?«-Art die Augenbrauen hoch. Sie schüttelte den Kopf. John machte ein ebenso verzweifeltes Gesicht wie jemand, der gleich den Job kündigen wird, in dem er seit zwanzig Jahren arbeitet.

Vanessa erklärte ihm, was ein MSP ist: ein komplexes Computerprogramm, das Gegenteil einer Rechtschreibprüfung – ein MisSpellCheck, also eine Schreibfehlerprüfung. Der MSP basiert auf der Annahme, dass jeder immer wieder dieselben Wörter falsch schreibt, egal, wie gut er tippen kann. Schreibfehlermuster sind einzigartig wie Fingerabdrücke, und darüber hinaus berücksichtigt der MSP auch Interpunktionsmuster, Rhythmus und Tempo.
»Egal, ob man sich als Suzanne Pleshette oder als Daffy Duck einloggt, der MSP identifiziert einen nach ungefähr zweihundertfünfzig Wörtern. Er ist so raffiniert ausgeklügelt, dass er einem sagen kann, ob man gerade seine Tage hat oder ob man sich mal wieder die Fingernägel schneiden muss.«
John fragte, warum die Polizei nicht bereits einen MSP gemacht hätte. Vanessa: »Das ist alles höchst geheim, John. Die machen das nur, wenn sie glauben, man hätte eventuell etwas mit einem fehlenden Plutoniumbrocken zu tun, oder um einen aufzuspüren, wenn sie glauben, man missbrauche seine Teilnahme am Zeugenschutzprogramm. Das ist keine Standardmethode, schon gar nicht, wenn es um ein Starlet geht, das seit ein paar Tagen vermisst wird. Außerdem braucht das Programm so viel Arbeitsspeicher, dass alle Computer im jeweiligen Büro Alzheimer bekommen, solange es läuft.«
John klatschte einen 100-Dollar-Schein auf den Tisch. »Kommt«, sagte er. »Wir gehen in Vanessas Büro.«
John und Ryan folgten Vanessa im Wagen. John rief Ivan an, um ihn zu fragen, ob er sie mit seinem Jet fliegen würde, der ganz in der Nähe auf dem Flughafen von Santa Monica untergestellt war. John merkte, dass Ivan am anderen Ende seufzte. »Wo*hin* denn, John-O?«
»Nach Wyoming wahrscheinlich – aber das weiß ich noch nicht genau. Wir suchen Susan.«
Ivan zögerte. Immerhin hatte die Susan-Colgate-Obsession John nach der Episode in Flagstaff von den Toten zurückgeholt. »Heute Nachmittag findet das Meeting wegen der Euro-

pa-Vermarktung von *Mega Force* statt. Du hast gesagt, du würdest kommen.« Ivan schwieg einen Moment, dann sagte er: »Okay, John-O.«

»Toll. Wir sind in einer halben Stunde am Flughafen.«

Es war ein hirnloser, sonniger Tag, und die Mittagssonne machte die Welt flach. Die Bäume sahen aus wie Plastik und die Fußgänger wie Schaufensterpuppen. Schattenflecken bildeten tiefe Löcher. Wie verabredet stellte Vanessa ihren Wagen auf dem Firmenparkplatz ab, während John und Ryan gegenüber parkten. »Da drin ist es wie im Hochsicherheitstrakt«, sagte Ryan. »Sie fotografieren dich nicht nur, wenn du da reinfährst. Sie röntgen sogar dein Gebiss.«

»Hast du irgendeine Ahnung, was Vanny jetzt macht, Ryan? Man wird sie dafür feuern, dass sie dieses MSP-Ding benutzt.«

Ryan sagte: »Du nennst sie Vanny?«

John wedelte auf eine Klar-tu-ich-das-Art mit der Hand. Dann fragte Ryan ihn: »Uns war schließlich klar, dass sie Gefahr läuft, ihren Job zu verlieren. Tut sie das für mich oder für dich?«

John lachte kurz auf.

Ryan fingerte an dem Rückspiegel neben der Beifahrertür herum. »Weißt du, John, den jungen Leuten heute wird erzählt, dass sie vier oder fünf verschiedene Karrieren haben werden. Aber was ihnen nicht gesagt wird, ist, dass sie dabei vier oder fünf verschiedene Personen sein werden. In fünf Jahren werde ich nicht mehr ich sein. Ich werde irgendein neuer Ryan sein. Vermutlich klüger und korrupter, und wahrscheinlich werde ich Schwarz tragen, nur Businessclass fliegen und Worte wie ›Cassoulet‹ oder ›sublim‹ benutzen. Sag du's mir. Du weißt, wie das ist. Du hast deine Identität schon ein paar Mal gewechselt. Aber im Moment … im Moment lieben Vanessa … Vanny … und ich uns wirklich, und vielleicht kriegen wir sogar Kinder, und vielleicht eröffnen wir ein Fischrestaurant. Keine Ahnung. Aber ich muss es jetzt tun …, bald handeln, meine ich, weil die aktuelle Version meiner selbst sich bereits verflüchtigt. Wir verflüchtigen uns alle. Jeder von uns. Ich bin schon einen Schritt weiter. Der Ryan, der diese Worte sagt, ist für mich schon Vergangenheit.»

Sie saßen da und starrten auf das niedrige Firmengebäude. Die Spannung, mit der sie auf Vanessa warteten, wurde ihnen langsam zu viel. Sie sprachen kein Wort. Sie versuchten es mit dem Radio, aber der Empfang war so schlecht, dass sie es wieder ausstellten. Ein Bus hielt neben ihnen, und John und Ryan betrachteten die Fahrgäste darin, deren Blicke nach vorne und nach innen gerichtet waren. Der Bus fuhr wieder ab, und sie sahen Vanessa aus der Eingangstür des Firmengebäudes stürzen, im Arm einen Pappkarton. Nicht wie gewohnt schreitend, eilte sie mit schnellen Schritten zu ihrem geparkten Wagen. Sie bog auf die Hauptstraße ein und hielt neben John. Dort ließ sie ihr Fenster herunter und sagte: »Los, zum Flughafen.« Ihre Augen waren rot und feucht.

»Alles in Ordnung?«

»Fahrt einfach *los*. Wir treffen uns da.« Sie raste davon.

Als sie bei Vanessa auf dem Parkplatz des Santa Monica Airport ankamen, hatte sie sich wieder gefasst. »Na, was ist, fliegen wir nach Cheyenne?«, fragte sie.

»Schatz?«, sagte Ryan.

»Schon gut«, sagte Vanessa. »Es hat mir da ohnehin nicht gefallen.«

»Ich habe noch nicht mal deinen Arbeitsplatz gesehen.«

Vanessa öffnete den Karton, und Ryan schaute hinein. Drinnen lagen ein Mr. Potato Head, ein gerahmter Vier-Bild-Streifen von ihr und Ryan aus dem Passfotoautomaten, eine Karte von der kanadischen Ostküste und mehrere dralle, saftige Kakteen.

Ivan war am Flughafen. John klopfte ihm auf die Schulter und stellte ihm Ryan und Vanessa vor. Zehn Minuten später waren sie in der Luft.

»Ich hab sie gefunden«, sagte Vanessa.

»Wo?«, fragte John.

»Sie arbeitet für ein Rüstungsunternehmen. In der Rechtsabteilung. Radarausrüstungen. Ratet, welchen Namen sie benutzt.«
»Leather Tuscadero.«
»Haha.« Sie schauten aus dem Fenster auf die gitterförmig angeordneten Lagerhäuser des Industrieviertels hinunter. »Fawn Heatherington.«
»Ist das billig«, sagte Ryan. »Klingt, als wär's aus *The Young and the Restless.*«
»Ivan«, sagte John, »sorg dafür, dass uns am Ziel ein Wagen auf der Landebahn erwartet. Und sorg dafür, dass eine Landkarte drin ist. Wir werden in ein paar Stunden da sein.«
Vanessa sagte: »Ich habe noch etwas Merkwürdiges gefunden.«
»Was?«, fragte John.
»Wenn ich mir diverse Spitzenwerte ihrer Tippgeschwindigkeit und -frequenz ansehe und sie mit ihren anderen Daten vergleiche – sie hat Ende der Achtziger als Datentypistin beim Trojan-Atomkraftwerk oben am Columbia River gearbeitet –, besonders, was ihre Benutzung der Umschalttaste und der Zahlen eins bis fünf angeht, bringt mich das auf einen Gedanken, der mehr als eine bloße Vermutung ist.«
»Und das wäre?«
»Marilyn ist in den Wechseljahren.«
John sah Vanessa an und drehte sich dann zu Ivan um. »Ivan, Vanessa arbeitet ab jetzt für *uns.*«
»Gut«, sagte Ivan. »Als was?«
»Als Leiterin unserer Welt.« Die Tatsache, dass er zu Vanessas Rauswurf beigetragen hatte, ließ ihn sich nun nicht mehr ganz so schäbig fühlen. Er steckte sich eine Zigarette nach der anderen an.
»Ich dachte, du hättest letztes Jahr aufgehört«, sagte Ivan.
»Ich rauche, wenn ich mir Sorgen mache. Das weißt du doch.«
Ivan fiel auf, dass John, der so hellwach und zielbewusst in der Maschine saß, sich offenbar durch nichts an das am Boden

liegende Häufchen Elend erinnert fühlte, das er vor ein paar Monaten gewesen war.
Sie landeten in Cheyenne. Ein Flughafenangestellter dirigierte sie zu ihrem Wagen. Ivan bat Vanessa, ihnen den Weg zu weisen. »Am besten, du fängst gleich in deinem neuen Job an.«
Sie setzte sich nach vorn, und Ivan beugte sich zu Ryan hinüber und flüsterte ihm zu: »Das Geheimnis des Erfolgs? Delegieren, delegieren, delegieren – natürlich vorausgesetzt, man hat einen kompetenten Mitarbeiter engagiert.«
Ryan fühlte sich wie ein Dreizehnjähriger, der einen Rat von einem zigarrenmalmenden Onkel bekommt.
Sie fuhren durch die Stadt. Es war ein kalter heißer Tag auf dem Höhepunkt eines rauen Herbstes. Die Luft fühlte sich dünn an, und sie schafften es, auf dem Weg durch die Stadt jede rote Ampel zu erwischen – diese Stadt, die eigentlich eine Präriestadt war, mehr Nebraska als Nebraska, und rein gar nichts mit der traumhaften Berglandschaft gemein hatte, die der Name Wyoming verheißt oder die John von den *The-Wild-Land*-Dreharbeiten tief in den Rockies in Erinnerung geblieben war.
»Da drüben«, sagte Vanessa, »das blaue Schild. Calumet Systems – gerade letzte Woche von Honeywell aufgekauft.«
Sie sahen sich erneut vor einem niedrigen gläsernen Firmenblock, umgeben von einem Parkplatz voller nichtssagend aussehender Pkws und einem Drahtzaun, der oben von Stacheldraht abgeschlossen wurde. Ein Sicherheits-Checkpoint-Charlie versperrte ihnen den Weg auf das Gelände. Vanessa ließ John den Wagen auf die Amoco-Tankstelle gegenüber fahren. John sagte: »Ivan, hast du das Fernglas mitgebracht, um das ich gebeten hatte?«
John schaute hindurch, ohne zu wissen, was er zu sehen erwartete – Marilyn beim Kaffeekochen in der Cafeteria? Beim Ablegen eines Briefs? Beim Zurechtzupfen ihres Bubi-Kragens?
»Darf ich auch mal, John?«
Er reichte Ryan das Fernglas, und dieser suchte systematisch

das Calumet-Gelände ab. John stellte das Radio an und blieb bei einem spanischen Dance-Sender hängen, den Vanessa wieder abschaltete. »Das ist nicht der richtige Zeitpunkt für einen Tschika-Tschocka.«

Ryan sagte: »Ich sehe ihren Wagen.«

»Quatsch«, sagte John.

»Nein, wirklich. Es ist ein rotbrauner BMW. Ich weiß noch, dass er damals in den Nachrichten zu sehen war, als Susan nach Hause zu ihrer Mutter zurückgekehrt ist.«

John sagte: »Rechtsanwaltsgehilfinnen, die bei Rüstungsunternehmen in der Prärie arbeiten, fahren keine BMWs.«

Ryan fuhr fort, den Wagen durch das Fernglas anzustarren. »John, du vergisst, dass Marilyn nach dem Absturz von Seneca ihren Prozess gegen die Fluggesellschaft zwar erst gewonnen, aber am Ende doch noch verloren hat. Sie klammert sich an ihren letzten verbliebenen Luxusgegenstand wie an ein Rettungsboot.«

»Es war ein bordeauxfarbener BMW«, sagte Vanessa und fügte hinzu: »Jetzt mal Klartext, John. Ich meine, was machen wir, wenn wir Marilyn gefunden haben? Wollen wir sie Tag und Nacht verfolgen? Was soll das bringen?«

»Sie wird uns zu Susan führen.«

»Woher willst du das *wissen*? Da kommt mein Profifinderinstinkt nicht mehr mit.«

»Wir wissen nicht, wo Susan in jenem Jahr war – niemand weiß das. Aber Marilyn ist ebenfalls verschwunden, und jetzt stellen wir plötzlich fest, dass sie Fawn von Soap heißt und hier in Cheyenne bei einer Rüstungsfabrik arbeitet. Ich meine, *zwei* Personen aus ein und derselben Familie verschwinden? Das ist doch kein Zufall. Rüstungsunternehmen? Spitzel? Spione? Wer weiß. Aber es gibt eine Verbindung. Eine wichtige.«

»O *Mann*«, sagte Ryan. »Ich kann es selbst kaum glauben, aber La Marilyn hat das Gebäude verlassen. Sie geht zu ihrem Wagen. Meine Güte, sieht die schlimm aus.«

»Lass mal sehen«, sagte Vanessa. »Die haben doch erst um fünf Feierabend. Warum geht sie früher? Mist – Ryan hat Recht. Sie ist es … Mit einem 6-Dollar-99-Haarschnitt und einem Hosenanzug, den sie mit einem Coupon von der Rückseite einer *USSR This Week* von 1972 bestellt hat. Es hieß doch immer, sie sei so elegant.« Sie gab Ryan einen Kuss. »Agent 11, du bist *gut.*«

John ließ den Motor an, um Marilyn zu folgen, die eben den Checkpoint Charlie passierte. Sie bogen in die Hauptstraße ein, die sich gerade mit dem Feierabendverkehr zu füllen begann. Sie schlichen viele Meilen mit drei Autos Abstand hinter ihr her – vorbei an tausend Kentucky Fried Chickens, vorbei an vierhundert Gaps, zweihundert Subways und über Dutzende von Kreuzungen, die voll gestopft waren mit Lebensqualitäts-Flüchtlingen aus den anderen größeren Städten des Landes –, ohne irgendwo auch nur einen Cowboyhut oder einen klapprigen Ranchero-Kombi zu Gesicht zu bekommen. Sie verließen das Zentrum von Cheyenne und erreichten den Stadtrand, wo die Franchise-Läden nicht so neu waren und die älteren Fastfood-Filialen bereits ihre zweite Inkarnation als Tierfutter-Billigsupermärkte, Lagerhallen und Schießstände erlebten. Marilyn bog auf das Grundstück des Lariat Motels ein. Sie stieg aus dem Wagen und stürmte ins Zimmer Nummer 14.

»Tja, Leute«, sagte John, »ich schätze, wir bleiben die Nacht über hier.«

Kapitel Einunddreißig

Eerie erlebte einen schlimmen Winter in jenem Jahr, und Randys Heizung funktionierte nicht richtig. In mehrere Pullover eingemummelt saß Randy eines Abends vorm Fernseher und zappte durch die Kanäle. Chilidunst wehte aus der Küche herein, und dann landete er auf CNN, wo gemeldet wurde, dass die Fluggesellschaft dazu verurteilt worden war, Marilyn *Piep*-Komma-vier Millionen Dollar zu zahlen. Er stieß einen Pfiff aus, klatschte sich auf die Schenkel und jodelte: »Suusan-uu-san-uu-EI-uu.« Sie kam aus dem Wäschezimmer, wo sie Eugene Junior die Windel gewechselt hatte, und schaute sich mit versteinertem Gesicht den Bericht an: Marilyn, einen Arm um die Schultern ihres Anwalts, schritt wie ein Mannequin aus einem Gericht in Manhattan.

»Die Alte hat ein Kaugummi im Mund«, sagte Susan. »Man sieht es an der dezenten Beule hinter ihrem linken Ohr. Sie bildet sich ein, dass keiner das merkt, aber *mir* macht sie nichts vor. Sie glaubt, Kaugummikauen stärkt die Lächelmuskeln.«

Marilyn sprach in ein Dickicht aus Mikrofonen. Sie sagte, die Gerechtigkeit habe gesiegt, aber sie würde verdammt noch mal jeden Pfennig des erstrittenen Geldes hergeben, wenn sie die Chance bekäme, für nur eine Minute mit Susan zu reden.

»O Randy, das ist ja wie ein Filmausschnitt bei der Oscar-Verleihung.«

Randys Blick schoss zwischen dem Bildschirm und Susans Gesicht hin und her. Der Prozess hatte das Haus in den drei

Monaten seit Susans Ankunft mit einem Bann belegt. Sie tat so, als ließe die Sache sie kalt, aber das stimmte nicht. Selbst an den Tagen, an denen sie behauptete, keine Zeitung gelesen zu haben, war sie ausnahmslos auf dem neuesten Stand der Verhandlung und versäumte keine Gelegenheit, über den Charakter ihrer Mutter herzuziehen. Wichtiger war Randy jedoch, dass Susan in den vergangenen Monaten durchblicken lassen hatte, sie, Randy und das Baby würden, sobald Marilyns Verhandlung abgeschlossen war, nach Kalifornien ziehen und die »Operation Brady« starten, die, wie er hoffte, die nächste Phase seines Lebens sein würde.

»Guck mal, Randy, sie trägt *immer* noch diese geschmacklosen nachgemachten Ungaro-Outfits, und als Sonnenbrille hat sie sogar noch diese Fendi-Kopie, die sie auf der Tauschbörse in Laramie erstanden hat.« Sie lächelte Randy an. »Tja, Partner, sieht aus, als müssten wir unsere Sachen packen und uns auf den Weg nach Westen machen.«

Ihr Plan war nicht besonders kompliziert. Randy, Eugene Junior und die Hunde sollten nach Los Angeles fahren. Dort angekommen, würde Randy ein Brady-Bunch-Haus mieten, um dort mit Dreama Kleinfamilie zu spielen und das Baby aufzuziehen. Susan würde in der Nähe wohnen müssen, bis der Trubel, der unweigerlich immens sein würde, abebbte. Susan wollte, dass Eugene Junior so wenig wie irgend möglich ins Rampenlicht geriet. Aber vor allem wollte sie Marilyn von dem Kind fern halten. »Dieser gefräßige alte Drache wird Eugene *niemals* in seine Klauen kriegen. *Uuuhh*, sie wird Höllenqualen leiden, wenn sie Eugene nicht zu sehen bekommt. Endlich habe ich ein Stückchen Jugend, dass ich *ihr* vorenthalten kann.«

Randy sagte: »Früher oder später wird der Kleine eine Sozialversicherungsnummer brauchen, Susan. Ich meine, in den Augen der amerikanischen Regierung existiert Junior praktisch gar nicht.«

»Randy, Eugene Junior wird ein Steinzeitbaby werden. Er

wird nicht die geringste Aktenspur hinterlassen – nicht, bis sich die Lage beruhigt hat. Die Medien werden durchdrehen. Den Papierkram können wir später erledigen.«

Alles ging sehr schnell. Am Tag ihres Wiedereintritts in die Welt fuhr Susan mit Randy und Eugene Junior nach Pittsburgh runter und verabschiedete die beiden, von einem beispiellosen Weinkrampf geschüttelt. Ein Kapitel ihres Lebens war vorbei, so endgültig, dass ihm in einem Buch eine leere Seite folgen würde. Dann schlenderte sie in einem gesichtslosen Gap-Outfit, das sich nirgendwohin zurückverfolgen ließ – Baumwolljeans ohne Bügelfalte und ein marineblauer Rollkragenpullover – in eine Polizeiwache in einem Vorort von Pittsburgh. Sie hatte sich die Haare zu dem Teenager-Pferdeschwanz frisiert, für den sie in *Meet the Blooms* berühmt war, und nach all den Jahren sah sie immer noch täuschend jung aus, fast genauso wie früher auf dem Titel des TV Guide. Sie trat an den Empfangstresen und merkte gleich, dass die wachhabende Polizistin wusste, wer sie war – das Gefühl, auf Anhieb erkannt zu werden, war Susan noch aus der Hochphase ihrer Karriere vertraut. Die Beamtin mit dem Namensschild BRYAR brachte kein Wort heraus, während ihr Hirn versuchte, das, was sie sah, mit dem, was sie zu wissen glaubte, in Einklang zu bringen.

»Guten Tag, Officer Bryar«, sagte Susan höflich, als wollte sie ihr am Ende eines Gangs in einem Safeway-Supermarkt fettarme Käsehäppchen zum Probieren anbieten. »Mein Name ist Susan Colgate. Ich …«, sie machte eine rhetorische Pause, »ich bin etwas verwirrt. Vielleicht können Sie mir helfen.«

Officer Bryar nickte.

»Wir sind in … ich meine, wir sind hier in … dass ich hier nichts durcheinander bringe … Pennsyl*vania*. Richtig?«

»Pittsburgh.«

»Und heute ist der – das hab ich auf der USA Today draußen im Zeitungsspender gelesen. Wir haben jetzt … Moment … September 1997?«

Officer Bryar bestätigte dies.
Susan schaute sich um und sah eine typische Polizeiwache, wie sie sie vom Studiogelände her kannte: die Flagge, ein Porträt des Präsidenten, Panzerglasfenster und Videokameras. Sie bemühte sich, direkt und mit verzweifeltem Gesichtsausdruck in all die Kameras zu schauen, denn sie wusste, dass die Polizeibehörde mit dem Verkauf des Filmmaterials, das sie ihnen gerade schenkte, genug Geld verdienen konnte, um eine neue Streifenwagenflotte zu finanzieren. Sie drehte sich wieder zu Officer Bryar um: »Also, dann. Das Letzte, an das ich mich erinnere, ist, dass ich auf dem Weg zum JFK-Airport in New York war, um eine Maschine zur Westküste zu nehmen, und jetzt ist es … Ach, was soll's.«
Es folgte ein riesiger Medienansturm, und Susan war dankbar, dass sie in einer Zelle in einem unbenutzten Teil des städtischen Gefängnisses untergebracht wurde. Ihr zurückgezogenes Leben, das sie zuerst nur mit Eugene und dann mit Randy und Eugene Junior verbracht hatte, war vorbei. Ihre Ferien von der Vielzahl unterschiedlicher Susan-Colgate-Identitäten, für die sie bekannt war, waren zu Ende.
Ein Hilfssheriff brachte Susan einen kleinen Kübel Blaubeerjoghurt und Hühnchen und Pommes von Kentucky Fried Chicken. Susan bedankte sich, und der Hilfssheriff sagte: »Ich fand Sie wirklich gut in *Meet the Blooms*. Sie waren die Beste in der Serie.«
»Danke.«
»Vor drei Wochen hab ich mir mit meiner Freundin *Dynamite Bay* ausgeliehen, und wir haben den ganzen Film ohne Vorspulen gesehen und unser zweites Video ungesehen zurückgegeben. Sie wird mir nicht glauben, dass ich Ihnen tatsächlich hier begegnet bin.«
Susan steckte sich eine Fritte in den Mund. »Was war das zweite Video?«
»*America's Worst Car Crashes*. Reality-TV.«
Der Hilfssheriff ging wieder weg, und Susan aß eine Hand voll

Fritten und begann dann ein Selbstgespräch zu führen. *Na, Eugene, werde ich mein neues Leben jetzt wieder vermasseln? Glaubst du, ich habe im vergangenen Jahr irgendwas gelernt?* Sie knabberte an einem Schenkel, der salzig und fettig schmeckte. Sie merkte, dass sie Hunger hatte, und aß alles auf.
Die Geschichte, die sich Susan lange im Voraus zusammen mit Randy für die Öffentlichkeit zurechtgelegt hatte, lautete, dass sie sich an nichts erinnerte, was zwischen ihrer Ankunft am JFK Airport und dem Moment, als sie die USA Today in der Box vor dem Polizeigebäude gelesen hatte, geschehen war. Sie würde den Leuten erzählen, dass vielleicht das Foto von Marilyn auf der Titelseite der Auslöser war. Die Polizei befragte Susan stundenlang, doch ohne Ergebnis.
Susan ließ mitteilen, dass sie nicht mit der Presse zu sprechen wünsche, solange sie sicher in der kühlen, hallenden Stille der Gefängniszelle saß. Fürs Erste konnten die Reporter sich mit den Bildern der Überwachungskameras, die sie ihnen geliefert hatte, befassen. Außerdem weigerte sie sich, Marilyn zu empfangen. Ihr war es nicht eilig damit, denn ihrer Geschichte zufolge hatte sie nicht das Gefühl, vermisst gewesen zu sein. Sie verspürte kein Heimweh. Die Fluggesellschaft bot ihr an, sie noch am gleichen Abend nach Cheyenne zu fliegen. Sie nahm an. Die Maschine traf nach Mitternacht ein, und auf ihre Bitte hin sollte sie Marilyn am nächsten Morgen wiedersehen. Sie sagte, sie sei müde und verwirrt und müsse erst mal wieder einen klaren Kopf kriegen.
Sie wurde im Days Inn untergebracht, und sie schlief tief und fest. Am nächsten Morgen wachte sie um halb sieben auf, duschte und zog ein Donna-Karan-Ensemble an, das ihr die Fluggesellschaft zur Verfügung gestellt hatte. Sie wurde in einem Minivan durch Cheyenne gefahren, die Stadt, in der sie sich nie wirklich zu Hause gefühlt hatte. Es war ein außergewöhnlich heißer und trockener Sommer gewesen, die Blätter an den Bäumen sahen kraftlos aus, und die Straßen waren staubig. Ihre Eingeweide fühlten sich bereits wie Blei an, und

sie vermisste Eugene Junior und Randy. Mit einem dumpfen Schmerz, der an Reiseübelkeit erinnerte, vermisste sie auch Eugene senior. Der Performance-Art-Aspekt der Show, die Susan für diesen Morgen geplant hatte, hätte ihm gefallen.
Das Fahrzeug näherte sich einem ziemlich teuer aussehenden Haus im spanischen Stil mit einem rotbraunen BMW und einem Mercedes in der Auffahrt. Dies war also das Traumhaus, zu dem Marilyn es gebracht hatte. Wohnmobile mit Satellitenschüsseln umstanden das Grundstück. Nachbarn reckten hinter gelbem Polizei-Absperrband die Hälse, und die Kameras liefen, als Susan langsam den Weg zum Haus entlangschritt, auf die mit einem eine Elritze im Schnabel haltenden Eisvogel aus sandgestrahltem Glas verzierte Doppeltür zu. Die Türen gingen auf, und Marilyn erschien, Tränen in den Augen. Sie stolperte auf Susan zu, die ihre Mutter auf die gleiche Weise umarmte, wie sie in ihrer Misswahlenzeit die Zweitplatzierte umarmt hatte. Wenn die Schönheitswettbewerbe sie auch sonst auf nichts vorbereitet hatten, dann wenigstens auf diesen Moment: *Susan! Mom!*
Es lief wie einstudiert. Sie hatte leichtes Spiel. Die Kameras brauchten das. Die Welt wollte es. Aber was weder die Kameras noch die Welt zu hören bekamen, war, was Susan in Marilyns mit einem goldenen Nautilus-Ohrring geschmücktes Ohr flüsterte: »Weißt du was, Mom? Du musst *wirklich* jeden einzelnen Penny zurückgeben, den du von der Fluggesellschaft bekommen hast. Damit sind wir quitt, okay?«
»Susan!«
Don kam aus der Tür, ging auf Susan zu und umarmte sie, so dass Marilyn zwischen ihnen eingeklemmt wurde. »Schön, dich zu sehen, Sue. Wir haben keine ruhige Minute mehr gehabt, seit man uns gestern benachrichtigt hat.« Susan lachte, als sie das hörte, dann lächelte sie Marilyn an, die, wie Susan überzeugt war, nun aus echtem Schmerz weinte.
Die Objektive der Pressekameras surrten und zoomten, und die Verschlüsse klickten und plapperten vor sich hin. Susan,

Don und die verheulte Marilyn standen auf der Eingangstreppe zu Marilyns Haus. Susan sagte in die Kameras: »Tut mir Leid, Jungs. Wir müssen uns jetzt ein bisschen zurückziehen. Bis bald.«

Gute alte Sue! Immer nett zur Presse.

Marilyn, Susan und Don traten ins Haus, und sogleich eilte Don zum Schrank über dem Telefon und holte eine Magnum-Flasche mit melassefarbenem Navy-Rum heraus. »Zeit für einen Drink«, sagte er und goß vier Finger breit Alkohol in ein Highball-Glas und darauf Schokoladenmilch aus einem Tetrapak. »Ich habe ihn Scheißwunder genannt, im Andenken an den Klumpen Kacke, der uns nach Wyoming gebracht hat. Ich ernähre mich praktisch von nichts anderem. Möchtest du auch einen, Sue?«

»Nein danke, Don.«

»Bist du sicher? Ach, komm schon. Wir müssen doch feiern.«

»Nein. Das ist mir zu früh«, sagte Susan.

»Wie du willst«, sagte Don mit einem gehässigen Unterton, den sie an ihm nicht kannte. Er stürzte einen beträchtlichen Teil seines Drinks herunter.

Marilyn sagte kein Wort. Sie stand am Küchentisch, die Arme vor der Brust verschränkt. Susan schaute sich in der Küche um, hell, sauber und voll gestopft mit Haushaltsgeräten, und neben dem Telefon sah sie einen Haufen von Umschlägen und Briefen mit den Logos von CBS, CNN, KTLA und diversen Kabel- und Lokalsendern. »Hier ist dieses Jahr viel los gewesen, wie ich sehe«, sagte Susan.

Marilyn öffnete den Mund, wollte etwas sagen und tat es dann doch nicht. Die drei standen so weit voneinander entfernt, wie es in der Küche möglich war.

»Du willst wissen, wo ich gewesen bin«, sagte Susan, »nicht wahr?«

»Das ist eine berechtigte Frage.«

Susan nahm einen Brief mit dem Fox-TV-Logo in die Hand, auf dem stand:

Liebe ~~Mrs. Colgate~~ Marilyn,
hiermit übersenden wir Ihnen einen Scheck über $ 5000,00. Wir möchten Ihnen noch einmal dafür danken, dass Sie unseren Zuschauern einen weiteren fesselnden und inspirierenden Beitrag beschert haben.

Mit freundlichem Gruß, Don Feschuk
Stellvertretender Leiter Projektentwicklung

»Vielleicht solltest du lieber mit Don Feschuk sprechen als mit mir, *Mom.*«
»Sei nicht so gemein. Das steht dir nicht.«
»Das freudige Ereignis, das wir heute feiern, muss ein Wettbieten ausgelöst haben. Wer hat gewonnen, *Mom?*«
»CBS«, sagte Don.
»Lasst mich raten«, sagte Susan, ohne ihren Blick von Marilyns Gesicht zu lösen. »Ein Exklusivinterview, und zwar schon bald, schätze ich, damit es heute Abend zur Hauptsendezeit an der Ostküste ausgestrahlt werden kann.«
»Ich wollte nicht, dass hier die Hölle losbricht«, sagte Marilyn. »Auf diese Weise ließen sich die Dinge vereinfachen.«
»Himmel, nein – das wäre *wirklich* schrecklich, wenn hier die Hölle losbräche, was, *Mom*?«
»Hör auf, in diesem Ton *Mom* zu sagen.«
Susan versuchte sich daran zu erinnern, wann sie Marilyn das letzte Mal von Angesicht zu Angesicht gesehen hatte. Es war im Büro des Steuerberaters Erik Osmond in Culver City gewesen. Marilyn hatte Susan als »kleine Schlampe« bezeichnet, und Susan hatte sie als Diebin beschimpft, und dann, als Susan den Raum verließ, hatte Marilyn einen Aschenbecher geworfen. Dieser war in tausend Stücke zersprungen, und Erik hatte gebrüllt: »Das war ein Geschenk von Gregory Peck!« Susan hatte die Tür hinter sich zugemacht, und das war's.
Marilyn zündete sich eine Zigarette an. »Du hättest mal anrufen können.«

»Bist du bescheuert, *Mom?* Ich wusste doch nicht mal, wo zum Teufel ich war.«

»Das glaube ich nicht.«

»Dann lass es.« Susan entdeckte die Fendi-Brille. »Aber bist *du* hier nicht diejenige, die einem falsche Tatsachen vorspiegelt?«

Marilyn kam herüber und riss Susan die Brille aus der Hand. »*Jetzt* nicht mehr, *Tochter.*«

»Das ist die abscheulichste Heimkehr, die ich je erlebt habe«, sagte Don.

»Don«, sagte Susan, »versetz dich mal in meine Lage, okay? In meinem Gehirn *gibt* es das letzte Jahr gar nicht. Plötzlich stehe ich mitten in Pennsylvania auf einer Straße, und schon schleift man mich nach Hause zu *Mummy*, die für mich nach wie vor eine Diebin ist, die sich nicht nur meine gesamten Fernseh-Gagen unter den Nagel gerissen, sondern mich auch noch gezwungen hat, meine ganze Kindheit lang vor den Augen einer nicht enden wollenden Prozession von Chevy-Händlern und kleinen Frisören auf der Bühne mit dem Hintern zu wackeln. Ich hatte vor einem Jahr nicht den Wunsch, mit ihr zu sprechen, und daran hat sich bis heute nichts geändert.«

Don, der sich plötzlich in der Rolle des Diskussionstrainers wiederfand, nickte benommen.

»Glaubst du ernsthaft«, sagte Marilyn, »dass ich, als ich die Absturzstelle besichtigt habe – und versuch nicht, mir zu erzählen, dass du dich daran nicht erinnerst, ich weiß genau, dass du es tust – Amnesie, so ein Blödsinn – und all diese Leichenteile und Schuhe und Armbanduhren und Tabletts gesehen habe, aufeinandergestapelt und verkohlt wie Pfeffersteaks auf einem Grill bei Benihana's – dass ich, als ich zwischen all dem hindurchgelaufen bin, mir wirklich gewünscht haben könnte, meine eigene Tochter wäre tot? Dass ich mir gesagt haben könnte: *Mensch, Marilyn, endlich hast du das große Los gezogen – na ja, schade um das Kind?*« Marilyn ging hinüber zur Spüle, wo Don den Rum und die Schokoladenmilch abgestellt hatte, goss sich einen Drink ein und nahm einen Schluck. Das Glas war schnell leer. »Diesen Absturz würde ich niemandem wünschen, nicht mal meinem schlimmsten Feind. Aber ich *habe* keinen schlimmsten Feind, weil ich nicht mal *Freunde* habe. Was habe ich? Wirklich? Ich habe Don, und ich habe dich, und dich hab ich noch nicht mal richtig. Ja, ich hätte durch dein Verschwinden, wo auch *immer* du gewesen bist, beinahe einen Riesenhaufen Geld verdient, aber das eine möchte ich festhalten: *Du* bist verschwunden. *Du* warst wie vom Erdboden verschluckt. Es war eine Tortur, kein richtiges Ende zu haben. Das ganze Geld, das ich im Laufe des letzten Jahres gescheffelt habe, gehört mir. Ich habe nicht dafür gearbeitet, und vielleicht steht es mir auch nicht *zu*, aber ich schäme mich nicht dafür.«

Draußen auf der Straße sah Susan durch die Küchenläden den Ü-Wagen eines Fernsehsenders und daneben einen Typen, der einen rumpelnden Generator einschaltete. »Mich würde interessieren, was die Leute da draußen auf der Straße glauben, was wir jetzt hier drinnen tun«, sagte sie.

»Na ja, uns in dem Armen liegen oder irgend so 'n Quatsch«, sagte Marilyn.

Susan dachte an Eugene und Eugene Junior. Sie verspürte einen Anflug von Versöhnlichkeit. »Mom, hat es dir jemals, und sei es nur für einen kurzen Moment, Leid getan, dass du mir mein Leben gestohlen hast?«

»Dein Leben gestohlen?« Marilyn knallte ihr Glas auf den Tisch. »Jetzt mach mal halblang. Ich habe dich zu dem gemacht, was du *bist.*«

»Was ich bin?« Ein kleiner Nadelstich der Hoffnung piekste Susans Haut. Vielleicht würde sie jetzt herausfinden, was es war, zu dem sie geworden war. »Ich bin ganz Ohr, Mom. *Bitte*, sag mir, was ich bin.«

»Du bist meine Tochter und du bist hart wie Stahl.«

Diese nichts sagende Antwort zerschlug Susans schwache Hoffnung. »Was für ein Quatsch.«

»Wenn du mich nicht hättest, würdest du jetzt in irgendeiner Kleinstadt in Oregon einen Minivan voller Gören zu einem Fußballspiel fahren.«

»Das klingt doch wunderbar. Vielleicht hätte ich das gewollt.«

»So ein Blödsinn. Du bist zu Größerem geschaffen. Sieh dich doch an. Und schau aus dem Fenster. Die Medien schenken dir jetzt mehr Aufmerksamkeit als einem Bombenanschlag auf eine Botschaft.«

»Ist das alles, worum es dir geht? Die Medien? Was, wenn ich *tatsächlich* einen Haufen Kinder hätte, Mom. Was, wenn ich *tatsächlich* einen ganzen verdammten Chevy Lumina voller kreischender Bälger hätte, und alle würden genauso aussehen wie du?«

Marilyn zögerte für den Bruchteil einer Sekunde, bevor sie sagte: »*Kinder?*«

»Und was, wenn ich niemals zulassen würde, dass du sie zu Gesicht bekommst? Niemals. Was, wenn ich ihnen sagen würde, du wärst tot und sie könnten ihre Großmutter nie kennen lernen?«

»Das würdest du nicht tun.«

»Ach, nein?«

Don mischte sich ein: »Mädels, jetzt beruhigt euch doch mal …«

»Halt's Maul, Donald«, sagte Marilyn. »Red weiter, Susan. Erzähl mir mehr. Was würdest du tun, um mir wehzutun?«

Susan, der plötzlich klar wurde, wie genau Marilyn sie durchschaute, machte einen Rückzieher. »Ich sage nur, dass ich noch nicht drüber hinweg bin, Mom. Das Geld. Die Anwälte. Diese furchtbaren Szenen. *Alles*. Das weißt du doch, oder?«

Marilyns Zeigefinger klicketi-klickte auf den Rand ihres leeren Glases. »Na schön.«

»Das Haus gehört dir?«, fragte Susan.

»Der Bank.«

»Du wirst es jetzt verkaufen müssen. Und all diese Chichi-Outfits, die du dir, wie ich mir lebhaft vorstellen kann, in rauen Mengen in New York gekauft hast.«

»Ja, so wird es wohl kommen. Macht dich das glücklich?«
»Allerdings. Ich habe, nachdem die Serie eingestellt wurde, jahrelang von Billigjoghurt und drei Tage altem Gemüse gelebt. Larry hat die Rechnungen nicht bezahlt. Er hat mich ziemlich schnell abserviert. Ich weiß nicht, was passiert wäre, wenn die Sache mit Chris sich nicht ergeben hätte. Alle haben mich hinter meinem Rücken ausgelacht, und du warst schuld.«
Marilyn musterte sie kühl. »Das hast du wohl lange geübt, Schatz?«
Susan beschloss, das Gespräch zu beenden. »Ich hau jetzt wieder ab«, sagte Susan. »Die Fluggesellschaft wird mich nach Los Angeles fliegen.«
Susan hielt inne, weil ihr in dem Moment eine Frage einfiel, und sah Don an. »Hast du Chris eigentlich jemals kennen gelernt?«
»Er ist ein Arschloch.«
Susan lachte. »Ja, mit dieser Einschätzung liegst du ziemlich richtig. Aber es gibt niemanden, der ein Hotelzimmer so schön verwüsten kann wie er.«
Susan warf Don einen Kuss zu und blieb dann vor Marilyn stehen. Sie zuckte mit den Schultern, drehte sich um und ging. Es war nicht der große Triumph geworden, den sie sich erhofft hatte, aber so war es ja meistens im Leben.
Drei Stunden später war sie wieder in Los Angeles; vier Stunden später in Chris' Haus – allein, Chris war in Südamerika. Das Haus am Prestwick Drive war nach dem Flubzeugabsturz geräumt worden, ihre Sachen verkauft oder verschenkt.
Innerhalb nur eines Jahres war die Stadt, die Susan gekannt hatte, verschwunden. Larry Mortimer hatte seinen Job als Manager von Steel Mountain ein paar Wochen nach Susans Absturz gekündigt. Er hatte sich von Jenna scheiden lassen und lebte mit Amber in Pasadena, wo er CD-ROM-Spiele für Kinder produzierte. Sie rief ihn an und hinterließ ihm die Nachricht, sie sei wieder da, und er kam herübergefahren, um

sie zu besuchen, wozu er sich vor ihrem Haus durch die schnatternde Schar von Presseleuten drängeln musste.

»Sue? Sue! Ich bin's, Larry – mach auf.«

»Larry ...« Susan öffnete die Tür, und wie immer verschlug ihr Larrys Ähnlichkeit mit Eugene die Sprache. Aber inzwischen hatte sie Eugene als Mann kennen gelernt, und Larry war nur ein blasser Abklatsch von Eugene mit seiner schrulligen, spröden Künstlerart. Larry war ... nichts als eine von vielen Hollywoodmanager-Einheiten. Susan merkte, dass sie den Ansturm der Gefühle für Eugene zu verbergen suchte. Larry missdeutete ihr Verhalten als Wiedersehensfreude und näherte sich ihr mit andeutungsweise verführerischem Gehabe. Susan hingegen umarmte ihn so schwesterlich wie möglich. Er fragte, wie es ihr gehe, und sie plauderten ein wenig.

»Wie geht's Amber?«

»Sie ist schwanger. Sie ist aus ihrer Serie rausgeflogen, weil die das Drehbuch nicht umschreiben wollten.«

»Na, herzlichen Glückwunsch. Du hast Jenna also endlich verlassen, hm?«

»Ach, das weißt du schon?«

»Nein, weiß ich *nicht*. Vergiss es. Was macht die Band? Und Chris?«

»Die *Band*«, erwiderte Larry, »befindet sich physisch, moralisch, kreativ und finanziell im Chaos. Aber ich bin schließlich aus dem Rock 'n' Roll-Management ausgestiegen. Zu viele Aneurysmen am Tag.« Susan und Larry waren in die Küche umgezogen, wo Larry im Kühlschrank nach etwas zu essen stöberte. Keiner von beiden hatte Hunger, aber es war ein Ritual, das sie vor Jahren entwickelt hatten, um peinliche Momente zu überspielen. Sie redeten noch ein bisschen über verschiedene alte Bekannte und was aus ihnen geworden war.

»Ich hab mich erkundigt, aber es gibt keinerlei Hoffnung, dass du irgendwelche, wie soll ich sagen, ›Gehaltsnachzahlungen‹ von der Steel Mountain Corporation bekommst. Es gibt nichts, wovon man dich bezahlen könnte. Und übrigens musst du einen Fototermin mit Chris wahrnehmen und ein paar Scheidungspapiere unterschreiben. Ich kann das so arrangieren, dass du beides auf einen Schlag erledigen kannst. Er kommt Montag aus Caracas zurück.«

»Eigentlich sollte Adam Norwitz jetzt mein Leben managen.«

»Adam ist inzwischen eine größere Nummer. Zwei Pilotfilme, in die er involviert war, werden fortgesetzt.«

»Das Leben ist voller Überraschungen, nicht wahr, Larry?«

»Ganz schön schnippisch.« Larry fand eine Dose No-Name-Cola. Er betrachtete sie, zögerte und fragte Susan: »Wird so was schlecht?«

Susan zuckte mit den Schultern und sagte: »Mach mal was Verrücktes. Leb gefährlich.«

Larry öffnete die Dose, goß zwei Gläser voll, sie stießen auf ihre Rückkehr an, und er ging bald wieder. Eine Stunde später kam Dreama herüber. Sie war zutiefst einsam, hatte nichts, worum ihr Leben sich drehte, und konnte es kaum erwarten, in den Schoß der neuen Familie zu sinken. Sie erhielt Instruktionen, Randy und Eugene Junior am Flughafen abzuholen. Randy hatte inzwischen seinen Namen offiziell von Montarelli in Hexum geändert. Er und das Baby zogen noch am selben Abend bei Dreama ein und sollten sich am nächsten Tag auf die Suche nach einem Brady-Bunch-Haus machen. Susan musste sich schwer beherrschen, um nicht all ihre Pläne in den Wind zu schießen, zu Dreama zu laufen und Eugene Juniors süßen Babyduft einzusaugen.

Das öffentliche Interesse an Susans Wiederauftauchen, das zunächst hell entflammt war, erstarb dann fast völlig. Susan tat nichts, um es wieder anzufachen, was Adam anfangs für einen cleveren Trick hielt, um ihren Preis für Exklusivinterviews in die Höhe zu treiben. Doch sie blieb hart, und Adam fiel es schwer, ihr zu verzeihen, dass sie die Chance, sich auf dem Höchststand des öffentlichen Interesses zu verkaufen, nicht genutzt hatte.

Susan konnte ihr altes Cape-Cod-Haus von der Steel Mountain Corporation mieten, die es nach dem Flugzeugabsturz gekauft hatte. Es lag acht Minuten von Eugene Junior entfernt. Sie verschaffte Randy einen Job als Assistent bei einer Musik-PR-Agentur. Von dem Geld, das er dort verdiente, zahlte er die Miete für das vereinbarte Haus im Valley. Das Cape-Cod-Haus diente praktisch ausschließlich als raffiniertes Ablenkungsmanöver, um zu verhindern, dass die Öffentlichkeit in irgendeiner Weise auf Eugene Junior aufmerksam wurde. Susan grübelte immer noch darüber nach, wie sie Eugene am unauffälligsten »unter die Leute« bringen konnte, aber diese Aufgabe erwies sich als schwierig, denn jede Lösung würde eine Medienlawine auslösen.

Susan schlief nachts in ihrem Cape-Cod-Haus. Sonst nutzte sie es nur als Hülle für ihren Anrufbeantworter. Die Anrufe, die er entgegennahm, kamen fast alle von Adam Norwitz, der Susan über Angebote für die Rechte an lückenlosen TV-Verfilmungen ihres Lebens informieren wollte. Da sie in der Öffentlichkeit weiterhin ihre Amnesie-Lüge aufrechterhielt und genau genommen keine richtige Geschichte zu erzählen hatte, musste sie diese Angebote ablehnen. Ansonsten riefen nur auf Gedächtnisverlust spezialisierte Psychiater aus der ganzen Welt an, die auf irgendeine zweifelhafte Weise an ihre Nummer gekommen waren. (»Ich weiß, es gehört sich nicht, sich so zur Hintertür hereinzuschleichen, aber ich glaube, ich kann Ihnen helfen, Susan Colgate.«)

»Herrje, Randy, diese Versager glauben, wenn sie mich auf meinem Privatanschluss überfallen, nimmt mich das irgendwie für sie ein. Was für Penner.«

Randy stimmte ihr zu. Seit er in seinem neuen Job arbeitete, hatte er eine Ahnung davon bekommen, wie es in den Medien zuging. Seine Agentur betreute, was für Steel Mountain an Pressearbeit übrig geblieben war, und er wusste zu berichten, dass Tourmüdigkeit, katastrophaler Drogenkonsum, Hepatitis-C-Infektionen, Gerichtsverfahren wegen tätlicher Beleidigung und musikalische Bedeutungslosigkeit die fünf Bandmitglieder aufgerieben hatten.

»Mit den Stars selbst habe ich kaum etwas zu tun. Die meiste Zeit verbringe ich damit, juristische Dokumente zu fotokopieren und geheimnisvolle Health-Food-Produkte zu besorgen, für die ich durch die halbe Stadt fahren muss. Mit den Stars auf Du und Du zu sein macht mehr Spaß.«

Susan schnitzte gerade für eine Grillparty im Brady-Haus Zickzackformen in Melonenstücke. »Steel Mountain sind jetzt wirklich am Ende, was?«

»Ich will nicht illoyal sein – schließlich zahlen sie mein Gehalt«, sagte Randy, »aber wie viel Energie soll man noch darauf verwenden, fünf angegraute Typen aus Liverpool mit Zähnen wie schmelzende Zuckerkristalle Kindern, die ungefähr zwei Jahrzehnte jünger sind als sie selbst, als erotische und moralische Outlaws zu präsentieren? Das ist doch unglaublich krank.«

»Wie geht's Chris?«, fragte Susan. Sie sprach nur selten mit ihm.

»Mein Chef behauptet, er hätte noch ein paar Gehirnzellen übrig.«

»Er war das Hirn der Gruppe.«

»Aber ...«

»Aber was?«

»Ich weiß nicht, ob es die Drogen sind oder seine Plattenverkaufszahlen oder die Tatsache, dass er sein Schwulsein geheim hält, aber ...«

»Was? Versucht er dich etwa anzumachen?«

»Nein. Susan, ich bin bloß Assistent, kein Agent oder so was. Aber ich hab gehört, dass er ein Gedächtnis wie ein Sieb hat.«

»Koks.«

»Das kann er sich leisten?«

Fünf Wochen später wurde Chris in Nagoya festgenommen, nachdem er bei einer Polizei-Razzia in einem Nachtclub mit einem Lattenzaun von Koks-Linien unter den Nasenlöchern erwischt worden war. Drei Gramm Kokain wurde in seiner Jackentasche gefunden, und die japanische Justiz lochte ihn ein und warf die Zellenschlüssel weg. Randy erfuhr an einem Donnerstagmorgen kurz nach seiner Rückkehr auf CNN davon. Innerhalb weniger Tage wurden die Reste von Steel Mountains Infrastruktur aufgelöst, und alles, was übrig blieb, waren schwindelerregend hohe Anwalts- und Gerichtskosten. Susan hatte bis Ende des Monats Zeit, das Cape-Cod-Köderhaus zu räumen. Randy verlor seinen Job und sein noch ausstehendes Gehalt und nahm einen anderen PR-Job an, bei dem er halb so viel verdiente wie vorher. Das Baby war ein paar Mal krank, und Susan mogelte es durch das Gesundheitssystem, indem sie Dreama als kanadische Touristin verkleidete, die beim Arzt sofort ein Bündel Banknoten zückte – in Wirklichkeit der Rest von Randys Ersparnissen. Dreama legte ihr Numerologie-Geld noch oben drauf, aber auch das reichte nicht ewig. Es gab Steuern zu zahlen. Miete. Lebensmittel. Telefon. Hundefutter für Camper und Willy.

In all dem Trubel trug Randy sich bei einem Abendkurs für Drehbuchautoren ein. Er war zu der Erkenntnis gelangt, dass der rote Faden in seinem Leben wie der der meisten anderen Leute auf der Welt auf grausame und schonungslose Weise von den prosaischsten finanziellen Zwängen und, in Randys speziellem Fall, einem primitiven Schlägertypen von einem Inkassodienst diktiert wurde, der während einer Besprechung in seinem Büro auftauchte und entweder die Bezahlung oder die Rückgabe seines Fernseher forderte.

Schließlich ging ihnen das Geld aus. Jeder tat, was er konnte, aber Susan beschloss, dass sie an der Reihe war, die Brötchen zu verdienen. Sie verabredete sich mit Adam Norwitz zum Lunch im Ivy. Sie würde ihr Privatleben verkaufen.

Kapitel Zweiunddreißig

Marilyn irrte über die Absturzstelle in Seneca und musste an einen Film denken, den sie vor vielen Jahren gesehen hatte. Darin wurde die Frau eines Hollywood-Filmproduzenten in kleine Teile zerstückelt und in einem Zitronenhain verstreut. Aber Seneca – das war kein Film, das war der Geruch von brennendem Plastik, eine Schramme an ihrem Schienbein, mit dem sie an eine geborstene Aluminium-Verkleidung gestoßen war. Es war das Krächzen von Walkie-Talkies, das Heulen wetteifernder Sirenen. Sie sah einen Getränkewagen mit kleinen Schnapsflaschen und allem Drum und Dran, platt gedrückt wie ein Stück Pappe. Sie sah eine Nike-Sporttasche, die von einem Feuerwehrwagen überfahren worden war. Sie sah Pillenfläschchen, Saftkartons und explodierte Ginger-Ale-Dosen, die wie Samen in die Erde von Ohio gepresst waren, mit Flugzeugtreibstoff gegossen und durch Feuer zum Keimen gebracht.

Sie war auf dem Rückweg vom Chicagoer Flughafen O'Hare nach Cheyenne, nachdem sie einer regionalen Schönheitswettbewerb in Winnetka mit organisiert hatte. In einer der Snackbars im Flughafenterminal hatte sie Susans altes Promofoto während eines Berichts über den Absturz oben links auf dem Bildschirm eingeblendet gesehen. Innerhalb eines Lidschlags hatte sie die Abflugmonitore gecheckt, ein elektronisches Ticket gekauft und eine Maschine nach Columbus bestiegen, wo sie sich einen Wagen mietete. Drei Stunden später war sie an der Absturzstelle. Kaum dass sie dort angekommen war, lernte Marilyn, dass es für Absturzstellen keine Regeln gibt. Sie nehmen riesige Flächen an den seltsamsten Orten ein. Die meisten lokalen Katastrophenteams sehen sich mit einer überwältigenden Arbeitslast und mit Dingen konfrontiert, bei deren Anblick ihnen schlecht wird. Ein gelbes Plastikband war hastig um einen Großteil der Unglücksstelle gespannt worden, um Schaulustige fern zu halten, und Marilyn wusste, dass man am einfachsten auf die andere Seite der Absperrung gelangte, indem man den Eindruck vermittelte, man wäre bereits dort gewesen. Zu diesem Zweck schmierte sie sich das Gesicht, die Bluse und die Jacke mit dem fruchtbaren Boden von Ohio ein und betrat geschwind das Gelände, auf dem chaotische Befehle durch Megafone gebellt wurden, lief an blauen Vinylplanen vorbei, die über gestapelten Leichen flatterten, und stieg in die Supermarkt-Fleischlaster, in denen Körperteile zur späteren DNS-Untersuchung eingefroren wurden.

Es war eine Vielzahl von Fotografen vor Ort, und ein Foto von Marilyn mit ihrer verzweifelten Miene und ihrer beschmutzten Garderobe landete auf den Titelseiten mehrerer landesweiter Publikationen (»Die Trauer einer Mutter«). Marilyn kaufte von jeder Ausgabe vier Dutzend Hefte.

In Marilyns Vorstellung war Susan entweder vollkommen unversehrt oder vollkommen verbrannt. Alles, was sich zwischen diesen beiden Extremen befand, hätte sie nicht ertragen können, denn Susan war eine Schönheit, das Resultat von Marilyns Attraktivität und dem, was sie ihr beigebracht hatte. Marilyns Streben nach Schönheit hatte ihr die Flucht aus den Ozarks der Pazifikküste ermöglicht, weg aus der beschissenen Berghütte in Oregon, in der ihre Eltern mit ihren sieben Kindern wohnten, von denen zwei bereits zu dem Zeitpunkt, als Marilyn begann, Erinnerungen zu generieren, Alkoholiker waren. Sie stammte aus einer Familie schöner Menschen, die jedoch einen abgrundtief hässlichen Charakter hatten, keine Moral, zu viele Schusswaffen, keinen Gott, den sie fürchteten.

Sie wuchsen völlig isoliert auf, waren größtenteils Analphabeten und steckten ihren Schwanz in alles, was sich nicht dagegen wehrte. Mit sechzehn verließ sie die Berghütte, nachdem einer ihrer beiden Brüder sie geschwängert hatte, und erlitt nach einem vierzehnstündigen Fußmarsch nach McMinnville auf der Toilette einer Dairy Queen eine Fehlgeburt. Von einem der drei Dollarscheine, die sie aus der Gewehrtasche ihres Vaters geklaut hatte, kaufte sie sich ein Banana Split und staunte über den roten Plastiklöffel, den es gratis dazu gab. Von den anderen zwei Dollar kaufte sie sich bei Rexall Grundierung, um ihr vom Weinen verquollenes Gesicht zu überschminken. Sie trampte aus der Stadt hinaus und wurde von Duran mitgenommen, halb Cajun und Vertreter für Abflussrohre. Er machte ihr auf der Stelle einen Heiratsantrag, und sie nahm an, weil sie sonst vom Leben nichts zu erwarten hatte, und außerdem war Duran ein Gentleman, der sie nicht mitten in der Nacht schwer und nass mit seinem Gerammel aufweckte. Tatsächlich rührte Duran sie außer den ersten paar Malen, bei denen Susan gezeugt wurde, kaum an, und das war ihr ganz recht. Durans Liebe war eher eine Art Anbetung, und er bestand darauf, dass Marilyn sich die Vorzüge, mit denen sie ausgestattet war, so weit wie möglich zunutze machte, aber da er ein praktisch denkender Mensch war, verlangte er gleichzeitig von ihr, dass sie etwas lernte, was nichts mit Schönheit zu tun hatte. Daher sorgte er dafür, dass sie tagsüber eine zweiteilige Ausbildung am Miss Eva Lorraine Institute of Cosmetology (seit 1962) absolvierte und an der Abendschule Schreibmaschinen- und Büroorganisationskurse belegte. Marilyn sog alles auf wie ein Wattebausch.

Als Susan geboren wurde, beharrte Duran darauf, dass Marilyn ihre Ausbildung fortsetzte, die sie schließlich bis zur Rechtsanwaltsgehilfin brachte. »Marilyn, bitte hör auf zu reden, und guck dir die Frau im Fernsehen genau an.«

»Ich bin es *satt*, sie anzugucken.«

»Das ist hier nicht die Frage. Guck einfach weiter.« Duran war überzeugt, dass die Sprechweise, die einer Frau am meisten nützen konnte, der präzise nasale Telegrammstil der Göttinnen der Fernsehnachrichten war, und er hielt Marilyn dazu an, sie zu beobachten und nachzuahmen.

»Durrie, warum zwingst du mich, diesen ganzen Kram zu lernen?«

»Weil ich schließlich nicht ewig da sein werde, Marilyn, und bitte hör auf, wie ein Bauerntrampel zu reden.«

»Was soll das *heißen* – du wirst nicht mehr da sein? Und bitte sag nicht Bauerntrampel zu mir.«

»Ich muss wissen, dass du es auch alleine schaffen wirst. Die Welt ist hart. Du brauchst eine Ausbildung.«

»Und wann werde ich allein sein?«

»Wenn du einundzwanzig bist.«

»Und dann, Durrie?«

Duran verließ sie tatsächlich, genau wie er angekündigt hatte, und Marilyn akzeptierte es ohne Groll und fand, dass sich ihre Zeit mit ihm durchaus gelohnt hatte. Da sie keine Freundschaften gepflegt und sich von ihrer Familie mehr oder weniger losgesagt hatte, erwähnte sie ihn von da an niemandem gegenüber. Doch als die Fliegentür hinter ihm zuschlug, spürte Marilyn eine Lücke in ihrem Leben, so harsch und beängstigend wie ein frisch abgeschlagener Baumstumpf. Und es war in diesem Moment, dass sie den festen Vorsatz fasste, Susan in die Welt der Schönheitswettbewerbe einzuführen.

Miss Eva Lorraines wichtigste kosmetologische Botschaft lautete, dass die Menschen vor allem die körperlichen Merkmale als schön empfinden, die von Fruchtbarkeit zeugen. »Große Titten stehen für *Milch,* Mädels, das ist kein Geheimnis. Glänzende Haare lassen auf gesunde Follikel schließen, und unsere Eizellen, Mädels, wachsen ebenso aus Follikeln wie unsere Haare und Fingernägel. Und das ist der Grund, weshalb wir uns ständig striegeln und putzen.«

Marilyn kam diese Botschaft ausgesprochen fundiert vor, und von da an ließ sie sich bei allen Entscheidungen, die ihr Äußeres betrafen, von dem Wunsch nach Kindern leiten – Push-up-BHs, Rouge im Dekolleté, Zellophan-Spülungen fürs Haar und später Silikoninjektionen, um ihre erschlaffenden Gesichtszüge aufzupolstern. Die Injektionen allerdings kamen erst lange nachdem Don Colgate in ihr Leben getreten war, ein stämmiger Holzfäller vom Hood River. Er war hingerissen von dieser Schönheit, die in einer richtigen Anwaltskanzlei arbeitete und eine Tochter hatte wie eine Porzellanfigurine auf dem Kaminsims seiner Großmutter.

Nach ihrer Hochzeit verlangte er, dass sie aufhörte zu arbeiten, und sie gehorchte. Marilyn fand dieses Ansinnen ausgesprochen altmodisch, aber es implizierte auch, dass Don sie nicht wie Duran irgendwann verlassen würde.

Ihre Eroberung Don Colgates war für Marilyn der notwendige letzte Beweis, dass Fruchtbarkeit und die erwiesene Fähigkeit, hübsche Babys in die Welt zu setzen, unerläßlicher Bestandteil ihrer Anziehungskraft und ihres Selbstverständnisses waren. Doch mit Dons Fruchtbarkeit verhielt es sich anders. Seine Spermien waren tot, faul, dumm oder überhitzt, und er zeugte kein Kind mit Marilyn. Im gleichen Maße wie seine Sterilität wurde auch sein Alkoholproblem offensichtlich, und die Anzahl der Schönheitswettbewerbe, an denen die kleine Susan teilnehmen musste, wuchs. Auch die Kaninchenkäfige hinter dem Wohnwagen wurden immer mehr, und ein Wohnwagen, *niemals* ein Haus, war es deshalb, weil Don in seinem Holzfällerbetrieb einfach nicht befördert wurde.

Marilyn stellte fest, dass sie die ihr angeborene Intelligenz in die Welt der Schönheitswettbewerbe einbringen konnte, eine Intelligenz, die sie, wie sie überzeugt war, Susan vererbt hatte. Ihre Konkurrentinnen heulten und kreischten und spielten die Prinzessin, aber Susan saß da wie ein Falke auf einem der Lichtmasten an der Interstate, der nach Beute Ausschau hält, und guckte sich Dinge von den anderen ab. Sie hatte einen Hang zum *Siegen* und entband Marilyn schließlich von der Notwendigkeit, Karnickeln das Fell abzuziehen.

Don meinte, das Make-up und die Klamotten, die Marilyn Susan tragen ließ, sähen billig und schlampig aus. Sie erwiderte, sie habe einmal gelesen, dass die Mädchen in China schon mit neun Jahren Babys bekämen, »wenn Mädchen also so früh Kinder kriegen können, spricht nichts dagegen, diese Fähigkeit zu betonen«.

»Aber das ist unanständig, Marilyn.«

»Don, reg dich ab. Spiel hier nicht den Moralapostel.«

»Marilyn, neunjährige Mädchen tragen keine Tittenbar-Stilettos.«

»Sei doch nicht so ordinär. Das sind *Abend*schuhe.«

»Ich dachte, die Leute aus den Bergen wären so weise wie die Waltons.«

Das Thema Anstand brachte Marilyn meistens zum Schweigen, wenn auch nur für kurze Zeit. Etwas über Anstand zu wissen war keineswegs das gleiche, wie ihn tatsächlich zu *haben*. Sie war in einem Schweinestall aufgewachsen, und ihr fehlte es an moralischen Grundsätzen. In manchen Nächten machte sie sich ernsthaft Sorgen, ob die Sünden der Eltern sich weitervererben – ob ihre eigene primitive Herkunft stärker wäre als Susans engelsgleiche Art. Doch sie sprach diese Gedanken nicht aus. Stattdessen sagte sie Don beispielsweise, dass Anstand immer das war, was jeweils zum Ziel führte.

»Wie diese Polynesier, die Spam essen.«

»Die bitte *was* essen?«

»Spam. Dosenfleisch. Das hat Mr. Jordan, mein ehemaliger Chef, mir erzählt. Er hat gelesen, dass es in den Supermärkten unten im Südpazifik ganze *Gänge* mit nichts als Spam gibt. Die Amerikaner haben herauszufinden versucht, wieso dieses Inselvolk so auf Spam steht, und es stellte sich heraus, dass nichts dem Geschmack von gekochtem Menschenfleisch so nahe kommt wie der salzige Schweinefleischgeschmack von Spam.«

Don lauschte mit offenem Mund.

»Wir halten diese lustigen kleinen Inselmenschen dort unten in ihren lustigen kleinen Hula-Röcken für ach so anständig.

Doch für sie ist Kannibalismus überhaupt nichts Unanständiges, und daher scheint es *mir*, Don Colgate, dass Anstand ein ziemlich flexibler Begriff ist, also hör auf, mir hier irgendwelche Standpauken zu halten.«

Aber nun war es Marilyn, deren Mund fassungslos offen stand, während sie in Seneca zwischen dem überall verspritzten gekochten Menschenfleisch hindurchging. Sie wurde von einer Person in einem der vielen Schutzanzüge, von denen es an der Unglücksstelle nur so wimmelte, nach ihrem Namen gefragt. Sie antwortete: »Susan Colgate ist meine Tochter. Ich bin ihre Mutter. Haben Sie sie gesehen?« Die Absätze ihrer Schuhe waren gebrochen. Sie trug ein Paar rosa Damenlaufschuhe, die sie vor ein paar Minuten, als sie sich das Schienbein angeschrammt hatte, mit einem Walkman-Kopfhörer verschlungen gefunden hatte.

Bei Sonnenuntergang fuhr eine Gannett-Reporterin namens Sheila mit Marilyn zum Holiday Inn vor Ort und überließ ihr ihr Bett. Sheila verfasste ihre Artikel und wuselte zwischen ihrem Laptop, ihrem Handy und dem Fernseher hin und her. Marilyn rief Don an. Er traf am nächsten Morgen ein. Beide verbrachten den Tag an der örtlichen Eisbahn, die kurzfristig in eine Leichenhalle umgewandelt worden war. Eistanzmusik begleitete die Familienmitglieder der Absturzopfer, die die noch »identifizierbaren« Überreste in Augenschein nahmen. Reihen um Reihen von Gliedmaßen, Rümpfen und kleineren Leichenteilen, alle von schwarzen Vinylplanen bedeckt, waren ordentlich auf aufgebockten Spanplatten angeordnet. Fünf Tage vergingen, und sie hatten immer noch keine Spur von Susan gefunden. Marilyn ließ sich Blut für DNS-Tests abzapfen, mit denen Leichen, die derart verstümmelt waren, dass sich weder Züge noch Gebiss erkennen ließen, leichter identifiziert werden konnten. Sie kehrten nach Cheyenne zurück, die Gemütslage so trüb wie beschlagene Wagenfenster, die Gefühle auf Eis. Sheila rief jeden Tag an, um zu fragen, ob Susan schon identifiziert worden sei, aber nein. Doch auch das reichte für eine Geschichte, denn der örtliche Gerichtsmediziner konnte sich ebenso wenig vorstellen, wo Susans Überreste geblieben waren, wie die Fluggesellschaft und die Zivilflugbehörde. Die Hitze war nicht so groß gewesen, dass eine Verdampfung stattgefunden haben könnte, und die DNS einer jeden Wimper und eines jeden Fingernagelschnipsels innerhalb des Umkreises von einer halben Meile war überprüft worden. Zu diesem Zeitpunkt brachte Sheila Marilyn mit Julie Poyntz, einer prominenten Schadensersatzanwältin, zusammen, die das folgende Jahr damit verbrachte, ihren Prozess zu gewinnen, indem sie das Leid ins Feld führte, das den Angehörigen aus der Tatsache erwuchs, dass der Fluggesellschaft die *Leiche* eines Fluggasts abhanden gekommen war, eine Leiche, die ebenso gut in der Tiefkühltruhe irgendeines psychotischen Fans liegen konnte.

»Man *verliert* nicht so einfach eine Leiche, Mrs. Colgate – *Marilyn.*« Das war am Anfang ihrer Geschäftsbeziehung. »Ich möchte jetzt nicht näher darauf eingehen, was aus ihren Überresten geworden sein könnte, *aber* ...«

»Was, wenn sie noch am Leben ist?«, fragte Marilyn.

Julie machte tss-tss. »Sie waren doch *dort*, Marilyn. Jeder in dieser Maschine ist tot und/oder schwer verstümmelt.«

Marilyn stieß einen spitzen Schrei aus.

»Tut mir Leid, Marilyn, aber Sie dürfen nicht zimperlich sein. Nicht jetzt. Wir werden diesen Prozess gewinnen. Das wissen die, und das wissen wir. Die Frage ist nur, in welcher Höhe und wie schnell. Das Geld kann Sie für den Verlust Susans – die, wie ich hinzufügen möchte, in *Meet the Blooms* ein Vorbild für mich war – nicht entschädigen, aber es ist zumindest *etwas.*«

In dieser Zeit floss aus vielen Richtungen Geld in Marilyns Leben, und jede neue Entwicklung oder jedes neu entdeckte Babyfoto erzielte durch clevere Verhandlungen mit allen Spielarten der elektronischen Medien und der Presse Höchstpreise. Sie kaufte zwei neue Autos, einen Mercedes für Don und einen

BMW von der Farbe selbst gemachten Kirschweins für sich. Außerdem nahm sie eine Hypothek auf ein Haus im spanischen Missionsstil auf und leistete sich neue Kleider und Schmuck. Als Siegestrophäe gönnte sie sich eine echte Fendi-Wrap-around-Sonnenbrille, die sie auf der Nase hatte, als sie keine fünf Minuten nach ihrem Kauf die Bügel von dem Imitat abbrach, das sie vor vielen Jahren bei einer Tauschbörse in Laramie erstanden hatte. Marylin warf das Geld mit vollen Händen zum Fenster hinaus wie eine Betrunkene im Souvenirladen eines Spielcasinos. Hinter ihren Käufen steckte kein System – sie genoß nur das Gefühl von Macht, das sie jedes Mal verspürte, wenn etwas, das einmal jemand anders besessen hatte, plötzlich ihr gehörte.

Doch trotz alledem sprachen Don und Marilyn nicht viel über Susan, vor allem weil Susan sie lange vor dem Absturz, nämlich seit 1990 ihre Serie abgesetzt worden war, mit einer Endgültigkeit aus ihrem Leben getilgt hatte, die dem Tod nahe kam. Marilyn sah wirklich keinen Grund, weshalb Susan wegen des Geldes dermaßen wütend sein sollte. Hatte Marilyn nicht die Hälfte der Arbeit getan?

Sie hatten im Entertainment-Teil der lokalen Sonntagszeitung von Susans Heirat mit Chris gelesen. Sie waren Chris nur einmal begegnet, bei einer Nachtwache für Susan, die Marilyn auf einem öffentlichen Platz in Cheyenne organisiert hatte (Fotoexklusivrechte für Kontinentaleuropa an *Paris Match,* für Großbritannien an *Hello!*, für Amerika und Kanada an den *Star*, Film- und Fernsehrechte nicht freigegeben, da die Livebilder möglicherweise für ein A&E-Special über Susan benötigt wurden, das im nächsten Jahr produziert werden sollte). Marilyn und Chris umarmten sich vor den Kameras, zündeten Kerzen an und neigten die Köpfe. Währenddessen ertönten ununterbrochen Sprechchöre von Chris' jungen Fans auf der anderen Seite des Platzes. Hinterher verdrückte Chris sich und sprach nie wieder mit Marilyn. (»Weißt du was, Don – ich glaube, Sir Frederick Rockstar ist ein Arschloch.«)

Dann kam eines Morgens Julies Anruf: »Marilyn, kommen Sie nach New York. Es ist vorbei.« Als Marilyn erfuhr, wie viel Geld sie bekommen würde, johlte sie vor Freude, entschuldigte sich jedoch gleich darauf bei Julie dafür, dass sie ihr ins Ohr gebrüllt hatte. Sie suchte nach Don und fand ihn besinnungslos im hintersten Winkel seiner Lieblingsspelunke. Also flog sie an jenem Nachmittag ohne ihn nach Manhattan. Am nächsten Tag schritt sie mit Julie die Treppe des Gerichtsgebäudes hinunter und sprach mit der Presse. Nachmittags kaufte sie für 28 000 Dollar am oberen Abschnitt der Madison Avenue ein.

Tags darauf flog Marilyn heim nach Cheyenne, und einen Tag später erhielt sie den Anruf von einer PR-Frau der Fluggesellschaft, die ihr mit aufgekratzter Stimme von Susans Rückkehr unter die Lebenden berichtete. Sie legte auf und griff nach einem halben Scheißwunder, das Don neben dem Telefonbuch stehen lassen hatte. Susan würde am nächsten Tag nach Hause kommen.

Kapitel Dreiunddreißig

Zurück in den Außenbezirken von Cheyenne, hockte Marilyn hinter zugezogenen Vorhängen in ihrem Motelzimmer. Der Fernseher plärrte. Vanessa und Ryan standen hinter dem Mietwagen und hielten Wache, während Ivan und John zur Lobby gingen.

Ivan rief beim Flughafen von Cheyenne an, um zu vereinbaren, dass er den Jet über Nacht dort stehen lassen konnte, und dann mietete er Zimmer für sich und seine Begleiter, für den Fall, dass sie Marilyn bis in den Abend hinein beobachten mussten. John sah aus dem mit Ruß und Kreditkartenaufklebern bedeckten Fenster und behielt ebenfalls Marilyns Zimmertür im Auge. Alle versammelten sich wieder am Wagen, wo Ryan sagte: »Ich bin am Verhungern. Wir haben kein Mittag gegessen.«

»Ich auch«, sagte Ivan. »Ich fahr mal eben Burger holen. Eine Viertelmeile hinter uns liegt ein A&W.«

»Tja, aber nicht mit diesem Wagen«, sagte John.

»Was?«, fragte Vanessa. »Meinst du etwa, Marilyn macht sich jetzt *gleich* aus dem Staub? Wir sind alle unterzuckert. Das ist das Risiko wert, uns was Anständiges zu essen zu besorgen. Bring mir eine große Pommes mit – pass auf, dass sie Pflanzenöl nehmen und kein Schmalz – und einen Eistee.«

John war zu hungrig, um zu streiten, und er gab bei Ivan seine Bestellung auf. Als dieser mit dem Mietwagen wegfuhr, ging Vanessa zur Tür von Nummer 14 und klopfte laut. Sogar auf die Entfernung drang der Lärm von Zeichentrickfilmen und Werbespots aus dem Zimmer, und die Fenster klapperten, als besäßen sie Stereo-Woofer.

Vanessas unerwarteter Vorstoß schreckte John und Ryan auf, und sie tauchten hinter Marilyns BMW ab.

»*Hallooo* …«, sagte Vanessa und klopfte erneut, diesmal lauter. »*Hallooo* – Mrs. Heatherington? Fawn Heatherington?«

Vanessa pochte an die Fensterscheibe, und da öffnete sich flatternd ein Schlitz in den Vorhängen, die vergilbt, nikotindurchtränkt und fadenscheinig waren. Die Zimmertür öffnete sich einen Spalt weit. »Ja?« Drinnen quiekte Bugs Bunny.

»Ich bin Mona. Mein Onkel leitet den Laden hier. Haben Sie aus Versehen einen Zwanzig-Dollar-Schein an der Rezeption liegen lassen?« Sie hielt die Banknote hoch.

Die Tür öffnete sich ein Stück weiter. »Ach ja, hab ich – wie aufmerksam von Ihnen.«

»Gern geschehen, Mrs. Heatherington. Ist doch selbstverständlich.«

Marilyn zupfte den Geldschein aus Vanessas Fingerspitzen und murmelte »*Nadannvielendankaufwiedersehen*«, doch Vanessa schob ihren Fuß in die Tür. »Ja, bitte?«, fragte Marilyn sichtlich angespannt.

»Tut mir Leid, dass ich Sie noch weiter belästigen muss, Mrs. Heatherington, aber …«

»Fawn. Sagen Sie Fawn zu mir.«

»Also, tut mir Leid, dass ich Sie noch weiter belästigen muss, Fawn, es ist nur so, dass …« Vanessas Blick fiel auf die alten Gardinen. »Es ist nur so, dass ich seit einem Jahr versuche, meinen Onkel dazu zu bewegen, neue Vorhänge für die Zimmer zu kaufen. Sehen Sie, wie schäbig die sind?«

»Ja, schon.«

»Fein. Wenn Sie das einfach beim Auschecken erwähnen könnten, hätte ich bestimmt etwas mehr in der Hand. Er ist ziemlich geizig.«

»Auf jeden Fall.«

Die Tür ging zu, und Vanessa rauschte zu ihrem Zimmer hinüber, Nummer 7. John und Ryan folgten ihr, wozu sie hinter dem BMW hervorkrabbeln und sich unter Marilyns Fenster wegducken mussten. Als sie das Zimmer betraten, sagte Vanessa: »Sie ist nicht allein.«
»Woher weißt du das?«, fragte John.
»Ich habe jemandem im Badezimmer klappern hören. Trotz des Trickfilmlärms.«
»Hast du sonst noch irgendwas da drin gesehen? Klamotten? Bücher? Zeitschriften?«
»Nein. Das Zimmer sieht aus wie unbewohnt.«
Ryan wollte wissen, ob es genauso geschnitten war wie das, in dem sie sich befanden, und Vanessa meinte, vermutlich ja. »Dann komm mit mir nach hinten«, sagte Ryan. »Lass uns nachschauen, ob es irgendeinen Fluchtweg gibt, den wir im Auge behalten sollten.« Sie gingen ins Badezimmer und inspizierten das Fenster neben dem Waschbecken.
»Ich weiß nicht, ob das Fenster groß genug zum Hinauskriechen ist«, sagte John.
»Ich glaube schon«, sagte Ryan. »Guck.« Er stemmte sich hoch, den Bauch an die staubige, geschwärzte Aluminiumleiste daneben gepresst.
»Ryan«, sagte Vanessa. »Komm da runter.«
»Nein. Ich will bloß mal sehen, ob …« Das Geräusch von Marilyns BMW, der vom Parkplatz brauste und in Richtung Westen auf den Highway fuhr, schnitt ihm das Wort ab.
»Scheiße«, sagte John. Er trat ein Loch in die Tür von Nummer 7.
»Sei nicht so melodramatisch«, sagte Vanessa. »Ivan wird gleich wieder hier sein. Lass uns abwarten.«
»Ich wette, sie hat uns hinter ihrem Wagen gesehen«, sagte Ryan.
Sie warteten draußen auf Ivan, und John war sichtlich aufgelöst. Vanessa fragte ihn, ob er sich nicht wieder beruhigen wolle, und er war sich nicht sicher. Die Sonne stand noch

knapp über den Bergen im Westen. Der Wind pfiff an ihnen vorbei, und John erinnerte sich an den Wind von damals, als er durchs Land geirrt war. Er musste daran denken, dass er niemals die Luft verläßt.

Ryan versuchte wieder gutzumachen, dass er die drei von Marilyns Abgang abgelenkt hatte. Er ging zur Tür von Nr. 14 und drehte am Türknopf. Es funktionierte, und die Tür ging auf. Er inspizierte das Zimmer, fand jedoch keinerlei Hinweise.

»*Mensch,* Sheriff Perkins«, sagte Vanessa, »diese verdammten Gauner haben ein Streichholzbriefchen vom Stork Club dagelassen. *Schau mal* – auf der Innenseite steht sogar eine Telefonnummer: Klondike 5 bla-bla-bla-bla.«

»Ein bisschen mehr moralische Unterstützung und ein bisschen weniger Sarkasmus, Vanny.«

Ivan kam angefahren, und die drei drängelten sich in den Wagen wie junge Hunde. »Da lang«, sagte John. »Sie ist uns zwei Minuten voraus.«

Das Auto schlitterte träge Kies versprühend vom Parkplatz. Sie rasten die Interstate Richtung Westen hinunter, zurück in Richtung Utah und Kalifornien, inmitten der Lastwagenladungen von Salat und Heuballen und Holzstämmen, die, wie John meinte, offenbar nie die Straßen verließen, als existierten sie in einer Art koffeinierter Endlosschleife.

Eine Exxon-Tankstelle lag vor ihnen wie ein Leitstern. Ryan suchte sie mit dem Fernglas ab. »Da ist sie«, sagte er. »Park drüben bei der Reifenpumpe.«

»Gott sei Dank«, sagte John. »Ivan, fahr da rauf, aber nicht zu weit, sonst sieht sie uns und haut ab.«

Ivan bog auf die Tankstelle ein, die zu dem Zeitpunkt leer war.

»Ist sie im Laden, Kaugummi kaufen oder so was?«, fragte John.

»Wenn du so drauf bist wie ich«, sagte Ryan, »ist das Erste, was du tust, wenn du verfolgt wirst, eine Verschnaufpause zu machen und dich mit Kaugummi einzudecken.«

»Vermutlich ist sie auf der Toilette«, sagte Vanessa. »Ich werd mal nachschauen.«
Sie stieg aus dem Wagen und ging zum Eingang der Damentoilette an der Seite des Gebäudes. Sie klopfte an die Tür, und Marilyns Stimme ertönte von drinnen: »Ja?« Vanessa setzte einen Südstaatenakzent auf und sagte: »Keine Eile, Ma'am«, dann signalisierte sie den Männern im Wagen Daumen hoch und ging wieder zurück.
John stieg aus, baute sich hinter dem Wagen auf und aß geistesabwesend einen Cheeseburger. »Wenn wir sie weiter verfolgen, sind wir womöglich noch Stunden unterwegs«, sagte er. »Wer weiß, wo sie hinfährt.«
Ein schwarzer Minivan fuhr vorbei. Susan saß am Steuer. Sie sah John und stieg in die Bremsen. Camper und Willy wurden aufs Armaturenbrett geschleudert. Susan und John sahen sich in die Augen und lächelten. Sie sammelte sich wieder.
»Scheiße, Susan«, brüllte Randy, ein verschüttetes Getränk im Schoß. »Was zum Teufel machst ...?«
Susan legte den Rückwärtsgang ein, wendete mit quietschenden Reifen und hielt neben Johns Wagen.
»Deine Mutter ist da drin«, sagte John und zeigte auf die Toilette. »Ich habe sie für dich gefunden. Du hast doch nach ihr gesucht, oder?«
Susan stieg aus dem Van, hob die Arme zum Mund und begann sich sacht vor und zurück zu wiegen, wie ein Halm im Wind. Sie sagte: »O *John* ...«, aber ihre Stimme versagte. Vor Überraschung traten Randy und Dreama, die inzwischen aus dem Wagen gestiegen waren, instinktiv einen Schritt zurück, als sei Susan ein Auffahrunfall auf dem Highway zur Rush-Hour. Sie trippelte mit Geisha-Schrittchen zur Toilettentür.
Vanessa gab rasch die Tür frei, damit Susan sich ihr allein nähern konnte. Die anderen bildeten einen Halbkreis um sie. Ein Lastwagen brauste auf dem Highway vorbei. Die Sonne stand halb hinter einem Berggipfel, und ihre Schatten sahen

aus wie schwarze Bänder. Die Hunde tobten kläffend in dem struppigen Gras hinter der Tankstelle. Susan klopfte an die Tür. Marilyn rief von drinnen: »Meine Güte, ich beeil mich doch schon, ich wechsel hier drin eine Windel, okay?«

»Mom?«

Alle spürten die Stille hinter der verschlossenen Klotür. Der letzte Sonnenstrahl verschwand hinter einem Hügel, ihre Schatten lösten sich auf, und die Luft wurde ein ganzes Stück kälter.

Der Tankwart kam um die Ecke, um nachzusehen, was es mit dieser Menschenansammlung auf sich hatte. Randy fragte ihn: »Haben Sie noch einen zweiten Schlüssel für die Damentoilette?«

»Nein, Sir, nur den einen.«

Hinter der Tür erklang das Weinen eines Kindes. Sofort stürzte Susan zur Tür und versuchte sie mit der Schulter einzudrücken, doch ohne Erfolg. Sie rammte sie erneut, und da schob Marilyn den Riegel zurück, und Eugene Junior kam herausgerannt. »Es geht ihm gut«, sagte Marilyn, dann schnappte Susan sich ihn und riss ihn mit sich zu einer niedrigen Mauer neben den Propangas-Tanks, wo sie ihn an ihre Brust drückte. Marilyn setzte sich völlig erledigt auf die Toilette.

»Mom«, sagte Susan. »Ist schon gut.«

Marilyn kam nicht wieder heraus. Ihr Körper fiel in sich zusammen, und sie holte tief Luft. Die anderen lugten in den kleinen, grell beleuchteten Raum.

Kapitel Vierunddreißig

Susan knallte die Tür des Hauses in Cheyenne zu, und beinahe im selben Moment hatte Marilyn das Gefühl, sie stünde in Flammen. Aber das Feuer ging nicht wieder weg. Es brannte unter der Oberfläche weiter und flammte in den folgenden Monaten stündlich wieder auf, und wenn es brannte, verlor sie den Kopf und sagte hasserfüllte, rachsüchtige Dinge, die Don schließlich aus dem Haus trieben. Sie hastete in ihrem sauberen, weißen, leblosen Haus umher, ohne jemanden zu haben, mit dem sie reden oder den sie anrufen konnte. Sie hatte das Gefühl, ihr Kopf sei voller Larven. Ihr Arzt meinte, das seien die »Wechseljahre«, und Marilyn sagte: »Verdammt, warum können Sie nicht einfach Menopause dazu sagen?« Der Arzt sagte: »Wir sehen die Dinge heute anders. Das ist keine Ende. Es ist ein Anfa...« Marilyn sagte: »Warum halten Sie nicht verdammt noch mal Ihre Klappe und verschreiben mir einen Koffer voller Pillen gegen dieses beschissene *Feuer*.« Das Feuer ging nicht weg, und auch die Pillen konnten es nicht löschen. Mal weinte sie, dann war sie wieder in Hochstimmung, aber meistens war sie verwirrt und überhitzt. Und dann wurden die Rechnungen fällig, und all das Geld war weg. Sie hatte immer ihren Stolz gehabt, und sie gönnte Susan den Triumph nicht, zu sehen, wie ihre Mutter sich mit Honoraren für Interviews über Wasser hielt, daher gab sie keine, nachdem Susan nach Kalifornien geflogen war. Doch gleichzeitig hoffte sie, Susan würde bemerken, dass ihre Mutter nichts tat, um zu

Geld zu kommen, und dass sie ihr dann vielleicht verzeihen würde. Und wenn Susan ihr verzeihen würde, dann würde sie Marilyn vielleicht eines Tages zu ihren Sprößlingen lassen, die sie so verdächtig auffällig ins Gespräch gebracht hatte.
Am Ende hatten Marilyns Stolz und ihre Hoffnung ihr keinen Pfennig mehr gelassen. Sie rief die Fernsehsender an, aber es war zu spät, die Susan-Colgate-Geschichte abgestanden. Marilyn konnte nichts Neues dazu beitragen.
Sie verscherbelte alles, was sie entbehren konnte, veranstaltete noch ein paar Garagenflohmärkte und mietete sich dann ein billiges Apartment. Sie entwickelte eine krankhafte Angst davor, ihren Unterleib zu berühren. Sie fürchtete sich vor ihren Eileitern und ihrem Uterus, überzeugt, dass sie vertrocknet waren wie Aprikosen oder Chanterelle-Pilze, und sie glaubte es nicht ertragen zu können, sie als verschrumpelte Knoten in sich zu spüren.
Fruchtbarkeit. Babys. Attraktivität. Liebe. Diese Worte waren in ihrem Kopf so untrennbar miteinander verbunden wie Rohre, Kabel und Balken in einem Gebäude. Und jetzt war sie plötzlich unfruchtbar. Eine Zimmerpflanze.
Wie auf ein Stichwort hin begannen Teile ihres Gesichts zu wandern und sich zu verschieben. Zehn Jahre alte Silikoninjektionen verwandelten sich unter ihrer Haut in eine Art vagabundierende Kontinente, und Marilyn verließ immer wieder fluchtartig Supermärkte und Drugstores in Cheyenne und Umgebung, weil sie auf Verkäuferinnen, die einen Wimpernschlag zu lange auf die unbeweglichen, gefühllosen Beulen unter ihrem linken Auge, auf ihrer rechten Wange oder ihrem Nasenrücken starrten, mit spitzen Schreien reagierte.
Ihre Energie schwand. Bald war sie nicht mehr in der Lage, sich morgens aus dem Bett zu quälen. Und dann setzten ihr die Schergen des Vermieters eine Frist von einem Monat, um die Wohnung zu räumen. Also warf sie alles, was hineinging, in den BMW (den aufzugeben sie sich weigerte) und verkaufte, was übrig blieb, an einen Mann von einem Auktionshaus. Sie

landete auf der Straße, wie es so viele Menschen vor ihr getan hatten, ausgestoßen von einer Welt, der es inzwischen scheißegal war, ob sie verbrannte, zur Mumie zusammenschrumpelte, vom Erdboden verschwand oder von einem Raumschiff in den Himmel gesogen wurde.

Und dann, eines Tages in Colorado, hörte es plötzlich auf. Ihr Kopf wurde wieder klar, und es war, als seien die Monate der Hölle nichts als ein Fieber gewesen. Obwohl sie ihren Mann, ihr Haus und fast ihren gesamten Besitz verloren hatte, fühlte sie sich – *frei.*

Sie mietete in der Nähe der Air-Force-Basis von Cheyenne, wo es üblich war, die Miete wöchentlich zu zahlen, ein Zimmer. Sie änderte ihren Namen in Fawn, das englische Wort für Rehkitz, weil sie eines Morgens hinter dem Haus, in dem sie wohnte, ein Rehkitz sah, und Heatherington, weil das der falsche Name war, den man ihr im Hinterzimmer von Dons ehemaliger Stammkneipe gegeben hatte, als sie ihre Piaget-Armbanduhr gegen eine neue Identität eintauschte.

Der gute alte Duran hatte gut daran getan, Marilyn zu einer Ausbildung zu bewegen, die nicht auf Schönheit basierte, damit sie durchs Leben kan. Sie ging wieder dazu über, ihn in ihre Gebete einzuschließen, wenn sie denn betete, was nicht allzu oft der Fall war. Er war seit etwa fünfzehn Jahren tot. 1983 hatte sie gelesen, dass er mit seinem Wagen in die Seite eines Molkereilasters geprallt war. Sie sagte: »*He, Durry, zumindest klinge ich wie eine Nachrichtensprecherin im Fernsehen. Schlaf gut, Schatz.*«

Die Fähigkeiten, die Marilyn vor so vielen Jahren in ihren Abendkursen erworben hatte, verhalfen ihr zu einem Job bei einer Firma namens Calumet Systems, die, soweit sie begriffen hatte, UFOs für die Regierung baute. Niemand dort erkannte in »Fawn« Marilyn, trotz ihrer Wiedervereinigung mit ihrer Tochter, die erst vor kurzem im Fernsehen gesendet worden war. Sie hatte sich ein völlig neues Erscheinungsbild zugelegt. Sie war jetzt eine kurzhaarige Brünette mit pockennarbigem

Teint, die ihre Polyester-Klamotten, mit denen sie in einem früheren Leben nicht einmal den Dreck von den Winterreifen in der Garage gewischt hätte, von der Stange kaufte. Sie war entspannt und heiter und stolz darauf, ihrer Regierung dabei zu helfen, UFOs bei Calumet herzustellen.

Das ging ein Jahr lang so weiter. Sie deckte sich beim Trödler mit den Kleinigkeiten ein, die sie fürs tägliche Leben brauchte, und einmal im Monat ging sie mit zwei Kolleginnen von Calumet ins Kino. Die Frauen löcherten sie wegen ihres BMWs, doch sie behauptete, ihr Bruder hätte ihn ihr geschenkt. Sie sah fern. Sie war glücklich, denn sie glaubte, sie könne dieses bescheidene Leben bis zu ihrem Tod weiterführen und würde niemals wieder so entsetzlich viel Energie darauf verwenden müssen, ein komplizierter Mensch mit verwickelten Beziehungen zu sein, die sie am Ende doch nur den letzten Nerv kosteten.

Sie tippte wie ein Specht, selbst mit langen Fingernägeln. Sie war so gut, dass ein Mann von einer anderen Firma geholt wurde, um ihre Fähigkeiten in Augenschein zu nehmen und ihre »Metrik« zu analysieren. Er lobte Marilyn wegen ihrer niedrigen Fehlerquote und wies sie auf ihre größte Schwäche hin, nämlich dass sie es häufig unterließ, den Anfang von Sätzen, die mit einem T begannen, großzuschreiben. Der Mann hatte sie angelächelt, bevor er ging, und in diesem Moment schwante Marilyn, dass er womöglich über ihre wahre Identität Bescheid wusste. Er hatte sie gefragt, ob sie schon jemals woanders gearbeitet habe, und sie hatte verneint. Das klang vermutlich wie eine dreiste Lüge, aber das war es gar nicht. Ihr Job bei Mr. Jordan, dem Spam-Mann, gehörte in eine ganz andere Zeit, und als Tippse hatte sie nur einmal gearbeitet, in einem Büro des Trojan-Atomkraftwerks, um Geld für Susans Kleider zu verdienen.

In jener Nacht loderte das Feuer in ihrem Körper wieder auf, und diesmal war es schlimmer als vorher, vielleicht weil ihr der Rückfall wie ein furchtbar schlechter Witz vorkam und sie so viel auf sich genommen hatte, um Marilyn Colgate, die brennende Frau, auszulöschen. Die Einsamkeit, die sie so wirkungsvoll bekämpft zu haben glaubte, begann sie innerlich zu zerreißen. Sie meldete sich bei Calumet krank. Sie saß schreiend und weinend in ihrem Wagen und fuhr nach Kalifornien, um Susan um Verzeihung anzuflehen, obwohl sie wusste, dass das nur ein schöner Traum war.

Sie parkte nicht vor dem Cape-Cod-Haus am Prestwick Drive, sondern vor einem anderen ein Stück die Straße hinunter. Es war die Nacht vor der Müllabfuhr. Niemand sah sie. Sie nahm Susans kleine Zink-Mülltonne und warf sie auf die Rückbank ihres Wagens. Dann fuhr sie auf einen Pay-Less-Parkplatz hinter dem Beverly Center und sezierte den Inhalt der Tonne: zwei Becher fettarmer Joghurt, eine ungelesene Zeitung, drei Q-Tips und eine Telefonrechnung, auf der achtunddreißig Ferngespräche mit immer demselben Teilnehmer im San Fernando Valley verzeichnet waren, sowie eine Quittung für ein Klettergerüst, ausgeliefert an eine Adresse im Valley. Bingo.

Sie ging in eine Telefonzelle und wählte die Nummer im Valley, und eine Männerstimme sagte: »Hal*lo?*«

Marilyn sagte, sie sei von der Firma, die das Klettergerüst geliefert hatte, und wolle fragen, ob sie damit zufrieden seien.

»Eugene *betet* es an – er *wohnt* praktisch darauf. Und es verleiht dem Garten tatsächlich eine gewisse Harmonie.«

»Das ist ja schön«, sagte Marilyn. »Braucht Eugene vielleicht noch etwas anderes für den Garten?«

»Ach, ihr Vertreter gebt einfach keine Ruhe, was? Nicht jetzt, aber er entdeckt gerade seine Vorliebe für Flugzeuge, also wundern Sie sich nicht, wenn wir in einem halben Jahr die Junior Sopwith Camel bestellen.«

»Wir freuen uns drauf.«

Das Gespräch war beendet. Marilyn ging in den Pay-Less und kaufte eine Schaumstoff-747, made in Taiwan. Sie fuhr hinaus zu Randys Haus, parkte ein Stück weiter die Straße hinunter und schlief die Nacht im Auto. Am Morgen trug sie das Flugzeug zum Rand des Grundstücks, und dort sah sie das hübscheste Kind, das sie je erblickt hatte – ein Kind von fast himmlischer Schönheit. Der Junge sah genauso aus wie Susan als Kind, und ein bisschen erinnerte er sie auch an jemand *anders* – ein Gesicht, das sie nicht recht einordnen konnte. Plötzlich hatte sie eine Ahnung, wo Susan das Jahr ihrer Amnesie verbracht hatte.

Marilyn konnte es kaum erwarten, dieses Kind in den Arm zu nehmen. Sie hielt die 747 hoch und ließ sie auf- und niedersteigen, bis Eugene Junior sie bemerkte. Freudig hopste er auf sie zu. Zwei Minuten später saß Marilyn tränenüberströmt mit ihm in ihrem BMW, und sie ließen das Klettergerüst hinter sich.

Randy hatte im Wohnzimmer Wäsche zusammengelegt, und obwohl es keine fünf Minuten her war, seit er das letzte Mal nach dem Kind gesehen hatte, piepste sein Warnmelder. Irgend etwas stimmte nicht. Er schaute in den Garten, und ein eisiger Schauer ließ seine Wirbelsäule erstarren. Dann sah er den Wagen aus der Einfahrt fahren. Er rief Susan an, die gerade von ihrem Spaziergang mit John Johnson zurückgekommen war. Bevor er ein Wort sagen konnte, platzte sie heraus: »Randy! Ich bin grad von den Bullen nach Hause gefahren worden … und ich habe diesen Typen kennen gelernt …«

Randy unterbrach sie und erzählte ihr, was geschehen war.

Kapitel Fünfunddreißig

Die Polizei setzte Susan zu Hause ab. Sie kochte sich eine Kanne Kaffee und rief einen alten Bekannten vom Fernsehen an, Ruiz, jetzt bei der Director's Guild. Sie fragte nach John Johnsons Privatnummer, aber Ruiz zögerte. Susan erinnerte ihn daran, dass sie es gewesen war, die '92 die Nasenkorrektur seiner Schwester arrangiert hatte, und daraufhin gab er ihr die Nummer. Der Stift, den Susan benutzte, war ausgetrocknet. Sie sagte Johns Nummer wieder und wieder auf, während sie nach etwas zum Schreiben suchte, als das Telefon klingelte. Es war Randy mit der Nachricht von der Entführung.

Nachdem sie aufgelegt hatte, stand sie mitten in ihrer heiteren, gesichtslosen Küche, und plötzlich spürte sie die klimatisierte kühle Luft des Raums nicht mehr auf ihrer Haut. In ihren Ohren brauste so viel Blut, dass sie nichts mehr hören konnte. Die Spüle und der Topf-Farn vor ihrer Nase schienen ebenso wenig mit ihr zu tun zu haben wie das Bild einer Überwachungskamera in einem Supermarkt. Nur ihr Geschmackssinn funktionierte offenbar noch, wenn auch verkehrt herum, denn prickelnde, kupferartige Blitze schossen von ihren Mandeln nach vorn. Auf diesen Moment hatte sie gewartet, seit sie in einer Anwaltskanzlei in Culver City inmitten der Scherben von Gregory Pecks Aschenbecher die Verbindung zu ihrer Mutter abgebrochen hatte. Sie hatte nie glauben können, dass man sich so leicht von emotionalen Zwängen befreien kann, wie sie es getan hatte.

Die aufgewühlte chemische Suppe in ihrer Blutbahn wurde ein bisschen dünner. Sie kam wieder zu sich und rannte in den Flur, schnappte sich ihre Handtasche und kramte hektisch darin herum: Schlüssel, Brieftasche, Personalausweis, Handy, Fotos und Pfefferminzbonbons – das war alles, was sie brauchte. Sie stürzte zur Tür hinaus und stieg, ohne das Haus abzuschließen und die Kaffeemaschine auszustellen, in ihren Wagen, der in der Einfahrt stand. Die Sonne war untergangen und die Rush-Hour fast vorbei, doch auf den fünf Spuren des Hollywood Freeway fuhren die Autos Seite an Seite wie die Zuschauer in einem Kino, mit einem gleichmäßigen Tempo von zweiundsechzig Meilen pro Stunde. Sie rief Randy an, und beide brüllten ins Telefon. Randy wollte die Polizei anrufen, Susan untersagte es ihm. Sie gerieten in ein Funkloch, und das Gespräch wurde unterbrochen. Susan rief ihn wieder an, aber die fast leere Batterie ihres Billig-Handys begann zu piepsen. Sie sagte Randy, sie würde sich wieder melden, sobald sie sie im Zigarettenanzünder aufgeladen hatte, was ungefähr drei Stunden dauern würde, und bis dahin wäre sie in der Nähe der Grenze zu Nevada.

»Randy, es ist nicht deine Schuld. Sie hätte es sogar bis hinter die Mauern von Fort Knox geschafft, wenn sie gewollt hätte.«

»Aber Susan, wieso bist du …«

Wssst ssszt …

»Sie wird zurück nach Wyoming fahren, Randy. Sie will die Sache auf ihr eigenes Terrain verlagern. Auf diese Weise …«

Dssssst … wwwdt …

Das Telefon gab endgültig seinen Geist auf, und Susan war mit ihren Gedanken allein im Wagen, auf dem Weg nach Osten, und sie sah nur ein paar Sterne und ein paar Flugzeugscheinwerfer am Himmel.

Sie war wütend auf ihre Mutter, aber auch auf sich selbst, weil sie in Cheyenne so rachsüchtig und dumm gewesen war. Ihr Stolz hatte sie dazu verleitet, ihrer Mutter finanziell den Hals zu brechen und, was am dümmsten war, von Enkelkindern zu sprechen. Dumm, dumm, *dumm*. Irgend etwas in ihrer Stimme und ihren Augen hatte sie verraten. *Verdammt*. Sie schlug mit der flachen Hand aufs Lenkrad, und ihr wurde übel vor Angst. Sie stellte das Radio an, aber von den ungeheuerlichen Ansichten und dem bedeutungslosen Geplapper, das den Himmel durchtränkte, begann ihr der Schädel zu brummen. Sie drehte es wieder ab.

Sie sah auf die Verkehrsschilder. Nevada kam näher. Randy hatte gesagt, Marilyn hätte eine Stunde Vorsprung, und Susan wusste, dass ihre Mutter eine Raserin war, also hatte sie vermutlich bereits ein ganzes Stück der Interstate hinter sich gebracht.

Susan durchforstete ihre Erinnerungen an das vergangene Jahr nach weiteren Hinweisen, weshalb ihr dieser Irrsinn passieren musste. Am auffälligsten war, dass sie Marilyn, nachdem sie von Eerie nach Los Angeles zurückgekehrt war, kein einziges Mal in den Nachrichten gesehen hatte – weder im Fernsehen noch in der Zeitung, abgesehen von der endlos wiederholten Umarmungsszene auf der Eingangstreppe vor Marilyns Haus. Susan wusste, dass Marilyn ihr mit ihrem Medienboykott etwas mitteilen wollte, ohne direkt mit ihr kommunizieren zu müssen – sie wollte ihre Tochter wissen lassen, dass sie sich der Herausforderung stellte. Susan versuchte sich vorzustellen, wieviel Geld Marilyn durch ihr Schweigen verloren hatte, und sie empfand eine widerwillige Bewunderung für ihr Durchhaltevermögen. Warum konnte ihre Mutter ihre Energie nicht dazu nutzen, Zeitungsartikel auszuschneiden und Babyschühchen zu stricken wie jede andere Mutter?

Sie ließ den vergangen Tag noch einmal Revue passieren. Sie seufzte und langte nach hinten, um eine Flasche Orangensaft vom Rücksitz zu fischen. Der Wagen geriet ins Schleudern, ein anderes Auto hupte, und sie fuhr auf den Seitenstreifen und atmete tief durch.

Sie kannte John Johnson erst seit jenem Nachmittag, der ihr ewig lange her zu sein schien. Es war das erste Mal seit langer

Zeit, dass sie sich wirklich zu jemandem hingezogen fühlte. Er war so faszinierend, wie ein Mann nur sein konnte, und besaß eine Herzlichkeit und Frische, deren er sich, wie sie glaubte, vermutlich gar nicht bewusst war. Und er hatte eine Vision von ihr gehabt! Das war wirklich rührend. Normalerweise hätte sie das bloß für einen einstudierten Anmachspruch gehalten, aber bei ihm war das anders. Und es bewegte Susan, dass sie – *Sauberkeit* für jemanden verkörpern konnte, für jemanden, mit dem sie offenbar solch einzigartige Erfahrungen teilte. Außerdem hatte sie bei John diese erotische Spannung gespürt, die einen packt, wenn man sich ohne Umschweife mitten in ein Gespräch stürzt. Und wie schön wäre es, wieder den Rasierer und den Rasierschaum eines Mannes im Medizinschränkchen zu haben.

Das nächste Lebenszeichen, das John von ihr erhalten würde, wären also reißerische Klatschpresseartikel über ein geschmackloses Gezerre um Eugene Junior, vor dem sie sich immer gefürchtet hatte. Randy hatte Recht. Sie hätte das Kind früher in die Gesellschaft einführen sollen. Wie lauteten in so einem Fall die Regeln? Wenn sie von Eugene erzählte, käme sie dann als eine Art Brandstifterin vor Gericht? Wenn sie DNS-Tests machen ließ, die bewiesen, dass sie ohne jeden Zweifel die Mutter des Kindes war, würden die Leute dann annehmen, dass Eugene Junior die Frucht einer Vergewaltigung war? Ihre Phantasie ging mit ihr durch. Konnte man sie als Mutter für ungeeignet erachten? Konnte man ihr das Kind wegnehmen?

Randy. Das Telefon war inzwischen aufgeladen. Sie rief ihn an; er war im Badezimmer des Hauses im Valley und musste sich gerade vor Angst, Schuldgefühlen und Sorge übergeben, während Dreama mit dem schnurlosen Telefon neben ihm stand. Sie wollten Susan entgegenfahren, aber die meinte, sie sollten lieber zu Hause bleiben, falls Marilyn dort anriefe. Dreama tat, was sie konnte, um Randy zu beruhigen.

Susan fuhr die ganze Nacht durch. Als die Sonne aufging,

waren ihre Augen rot und brannten im Sonnenlicht. Irgendwo mitten in Utah kaufte sie sich an einer Tankstelle Apfelsaft und ein Schinken-Sandwich. Sie aß, stellte fest, dass sie zusammenbrechen würde, wenn sie gleich weiterführe, und nahm eine Beruhigungstablette aus ihrer Handtasche, die ihr einen kurzen, unruhigen Schlaf auf dem Parkplatz einbrachte. Das Handy schreckte sie auf. Es waren Dreama und Randy, die wissen wollten, ob es etwas Neues gäbe.
Sie brauste wieder los. Ihre Landkarte sagte ihr, dass Los Angeles und Cheyenne 1200 Meilen voneinander entfernt waren. Sie verbrachte mehrere Stunden damit, auszurechnen, wie lange sie bei ihrem Fahrtempo brauchen würde. Es kamen jedesmal ungefähr fünfzehn Stunden dabei heraus. Ihr Schläfchen mit eingerechnet, würde sie ungefähr um sieben Uhr morgens Ortszeit in Cheyenne ankommen. In Utah machte ihr Motor schlapp. Sie verlor dort mehr als einen halben Tag. Bei Sonnenaufgang kam sie in Cheyenne an, abgerissen und ausgehungert. Sie fuhr zu Marilyns altem Haus, klingelte kampfesbereit, und die neuen Mieter öffneten, ein nettes junges Pärchen, die Elliots, die sich gerade anschickten zur Arbeit zu gehen.
»Ihre Mutter ist vor einem Jahr ausgezogen«, sagte Mrs. Elliot, Loreena. »Aber es stehen immer noch ungefähr einmal pro Woche Leute vor der Tür, die entweder Ihre Mutter oder Sie suchen. Wir hätten allerdings nie damit gerechnet ... *Sie* hier zu sehen.« Das war gar nicht respektlos gemeint, aber Susan konnte sich vorstellen, was für einen Eindruck es machen musste, dass sie am frühen Morgen hier aufkreuzte und nicht mal wusste, wo ihre Mutter wohnte.
Sie boten Susan Frühstück an, und sie aß in der Küche, die auf gespenstische Weise genauso aussah wie am Morgen ihres Wiedersehens mit Marilyn. Loreena fragte Susan, ob sie ein Bad nehmen wolle, aber Susan lehnte ab, viel zu erschöpft, um ihre Haare einzuseifen und auszuspülen. Die sauberen Klamotten, die Loreena für sie heraussuchte, nahm sie jedoch

gern an. Während sie sich im Badezimmer im ersten Stock umzog, konnte sie unten ein gedämpftes Gespräch hören. Susan hatte panische Angst, dass die Polizei eingeschaltet werden könnte. Als sie in die Küche zurückkehrte, gestand sie, dass sie und ihre Mutter den Kontakt abgebrochen hätten, sie aber jetzt mit ihr sprechen müsse. Der Mann, Norm, sagte, das erinnere ihn an seine Schwester und seine Mutter, und Loreena nickte.

Susan und Loreena durchforsteten die Telefonbücher nach allen möglichen Varianten von Marilyns Nachnamen, Mädchennamen, zweiten Vornamen und Kosenamen, aber es kam nichts dabei heraus. Dann suchte Susan methodisch jede Straße der Stadt – die dafür gerade noch klein genug war – nach einem rotbraunen BMW ab. Als die Sonne untergangen war, gab sie auf.

Sie rief Randy an, der im Valley-Haus umherstapfte und Sachen zusammenpackte, in der Erwartung, dass Susan ihn bitten würde, mit Dreama nach Wyoming zu fahren.

Susan riss sich zusammen und bedankte sich bei den Elliots, dann verbrachte sie die nächsten zwanzig bis dreißig Stunden damit, mit ihrem Auto durch Cheyenne zu gondeln. Sie rief Randy auf seinem Handy an und sagte ihm, sie würde in Richtung Westen fahren, nach Laramie, und sie dort treffen.

Als sie auftauchten, sank Susan ihnen tränenüberströmt in die Arme. Sie ließ ihr Auto an einer Tankstelle stehen, und sie fuhren in Randys Minivan zurück nach Cheyenne. Randy und Dreama versuchten, die Situation besonnen zu analysieren und zu entscheiden, was als Nächstes zu tun sei.

In all dem Trubel erfuhr Susan zu ihrer Verwirrung auch noch, dass John Johnson erst bei Randy und dann bei Dreama aufgekreuzt war. Ihr Gehirn setzte aus, als habe sie eine Ohrfeige erhalten.

»Das ist kein Irrer«, sagte Susan. »Das … *ist* er einfach nicht.«

»Das hab ich nie behauptet, Susan«, sagte Dreama. »Aber er *ist* eine vierstellige Primzahl.«

»Komm mir nicht mit Numerologie. Nicht jetzt, Dreama.« Randy hatte schlechte Laune, weil er die ganze Zeit im Auto sitzen musste.

»Er hat nach *mir* gesucht?«, fragte Susan. »Er weiß doch noch nicht mal von Eugene Junior.« Sie geriet ins Grübeln: John suchte *sie*. Erneut prallte ihr Hirn gegen eine Wand. Aber jetzt hatte sie das Gefühl, jemand habe ihr eine neue Batterie eingesetzt. Jemand suchte *sie* – jemand, den sie selbst schon zu finden versucht hatte. Sie schaute aus dem Fenster auf die Prärie. Plötzlich kam sie ihr nicht mehr ganz so groß und furchteinflößend vor. Plötzlich war sie nicht mehr ein Ort, an dem sie hoffnungslos verloren sein würde.

Am Rand von Cheyenne übernahm Susan das Steuer des Minivan.

Kapitel Sechsunddreißig

Susan saß mit Eugene Junior auf dem Betonabsatz neben dem Propangastank und hielt ihren Sohn im Arm. Sie war so erleichtert, dass sie das Gefühl hatte, keinen einzigen Knochen mehr im Leib zu haben, aber das Kind zeigte keinerlei Anzeichen für etwas anderes als schlichte Freude und Heiterkeit. Randy war losgegangen, um den Tankwart zu beruhigen, der Angst hatte, dieser plötzliche Menschenauflauf könnte eine Bedrohung darstellen. Ivans Handy klingelte; er ging ran, begann Japanisch zu sprechen und zog sich in den Mietwagen zurück. Dreama hielt sich in Susans Nähe, während John, Ryan und Vanessa sich an die geöffnete Toilettentür heranschoben und das grell beleuchtete, aufgelöste Häufchen Elend anstarrten, zu dem Marilyn auf dem Klodeckel zusammengesackt war. Ihre Augen waren geweitet und rot.

»Marilyn?« fragte John in den hallenden, gefliesten Raum. Marilyn reagierte nicht. »Alles in Ordnung?«

Marilyns Hinterkopf lehnte an der Wand. Sie wandte sich John zu.

»Soll ich Ihnen etwas holen – eine Kopfschmerztablette? Etwas zu essen? Eine Decke?«

»Nein«, sagte Marilyn. »Alles in Ordnung. Ich brauche nichts. Wirklich. Ehrlich. *Nichts.*« Sie schaute John an und bemerkte eine Ähnlichkeit mit Susans Kind, die in gewisser Hinsicht eine Ähnlichkeit mit Eugene Lindsay war. »Sie sind der Vater?«

»Nein Ma'am.«

»Er ist ein hübsches Kind«, sagte sie.
»Allerdings.«
»Susan war allerdings noch hübscher. Im Ernst. Sie sah aus wie eine Porzellan-Figurine. Die Leute kriegten den *Mund* nicht mehr zu.« Dann funkelte Marilyn Vanessa an. »*Sie*. Wie haben *Sie* mich gefunden? Ich wusste, dass was nicht stimmte, als Sie von den Gardinen anfingen. Sie sehen nicht aus wie ein Gardinentyp.«
Vanessa schnappte nach Luft, endlich einmal um eine Antwort verlegen. Marilyn ließ sie ohnehin nicht zu Wort kommen. »Zur Hölle damit. Ich *will* das gar nicht wissen. Es würde mich vermutlich zu Tode ängstigen. Ich weiß, ich hätte nicht bei Calumet halten sollen, um meinen Bonus-Scheck abzuholen.« Sie zündete sich eine Zigarette an. John fand, dass sie wie ein Transvestit aussah. »Also, was ist – seid ihr Bullen oder so was?«
»Nein. Wir sind Freunde von Susan«, sagte John.
Randy war gerade zurückgekommen und hatte allen erzählt, dass keine Polizei zu erwarten sei.
»Ich gehöre ins Gefängnis«, sagte Marilyn. Sie drehte den Kopf, um die graffitilose Wand zu betrachten.
»Es wird keine Anzeige geben, Marilyn«, sagte John.
Der Dopplereffekt des Verkehrslärms auf der Interstate stieg in den Himmel auf. John dachte knapp eine Woche zurück – als er noch der stundenplanfixierte Roboter war, der die Sechs-Uhr-Nachrichten auf CNN schaute – und er erinnerte sich, wie Doris ihn angebrüllt hatte, er solle endlich ausspucken, was er auf seiner einsamen Wanderung erlebt hatte. John streckte die Arme nach Marilyn aus.
Marilyn rümpfte verächtlich die Nase. »Nennen Sie mir einen guten Grund, weshalb ich auch nur in Ihre Nähe kommen sollte.«
John dachte eine Sekunde nach, und ihm fiel ein, was Vanessa ihm über Marilyns Polyandrie erzählt hatte. Wie war noch sein Name? Plötzlich wusste er ihn wieder, und er platzte he-

raus: »Duran Deschennes hätte gewollt, dass Sie sich mit Susan verstehen.«
Marilyn stieß einen Fingerhut voll Luft aus, und ihr Gesicht verlor jede Härte und wurde für einen kurzen Moment wieder jung. John konnte erkennen, was für eine Schönheit sie einst gewesen sein musste. Sie schwankte auf ihn zu wie auf einem schlingernden Ponton. Beide gingen nach draußen, wo sie sich neben einen Transformator und ein paar buschige Kiefern setzten. »Wissen Sie, ich war auch schon mal pleite, Marilyn«, sagte er. Marilyn nickte. »Und ich war auch schon mal arbeitslos.« Sie nickte wieder. »Aber vor allem hatte ich niemanden, mit dem ich Abend für Abend um halb sieben essen konnte«, sagte er. »Das war das Schlimmste für mich ... Sonnenuntergang ... halb sieben Uhr abends, und niemand zum gemeinsamen Abendessen.«
Susan, Randy und Dreama standen neben dem Van. Ihr Atem ging hart und ungleichmäßig. Ivan saß immer noch im Wagen und sprach Japanisch. Ryan und Vanessa hatten sich diskret von John und Marilyn abgewandt, versuchten aber trotzdem, jedes Wort mitzubekommen, und John scheuchte sie fort wie Kinder, die längst ins Bett müssen.
»Ryan, würdest du Marilyn eine Tasse Kaffee holen? Vanessa, bringst du mir bitte meinen Mantel aus dem Wagen.«
Während sie sich entfernten, flüsterte Ryan Vanessa ins Ohr: »Oscar-Clip«, und Vanessa kicherte. Eine Minute später waren sie zurück. »Trinken Sie einen Schluck Kaffee«, sagte Ryan. »Das wird Ihnen gut tun.« Er reichte Marilyn einen mit heißem Kaffee gefüllten Pappbecher.
John ging zu Susan hinüber, die ihr Kind kopfüber an den Knöcheln festhielt. Ein kalter Luftzug wehte vorbei, und er knöpfte seine Jacke zu.
Susan blickte zu ihm auf, lächelte und sagte: »Scheint, als wären seit unserem kleinen Spaziergang hundert Jahre vergangen, was?«
»Tausend.«

Randy und Dreama, die fünften Räder am Wagen, sagten ihm kurz guten Tag und gingen dann mit den beiden Hunden weg.

»Wie hast du das gemacht? Meine Mutter gefunden, meine ich. Ich bin schon seit Tagen hier in Wyoming, und ich wäre fast durchgedreht. Ich hab seit ungefähr achtundvierzig Stunden nicht mehr geschlafen. Woher wusstest du überhaupt, dass ich sie ge*sucht* habe?«

»Das wusste ich nicht. Ich habe dich gesucht.« Er setzte sich neben Susan. »Ich hatte ein bisschen Glück, und ich hab mich auf mein Gefühl verlassen. Und das Polizeilabor aus *Hawaii Five-0* hat sich tüchtig ins Zeug gelegt.« Er zeigte auf Ryan und Vanessa. »Mit denen darfst du's dir auf keinen Fall verderben. Sie sind so schlau, dass sogar ihre Scheiße ein Gehirn hat.«

Susan stellte Eugene junior wieder auf die Füße und umarmte ihn, während sie John anlächelte. »Wenn Mom in der Nähe ist, wird es nie langweilig, so viel steht fest. He, weißt du was? Ich kenn deine Privatnummer.«

»Im Ernst?«

Sie sagte sie auf.

»Na, du bist mir vielleicht eine Sphinx.« John wandte sich dem Kind zu, das in einigem Abstand zu seiner Linken mit Kieselsteinen spielte. »Wie alt ist ...?«

»Eugene.«

»Eugene?«

»Er ist letzte Woche zwei geworden.«

»Wirst du mit deiner Mutter reden?«

»Das muss ich wohl.« Susan packte ihn am Arm. »Wenn du mich willst, solltest du dir das besser ansehen.«

Die beiden gingen hinüber zu Marilyn, die das traurige Aussehen eines ölverschmierten Meeresvogels hatte. Susan wollte sprechen, machte einen Fehlstart und verstummte. Dann stellte sich heraus, dass sie tatsächlich nichts zu sagen hatte. Marilyn flüsterte: »Tut mir Leid, das mit den Schönheitswettbewerben.«

Susan gab ein unartikuliertes Geräusch von sich, als sie Luft und Anspannung aus ihren Lungen stieß. Sie sagte: »Mom, pass auf. Wenn ich dich *jemals* auch nur *andeuten* höre, mein Kind müsse zum Frisör oder ins Fitnessstudio, um muskulöse Schultern zu kriegen, oder auch bloss, er solle mal Clearasil benutzen, dann werde ich dich nicht mehr zu Weihnachten einladen, ist das klar?«

Marilyn seufzte.

Susan und John gingen hinüber zum Minivan und setzten sich daneben, Eugene auf Susans Schoß. Susan sagte: »Ich habe deine Nummer von einem Freund von der Director's Guild. Ich wollte dich gerade anrufen, als dieser Trubel wegen meiner Mutter losbrach.« Sie gähnte wohlig. John hob ein Stück Pappe auf und spielte mit Eugene Versteck.

»Ich bin eine ganz schlechte Schauspielerin«, sagte Susan.

John schnaubte. »O Gott, wie kommst du denn jetzt *da*rauf?«

Susan lächelte. »Na ja, ich will nur nicht, dass du dir in den Kopf setzt, mich vor mir selbst retten zu können, indem du mir eine Rolle in einem deiner Filme gibst. Ich bin eine beschissene Schauspielerin. Wirklich.«

»Du kannst Unterricht nehmen und ...«

»*Hör auf*. Ich *will* keine Schauspielerin sein. Das hab ich *nie* gewollt. Es ist einfach passiert. Ich will, dass mein Leben sich ändert, aber nicht in diese Richtung.«

»Du willst dich also immer noch verändern?« John versuchte diese Frage ganz beiläufig zu stellen.

»Ja, schon. Du nicht?«

»Wie wär's, wenn ich aufhöre, sobald *du* aufhörst?«

»Glaubst du, du kannst das?«

John dachte nach. Der Wind, der von den Rockies auf die Plains herunterfegte, schien stärker zu werden. »Schau uns an«, sagte John, »zwei Clowns, die in einem Fass die Niagara-Fälle runtergefahren sind.«

Susan schlug die Hände vors Gesicht und sagte: »O Gott, meine *Mutter* ist zurück in meinem Leben.«

Ivan hatte sein Telefonat beendet und ging zu ihnen hinüber. Er erreichte John und Susan genau in dem Moment, als ihre Hände sich berührten. »*Mega Force* ist in Nagasaki der absolute Renner, John-O.«

»Ivan, das ist Susan. Susan, Ivan.«

John und Susan hielten spielerisch Händchen. »John-O, ich sag dir was – ich pack jetzt einfach alle in den Mietwagen und bring sie zurück nach Los Angeles.«

Susans Augen waren so offen und weit wie der kobaltfarbene Himmel über ihnen.

»Okay«, sagte John.

Susan setzte sich ans Steuer des Minivan, und John stieg ein und nahm Eugene Junior auf den Schoß. Susan ließ den Van an und fuhr los.

John drehte sich um und blickte auf die entgeisterten Menschen zurück. Ivan war bereits dabei, für ihre nächsten sechs Stunden eine Zusammenfassung des Geschehens vorzubereiten.

Susan war eine sichere Autofahrerin, der ihre Erschöpfung nicht anzumerken war. Die drei rasten über den dunklen, ebenen Kontinent. Keiner in dem Minivan wusste, wo es hingehen sollte, nur dass sie den Ort hinter sich ließen, an dem sie vorher gewesen waren.

Eugene Junior schlief auf Johns Schoß ein. John drehte den Kopf und schaute aus dem Fenster. Draußen zog ein Stacheldrahtzaun vorbei, ein Straßenschild mit der Aufschrift OMAHA 480, und John sah auch etwas, das er für die Augen eines Tieres hielt.

Er betrachtete Susans Spiegelbild in dem schwarzen Fensterglas. Ihm fiel wieder ein, wie er einmal bei Dreharbeiten einen Kameramann angebrüllt hatte, überzeugt, dass dieser farbenblind sei. In einer Pause war John in die Requisite gegangen und hatte ein Stück glänzendes schwarzes Plastik geholt. Er gab es dem Kameramann, und dieser fragte ihn: »Wozu ist das?«, und John sagte: »Das ist ein Trick, den die Impressionisten damals angewandt haben. Wann immer sie sich nicht sicher waren, welche Farbe ein Gegenstand wirklich hatte, betrachteten sie sein Spiegelbild in einem schwarzen Stück Glas. Sie glaubten, die einzige Möglichkeit, den wahren Charakter von etwas zu sehen, sei, es in etwas Dunklem zu spiegeln.«

Hinter ihnen flammten Polizeischeinwerfer auf, aber die Polizisten waren hinter einem anderen Wagen her, nicht ihrem. Susan schaute zu John hinüber und zog verschwörerisch die Augenbrauen hoch. John betrachtete die bleiche schwarze Straße, und er erinnerte sich an einen bestimmten Moment während seiner Zeit in der Wildnis. Er wünschte, er hätte Doris davon erzählt – ein Moment in Needles, Kalifornien, vor vielen, vielen Monaten, als er am späten Nachmittag in Richtung Westen wanderte. Es hatte in der Wüste über einem kleinen, scharf begrenzten Areal heftig geregnet, und von dem Areal daneben blies ein Sandsturm herein. Das Sonnenlicht brach sich auf eine Weise in dem Staub und der Feuchtigkeit, die John nie zuvor gesehen hatte, und obwohl er wusste, dass es in Wirklichkeit anders herum war, schien es ihm, als schicke die Sonne schwarze Sonnenstrahlen auf die Erde herunter, auf die Interstate 40 und den endlosen silbernen Fluss von Pionieren, der von einem Teil des Kontinents zum anderen strömte. John hatte das Gefühl, als sei er und jeder andere in der Neuen Welt Bestandteil von etwas, das Fluch und Segen Gottes zugleich war, als seien sie eine Rasse von Fremden, die sich ständig in neue Feuer stürzten, in dem Verlangen zu brennen, dem Verlangen, sich wieder aus den Kohlen zu erheben, jedes Mal neuer und wunderbarer, immer durstig, immer hungrig, immer überzeugt, dass das, was auch immer ihnen als Nächstes begegnete, gnädig die Kreaturen auslöschen würde, die sie auf ihrer mühevollen Reise auf dem strahlenden Weg aus Plastik bereits geworden waren.